Sven Delblanc
Samuels Buch
Roman
Aus dem Schwedischen von
Hans-Joachim Maass
Klett-Cotta

Pastor Eriksson

»Donnerstag, den 19. September 1895. Ich habe über meiner Predigt gesessen, studiert und meditiert. Der Pastoratspächter Bolander hat am Abend lange bei mir gesessen und sich mit mir unterhalten. Von ihm erfuhr ich allerlei Dinge über die Pfarrer vergangener Zeiten hier in Fardhem. Auch mein Kollege Pastor Lindfors hat mich an diesem Tag besucht, keine Dispute. Ich habe Sprechstunde gehabt sowie eine Sitzung des Kirchenvorstands. Als ich mich am Abend zum Schlafen legte, war es mir ganz stark, als riefe jemand nach mir, eine zarte Stimme, die ausrief: Papa! Diese ständige Sehnsucht nach Cecilia und unseren kleinen Kindern erzeugt die seltsamsten Einbildungen. Bitte stündlich Gott um Hilfe, um die Sinnesruhe und eine wahrhaftige Ergebenheit vor Seinen Geboten wiederzugewinnen.«

Pastor Samuel Eriksson, Amtsgehilfe im Pastorat von Fardhem, Linde und Lojsta auf Gotland, hat an diesem Septembertag über den schönen Bibeltext meditiert, den er seiner Predigt zugrunde legen wird, das Wort des Evangeliums von den Lilien auf dem Felde und den Vögeln unter dem Himmel.

»Darum sollt ihr nicht sorgen und sagen: Was werden wir essen, was werden wir trinken, womit werden wir uns kleiden? ... Trachtet am ersten nach dem Reich Gottes und nach seiner Gerechtigkeit, so wird euch solches alles zufallen. Darum sorget nicht für den andern Morgen, denn der morgende Tag wird für das Seine sorgen. Es ist genug, daß ein jeglicher Tag seine eigene Plage habe.«

Darum sorget nicht für den andern Morgen ... Samuel senkte beschämt den Kopf. Siehe, diese Worte des Herrn sind Pfeile, geschärft für mein eigenes Herz. Kummer um den morgigen Tag folgt mir von Sonnenaufgang bis Sonnenuntergang. So als Predigergehilfe und Vizepastor herumzukutschieren, das geht nicht auf die Dauer; das führt für mich und die Meinen zum Untergang. Ich muß von Seiner Majestät dem König und dem Konsistorium Dispens erhalten, damit ich mir endlich einen Dienst, einen Lebensunterhalt suchen kann.

Aber wenn der König mein Bittgesuch nicht hören will? Wenn ich nolens volens nach Uppsala muß, um meine Studien zu vervollständigen – als ob das nötig wäre! – und dann ein schwedisches Examen abzulegen? Nun, natürlich wäre das möglich, wenn ich nur Zeit hätte, wenn ich es mir nur leisten könnte ...

Wenn du nur Kraft hast, Samuel Eriksson!

Ach, diese Angst des Gemüts, dieser ewige Zweifel ... Wenn ich nur im Vertrauen auf mich selbst aufrecht und ruhig stehen könnte ... Alle diese Sieger, die mit schweren Schritten über die Erde wandern, was ist es für eine Kraft, die sie besitzen? Während ich von meinem Wankelmut verzehrt werde . . . Und zu Hause in Värmland sitzt Cecilia mit Elin auf dem Knie und Abel an der Brust und hat kaum das tägliche Brot, meine Liebe. Welche Verwirrung des Blutes ist es gewesen, die mich dazu brachte, ins Brautbett zu steigen, bevor der Unterhalt der Meinen gesichert war? Und mir unzählige Kümmernisse für die Zukunft aufzuladen – als hätte nicht jeglicher Tag in Fardhem seine eigene Plage.

Wenn der König mir nur Dispens geben könnte, wenn ich nur das Geld hätte, zu studieren und ein neues Examen abzulegen, damit ich eine Stellung und ein Stück Brot bekommen kann . . . Wenn ich nur Geld hätte, wenn ich nur Zeit hätte, wenn ich nur . . .

Nein, ich muß raus aus diesem Mahlstrom des Grübelns, ich muß Luft haben.

Die Pastoratsmagd Stina sah ihn, als sie mit einem Spankorb voll blasser, duftender Astern auf dem Arm aus dem Garten kam, sah ihn mit einem Gefühl aus Mitleid und Verärgerung. So darf kein richtiger Pfarrer aussehen! Klein und zartgliedrig, müde, bittende Augen und ein ewiges Lächeln, das eine grausame Umwelt wohlwollend stimmen will. Murmelt vor sich hin, wenn er in Gedanken ist, mit weichen, flehenden Gesten gegenüber unsichtbaren Zuhörern. So vollkommen anders als diese strengen und herrischen Prälaten, die mit harter Hand über Fardhem, Linde und Lojsta geherrscht haben!

Er zuckte zusammen, als sie vorüberschwebte, und verbeugte sich ein wenig halbherzig, wie gewöhnlich von einem Gefühl gepeinigt, womöglich etwas zu versäumen.

Sich vor den Dienstleuten zu bücken, er ist schon ein Verrückter . . .

Was habe ich nun wieder angestellt? Hat sie sich über mich geärgert?

Seht die Lilien auf dem Felde! Blaue und rote Astern in dem herbstnassen Gras, mit der müden und resignierten Miene später, eitler Schönheit. Und die Dohlen als schwarze und kreischende Kreise um den Kirchturm von Fardhem – seht die Vögel unter dem Himmel!

Ich Ungeduldiger, der ich mich nicht unter Gottes Gebot beugen kann, auch nicht Zuversicht in seine Fürsorge setzen kann.

Vor bald vierzehn Tagen habe ich Geld für Cecilia auf den Weg gebracht, das bißchen, das da war. In meiner Erinnerung leuchtet sie hervor, großäugig und bleich vor Hunger, mit meinem Sohn an ihrer weißen Brust. Die Zärtlichkeit füllte seine Augen mit Tränen, im ewigen Gefühl des Ungenügens und der Schande vor einer geliebten Frau.

Und es ist schon zu kalt, hier draußen spazieren zu gehen. Handschuhe brauche ich und einen neuen Wintermantel. Herrje. Lindfors ist gekleidet wie König Salomo, und im Winter zieht er einen Pelz aus Zobel an. Reiche Verwandtschaft, versteht sich.

Er war etwas unschlüssig, als der Pächter Bolander seine Kammer betrat – schickt sich das? Kann ein Pastor in Schweden mit einem wie dem dasitzen und plaudern, oder ist auch das anstößig, wie so vieles andere, was ich tue? Wenn ich nur wüßte! Obwohl es schon guttut, die Stimme eines Menschen zu hören, wo Stina mich wie Luft behandelt . . .

Bolander ist ein grobknochiger, hochgewachsener Mann, der eine altmodische, in der Mitte gescheitelte Frisur mit Schläfenlocken und einen üppigen Backenbart um sein Pferdegesicht trägt. Respekt zeigt er schon: Er sitzt auf dem äußersten Rand eines Holzstuhls und knetet die Schiffermütze in knochigen Händen. Freundliche Fragen lockern ihn bald genug auf, und er redet und redet, von dem toten Pfarrer, kein böses Wort am Grab, aber ich sollte schon erzählen, von Pastor Lindfors, der dem Hochkirchlichen zuneigt und sich mit Hilfe von Verwandten und Beziehungen hier in der Welt durchwurstelt, von Pastor Gadd in Öja, der den Bauch zu seinem Gott gemacht hat und sich mehr um gebratenes Geflügel, französische Weine und selbstangesetzten Branntwein kümmert als um die rechte Verkündigung des Wortes, von Pastor Ahlenius in Levide, einem herzlich gutmütigen Mann, aber kein großes Licht, um die Wahrheit zu sagen . . .

Bedenklich, aber er konnte Bolanders Suada nicht unterbrechen. Es war interessant, Volkes Stimme über seine Hirten zu hören, obwohl die Urteile oft genug scharf waren vor Hohn und Verachtung . . . Aber die Stunden flogen dahin.

»Ja, ich rede, aber Sie sind ja so leutselig, Herr Pastor«, entschuldigte sich der Alte. »Er ist überhaupt nicht wie Pastor Lindfors . . .«

Sollte das ein Kompliment sein? Lindfors, dieser Papist, hat sich zumindest Respekt verschafft, aber ich . . . Samuel versuchte zwar, Haltung zu bewahren, ließ aber dann die Fassade fallen und sich zur Redseligkeit anstacheln, als Bolander das Gespräch auf Amerika lenkte, so daß er über seine eigene Arbeit als Pastor unter den Einwanderern in Minnesota, Wisconsin und Nebraska erzählen mußte. Es waren lange Fahrten und schwere Strapazen, und mit der priesterlichen Würde war es in den Holzhütten der Siedler nicht weit her. Ich erinnere mich an ein Settlement am Oak River, ich mußte sechsundvierzig Meilen reiten, um hinzukommen; dort hatte man zwölf Kinder versammelt, die getauft werden sollten, die ältesten mußten neben dem Taufbecken stehen ... Das war nicht wie hier in Schweden, das war, als lebte man unter den ersten Christen, mußt du wissen!

Bolander fuhr zusammen und grinste verlegen über die familiäre Anrede. Du? Ein Pastor, der einen Bauern duzt? Und der mit einem redet wie mit einem Amtsbruder, was sind denn das für Manieren in König Oscars Schweden? Ja, diese Pfarrer in der Augusta-Synode, man muß sich wohl fragen, ob die überhaupt richtige Pfarrer sind, man wird ja fast ein bißchen unschlüssig und weiß gar nicht, was man meinen und glauben soll ...

Samuel spürte die Kühle in der Luft und verlor den Faden, mit einem Mal düster und niedergeschlagen: etwas, was ich falsch gemacht habe, eine Sprache, die ich nicht beherrsche, eine Wunde, die ich mit unvorsichtiger Hand berührt habe ... Daß es so schwer sein muß, zu Hause in Schweden zu leben und zu arbeiten!

Bolander bemerkte die Unlust und suchte das Gespräch schnell zu beenden.

»Eigentlich bin ich ja gekommen, um über den Gottesdienst zu sprechen. Was sollen wir anschlagen? ›Befiehl du deine Wege‹ soll sicher dabei sein, nicht wahr?«

»Ja ...«

»Und weiter?«

»›Alles ist an Gottes Segen‹, hatte ich gedacht.«

»Ja, aber das hat Pfarrer Jonson wirklich nie ...«

»Nein, aber etwas werde ich wohl selbst bestimmen können. Ja, es wird spät!«

Er erhob sich zum Zeichen, daß die Zeit um war, mit geradem Rücken und so schwedisch pastorenhaft, wie er vermoche. Die Unsicherheit schimmerte durch, und Bolander verbeugte sich mit ironischer Demut, verletzt und höhnisch zugleich. Erst macht er sich gemein und gibt sich leutselig, und dann trägt er die Nase hoch ... Bei einem Scheißkerl wie Lindfors weiß man jedenfalls, woran man ist. Also dann auf Wiedersehen, Herr Pastor!

Sieh an, er ist ärgerlich geworden, ja, jetzt habe ich wieder etwas falsch gemacht. Der Mißmut schlägt von neuem über ihm zusammen. Und das Kirchenlied, war es vielleicht eine unglückliche Wahl? Mehr für mich selbst gedacht als für die Gemeinde ...

Alles ist an Gottes Segen
und an seiner Gnad' gelegen
über alles Geld und Gut.
Wer auf Gott sein' Hoffnung setzet,
der behält ganz unverletzet
einen freien Heldenmut.
Der mich hat bisher ernähret
und mir manches Glück bescheret,
ist und bleibet ewig mein;
der mich wunderlich geführet
und noch leitet und regieret,
wird forthin mein Helfer sein.

Nun, Geld und Gut, die Hoffnung meiner Mühen, scheinen noch immer so scheußlich weit entfernt. Und das Glück ist schon seit langem von meinem Bett gewichen, jetzt wo ich von einer geliebten Frau getrennt bin. Unruhige Tage, unruhige Nächte . . .

Er hörte die Dohlen vom Kirchturm her kreischen, als er in seinem Tagebuch schrieb. Ein langer Tag war es gewesen, mit Sprechstunde, Sitzung der Kirchenältesten, Grübelei über Kirchenlieder und Predigt und schließlich das zweideutige Gespräch mit Bolander . . . Und Lindfors! Den Besuch des Kollegen hätte er um ein Haar vergessen oder wollte ihn vielleicht vergessen, Lindfors, dieser seelenlose Karrierist mit seinem ewigen Gezänk um Freigeister und seiner Prahlerei mit Verwandten und Beziehungen . . . Oh, dieses alte Schweden!

Nein, keine bösen Gedanken mehr, leg deine Bitterkeit mit der Kleidung ab. Wenn nur die Dohlen verstummen und für die Nacht zur Ruhe kommen wollten.

Er holte die Stickschere hervor und setzte sich hin, um die Fransen von den Jackenärmeln abzuschneiden. Ärgerlich und beschämend, Stina mit derlei zu behelligen . . .

Du kühles nächtliches Linnen, wenn meine Seele nur Ruhe bekäme. Er suchte vor seinem inneren Auge gute Erinnerungen an Cecilia und die Kinder wachzurufen, aber die männliche Einsamkeit zeigte ihm nur diese weißen Frauenglieder, die das Fleisch unruhig werden ließen und seinen Schlaf verstörten. Er faltete die Hände und bat innig um Hilfe in der Versuchung.

O Herr, mein Gott, lausche meiner Seele und höre, wie ich aus der Tiefe zu Dir rufe . . .

Und Gott erhörte sein Gebet und schenkte ihm Frieden, so daß er endlich gute und kühle Gedanken für die Seinen finden konnte, und er sprach mit Dankbarkeit im Herzen das Abendgebet und schlief dann in ungestörter Ruhe.

»Freitag, den 20. September. Studiert sowie geschrieben und mich auf meine Predigt vorbereitet. Bei den isagogischen Studien recht bemerkenswerte Beobachtungen gemacht, was die biblischen Handschriften betrifft. Nichts vollendet.«

Die Arbeit an der Predigt geriet auch an diesem Tag sprunghaft und zerstreut in bohrender Unruhe vor der Zukunft und hoffnungsloser Sehnsucht nach der Familie. Er versuchte sich mit einem Spaziergang zu erquicken, kehrte aber bald wieder zurück, von den Schreien der infernalischen Dohlen ins Haus getrieben. Unruhe draußen, Unruhe drinnen, und die Predigt lag noch unfertig da. Aber in diesem betrüblichen Zustand, in dem ihn die Gedanken flohen, schlug der Blitz ein: Es schoß ihm durch den Kopf, daß man aus der Evangelien-Harmonie des Tatianos möglicherweise eine bessere Version von Markus 16, Vers 9 sowie der folgenden Abschnitte rekonstruieren könnte. Seine Entdeckung exaltierte ihn, er legte die Predigt beiseite und machte fleißig Aufzeichnungen mit vielen explosiven Ausrufezeichen und geheimnisvollen Abkürzungen. Seine Freude ging jedoch ebenso rasch in Mißmut über. So viel habe ich nun schon auf dem isagogischen Gebiet geschrieben, ohne es auch nur zu wagen, meine Ideen der Prüfung durch die Gelehrten zu unterwerfen . . .

In einem Anfall von Selbstverachtung warf er seine Notizen in den Papierkorb und lag dann lange auf dem Ledersofa im Arbeitszimmer, gelähmt von Mißmut und der Unfähigkeit zu denken.

Ob man mit Lindfors reden sollte? An und für sich ein vernünftiger Gedanke, aber Lindfors hat ja nicht viel Geduld und ein großes Mißtrauen gegenüber der Gelehrsamkeit, die man am theologischen College der Augusta-Synode von Rock Island, Illinois, erwerben kann. Die nordamerikanische Schwesterkirche ist überhaupt eine verachtete Gemeinschaft hier zu Hause in Schweden, das muß Samuel jeden Tag erfahren. Als wäre seine Selbstverachtung nicht genug gewesen!

Den ganzen Tag traurige Spekulationen, noch keine Predigt fertig. Noch kein Bescheid vom Konsistorium wegen eines Dispenses für das Examen.

Zu allem Überfluß stellte Stina am Abend Biersuppe und Brotpudding auf den Tisch, als Höhepunkt aller Prüfungen dieses Tages.

Er bereute sofort seine Ungenügsamkeit und dachte an die Armut dort zu Hause; möchte wissen, was Cecilia heute zu essen bekommen hat, und er dachte, wieviel Hunger es gab in der Welt – wer bin ich denn, über einfache Speise zu murren?

Danke für das, was du bekommst, und trage deine Prüfung mit Geduld, Samuel Eriksson. Und sieh zu, daß du deine Predigt fertig bekommst!

Wenn nur die Dohlen still sein und sich in dieser Nacht endlich zur Ruhe begeben würden . . .

»Sonnabend, den 21. September. Mich auf die Predigt für den morgigen Tag vorbereitet. Am Nachmittag einen Spaziergang nach Hemse unternommen.«

Er erwachte ausgeschlafen und fühlte sich ungewöhnlich frisch und leichten Sinnes. Der Himmel wölbte sich klar über Gotland, blau und klar über kalkweißen Wegen und gelben Stoppelfeldern, es war warm wie an einem Junitag und leicht zu atmen. Er nahm sich vor, alle dunklen Gedanken beiseite zu schieben und endlich seine Predigt zu vollenden. Ja, es gelang jetzt auch glücklicher, die Feder tanzte über das Papier, er hielt alle bitteren Gedanken fern und fand eine Sprache, die in warmen und wohlgesetzten Worten Gottes gute Fürsorge für die Menschen pries.

Erleichtert und ruhig ließ er sich am Mittagstisch nieder, aber dort kehrten die dunklen Gedanken zurück. Stina tischte Kalbsbraten und Sago-Suppe auf, Essen genug, um eine ganze Familie satt zu machen. Eine ganze Familie! Und zu Hause in Väse sitzt Cecilia mit den Kindern und kämpft schier mit der blanken Not. Aber was soll ich tun? Freier Unterhalt und 300 Reichstaler im Jahr, das ist unangemessen. Meine Einkünfte reichen bei weitem nicht, um mir in diesem seltsamen Land das Stimmrecht zu geben; dabei verdient kein Arbeiter weniger als das Doppelte, heißt es. Ein Lektor bekommt viertausend, ein Professor sechstausend, ein Pfarrer in einem guten Pastorat – wie Bergstedt dort oben in Väse – verdient weit mehr . . . Dreihundert im Jahr! – Und dafür soll ich wie eine zerrupfte Krähe von Kirche zu Kirche hüpfen und obendrein noch Geld an die Familie nach Hause schicken für Kleidung,

Nahrung und Miete an Olsson, diesen bösartigen Hinkefuß. Das ist unannehmbar, das muß ein Ende haben . . .

Er versuchte, seine Unruhe auf einem Spaziergang nach Hemse müdezuwandern. Wie gewöhnlich ging er an dem südlichen Kirchenportal von Fardhem mit dem wilden Reliefbild der »Luxuria« vorbei. Merkwürdig! So fern meiner Erinnerung an Cecilias Körper, und dennoch . . . Die Dunkelheit des Mittelalters, eine seltsame Wildheit und Kraft.

Die Felder liegen jetzt nach der Ernte gelb und ernst da, und der Himmel schweigt blau, die Lerchen sind schon längst verstummt und in fremde Länder geflüchtet. Sein Gedanke folgte den Vögeln auf die Reise, er fühlte sich einsam und zurückgelassen. Er sehnte sich nach einer menschlichen Begegnung, jemandem, mit dem er ein paar einfache und freundliche Worte wechseln konnte, aber der Weg lag weiß und unwirklich verlassen da, der Himmel starrte leer wie ein totes Auge. Die Dohlen wirbelten wie schwarzer Rauch über die Felder, ihr Klagen folgte ihm den ganzen Weg. Er grübelte ergeben über alle seine Versäumnisse nach, Hausbesuche, die er hätte machen sollen, die Inspektion der Volksschulen, aus der nichts geworden war. Arbeit gab es übergenug, wenn er sie nur in Angriff nehmen würde, statt dessen begab er sich auf diese planlose Wanderung. Es war ein Mensch, den er in Hemse suchte, vielleicht ein Lehrer an der Volkshochschule, ein gebildeter Mensch, mit dem man sich gut unterhalten konnte; aber als er endlich dort angekommen war, hatte der Mißmut ihn von neuem übermannt. Er stahl sich in die Kirche, um sich umzusehen, und blieb vor einer Inschrift an der Wand der Vorhalle stehen. Es waren zwei Worte, welche die Nachmittagssonne klar beleuchtete – FINIS ADEST – das Ende ist nahe . . .

Dann das Bild zweier Kentauren, Sinnbilder für Leidenschaft und Raserei, die den Baum des Lebens angreifen. Die Dunkelheit des Mittelalters, Bilder aus einer entfernten Welt, und dennoch empfindet er Unlust, Mißmut, Überdruß . . . FINIS ADEST! Wer weiß . . .

Anschließend wandert er durch den Ort, überlegt, ob er die Volkshochschule aufsuchen soll, verzichtet aber, kann nicht in diesem Jackett Akademiker treffen, die Ärmel schon wieder ausgefranst, muß sie heute Abend zurechtschneiden und neue Säume nähen, damit ich wie ein Mensch aussehe, muß mich proper halten, darf mich nicht gehen lassen und resignieren, darf mich nicht dem Abgrund und dem Absturz überlassen . . .

Ihn friert, und er überlegt, ob er sich im Café von Hemse mit einer Tasse Kaffee aufwärmen soll, überlegt es sich aber und macht in der Tür kehrt, unnötige Ausschweifung, kostet zuviel, muß an die Familie denken . . .

Die Beklemmung nimmt zu, als er wieder nach Fardhem zurücktrottet: Was sollte dieser Ausflug eigentlich? Ich habe keinen Menschen treffen können, mit niemandem gesprochen, mich nur unnötig erschöpft . . .

Die Sonne steht tief, und der Schatten läuft lang und schlängelt sich unruhig hinter ihm auf dem Weg. Unerwartet kommt ein Pferdefuhrwerk von hinten auf ihn zu und fährt im Schrittempo vorüber, ein ausgemergeltes Pferd, ein Kutscher in schwarzen Kleidern, vielleicht ist es der taubstumme Knecht von Ahlenius.

Die Dohlen folgen ihm nach Hause, die Unruhe ist noch bis weit in den Abend hinein bei ihm. Daß es nicht einmal in der Stille der Nacht möglich sein soll, ruhigen Sinnes zu werden, jetzt, wo die Glocken schon den Feiertag eingeläutet haben, und morgen soll ich auf der Kanzel stehen und zu all den Leuten sprechen, möge es nur gut gehen, wenn nur die Kirche nicht leer bleibt, wenn ich bloß kein Nasenbluten bekomme, guter Gott, schicke mir jede Prüfung, wenn nur der Gottesdienst nicht ausfällt . . . Er wagt aus Furcht vor den Dämonen der Selbstkritik nicht, seine Predigt noch einmal durchzulesen, aber er wiegt das Manuskript in der Hand und beruhigt sich ein wenig, als er dessen Schwere spürt, die zumindest von Arbeit und Fleiß zeugt.

Es ist nicht das Gebet, das ihm an diesem Abend zur Sinnesruhe verhilft, es ist eine gute Erinnerung, die ihm ins Gedächtnis kommt.

Ein Tag in der Kindheit, ein sonniger, seltener Tag, an dem er Mutter Anna-Lisa allein in den Wald folgen durfte, und er saß in einer sonnenwarmen Lichtung auf ihrem Schoß und wurde mit Waldbeeren gefüttert, und Mutter lachte und küßte ihn, und alles Wärme und Sonnenschein.

Mutters Gesicht wird zum Gesicht Cecilias, aber er schläft ein, bevor die unverzeihlichen Bilder sich seinem Blick gezeigt haben.

»Sonntag, den 22. September. In Linde um 9 Uhr den Gottesdienst abgehalten, in Fardhem 11.30. Bolander und ich besuchten darauf den Kirchenältesten Persson. Aus Anlaß des Evangeliums für diesen Tag das Thema dieser Sonntagspredigt: Gottes väterliche Fürsorge für die Seinen.«

Der Gottesdienst war in Linde wie in Fardhem gut besucht, das war eine ungeheure Erleichterung. Er spürte, wie die seit langem beklommene Brust sich vor Freude hob, als er vor den Altar trat und mit seinem klaren Bariton intonierte – Der Herr ist mein getreuer Hirt, dem ich mich ganz vertraue...

Daß es so gut ging, und ich habe mich so tief und so lange geängstigt...

Die Großbauern, mit dem ersten Schöffen Rike Jesper aus Tröi als Anführer, traten nach dem Gottesdienst herzu, um ihm die Hand zu schütteln und sich zu bedanken. Samuel hielt sich ernst und straff, wie es einem schwedischen Gottesmann ansteht, und der Respekt fächelte mit Seraphim-Flügeln heilige Kühlung um seine Stirn, die Gewölbe erhoben sich atemlos weiß und hoch.

Lindfors sollte mich gerade jetzt sehen, dieser Spötter! Und warum sollte ich eine Pfarrei nicht ebenso gut wie er leiten, mein Brot verdienen, von meinen Lieben umgeben leben, in meinem Vaterland arbeiten und sterben ... Warum nicht? Und warum will Schweden mich nicht haben?

Die aufgeräumte Freude nach dem Gottesdienst ließ ihn keine Schwierigkeiten mehr sehen, die Zukunft lag offen vor ihm, der Himmel war hell.

Aus reiner Fürsorglichkeit nahm er hinterher Bolander mit zu Persson nach Hause, dem Kirchenältesten, der heute eigentlich an der Reihe gewesen war, den aber schwere Podagra an den Schaukelstuhl fesselte. Es gab Kaffee und Cognac, aber die Rivalität zwischen den beiden Gemeindemachthabern begann schon bald zu einem Sturm auszuarten, und Samuel hatte alle Mühe, Öl auf die Wogen zu gießen. Er vermittelte und sprach Worte der Versöhnung mit respekteinflößender Stimme, bugsierte dann Bolander durch eine gut erfundene Ausrede mit hinaus, würdig, ruhig, jeder Zoll ein Diplomat. Genau, wie ein königlich schwedischer Gottesmann sein soll! Lindfors sollte mich jetzt nur sehen!

Er war eigenartig müde, als er endlich nach Hause kam, ein Gefühl, das dennoch ganz behaglich war. Eine entsetzliche Spannung hatte nachgelassen, und die Prüfungen der nächsten Woche waren noch in gesegneter Ferne.

Er schlief ruhig und ohne Träume.

»Montag, den 23. September. Studiert. Einen Spaziergang nach Lojsta unternommen. Unterpfarrer Lindfors war nicht zu Hause. Am Abend Besuch von Nilsson.«

Die Lebensfreude und der Optimismus hielten sich auch noch am nächsten Tag. Er begann einen Brief an Cecilia, hielt aber sofort inne: Was für ein Recht hatte er, verliebt zu säuseln, wenn ich kein Geld nach Hause schicken kann?

Die isagogischen Eingebungen kehrten zurück und umschwärmten ihn wie Dohlen einen Kirchturm, er bekam keine Ruhe, er war zum Platzen voller Ideen und brauchte um jeden Preis jemanden, mit dem er reden konnte.

Während der Wanderung nach Lojsta murmelte er alle brillanten Einfälle und logisch scharfen Argumente vor sich hin, die er zu entwikkeln gedachte, drohte fuchtelnd einem unsichtbaren Lindfors mit dem Finger, bis der Kollege nachgab und sich widerwillig jammernd einem überlegenen Geist beugte: Ja, ja, Sie haben sicher recht, bester Bruder, das klingt sehr überzeugend ...

Lindfors, dieser aufgeblasene Kerl, und dann war er nicht zu Hause! Enttäuschend, natürlich, aber gleichzeitig ... Vielleicht ist es so am besten. Ungewiß, ob ich den Fuchs hätte überzeugen können ...

Am Abend erschien Nilsson und lud zu seiner Erweckungsversammlung ein. Samuel lehnte unter Hinweis auf Gesundheit und Amtspflichten ab, aber Nilsson ließ sich nicht täuschen, das war seiner maulenden Miene wahrhaftig anzusehen.

Aber was soll ich denn tun? Der Bischof hochkirchlich wie ein Kardinal, und Lindfors und die sonstigen Pfarrer des Stifts ... Ich kann mir keine Feinde machen, mein Weg ist auch so schon schwer genug ...

Das war ja unbestreitbar wahr.

Dennoch spürte er Gewissensbisse.

»Dienstag, den 24. September. An diesem Tag befiel mich eine so starke Sehnsucht nach meiner Familie in Värmland, daß ich mit meiner Arbeit nicht fortkommen konnte. Ich ging daher hinaus und ging eine Weile spazieren, saß lange im Gebet an Gott versunken im Wald, wurde dann ruhiger. Am Nachmittag besuchte ich Pfarrer Ahlenius in Levide. Ein frommer und liebenswürdiger Mann. Zeigte mir die Kirche, lud mich zu Kaffee, Punsch und Obst ein.«

Alles, was er so lange mit sich herumgetragen hatte, brach so stark hervor, daß er schließlich die Beherrschung verlor. Aber er konnte ja nicht zu Hause bleiben und Stina seine Tränen zeigen; die boshafte Magd zeigte schon genug Verachtung. Mußte ruhig sein, nicken und ihr zulächeln, als er hinausging, den Impuls loszulaufen beherrschen, ruhig, in gemessenem Spaziergangstempo auf den Wald zuwandern . . .

Als er dort endlich auf einem Stein saß, von den Baumstämmen barmherzig verborgen, brachen die Tränen in Strömen hervor, und es dauerte lange, bis er seine Trauer und seine Sehnsucht durch die Macht des Gebets niedergekämpft hatte. Verstehe nicht, daß mich dies so heftig befällt . . . Vielleicht hätte ich Cecilia gestern schreiben, einige Worte der Liebe schreiben sollen, auch wenn ich kein Geld schicken konnte . . .

Die Begegnung mit Pastor Ahlenius war wohltuend gewesen und hatte ihn dennoch ein wenig niedergeschlagen. Der dickliche Prälat hatte möglicherweise irgendwann in seiner Jugend einmal das Feuer der Berufung gespürt, aber die Flamme war schon seit langem erloschen und von der Asche des Alltags zugedeckt. In geistlichen Tagesfragen war er wenig bewandert, seine Welt war Sprechstunde und Sitzungen der Kirchenältesten und Bauernfeste und ewige Dispute mit dem Pächter über wirtschaftliche Kleinigkeiten. Dennoch tat es gut, mit einem Menschen zu sprechen, eine Zeitlang Gemeinschaft zu fühlen.

Gemeinschaft, ja, das war es! Aber warum fühlte er sich dann auf dem langen Rückweg so leer und müde? Lag es an dem Bild von Ahlenius' wohllebiger Leibesfülle, das er mit sich trug?

Fette Verkünder in einer ausgehungerten Welt, wann wird die Kirche sich jemals von diesem Bild befreien?

Er dachte viel an das Elend in der Welt, nachdem er sich für den Abend hingelegt hatte, und weinte schließlich über Gottes unerforschlichen Ratschluß, den er überhaupt nicht verstehen und dem er sich auch nicht mit Geduld unterwerfen konnte.

Schweden, mein Vaterland, ist tief in seelische und leibliche Not versunken. Aber was hat die königliche Staatskirche diesen Bedürftigen zu geben, solange sie aus solchen wie Ahlenius besteht?

Nilsson und seine Brüder in der Erweckungsbewegung sind schon auf dem Weg aus der Kirche – und wahrlich, ich kann ihren Zorn, ihre Trauer verstehen! Aber darüber darf ich nichts sagen, wenn ich für die Meinen einen Lebensunterhalt gewinnen will ...

In jener Nacht flogen ihm Alpträume wie Fledermäuse durch das Gehirn, Träume von gewaltigen, kalkweißen Hospitälern mit schweigenden Irren, an die Wände geketteten Irren mit verbundenen Mündern, großen starrenden Augen ...

Von Wahnsinn und Ohnmacht träumte er in jener Nacht.

»Mittwoch, den 25. September. Ein schöner und herrlicher Tag, richtiges Sommerwetter. Alles, was Odem hat, lobe den Herrn! Am Vormittag Lemkes Seelsorger-Erinnerungen studiert, mich auf meine Predigt vorbereitet.«

Warmes Wetter, strahlende Sonne, als er ausgeschlafen und froh erwachte. Alle Grillen und Grübeleien wie weggeblasen!

Er machte das Fenster weit auf. Die Luft war lau und dennoch frisch wie weißer Wein, die Gardine wurde mit einer gemächlichen und weiblich anmutigen Bewegung von einem Windhauch gefüllt. Oh, diese tiefblauen Septembertage über Gotland!

Er zögerte einen Augenblick mit dem Nachthemd in der Hand, als ihn der Gedanke schlug: So leben vielleicht gewöhnliche Menschen? Frei von Unruhe und Furcht, in starker und munterer Zuversicht und im Glauben an sich selbst? Nicht so wie ich in ständiger Unruhe, ständiger Selbstverachtung ... Wie leicht es wäre, so zu leben.

Das Evangelium des bevorstehenden Sonntags handelte von Jesu Kraft, Leben zu schenken und die Toten wiederzuerwecken, von Lazarus, vom Sohn der Witwe in Nain, nun, eine bessere und trostreichere Verkündigung konnte er nicht verlangen ...

Die Sonne schien über Gotland, er spürte Freude und Zuversicht, als er an seiner Predigt schrieb, Sonne, überall Sonne, Sonne, die auf das gelbe Papier schien, Sonne, die das Zimmer erfüllte und die Staubkörner wie Diamanten glitzern ließ, Sonne, die ihm ein Gefühl von Gottes Güte und Allmacht eingab, und die milde Brise durch das Fenster, die seine Brust erfüllte ...

Ein so gesegneter Tag!

»Donnerstag, den 26. September. Sprechstundentag. In Arndts ›Wahrem Christentum‹ studiert. Besuch von Pastor Lindfors. ›Arne‹ von Bjørnstjerne Bjørnson gelesen.«

Noch ein schöner Tag, jedoch verbittert durch den Besuch von Lindfors. Noch lange danach erinnerte er sich an die böse Replik: »Sich ein Pastorat suchen? Hier im Land gibt es kaum genug Pastorate für alle richtigen Pfarrer!«

Richtige Pfarrer!

Und wie gewöhnlich saß ich stumm und ergeben da und nickte und lächelte, und mir fiel nicht eine einzige vernichtende Replik ein, die den Zorn hätte erlösen können, den ich nun schon den ganzen Tag mit mir herumtrage . . .

Arndts freundliche Baßstimme hatte keine guten Trostgründe anzuführen, und so fiel es ihm abends schwer einzuschlafen. Schließlich machte er die Spirituslampe an und legte sich hin, Bjørnsons Erzählung zu lesen, um die Gedanken zu zerstreuen. Er liebte die edlen Bauern des Norwegers und wurde nie müde, Cecilia aus »Arne«, »Synnøve Solbakken« und »En glad gut« vorzulesen.

Aber er war ja selbst ein Bauernsohn, sollte er nicht wissen, wie fern dies den Taten, Gedanken, Gefühlen von Bauern war? Doch, das wußte er schon, er war selbst zu Hause in Väse bis zu den Knöcheln in Bauernerde gestapft, er konnte ihre Sprache sprechen und ihre einfachen kreatürlichen Gefühle verstehen, doch, er wußte schon Bescheid. Aber die Wirklichkeit, das ist ja etwas völlig anderes! Es wäre ihm nie in den Sinn gekommen, daß die Dichtung ein wahres Bild des Alltags wiedergeben sollte. In der Literatur der achtziger Jahre und des Naturalismus sah er Blendwerk des Teufels, und die Verirrungen des alternden Bjørnson flößten ihm Furcht ein. Und Strindberg? Antichrist! Ein Lästerer und Nörgler war er, zudem mit einer Vitalität ausgestattet, die abstoßend und verlockend zugleich wirkte, in seiner Erscheinung war etwas von der Stärke und Schönheit eines gefallenen Engels. Ich bin zu weich und zu schwach, ich werde mit soviel Kraft nicht fertig!

Nein, niemand ist wie der junge Bjørnson, und nichts läßt sich mit »Arne« vergleichen, dieses Buch könnte er immer und immer wieder lesen, man erkennt so vieles wieder in der trotzigen Sehnsucht hinaus aus kleinen und engen Verhältnissen . . .

Hinaus will ich! Hinaus! – Oh, so weit, weit, weit über die hohen Berge!

Ja, es war die Auswanderung, der Traum von Amerika, der große Gedanke meiner Generation. Der Erde Värmlands galten Schweiß und Mühe unserer Tage, Amerika unsere Träume in jeder freien Stunde.

Pastor Samuel Eriksson liest im freundlich gelben Lichtschein der Lampe von Arne, von seinem Leben mit den Eltern, seinem Traum von Amerika, und seine Gedanken wandten sich unmerklich der Kindheit zu, seinem Vater Axel und der Mutter Anna-Lisa und dem einfachen Bauernleben der Kindheit in Väse.

Axel Eriksson, »der-im-Osten-in-Tågås«, war ein frommer und grüblerischer Mann, und seine Abgekehrtheit vom Weltlichen nahm mit den Jahren zu, während er mit dem Vorhaben kämpfte, seine Geschwister für ihr Erbteil am Hof auszuzahlen. Schließlich gab er den ungleichen Kampf auf, kehrte dem Mammon und der Welt den Rücken, und irgendwann während der unruhigen sechziger Jahre, als die Erweckung wie ein Waldbrand über Schweden hinzog, zog er als Wanderprediger durch Värmland. Er wandte sich gegen die königliche Staatskirche, welche die Verkündigung des lebendigen Gottes verwässert hatte, verlangte eine Rückkehr zum Christentum der Apostel. Von wenigen gefeiert und von den Mächtigen verfolgt, gab er schließlich in einer elenden Hütte von Brattfors seinen Geist auf, umgeben von einer Schar wildäugiger Anhänger aus dem Geschlecht der Hüttenbewohner, zerlumpter Gestalten, Landstraßenritter und Kätnerweiber, und seine letzten Worte sollen gewesen sein: »Mein Gott, mein Gott, warum hast du mich verlassen?«

Samuel hatte bloß noch wirre Kindheitserinnerungen an diese letzte Zeit, und er erinnerte sich in seiner neuen Würde als Gottesmann nur ungern an das Schicksal des Vaters. Wenn Lindfors und der Bischof wüßten!

Der Prophet starb, und Mutter Anna-Lisa saß nun allein mit vier hungrigen Knaben auf dem Hof, grausam verfolgt von ihren Schwägern, die mit Schuldscheinen in den Händen ihre Anteile am letzten Scherflein der Witwe aus der Erbmasse verlangten. Anna-Lisa konnte nur mit Mühe lesen, aber eines wurde ihr sowohl aus den Schuldscheinen wie aus den Zeichen am Himmel klar. Hier war für eine alleinstehende Frau kein Pardon zu erwarten.

Besonders Onkel Gustaf setzte ihr zu, ein unbarmherziger Mann, der dem Propheten nie die Schande verzeihen konnte, die er über die Familie gebracht hatte. Gustaf führte die Meute an, zeterte und schnappte nach Hab und Gut.

Nehmt den ganzen Krempel, sagte Anna-Lisa schließlich zu den

Schwägern. Nehmt den ganzen Hof mit Wald und Erde und Vieh und aller Habe, wenn ich nur für mich und die Jungen dafür eine Passage nach Amerika bekomme. Da drüben habe ich Verwandtschaft und Freunde, und wer dazu Gott im Sinn hat, schlägt sich immer durch.

Das war ein klares Wort und für die Schwäger ein glänzendes Geschäft. Anna-Lisa bekam ihr Billett, packte, nahm die Jungen unter den Arm und fuhr los. Sie schlug sich durch, ganz richtig. Kaum war sie in der von Schweden besiedelten Gegend von Minnesota angekommen, bekam sie eine gute Partie. Sie heiratete den Farmer Swanson, der ihr einen eisernen Küchenherd gab, einen Hut mit Straußenfeder und eine Brosche aus echtem amerikanischem Gold, was Anna-Lisa ihm durch die Geburt dreier Söhne quittierte. Sie war eine der heißblütigen Frauen in der Familie, zäh wie eine Weidenrute, warm wie ein Feuer im Kamin. Ihr sehniger, willensstarker Körper war wie dazu geschaffen, der Welt ein hartes Männergeschlecht zu gebären, und sechs der Söhne gerieten in allem nach ihr: Sie wurden stark, knochig, hart wie Krokodile und gänzlich dazu geschaffen, ihren Unterhalt aus der amerikanischen Erde zu holen. Will sagen, alle außer Samuel, Samuel, kleinwüchsig, zartgliedrig, weich, von Natur mit einem Kopf zum Lernen begabt, der ihn bald in die Arme der Augusta-Synode führen würde, um das schöne Griechisch und das gehirnsprengende Hebräisch zu lernen, bis er eines Tages zum Pastor geweiht mit einem »Ins. cum laude« auf dem Diplom dastand, mit einem brennenden Eifer, für schwedisch-amerikanische Seelen im gesamten Mittelwesten zu sorgen. Nach einigen strebsamen Jahren auf der Prärie packte ihn die Sehnsucht nach dem Land der Väter, und er nahm sich vor, nach Hause zu reisen und seine Dienste der Mutterkirche anzubieten.

Anna-Lisa benetzte ihn mit mütterlichen Tränen, und die Brüder brachen ihm mit Umarmungen ihrer Bärentatzen fast die Rippen, und dann fuhr Samuel nach Hause, einerseits vielleicht, um Onkel Gustaf und anderen geizigen Onkeln sein Beffchen zu zeigen: Ja, jetzt sollten sie zu sehen bekommen, wen sie um das väterliche Erbe betrogen hatten!

Das waren stolze Aussichten, aber Samuel wurde wie viele große Männer vor ihm durch die Liebe zu einer Frau zu Fall gebracht. Auf dem Schiff begegnete er Cecilia Johannessen aus Kristiania, die es leid geworden war, in Nebraska als Magd zu dienen, und die jetzt in das alte Land zurück wollte, um einen besseren Lebensunterhalt zu suchen. Es gab zärtliche Worte und teure Schwüre und viele Verse von Wergeland und Bjørnson an Deck und im Mondschein. Nach der Heimkehr ins Vaterland nahm Samuel die ihm Anverlobte mit nach Hause nach Värmland, wo reuige Onkel sich vor Überraschung fast überschlugen; mit groben Händen befühlten sie das geistliche Gewand und verwunderten sich darüber, daß Axels Junge in der Welt dermaßen weit gekommen war. Um sich ein wenig für den Betrug mit dem Hof zu entschuldigen, richteten sie im Heimatdorf eine pompöse Hochzeitsfeier aus. Seht euch den Burschen an, sagten sie den Gästen und zeigten mit den Fingern. Daß dem Axel sein Sohn Pastor geworden ist!

Als Samuel aus einer seligen Hochzeitsnacht erwachte, traf es ihn zum ersten Mal, daß er strenggenommen keinen Lebensunterhalt besaß. Daran hatte er in seinem Glücksrausch nicht einen Gedanken verschwendet.

Er suchte den Bischof in Karlstad auf und erhielt einen abkühlenden Bescheid: Das schwedischamerikanische Pastorenexamen tauge hier zu Hause gar nichts, und wäre Samuel auch gelehrt wie ein Erzengel. Seine Majestät der König könne mit Zustimmung des Konsistoriums möglicherweise Dispens erteilen, aber dann müsse man bitteschön so gut sein und den Dienstweg einhalten. Was blieb? Nach Amerika zurückfahren? Das wäre eine demütigende Niederlage, und außerdem fehlte ihm das Reisegeld. Und hier zu Hause? Sich zu verschulden hatte er nicht die Kraft, und zu betteln schämte er sich.

Da hieß es als Hilfsprediger für freie Unterkunft und 300 Reichstaler im Jahr durch das Reich zu kutschieren, während Cecilia zu Hause in Värmland saß und mit dem Titel »Frau Pastor« als einzigem Zubrot zu Wassersuppe und Kartoffeln hungerte.

Das erste Kind kam 1893, eine Tochter, die auf den Namen Elin Maria getauft wurde; 1895 kam ein Junge, der den Namen Abel Axel erhielt. Und noch ist Samuel Eriksson ein junger Mann, und Cecilia ist eine Schönheit; wenn er Weihnachten nach Hause fährt, kann es leicht Zuwachs geben, und noch an diesem Tag, da er einunddreißig Jahre alt ist, hat er keinen Lebensunterhalt und den Seinen keine Sicherheit zu geben.

Hinaus will ich, hinaus, oh, so weit, weit, weit . . .

Aber jetzt kommt Samuel nie mehr hinaus, jetzt ist er für das Leben angekettet. So weich seine Ketten, so warm der Arm, in dem er verweilen möchte . . . Und dennoch! Ich liebe die Meinen so innig und warm, und dennoch sind sie mir ein Klotz am Bein . . .

Möge Gott mir die bitteren nächtlichen Gedanken vergeben.

»Freitag, den 27. September. Schönes Wetter. In Arndts ›Wahrem Christentum‹ gelesen. Mich auf meine Predigt vorbereitet. In den ›Erinnerungen eines Seelsorgers‹ von dem Pastorat von Fardhem gelesen.«

Bitterkeit und Hoffnungslosigkeit auch an diesem Tag, trotz des schönen Wetters. Mit der Predigt ging es nur schleppend voran, und er suchte vergebens Trost bei Arndt, die guten, herzenswarmen Worte gaben keinen Sinn, krochen nur wie schwarze, böse Insekten über die Buchseiten. Mißmut empfand er und starke Bitterkeit wegen seiner Armut und der trostlosen Zukunftsaussichten. Er las in den »Erinnerungen eines Seelsorgers« von der großartigen Gastfreiheit, die von Pfarrer Ekholtz in Fardhem geübt worden war: »Gäste und Durchreisende wurden immer aufgenommen, ebenso die Leute aus der Gemeinde bei stetig wiederkehrenden Besuchen. Es verließ niemand seine Tür, dem nicht seelisch oder leiblich geholfen worden wäre.«

Leicht für ihn, dachte Samuel. Leicht für ihn, den wohlbestallten Pfarrer mit königlicher Vollmacht und der gesamten Rente des Pastorats.

Und ich kann mir nicht einmal neue Handschuhe leisten. Und die arme Cecilia zu Hause in Väse . . .

»Sonnabend, den 28. September. Mich auf meine Predigt vorbereitet. Gelesen. Besuch von Pastor Lindfors gehabt. Darauf zu Pfarrer Gadd nach Öja gefahren, der krank war und für den ich am Sonntag Dienst tue. An den Kirchen von Alva, Grötlingbo, Fides und Hafdhem vorbeigefahren. Nachmittags um halb sechs in Öja angekommen. Eine große und recht schöne, aber alte Kirche. Die Gegend recht hübsch. Schöne Wiesen und ein schöner Garten um den Pfarrhof herum, groß und angenehm mit neun Zimmern. Der Pfarrer, ein großer, dikker, fetter Mann aus Schonen, freundlich und wohlwollend. Großes Pastorat und viel Arbeit. Herr, gib Segen mit Deinem Wort!«

Er erwachte mit schwerer Morgenangst. Es war eine körperliche Anstrengung, aus dem Bett zu steigen, sich an der Kommode zu waschen und in die Kleider zu kommen. Kaffee im Bett wäre wohl eine schöne Hilfe gewesen, aber er schämte sich, Stina in die Kammer zu lassen, in der sie sein abgewetztes und schadhaftes Nachthemd sehen könnte.

Vor Unruhe zitternd stand er vor dem Rasierspiegel, schnitt sich aber glücklicherweise nicht. Mit blutigen Papierfetzen im Gesicht vor Stinas kritischen Blicken dazusitzen, das ginge nicht . . .

Geputzt und wohlrasiert betritt er das Eßzimmer zu Morgenbrei, Kaffee und Langzwieback mit Butter. Er zwang sich, Stina anzulächeln und trotz ihrer sauertöpfischen Morgenmuffelei freundlich mit ihr zu reden, und dabei kehrten Sinnesruhe und Arbeitslust seltsamerweise zurück.

Aber kaum war die Predigt fertig ... Ach, wie soll man Lindfors und all seine Bosheiten ertragen ... Hochgewachsen, bleich und jesuitisch trat er ein, die mageren Hände wie gewöhnlich Ringelnattern gleich ineinandergeschlungen, den Mund wie gewöhnlich voller Bosheiten über die Erweckungsbewegung innerhalb der Kirche, das aufrührerische Hausen niederkirchlicher Kreise und die Unsitte, unstudierte Leute als Hilfspfarrer zu beschäftigen ... Samuel war kurz davor, die Laune ganz zu verlieren, als Bolander mit einer eiligen Botschaft von Öja ins Zimmer taumelte: Pastor Gadd habe nach der Sitzung der Kirchenältesten ein Festessen gehabt und liege jetzt hilflos im Bett; er brauche dringend jemanden, der am Sonntag für ihn die Predigt halte.

Samuel mußte in aller Hast improvisieren. Er ließ Ahlenius eine Nachricht schicken, er möge den Gottesdienst in Fardhem neben seinem eigenen in Levide übernehmen, und bat Lindfors, sowohl Lojsta wie Linde auf sich zu nehmen, obwohl dieser Jesuit säuerlich das Gesicht verzog und über das ewige Feiern und den sündigen Schlund des Herrn Gadd lamentierte.

Wie gewöhnlich in Krisensituationen, wurde Samuel kalt und ruhig, und sein Gehirn arbeitete schnell.

Bolander fuhr mit dem Pferdefuhrwerk los, und inmitten der ganzen Spannung konnte Samuel sich mit kalter Schärfe die Sehenswürdigkeiten ins Gedächtnis zurückrufen. Die Kirche von Öja schien ihm reichlich altmodisch und baufällig zu sein, aber der Pfarrhof war stattlich und hätte einem anderen als Gadd besser angestanden, der Witwer war und kinderlos und nur eine betagte Mutter zu versorgen hatte.

Samuel wurde an das Krankenlager des Pfarrers geführt, wo der Gestank deutlich genug von der gestrigen Feierei zeugte. Gadd ließ ein Hörrohr unter der Decke verschwinden, als Samuel eintrat, und begann seinen Stellvertreter laut schreiend über dessen Erfahrungen im Amt auszufragen, beruhigte sich aber bald und überließ alles dem eigenen Urteil des jüngeren Kollegen. Wie bitte? Die Kirche? Ja, ich hätte den alten Kasten schon gern abreißen lassen und etwas Neues gebaut, aber die Bauern sperren sich und halten den Geldbeutel fest verschlossen. Aber nur mit der Ruhe, Eriksson, dann wird schon alles gutgehen. Und dann werde ich der Madame Bescheid sagen, daß sie für den Abend etwas Gutes zusammenkocht ... Du kannst mich Onkel nennen ... Freundlichkeit und Gemüt und kein Titelgehabe, das alles, aber auch Geschrei aus vollem Hals und Was soll der Unfug? Und dazu noch einen für dämlich halten, also verließ Samuel den Pfarrer bald, der seinen Magen mit Toddy zu kurieren gedachte, einem Hausmittel, das er mit wohlgesetzten Worten pries.

Ein Sklave des Fleisches! Und nur allzu typisch für diese abgestumpfte Staatskirche. Kein Wunder, daß das gemeine Volk grollt und aus dem Pferch ausbrechen will.

Eine rotglänzende und sichtlich wohlgenährte Hausmamsell servierte ihm ein üppiges Souper, Hering mit Kümmel und Pomeranze, wie es behagt, Ochsenbraten mit gebräunten Mohrrüben, dazu den besten Margaux des Herrn Pfarrers, Apfelkuchen mit Vanillesauce und ein Tropfen uralten Portweins, Kaffee in einem orientalischen Rauchzimmer mit einem Buchara auf dem Fußboden ... Ob er Cognac oder Punsch zum Kaffee möchte, wie befehlen? Keins von beiden, danke, es ist schon gut so ... Hat ihm das Essen nicht geschmeckt, wollte es nicht schmecken? Es hat sehr gut geschmeckt, vielen Dank, liebe Mamsell. War mit dem Wein möglicherweise etwas nicht in Ordnung? Der Wein ist sicher gut, ich bin kein Kenner ...

Die Mamsell zischte und gluckste verärgert wegen seiner Mäßigung bei Speis und Trank: Derlei war sie nicht gewöhnt!

Samuel seufzte mißmutig, als er in dem türkischen Rauchzimmer saß und am Kaffee nippte – Üppigkeit und Überfluß in einer Welt der Not! Mein Amtsbruder ein Sklave des Fleisches ... Und die Einnahmen von Öja könnten sowohl meine Familie wie auch viele andere Bedürftige in der Welt gut versorgen.

Eine stetig kreisende Ahnung von sozialen Ungerechtigkeiten glitt in seinem Bewußtsein an die Oberfläche, suchte in seiner religiösen Sprache nach Worten und Bildern und versank wieder schweigend auf den Grund.

Gadds Schreibtisch war unaufgeräumt und wies ringförmige Abdrücke klebriger Gläser auf; offensichtlich selten zu seinem wahren Zweck genutzt. Der Staub brachte Samuel zum Niesen, als er sich hinsetzte, um seine Predigt noch einmal durchzulesen, und die Mamsell wehklagte über ihr Versäumnis. Sehen Sie, der Herr Pastor sitzt so selten dort am Tisch, er hat die Gelehrsamkeit sozusagen im Kopf!

Ja, man kann sich das in etwa so vorstellen: Er schreibt wohl nie eine eigene Predigt. Dreht das Faß um oder holt sich etwas aus irgendeiner

Postille: Man kann sich Nachlässigkeit leisten, wenn man gesichert im Amt sitzt.

Und diese Verkündigung von Gottes Wort als Amtsbruder mit königlicher Vollmacht, nein, da stimmt etwas nicht ...

»Möchten Sie Soda oder Apollinaris zum Grog, wie befehlen?«

»Keins von beiden, liebe Mamsell, ich trinke derlei nicht ...«

»Ja, aber der Herr Pastor pflegt ...«

Sie war angesichts ihres asketischen Gastes ängstlich und völlig durcheinander.

Als er endlich allein über seinem Text saß, überkam ihn die Unruhe von neuem, und er kritzelte einen kurzen Gebetsruf in sein Tagebuch:

»Herr, gib Segen mit Deinem Wort!«

»Sonntag, den 29. September. Michaelistag. Strahlend schönes Wetter. Richtiges Sommerwetter! Gepredigt, zuerst beim Gottesdienst in Öja um 9 Uhr, dann in Hamra um 12 Uhr. Nahm dann eine Kindstaufe vor, als ich nach Öja zurückgekehrt war. Speiste dann mit einem Richter namens Bengtsson und mit der Lehrerin in Öja zu Mittag. Anschließend Kirchgang einer Wöchnerin. An diesem Tag hatte ich viel zu tun, in so großen Kirchen predigen, aber der Herr half mir, so daß alles gut ging, obwohl ich mich zu Anfang ängstigte. Sechs Aufgebote, viele Bekanntmachungen.«

Trotz der exaltierten Spannung war er kalt und klar. In aller Frühe auf den Beinen und dann eine Nachricht zum Kirchendiener in Hamra wegen der Kirchenlieder des Tages schicken, darauf eine Besprechung mit dem Küster in Öja, Ruhe, sei ruhig, sammle dich und sei ruhig, Samuel, und jetzt kann er den Gottesdienst durchführen, darauf stehenden Fußes eine Tasse Kaffee, ein kleiner Cognac, wenn's recht ist, nein danke, Mamsell, dann mit dem Pferdefuhrwerk nach Hamra, neuer Gottesdienst, im Trab wieder zurück nach Öja, um nicht eine Kindstaufe zu versäumen, am Nachmittag Kirchgang einer Wöchnerin ... Das war reichlich, aber es ging! Kein Gottesdienst ist ausgefallen! Was auch immer, aber ein Gottesdienst darf nicht ausfallen! Aber es ging also, auch dieses Mal ...

Er war freudig überrascht, als er vom Richter zum Mittagessen eingeladen wurde, das war ja sehr anständig. Lächelnd und mit geradem Rücken saß er auf dem Ehrenplatz und suchte mit gemessenen Gesten zu verbergen, daß er äußerlich ziemlich abgerissen war, aber es ging, er spielte seine Rolle mit Ehre! Von einer Standesperson mit Achtung behandelt zu werden wie ein richtiger Pastor in der königlichen Staatskirche! Das sollte Lindfors mal wissen!

Die Lehrerin klagte über ihren schweren und schlecht entlohnten Beruf, und er lauschte ihr mit Mitgefühl. Armer Mensch, natürlich ist es ein wenig angesehenes und schlecht entlohntes Gewerbe, den Bauerngören das ABC einzubleuen, immer daran denken, bevor ich mich über mein Los beklage: Es gibt andere, denen es noch schlimmer geht!

Um ein Haar wäre er zu spät zum Kirchgang der Wöchnerin gekommen. Die junge, blühende Bauersfrau, in ihrem schwarzen Sonntagskleid mit Feiertagsschürze vor gesunder Weiblichkeit schwellend, kniete mit würdig abgemessenen Bewegungen nieder und senkte das Kopftuch unter seiner segnenden Hand.

Allmächtiger, ewiger Gott, der dem Menschen den Segen gab, er möge sich mehren und die Erde füllen ...

Er zögerte eine Weile, hätte fast den Faden verloren. Ihr blondes Haar und ihr langer, gerader Hals, der mütterlich breite Busen, die Lenden, die noch vor kurzem eine Leibesfrucht getragen hatten ... Sie war sich ihrer Schönheit sicher nicht bewußt, es war eine dem weiblichen Körper eigene hochmütige Ausstrahlung von Gesundheit und Kraft ... Und sie war Cecilia so seltsam ähnlich.

Er hatte einen Kloß im Hals, räusperte sich und setzte das Gebet mit gedämpfter Stimme fort. Nahm dann ihre kühle Hand zwischen seine und gab ihr den Segen: Der Herr sei mit dir in seiner Wahrheit und Furcht!

Sie betrachtete ihn mit großäugigem Erstaunen; vielleicht ein Funken von Verstehen, vielleicht ein wenig geschmeichelt von diesem Pfarrer, der unter ihren Blicken zum Mann wurde.

Cecilia, Cecilia ... Die Erinnerung an die Familie kehrte nach einem langen Tag mühseliger Anspannung zurück, und er weinte sich in seiner Einsamkeit in den Schlaf.

Die ganze Nacht lebhafte Träume von Cecilia.

»Montag, den 30. September. Bin in Öja gewesen und habe mich umgesehen. Bin in Burgsvik gewesen – donnerstags geht der Dampfer nach Visby! Sehr schön dort, bin über die Wiesen hinuntergegangen. Eine große Zahl von Dohlen gesehen.«

Der Montag kam mit Müdigkeit und einer gewissen Trübsal nach der Hetze und Anstrengung des Wochenendes. Wenn die Anforderungen nachlassen, kommt die Angst . . .

Nach dem Morgenkaffee ging er ins Haus, um Pastor Gadd seine Aufwartung zu machen und über seine Amtstätigkeit Rechenschaft zu geben, fuhr aber in der Tür angesichts eines gräßlichen Anblicks zurück: Ihm kam es vor, als säße da ein behaarter Troll im Bett! Die Hausmittel Gadds hatten das Übel nur schlimmer gemacht, und die Hausmamsell hatte an Schläfen, Hals und Brust Blutegel appliziert, ein schwarzes, lebendiges Zottelhaar, das dem fetten, rotgeäderten Prälaten ein groteskes Aussehen verlieh.

Die Mamsell befürchtete einen Schlaganfall und wollte rechtzeitig vorbeugen.

Samuel stammelte einige mitfühlende Worte hervor, aber Gadd war jetzt offensichtlich stocktaub, denn er lächelte nur ein liederliches Lächeln und blinzelte listig zwischen zwei schwarzen Egeln hervor.

Samuel murmelte etwas, verbeugte sich und ging rückwärts durch die Tür, eine verschreckte Hofschranze bei irgendeinem infernalischen Potentaten.

Ein Sklave des Fleisches! Und der soll die Rente eines so fetten Pastorats genießen, während ich . . . Und das Volk grollt und ruft nach dem lebendigen Wasser des Geistes, während unsere Kirche wie ein ausgetrockneter Brunnen dasteht! Es ist schrecklich . . .

Aber wie gewöhnlich Mißmut und ebenso schnell Zweifel: Nein, keine aufrührerischen Gedanken, mit welchem Recht tadle ich . . . Schlucke deinen Zorn und denk an deine Zukunft, deine Zeit kommt noch, Samuel Eriksson . . .

Er machte einen Spaziergang, um seine Ruhe wiederzugewinnen, aber wie immer machten ihm die Dohlen Angst, diese Myriaden von Dohlen, die hier wie überall schreiend um Gotlands hundert Kirchtürme herumflatterten, die Dohlen, die schwarzen Vögel meiner Unruhe.

In Burgsvik setzte ihm ein redseliges Marktweib zu, das Dorsch für fünf Öre pro Kilo und Strömming für fünfundsiebzig Öre pro Wall verkaufen wollte, wenn es Ihnen recht ist, Herr Pastor . . . Die Taube des Geistes stürzte ab auf den irdischen Lehmacker, tausend finanzielle

Sorgen überfielen ihn mit einemmal. Achtzig Heringe, das gab Zubrot für zwanzig Mahlzeiten zu Hause bei Cecilia! Wenn man nur diese Handschuhe nicht so verzweifelt dringend benötigen würde, es wird allmählich kalt, und die Hände sind rissig und rot. Aber dann ist da die Miete für das Häuschen in Väse, Olsson sitzt Cecilia im Nacken, Olsson, der geldgierige Hinkefuß! Es ist, als zürne er mir . . .

Dampfer nach Visby . . . Ihm kam in den Sinn, daß er zum Bischof fahren und um Hilfe bitten sollte. Kein Wort vom Konsistorium, obwohl ich schon vor langer Zeit um Dispens gebeten habe. Auf die Dauer ist das unerträglich. Etwas muß ich tun, und das bald!

So darf es nicht weitergehen!

»Dienstag, den 1. Oktober. An diesem Tag nach Fardhem zurückgefahren. Durch eine besonders schöne Gegend gekommen. Viele Dohlen in der Luft, kühl, der Herbst ist da.«

Pastor Gadd war endlich genesen und verabschiedete seinen Hilfspastor an einem üppigen Frühstückstisch. Samuel lehnte einen Morgenschnaps unter Hinweis auf seinen Magen und die frühe Tageszeit ab. Gadd zeigte sich höchst erstaunt: schwacher Magen? Um so mehr Anlaß, zum Frühstück Branntwein zu trinken! Sind womöglich Sozialist, Herr Pastor? Und Samuel verbeugte sich und lächelte und gab sich alle Mühe, seinen Unwillen zu verbergen. Ist nicht gut für einen armen Mann, sich in dieser Welt Feinde zu machen . . .

Danach fuhr er nach Fardhem zurück, aber seine Unruhe ließ er nicht hinter sich. Die Dohlen zerrten und rissen mit scharfen Schreien an seinen Nerven. Sollte man vielleicht nicht doch dem Bischof seine Aufwartung machen? Und das Risiko eingehen, einen unfreundlichen Empfang zu erhalten? Oder ist es besser, zu warten und so lange wie möglich von der Hoffnung zu leben? Zu handeln bedeutet, daß man mit einem Hieb alle Hoffnung abschneidet, abzuwarten bedeutet, sie langsam dahinwelken zu sehen, eine dritte Möglichkeit scheint sich mir wohl nie zu bieten . . .

Stina hatte zu Hause in Fardhem frisch gescheuert und war miserabler Laune.

Wird sie denn erst zufrieden sein, diese Frau, wenn ich als Tyrann auftrete?

»Mittwoch, den 2. Oktober. Mit Bolander in Hemse zum Markt gewesen. Einen Brief an meine Frau und eine Postanweisung über sieben Kronen an Herrn Olsson in Mo abgeschickt. Viel Volk auf dem Markt. Den ganzen Tag recht kühl.«

Ja, natürlich wollte er mit auf den Markt, das fehlte noch, er habe auf der Post etwas zu erledigen und noch viele andere Dinge vor, tausend Dank, bester Herr Bolander . . .

Daß er auch einem privaten Besuch von Lindfors aus dem Weg gehen wollte, brauchte er Bolander ja nicht auf die Nase zu binden . . .

»Meine geliebte Frau!

Wie gern hätte ich dir weitere Geldmittel für Nahrung und Kleidung geschickt! Wie du weißt, hat Olsson jedoch noch weitere fünfzehn Kronen als Miete für eure Wohnung zu fordern, und damit er dir nicht weiteren Verdruß bereitet, habe ich eine Summe Geldes abgeschickt, eine große . . . Ich weiß nicht, was ich darüber hinaus tun soll, hoffe jedoch, daß Pastor Bergstedt Dir zu Hause irgendwie beistehen kann! Meine Gedanken sind bei Dir alle Tage . . .«

Die Stimme des Gewissens: Schön und gut, Samuel, aber du hast doch drei Kronen für Handschuhe beiseite gelegt? Drei Kronen, das sind fünfzehn Kilo Mehl, zehn Kilo Ochsenfleisch, vier Wall Hering, Zubrot für mehrere Monate . . .

Darum sorget euch nicht um den anderen Morgen!

Leicht gesagt, dachte er in einem Anflug von Bitterkeit, Cecilia kann doch nicht von Tau und Luft leben wie die Lilien auf dem Felde . . .

Bolander war auf dem Heimweg gesprächig, aber Samuel saß mit frierenden, in den Achselhöhlen versteckten Händen still und verstimmt da, in eigene Gedanken versunken. Nach Visby und zum Bischof reisen oder nur dasitzen und warten, das war die Frage.

Dohlen, überall Dohlen.

Und die Welt jeden Tag kälter und klarer.

Auch zu dieser milden Insel am äußersten Ende des Reiches kommt schließlich der Winter.

»Donnerstag, den 3. Oktober. Mich auf die Predigt vorbereitet. Besuch von Pastor Lindfors.«

Das Evangelium des bevorstehenden Sonntags handelte vom rechten Gebrauch des Sabbats, ein Thema, bei dem Andacht sich nur schwer einstellt. Schließlich fand er doch ein gutes, stärkendes und wärmendes Wort: »Denn wer sich selbst erhöht, der soll erniedrigt werden; und wer sich selbst erniedrigt, der soll erhöht werden.«

Damit war er imstande, Lindfors in der rechten Geistesverfassung ergebener Resignation zu empfangen. Er antwortete still auf alle Spöttereien, bis es diesem Papisten schließlich zu langweilig wurde, ihn zu drangsalieren. Er ging dazu über, Pastor Gadd zu verleumden, und sagte viele Bosheiten über dessen Nachlässigkeit im Amt. Schließlich prahlte er schamlos mit seinen guten Beziehungen zu Bischof von Schéele. Aber es war wie verhext, Eriksson murmelte nur ausweichend oder schwieg. Lindfors mußte schließlich die Rolle des Vorgesetzten im Amt annehmen und ein wenig über Samuels Versäumnisse meckern: Wie steht es mit den Volksschullehrern? Hat es da eine Inspektion gegeben? Fredén zumindest ist ein arger Rabulist, den man im Auge behalten muß ...

Ja und jawohl, sagte Samuel, ich werde mich bessern. Merkwürdiger Bursche, den man nicht reizen und verletzen kann ... Und Lindfors feuerte seine letzte Patrone ab.

»Sie kommen doch aus Väse in Värmland, Eriksson?«

»Ja, das stimmt ...«

»Haben Sie möglicherweise etwas von den Axeliten gehört?«

»Den Axeliten ...«

»Ja. Das war eine Sekte von Verrückten und Verbrechern, die unter der Führung eines größenwahnsinnigen Propheten durch die Lande zog. Kennen Sie den vielleicht?«

»Nein, nein ... Ich war damals so klein ... Und kurz darauf bin ich nach Amerika ausgewandert ...«

»Ach, so ist das.«

Lindfors genoß es, seinen Kollegen gemartert zu sehen, wollte seinen Triumph aber nicht noch weiter auskosten, nun, wir werden irgendwann auf das Thema zurückkommen ... Wenn es sich ergibt! Guten Tag!

Samuel fiel vernichtet auf seinen Stuhl. Mein Gott, er weiß alles von Papa und seiner Erweckungsbewegung, er weiß alles ...

Und ich habe meinen eigenen Vater verleugnet ...

»Freitag, den 4. Oktober. Eine sehr starke Sehnsucht nach meiner Frau und meinen kleinen Kindern gespürt. Einen Brief an Bruder Wilhelm geschrieben.«

Der Brief an den Bruder war ein verdecktes Flehen um Hilfe, obwohl ihm das selbst nicht bewußt war. Enttäuschungen und Rückschläge in Fardhem hatten seine Sehnsucht nach Amerika wieder zum Leben erweckt – hinaus will ich, hinaus! Aber zurückkehren, nur um ein Mißlingen zu gestehen? Und Reisegeld? Wilhelm ist ein guter Bruder und ein herzensguter Grobian, aber nicht imstande, im Brief des Bruders zwischen den Zeilen zu lesen.

Der Gottesdienst-Text gab keine Inspiration; er schrieb mit äußerster Mühe an seiner Predigt. Steine statt Brot für die Hungernden, das würde er mit sich auf die Kanzel hinauftragen.

Die Sehnsucht nach seiner Frau war so stark, daß er sie hinter sich in der Tür stehen zu spüren meinte, ja, er glaubte den Duft ihres Haars zu spüren, die Wärme ihres weichen Körpers ...

Er drehte sich ein paarmal um, ärgerte sich aber schließlich über sich selbst und bekämpfte den Impuls.

»Guter Gott – wo ist mein gesunder Menschenverstand geblieben!«

Sein lauter Aufruf erschreckte ihn selbst, und er verstummte, um nach einer Antwort zu lauschen. Steht Stina hinter der Tür und spioniert wie gewöhnlich? Nein, niemand da ...

Alles, was er hörte, war das ewige Geschrei der Dohlen.

»Sonnabend, den 5. Oktober. Mich auf die Predigt vorbereitet. Eine sehr starke Sehnsucht nach meiner Frau und meinen kleinen Kindern gespürt. Fühle mich sehr arm im Geiste. Der Herr helfe mir.«

Nein, es war vollkommen unmöglich, er konnte seine Predigt nicht schreiben, der Gedanke stand still, die Eingebung des Geistes lag wie eine tote Taube in irgendeiner Gerümpelecke seines Bewußtseins, die Gedanken sausten herum und herum und herum, aus seiner Angst entsproß schließlich Panik!

Gestehe deine Niederlage ein, schlage deinen Hochmut nieder, Samuel Eriksson, bevor dies ein Ende mit Schrecken nimmt!

Er demütigte sich und holte die Postillen aus dem Bücherregal. Sie wogen schwer in der Hand, wie Sünde und Schuld. Wallin hatte viel zu bieten, wenn man nur seine blumige Sprache ein wenig zurechtstutzte. Samuel strich in seinem eigenen tristen Text, schnitt, klebte und fügte im Wallin wieder zusammen, und so hatte er endlich eine Predigt fertig. Wie sie eben nun geworden war.

Endlich fertig. Endlich Ruhe. Dennoch ein Gefühl der Unlust, beschämt und erschlafft wie nach einer Ausschweifung.

In den Postillen nach einem Predigttext zu suchen, das ist ja die große Niederlage.

Mit der Zunge eines anderen Mannes sprechen, vielleicht Steine statt Brot zu geben ...

Arm bin ich im Geiste und arm auf jede Weise.

Hilf mir, milder Herr, mein Gott ...

»Sonntag, den 6. Oktober. In Fardhem um 9 Uhr und in Lojsta um halb 12 Gottesdienst gehabt. Am Nachmittag Pastor Ahlenius in Levide besucht.«

Er leierte seine Predigt mit eintöniger Stimme herunter, wagte es kaum, den Blick vom Papier zu heben, wagte der Gemeinde nicht in die Augen zu sehen. Unwürdig bin ich, ein unwürdiger Hirte ... Steine statt Brot.

Er wurde von der Einbildung gepeinigt, Lindfors könne möglicherweise unter der Orgelempore sitzen und lauschen, diesem Text, den er aus Wallins Postille nur zu gut wiedererkennen konnte.

Unwürdig bin ich, ein unwürdiger Hirte für das Volk.

Und als er nach dem Gottesdienst nach Levide hinüberspazierte, geschah dies nicht, um einen Besuch von Lindfors zu vermeiden, um dem boshaft glitzernden Pincenez und den giftigen Kommentaren des Papisten aus dem Weg zu gehen ...

Es war erholsam, den Anekdoten von Ahlenius aus Uppsala zuzuhören, einer kindlichen Prahlerei über Studienkameraden, die ihren Weg gemacht und im Staat große Männer geworden waren, Prahlerei über seine Ausschweifungen, Worte und Worte und Worte, die durch ein Ohr hinein-, durch das andere hinausgingen, Worte, zu denen man nur zu lächeln und zu nicken brauchte und ja sagen und aha und sehr lustig ...

Ein freundlicher und liebenswürdiger Mann, gewiß, aber sind es solche lauen Geister, die das Volks braucht? Solche wie Pastor Ahlenius und Pastor Eriksson ...

Als er zurückkehrte, war die Dunkelheit schon angebrochen, der Oktoberwind blies kalt und scharf, er fror erbärmlich an den Händen.

Das Herbstlaub wirbelte um seinen Körper herum wie gefälschte Münzen.

»Montag, den 7. Oktober. Studiert und gelesen. Den ganzen Tag habe ich mich ganz ungeheuerlich nach der Familie gesehnt.«

Lesen und studieren! Gott, was ist mit mir! Sitze hier nur herum und träume in dieser hoffnungslosen Sehnsucht nach Cecilia ... Sinnlos! Ich muß doch diese Gnadenfrist dazu verwenden, mich auf mein schwedisches Examen vorzubereiten! Wenn ich nun eben keinen Dispens bekomme, und das unterliegt, gelinde gesagt, einigen Zweifeln ... Was ist mit mir, warum kann ich meine Gedanken nicht sammeln, warum lasse ich die Zeit aus den Händen gleiten, warum statte ich dem Bischof keinen Besuch ab, warum antichambriere ich nicht in Korridoren, warum knüpfe ich keine Verbindungen, warum treffe ich keine Leute, die nützlich sein können ...

Mein Gott – ich bin wie gelähmt!

Er zerrte Bücher aus dem Regal, sammelte sie zu Stapeln, blätterte ungeduldig und las hier und da, machte sich mit Bleistift unleserliche Notizen, schluchzte vor Spannung und Furcht ...

Nein, es geht nicht, er kann sich nicht konzentrieren, er sinkt wie zuvor in vagen und traurigen Träumereien zusammen ...

Was ist es für eine Macht, die die Sieger mit schweren Schritten über die Erde wandern läßt? Und die zuläßt, daß wir Kleinmütigen und Schwachen unter den Stiefeln vernichtet werden?

Gott, gib mir Kraft, deinen unergründlichen Ratschluß zu verstehen.

Gott, gib mir Kraft.

»Dienstag, den 8. Oktober. Studiert. An die Predigt für den nächsten Sonntag gedacht. Exegese eines Kapitels im Novum, eines Kapitels im Epheser-Brief. Die Bedeutung des hebräischen Verbs ›natah‹ untersucht, Esra 53, 12. An diesem Tag habe ich mich sehr nach der Familie gesehnt, wurde aber durch Gottes Wort im ersten Korintherbrief 13 getröstet, der herrlichen, klassischen Stelle von der Liebe, die ich im Novum durchgegangen bin. An diesem Tag habe ich auch etwas in Swedenborgs ›Arcana‹ gelesen, empfand aber großen Abscheu vor dem Buch. Swedenborg war vermutlich nicht immer voll zurechnungsfähig, so geschmacklos ist gelegentlich seine Darstellung.«

Stimmungen, an diesem unruhigen Tag wechselnd wie treibende Wolken . . .

Nach der Furcht des Morgens ein Anflug nervöser Energie – muß studieren! Muß ans Examen denken! Muß zum Bischof reisen und um Hilfe bitten! Muß lesen, studieren, handeln, in mein elendes Schicksal eingreifen, bald, jetzt!

Aber dann kehrte der Gedanke an die Frau zurück und damit der Gedanke an die Liebe, diese Liebe, die allem weltlichen Ehrgeiz so fern ist . . . Er las den heiligen Text, während die Tränen ihm über die Wangen liefen:

»Wenn ich mit Menschen- und mit Engelszungen redete und hätte der Liebe nicht, so wäre ich ein tönend Erz oder eine klingende Schelle. Und wenn ich weissagen könnte und wüßte alle Geheimnisse und alle Erkenntnis und hätte allen Glauben, also daß ich Berge versetzte, und hätte der Liebe nicht, so wäre ich nichts . . . Die Liebe ist langmütig und freundlich, die Liebe eifert nicht, die Liebe treibt nicht Mutwillen, sie blähet sich nicht, sie stellet sich nicht ungebärdig, sie suchet nicht das Ihre, sie läßt sich nicht erbittern, sie rechnet das Böse nicht zu, sie freuet sich nicht der Ungerechtigkeit, sie freuet sich aber der Wahrheit; sie verträgt alles, sie glaubet alles, sie hoffet alles, sie duldet alles. Die Liebe höret nimmer auf . . . Nun aber bleibt Glaube, Hoffnung, Liebe, diese drei; aber die Liebe ist die größte unter ihnen.«

Für eine lange Zeit spürte er danach Frieden. Er saß ohne Gedanken, ohne Furcht in dem kalten Herbstlicht. Wie unerwartet und unverdient kommt doch der Trost! Ich Ungeduldiger, der sich mit der Gabe der Liebe nicht begnügen kann.

Aber was ist es für ein diabolischer Zufall, der ihn dazu bringt, in Swedenborg zu blättern, was für Dämonen reiten ihn, daß er bei

Schilderungen von Exkrementen-Höllen innehält, bei Hurenkerlen und farbenprächtigen Dirnen, daß er sich verwickeln läßt in die vielköpfige Geisterwelt?

Eine abscheuliche Eingebung! Swedenborg war ein Irrer, der im Schmutz herumwühlte! Ein Verrückter!

Er wirft das Buch von sich, flammend vor Widerwillen, aber wie gewöhnlich geht sein Zorn in Nachdenklichkeit und Reue über: Was für ein Recht habe ich zu richten? Ich mit meinen nächtlichen Phantasien im Elend der männlichen Einsamkeit . . . Ach, Cecilia, meine Braut . . .

Wer bin ich, zu richten? Wer bin ich? Samuel Eriksson, vermutlich nicht immer voll zurechnungsfähig . . .

Nachts lag er wach und grübelte über das Elend in der Welt, dieses Elend, dem er selbst nicht abhelfen konnte und das Gott in seinem unerforschlichen Ratschluß zugelassen hatte.

Du, unergründlicher Herr, höher als der Himmel, tiefer als das Meer, warum willst du all diese Not in der Welt, warum läßt du sie geschehen?

Vielleicht hat alles aber einen Sinn.

Vielleicht ist es so, daß die vielen tausend Kinder, die in dieser Herbstnacht 1895 geboren werden, einem besseren Leben begegnen werden, wenn sie aufgewachsen sind, in zwanzig Jahren, in fünfzig . . .

Vielleicht hat das Leiden dennoch einen tieferen Sinn.

Von diesem Gedanken getröstet, fand er endlich Ruhe zum Schlaf.

»Mittwoch, den 9. Oktober. Gelesen und studiert. Einen Brief von meiner Frau bekommen. Die Zeit ist ihr ebenso wie mir lang geworden. / Durchgestrichene Notiz / Wurde von Zahnschmerz und wundem Zahnfleisch gequält. Nachts viel gefroren und geschwitzt. Psalter, 67, wenn nur nicht / Unleserliche Notiz / Der Herr ist mein Hirte, mir wird nichts mangeln.«

Gelesen und studiert! Die Studien bestanden meist aber darin, daß er auf dem Tisch viele Bücher auftürmte, planlos suchte, blätterte und den Faden verlor, um schließlich in wolkiger Grübelei zu versinken. Die Gedankenleere lähmte ihn völlig. Er hatte nichts zuwege gebracht, keine Zeile geschrieben, als er endlich den ersehnten Brief von seiner Frau erhielt.

Warum war er so enttäuscht?

Er hatte sich ja so sehr nach ihr gesehnt, sie war in seiner Phantasie zu einer Madonna und einem Engel geworden, einem göttlichen Frauenwesen, das er mit nicht nur reinen Gedanken anbetete, mit reinen

Augen vor seinem inneren Angesicht sah ... Und dann dieser ersehnte Brief, der in einem unbeholfenen Stil und unsicherer Orthographie alle Kümmernisse und Nichtigkeiten des Alltags wiederkäute ... Es war, als sähe man die Himmelskönigin in einem goldenen Nimbus, aber dann öffnet sie auf einmal den Mund und läßt einen Strom von Fröschen heraushüpfen ...

Er las den Brief immer wieder, aber da war keine Liebespoesie zu finden, die zärtlichen Phrasen schienen aus einem Briefsteller geholt zu sein. Die Himmelskönigin stieg von ihrer Wolke herab und wurde zu einer gequälten Bauersfrau, die für sich und die Ihren nach Brot rief.

Aber als jetzt die geträumte Geistigkeit ihre Flügel gesenkt hatte, trat der irdische Frauenleib mit Hüften und Brüsten und dem schlanken weißen Hals hervor, an dem er sein Haupt so gern vor der Grausamkeit der Welt verbergen wollte. Sehnsucht, Begierde, Schuldgefühle und bittere Enttäuschung über den Brief kämpften den ganzen Tag in ihm.

An diesem Tag wurde nichts gelesen und nichts studiert.

»Donnerstag, den 10. Oktober. Gelesen und studiert. Im Pfarramt eine Anmeldung gehabt. Da nahm Samuel einen Stein und setzte ihn zwischen Mispa und Sen und nannte ihn einen Eckstein und sagte: Bis jetzt hat uns der Herr auf allen Wegen geholfen / Unleserliche Notiz / gepriesen und gelobt sei der Herrgott, der Allmächtige / Unleserlich / Den ganzen Tag Dohlen / Unleserlich /.«

Die Verwirrung nahm an diesem Tag zu. Von der Namensgleichheit verlockt, hat er sich offensichtlich dem Studium des Buchs Samuel gewidmet, aber seine Aufzeichnungen ergeben keinen klaren Sinn. Die Dohlen peinigten ihn den ganzen Tag mit durchdringenden Schreien. Sein Sinn war zeitweise verdunkelt; doch nach außen hin war er beherrscht, und Stina schien nichts zu merken.

Die Träume der Nacht waren bunt und erregend. Es waren Bilder aus Swedenborgs himmlischen Geheimnissen, die zurückkehrten, aber es waren seine ihm Nahen und Lieben, die er in diesen scheußlichen fleischlichen Vermischungen sah.

»Freitag, den 11. Oktober. Gelesen und mit der Vorbereitung meiner Predigt begonnen. Gelobt sei der Herr und unser Herr Jesus Christus / Unleserlich. / Hilf mir, gütiger / Unleserliche Aufzeichnungen /.«

Beim Aufwachen erinnerte er sich mit quälender Unlust der nächtlichen Träume und stürzte sich auf seine Predigt, damit die Erinnerung möglichst schnell verblaßte. Aber er hielt sofort beim Evangelium des Tages inne: »Du sollst deinen Nächsten lieben wie dich selbst . . .«

Das war verwirrend und rätselhaft, als hätte er es zum ersten Mal gesehen. Meinen Nächsten lieben? Lindfors lieben? Olsson lieben, den hinkenden und geizigen Hauswirt zu Hause in Väse? Meinen Nächsten lieben? Die Worte ergaben keinen Sinn, er verstand überhaupt nichts.

Das Tagebuch war lange Zeit offen und der Welt zugewandt gewesen. Er dachte sich, bewußt oder unbewußt, daß irgendein Außenstehender das Aufgeschriebene zufällig lesen könnte und daraus das Bild eines frommen, eifrigen Seelsorgers mit voller geistiger Kraft gewinnen würde. Jetzt hatte er nicht mehr die Kraft, die schöne Fassade aufrechtzuerhalten. Nach den Notizen über die Vorbereitungen der Predigt füllte er das Papier mit völlig unzusammenhängenden Lobpreisungen und Gebeten.

Auch an diesem Tag trat er beherrscht auf, klagte aber vor Stina über Kopfschmerzen.

Die Dohlen klagten und schrien bis tief in die Nacht.

»Sonnabend, den 12. Oktober. Mich auf die Predigt vorbereitet. Am Nachmittag Besuch von Pastor Lindfors.«

Bolander fuhr mit einer Ladung Futterrüben nach Lojsta und kehrte mit einem Bescheid von Lindfors zurück: Würde es am Nachmittag mit einem Besuch recht sein? Eine höfliche Frage, die ein Befehl war . . .

Angesichts dieser Drohung wurde er ruhig und klar. Er zerriß seine verwirrten Aufzeichnungen und räumte den Schreibtisch auf. An eine eigene Predigt war ja nicht zu denken. Er holte Nohrborgs Postille vom Regal und schrieb den Text von Anfang bis Ende ab. Diesmal keine Schamgefühle, nein, die Zeit war vorbei.

Vor Lindfors war er schweigsam, demütig, auf der Hut. Er war bleich, und seine Hände zitterten leicht, aber sonst war ihm nichts von der Furcht und dem schlechten Schlaf der letzten Tage anzumerken. Auch als Lindfors ihn wegen der Axeliten und deren Prophet anging, gelang es ihm, beherrscht zu bleiben.

Bedaure, ich kann mich an nichts erinnern. Das alles ist so weit weg und fremd. Ich weiß nicht.

Nach dem Besuch saß er lange ermattet und leer auf dem Sofa.

Könnte diese Stille nur ewig dauern.

Oh, wenn das Pendel der Zeit stehenbleiben wollte ...

Aber die Zeit bleibt nicht stehen, die Uhr tickt, die Dunkelheit bricht an, und bald muß ich diese abgewetzten Kleider ablegen und zu Bett gehen und meinen unruhigen Schlaf schlafen und aufwachen und aufstehen und arbeiten und in einer Welt weiterleben und weiterleben und weiterleben, in der uns diesseits der Pforte des Todes keine Stille gegeben ist ...

Könnte ich nur innerhalb der Grenzen des Lebens aus der Zeit hinaustreten.

Könnte diese Stille nur ewig dauern.

»Sonntag, den 13. Oktober. Um 9 Uhr Gottesdienst und Kindstaufe in Linde gehabt, um halb 12 Gottesdienst in Fardhem. Am Nachmittag zusammen mit Bolander den Schöffen Medbom besucht. Wurden dort zu Kaffee und Kuchen eingeladen. Die Gottesdienste waren an diesem Sonntag recht gut besucht.«

Es ist schon seltsam! Wieviel Furcht er diese Woche gespürt hat, und dennoch gelingt es ihm, seine Kräfte für alle Verrichtungen des Sonntags zu sammeln. Bleich und gespannt trat er vor den Altar, aber es gelang ihm, sich alle Unruhe und alle düsteren Spekulationen vom Leib zu halten und den Gottesdienst zu Ende zu bringen. Auch die Taufe ging gut. Das Kind schlief und wurde erst vom Wasser geweckt, das dreimal von der Fontanelle troff; das Kind blinzelte und schien den Pfarrer mit fragenden blauen Augen anzusehen.

»Ich taufe dich Oscar, Carl, Gustaf im Namen des Vaters, des Sohnes und des Heiligen Geistes. Amen!«

Hätte um ein Haar hinzugefügt: Und möge dein Leben glücklicher werden als meins! Er beherrschte sich aber sichtlich, und es gelang ihm, zu den Eltern ruhige, freundliche Worte zu sprechen, verschwitzte Hände zu drücken, roten Gesichtern zuzulächeln, zu nicken und zu lächeln. Kein verunglückter Gottesdienst, alles in seiner Ordnung, nichts, dessen er sich schämen müßte, weder vor Lindfors noch vor dem Bischof.

Der ehemalige Schöffe Ludvig Medbom war nach einem Schlaganfall schon das dritte Jahr bettlägerig und sollte einen stärkenden Zuspruch erhalten. Die Alte hatte das Bett des alten Tyrannen mit Spitzen und blendend weißem Leinen neu bezogen, dennoch spürte man den Geruch von offenen Beinen und einem faulenden alten Körper. Samuel las die Gebete um Geduld und Demut unter Gottes Willen, verlor den Faden und geriet durcheinander, aber niemand nahm es ihm übel, das war in ihren Ohren ohnehin nur leerer Schall. Sie verlangten nicht nach Gottes Wort, o nein, der Besuch des Pastors war eine Ehrenbezeugung, die der steinharte Alte wie einen selbstverständlichen Tribut forderte. Es roch im Haus nach nahendem Tod, aber auch nach Geldgier und kalter Heuchelei.

»Es heißt, daß er zwanzigtausend hinterlassen wird«, sagte Bolander, als sie hinterher nach Hause fuhren. Der Bauer war an diesem Tag zum ersten Mal andächtig.

»So viel Geld?«

»Jawohl, zwanzigtausend. Und seine Töchter hat er gut verheiratet.«

Ach, diese Bauern und ihre Wertvorstellungen ... Die Töchter wurden nicht dem Unglück ausgeliefert, sondern gut verheiratet, Geld wird er hinterlassen, aber wie hat er sonst im Leben gehaust ...

»Das ist vielleicht ein harter Teufel«, sagte Bolander und fluchte vor lauter Bewunderung, die Gegenwart des Pfarrers völlig vergessend. »Es waren bestimmt nicht viele, die gesättigt von seinem Tisch gegangen sind, das kann man weiß Gott sagen.« Und dem Mann habe ich den Trost des Wortes gegeben. Ach, diese Bauern, diese Menschen und ihre harte Welt ... Wo gehöre ich hin auf diesem Erdengrund? Und dunkel und kalt ist es schon.

Samuel friert im Oktoberwind.

»Montag, den 14. Oktober. Einen Brief von meiner Frau bekommen. Eine Postanweisung über 20 Kronen an meine Familie abgeschickt. Große Sehnsucht nach den Meinen.«

Einige hilflose Zeilen im Tagebuch, nur äußere Tatsachen, seine Gefühle mit eigenen Worten oder denen der Bibel zu deuten, hatte er nicht mehr die Kraft.

Cecilias Brief war ein einziger Notruf. Olsson saß ihr wegen der Miete im Nacken, sie hatte eine Woche lang keine Milch im Haus gehabt. Wenn sie nur eine Kuh hätte! Hilf uns, wir haben es so schwer!

Meine liebste Frau, als hätte ich das nicht schon erraten und erahnt. Milch brauchst du, aber mein Liebesgestammel in den Briefen kannst du entbehren. Ja, ich weiß schon, es ist mein Wissen um euer Elend, das mich in dieser Zeit so bedrückt gemacht hat.

Der Notgroschen muß weg, und nachdem er die zwanzig Kronen an Cecilia geschickt hat, ist er fast vollständig von Geldmitteln entblößt. Was blieb übrig? Drei Kronen für Handschuhe, für solche, wie sie ein gutgekleideter Pastor braucht – sollte er auch die opfern?

Eine bleiche Überzeugung dämmert in seiner Angst herauf: Ich muß mit dem Bischof reden und das bald. Ich brauche Hilfe.

»Dienstag, den 15. Oktober. Nach Visby gefahren. Bei Berggrens neue Kleider gekauft.«

Man muß anständig angezogen sein, wenn man dem Bischof seine Aufwartung macht, da hilft nichts. Aber er ist jetzt fast vollständig verarmt, und an neue Kleidung ist eigentlich nicht zu denken. Es ist ein unlösbares Dilemma: Ohne anständige Kleider kann ich nicht zum Bischof gehen, ohne Geld kann ich keine neuen Kleider kaufen ... Herum und herum und herum.

Da packt es ihn auf einmal, daß er sich die Kleider sehr wohl auf Kredit kaufen kann. Bei feinen Leuten ist das gang und gäbe, einen Schneider bar zu bezahlen, das ist ja beinahe plebejisch. Lindfors kauft alles auf Kredit, und warum sollte ich nicht ...

»Pastor Eriksson in Fardhem, bin ich möglicherweise bekannt?«

Berggren zeigt in einer Verbeugung seinen Mittelscheitel, blickt sachkundig auf die ausgefransten Ärmel, sieht und versteht. Nun ja! Kleine Krümel sind auch Brot.

»Rein zufällig haben wir ein sehr verlockendes Objekt da. Prima Kammgarn, wurde für Leutnant Cronstedt beim Artilleriekorps genäht, der aus irgendeinem Grund vom Kauf zurückgetreten ist, das Wechseln in der Mode, möchte ich glauben, aber derlei kümmert ja einen Mann der Kirche nicht. Über die Konditionen werden wir uns schon einig, bitte probieren Sie einmal das Jackett. Sitzt wie angegossen! Stattliche Figur!«

Samuel wurde von seinem Spiegelbild geblendet. Fast zu elegant ... Ein maßgeschneidertes Jackett in dunkelblauem, nahezu schwarzem Kammgarn mit dandyhaften Seidenborten an den Aufschlägen, aber die kann man ja wegnehmen, falls gewünscht, und das Taillenmaß kann bis morgen geändert werden ...

Berggren klatschte in die Hände, und der Änderungsschneider trottete herbei, blies einen Duft von Kaffee und Schnaps unter seinem Schnurrbart hervor, markierte mit seiner Kreide und versprach, bis morgen, aber ja ... Und die Konditionen? Wenn Sie nur zufrieden sind, Herr Pastor, darüber können wir später sprechen!

Berggren war sehr entgegenkommend: Schön, dieses Stück loszuwerden, das hätte ich kaum geglaubt ...

Samuel war die ganze Zeit bei Berggren würdig und beherrscht, aber die Spannung nahm zu, und als er den Laden verließ ... Mein Gott! – Was habe ich da getan? Nie im Leben werde ich es mir leisten können, diesen Anzug zu bezahlen ... Aber was soll ich denn tun? Kann nicht wie ein Vagabund vor den Bischof treten, so mäkelig, wie er ist ... Die Vögel unter dem Himmel, die Blumen auf dem Felde, nicht einmal Salomo in all seiner Herrlichkeit ... Leicht gesagt!

O Gott, was soll in dieser Welt aus mir werden!

Er taumelte nach Hause in sein möbliertes Zimmer, ein ängstlicher, schwarzgekleideter Mensch zwischen den kalkweißen Mauern Visbys. Der Kopfschmerz zersprengte ihm fast den Kopf.

»Mittwoch, den 16. Oktober. Den Händler Berggren besucht, meine Kleider fertig. Den hochwürdigen Bischof besucht. Die ›Patres‹ von ihm ausgeliehen. Schönes, aber kaltes Wetter an diesem Tag. Starkes Nasenbluten. Mit dem Nachmittagszug nach Hause gefahren.«

Sich fein gemacht, dem Bischof seine Aufwartung gemacht, für seine Zukunft bitten, für Frau und Kinder ... Der Tag brachte eine nervöse Beanspruchung, die ihn fast übermächtigte. Hände und Kopf zitterten wie bei einem alten Mann.

Berggren hielt eine peinliche Überraschung für ihn bereit: Er wollte Geld auf die Hand haben. Fünfzehn Kronen, zehn, fünf, nur als ein Zeichen Ihres guten Willens, Herr Pastor, aber verstehen Sie mich nicht falsch, ich bitte!

Zehn Kronen? Fünf? Sag doch gleich tausend!

Mit unbeweglichem Gesicht lauschte der Händler seinen nervösen

Erklärungen: Momentane Verlegenheit, werde das möglichst rasch regeln . . . Jaja, jaja. Das kennt man schon.

»Wir setzen vielleicht doch ein kleines Papier auf, für alle Fälle, der Form halber . . .«

Berggren verneigte sich mit ironischer Demut, und Samuel konnte endlich den Laden verlassen, neu eingekleidet und mit dem alten Anzug in einem sperrigen, unförmigen Papierpaket unter dem Arm.

Verschwitzt und von Unruhe aufgelöst betrat er den bischöflichen Hof. Sein ängstliches Herz wollte den Brustkorb sprengen, es fiel ihm schwer, Luft zu holen. Unerträglich, aber ich muß, wegen Cecilia und der Kinder . . .

Bischof von Schéele war korrekt, aber wie immer kirchenfürstlich, würdig, beinahe hochmütig. Dispens? Kommt nicht in Frage, daß ich das ohne Anhörung des Konsistoriums entscheiden würde. Die Angelegenheit ist übrigens eher Sache Ihres eigenen Stifts. Am einfachsten wäre es wohl, wenn Sie Ihre Studien vervollständigen würden, Herr Pastor, zwei Semester in Uppsala, das kann doch nicht so schwierig sein? Weder geistig noch gar ökonomisch . . .

Die Blicke des Kirchenfürsten verweilten mit Abneigung auf dem eleganten, maßgeschneiderten Anzug, viel zu weltlich für einen Gottesmann, würde eher zu einem Offizier passen. Der junge Eriksson hat schlechten Geschmack bewiesen. Kein gutes Omen für seine Zukunft.

Samuel stand wie ein Bettler vor dem Mächtigen, errötete, stammelte.

»Sie müssen doch meine Stellung bedenken, Euer Hochwürden, meine Pflichten . . .«

»Was haben Sie für Pflichten außerhalb der Kirche?«

»Eine Frau und zwei Kinder . . .«

»Es ist nicht gut, zu heiraten, bevor man die Seinen ernähren kann!«

»Aber wo es jetzt so ist . . .«

»Sie können ja immer noch Volksschullehrer werden, Herr Pastor.«

Die Bücher und die Welt der Bildung verlassen, Bauernkindern das ABC einbleuen, mit einer Weide für die Kuh und einem Kartoffelacker entlohnt werden, in der Gesellschaft sinken, von Bauern wie von Herrschaften verachtet werden . . . Der Gedanke ist so unerträglich, daß er sofort alles beiseite schiebt, was mit diesem Besuch zu tun hat, vergißt, verdrängt, das Thema wechselt . . .

»Wie ich sehe, haben Sie Mignes' Patrologia, Euer Hochwürden?«

Die Miene des Kirchenfürsten hellte sich auf, und er zeigte die gewaltigen Bände in Kalbsleder, eine monumentale Edition, um so vieles besser als die »Kirchenväter«, finden Sie nicht, Herr Pastor?

Doch, natürlich war auch der Pastor der Meinung, daß es besser war, sich den Patrologiae Cursus Completus zu leisten als die »Kirchenväter«, das fehlte noch. Für den Preis dieses Werkes könnte er sich Olssons Häuschen kaufen und noch Geld für eine Kuh übrig behalten, aber das ist ja ein weltlicher Gedanke.

Er entlieh sich ein paar Bände, um sich interessiert und fleißig zu zeigen, was seine Studien betraf. Der Bischof lächelte in seinen weißen Bart, nun wieder gnädig und sanft gestimmt. Vielleicht besteht noch Hoffnung für Eriksson. Steht zwar in dem Ruf, ein Freigeist zu sein, aber wenn er den Ehrgeiz hat, seine Kenntisse über die Kirchenväter aufzufrischen ... Er sollte sich allerdings einen anderen Schneider suchen, diese mondäne Eleganz wirkt anstößig.

Samuel taumelte mit zwei schweren Folianten und einem Papierpaket unter den Armen vom bischöflichen Hof fort. Der Kopfschmerz dröhnte, ihm war ganz schwindlig.

Ein schwarzgekleideter, ängstlicher Mensch zwischen kalkweißen Mauern und Ruinen. Er wanderte die Södra Murgatan hinunter zum Bahnhof. Auf einmal kam das Nasenbluten. Er wandte und drehte den Kopf, hilflos unter seinen schweren Traglasten. Das Blut tropfte und lief.

Jetzt mache ich Flecken auf den neuen Anzug, dachte er. Den Anzug, den ich noch nicht einmal bezahlt habe.

Die schweren Bücher rutschten unter den Armen, sein Kopf wackelte wie der eines alten Mannes. Das Nasenbluten hielt an.

»Donnerstag, den 17. Oktober. Besuch von Pastor Lindfors. Eine unangenehme Angelegenheit miteinander ausgetragen. Sehr starkes Nasenbluten gehabt.«

O ja, Lindfors hatte davon Wind bekommen, daß er die Fahrt nach Visby als Dienstreise deklariert hatte. Blitzendes Pincenez: War es eine dienstliche Fahrt oder eine Reise in eigener Sache? Falls ich fragen darf? Im letzeren Fall müßten Sie die Fahrt aus eigenen Mitteln bezahlen, Pastor Eriksson ...

Gekünstelte Höflichkeit, gedämpfte Stimmen, die vor Zorn bebten, der Haß zwischen den beiden Männern knisterte elektrisch.

Samuel litt unter Schwindel, Kopfschmerz, ständigen Attacken von

Nasenbluten. Vermutlich hatte sich sein Blutdruck erhöht auf Grund dieser beharrlichen nervösen Spannung.

Keine Hilfe vom Bischof, nur neue Probleme. Das Gefühl von Machtlosigkeit war so stark, daß er sich überhaupt nichts vornehmen konnte. Er saß den ganzen Tag auf dem Sofa und starrte vor sich hin, ohne Gedanken, ohne Hoffnung.

In der Ferne kreischten die Dohlen.

»Freitag, den 18. Oktober. In den ›Patres‹ gelesen. An meiner Predigt geschrieben. Schullehrer Fredén in Linde besucht. Dem Unterricht in Naturkunde und Geographie zugehört. Zum Kaffee eingeladen worden. Ein langes Gespräch mit Herrn Fredén gehabt.«

»Sie können ja immer noch Volksschullehrer werden, Herr Pastor.«

Die Worte des Bischofs verfolgten ihn. Hatte er sich aus dem Grund endlich die Zeit genommen, die Volksschule in Linde zu inspizieren?

Er setzte eine herrische Pfarrermiene auf und war dem abgerissenen Fredén gegenüber unausstehlich herablassend. Man muß ja Abstand halten. Ein Pastor stellt immerhin mehr dar als ein Volksschullehrer.

Er befahl, die Vereinigten Staaten an einer Karte Nordamerikas durchzunehmen, und Fredén zeigte sich auf diesem Gebiet besonders sachkundig. Pastor Eriksson nickte und spendete dem Volksschullehrer ein gnädiges Lob.

Hinterher beim Kaffee verlor er seine amtliche Maske und begann Fredén über das Leben als Lehrer auf dem Land auszufragen. Es war ungefähr so übel, wie er es sich vorgestellt hatte, oder noch schlimmer. Miserabel bezahlt und eine sowohl von Herrschaften wie Bauern verachtete Stellung.

»Daß Sie so daran interessiert sind, wie ich lebe, Herr Pastor?«

Fredén blinzelte ihn über die Brillenränder hinweg an, ironisch, vielleicht ein wenig mitleidig, so als ahnte und wüßte er . . .

Er murmelte etwas Sinnloses und brach so schnell wie möglich auf. Zu Hause angekommen, setzte er sich hin, um Augustinus zu lesen, aber es fiel ihm schwer, seine Gedanken zu sammeln. Die Worte des Bischofs klingelten ihm in den Ohren.

»Sie können ja immer noch Volksschullehrer werden, Herr Pastor.«

»Sonnabend, den 19. Oktober. Mich auf die Predigt vorbereitet. O Herr, gib zu Deinem heiligen Wort Deinen heiligen Segen!«

Er grübelte über den Epistel-Text des Sonntags nach: »Der innere Mensch entkommt nicht den Angriffen der Begierde.« Ach, nein! Cecilia, Cecilia ...

Ohne Gewissensnöte nahm er den Wallin aus dem Regal und schrieb dessen Predigt mit der einen oder anderen Streichung von Metaphern und Zierat ab, die ohnehin nicht für Bauern passen. Neuerdings schämte er sich dessen nicht mehr, widmete ihm kaum einen Gedanken. Sich wegen derlei zu quälen, ach nein, die Zeit ist vorbei ...

Schlimmer steht es mit dem unbezahlten Anzug ...

Er öffnete den Kleiderschrank und sah das Kleiderstück wie einen Selbstmörder am Holze hängen, von eingetrocknetem Blut befleckt, ein stummer Zeuge von Träumen, die in Stücke geschlagen worden waren.

Und so viel Geld!

»Sonntag, den 20. Oktober. Beim Gottesdienst in Fardhem gepredigt. Besuch von Pastor Lindfors gehabt. Nachmittags um 4 Uhr eine kirchliche Trauung. Schön und feierlich. Der Herr segne das Wort im Herzen des Volkes!«

Pastor Eriksson hat die venia und das Recht, Kindstaufen vorzunehmen, nun, das Recht hat ja jede Hebamme. Bei Eheschließung und Beerdigung jedoch braucht er die Hilfe seines Widersachers Pastor Lindfors, bis auf weiteres Unterpfarrer, der im Pastorat von Linde thront, in Zukunft vermutlich Bischof, Minister und Großkommandant des Nordstern-Ordens, Gott helfe uns allen ...

Nun, es hat keinen Sinn, im Pfarrhof zu sitzen und sein Schicksal zu beklagen, wenn dieser bleiche Jesuit eine Trauung vornimmt, ich muß dabeisein und gute Miene machen ...

Seine Gedanken kreisten um die junge, schöne Braut, so daß er schließlich zusammenfuhr und Abscheu vor sich selbst empfand.

»Stina!«

»Was gibt's?«

»Entferne bitte die Flecken aus meinem Anzug!«

»Leichter gesagt als getan! Haben Sie sich geprügelt?«

»Tu, was ich sage, Mensch, und keine Ausflüchte, bitte!«

»Ja, du lieber Himmel ...«

Oh, diese Menschen, die um jeden Preis tyrannisiert werden wollen, die um jeden Preis gedemütigt werden und andere demütigen wollen . . .

»Stina!«

»Ja, lieber, guter, süßer . . .«

Es ist abscheulich, ich kann diese Rolle nicht spielen . . .

»Montag, den 21. Oktober. In den ›Patres‹ gelesen. Augustinus gelesen, den Mann mit dem warmen Herzen und dem kräftigen, tätigen Willen. Am Nachmittag Pastor Ahlenius in Levide besucht. Einen angenehmen und netten Abend gehabt. Durfte mir zwei Bücher ausleihen: die ›Gotländische Reise‹ von Linné und die ›Nemesis‹ vom selben Autor, herausgegeben von Fries. Nach dem Abendgebet fuhr mich der taubstumme Knecht meines Kollegen zurück nach Fardhem.«

Es war kein Zufall, daß er sich vom Bischof den Augustinus ausgeliehen hatte: Die manichäischen Ideen des Kirchenvaters hatten einen starken Eindruck auf ihn gemacht, ebenso dessen Glaube an die unüberwindliche Wirklichkeit des Bösen. Aber heute war es etwas anderes, was sein Interesse weckte.

Augustinus, ein großer Mann, ein Genie, ja, gewiß. Aber was war es, was seine Genialität ausmachte? War es Empfindsamkeit, Intelligenz, ein warmes Herz? Nein, es war eher die Vitalität, eine wilde Lebenskraft, deren Wärme aus dem aufgeschlagenen Buch dampfte wie aus einer Saunatür im Winter.

So unbeugsam und stark in Willen und Lebensführung trotz aller Furcht und allen Schwankens! Und ich so willensschwach und weich, dazu verurteilt, in der Kirche, in der Gesellschaft, im Leben unterzugehen. Gott, warum muß das so sein!

Nein, man geht mit seinem Gott nicht ins Gericht, das ist wahr. Man resigniert. Nicht so wie ich will, Herr, sondern wie du willst . . .

Sie fingen an, eine Gewohnheit zu werden, diese Besuche bei Pastor Ahlenius, wenn die Sorgen sich am schlimmsten häuften. Er ist kein heller Kopf, weiß Gott nicht, geistliche Fragen mit ihm zu diskutieren brachte mäßigen Gewinn, ja es kam vor, daß Samuel sich dabei ertappte, daß er ein wenig Verachtung für den üppigen Kollegen empfand. Aber Ahlenius hatte auch andere Seiten, warme, weiche, fast weibliche in seiner freundlichen Fürsorge. Es war die reine Labsal, seine freundliche Stimme zu hören, die wie ein alter Kater vor dem Kaminfeuer nach dem Mittagsmahl schnurrte und spann. Eine Stimme, ein menschlicher Körper, wenn auch nur ein dicker Pastorenleib im schwarzen Rock. Das gab ein Gefühl von Gemeinschaft und von Familie, der Sessel, in dem er saß, war wie ein offener Arm, der Kopfschmerz ließ ein wenig nach.

Es war dunkel und windig, als er endlich nach Hause kutschiert wurde. Der taubstumme Eskil bekam einen Raptus und schrie wilde, unzusammenhängende Beschwörungen in den schwarzen Nachthimmel, schrie den ganzen Weg nach Fardhem in der unbekannten Zunge der Dämonen.

Ein taubstummer Mensch, der in der Herbstnacht unbegreiflich schreit . . . Seltsamerweise verschaffte ihm das ein Gefühl der Befreiung.

Ängstlich schreiende Dohlen hießen ihn in Fardhem willkommen. Der schwarzgeteerte Kirchturm verschwand hoch oben in der Herbstnacht.

»Dienstag, den 22. Oktober. In Linnés ›Nemesis‹ und seiner ›Gotländischen Reise‹ gelesen. Das Wetter düster und verhangen. Unablässig Sehnsucht nach der Familie. Herr, mache mich zufrieden mit Deinem Willen und Deiner Führung!«

Linnés knorrig ursprüngliche Frömmigkeit erschreckte ihn und imponierte ihm zugleich. Es war bei ihm wie bei Augustinus, eine gottgegebene Lebenskraft, die trotz aller Widerstände Erfolg und Sieg schenkte.

Wie anders bei mir, schwach und ängstlich wie ich bin, von jedem Rückschlag, der mir begegnet, in den Staub geworfen. Wie anders ich.

Aber man kann sich doch nicht gegen die göttliche Gerechtigkeit erheben, die den Weizen des Genies von uns Spreu trennt? Es ist, wie es sein muß.

Er fand die rechten Worte für Unterwürfigkeit und Resignation, aber die Traurigkeit suchte ihn dennoch den ganzen Tag heim.

Auch der Kopfschmerz war zurückgekehrt.

»Mittwoch, den 23. Oktober. Unangenehmes und scheußliches Wetter. Am Nachmittag bei Fredén in Linde hereingeschaut. Gesprächiger und freundlicher Bursche. Er ist in Amerika gewesen! Am Abend haben mir die Kopfschmerzen sehr zugesetzt. Lieber Herr Gott, sei mit mir und meiner Familie und segne uns!«

Die Unruhe wegen der Zukunft trieb ihn noch einmal zu einem Besuch bei dem Schullehrer. »Sie können ja immer noch Volksschullehrer werden, Herr Pastor!« Jaja. Die Möglichkeit kann ja nicht länger ausgeschlossen werden. Und er wollte jetzt herausfinden, ob es wirklich so schlimm war, wie er geglaubt hatte . . .

Aber Fredén war also in Amerika gewesen!

Es wurde ein langer Abend mit Gesprächen, bei denen Erinnerungen aus dem großen Land ausgetauscht wurden. Alle Unruhe vor der Zukunft verschwand in der Vergangenheit, in der Erinnerung an die Jugendjahre, in denen man noch hoffen konnte. Ach, wie klein und eng wirkten Fardhem, Gotland und Schweden, als sie sich an ihre Jugendjahre dort drüben erinnerten! Und ein so warmes Gefühl von Gemeinschaft!

Erst im nachhinein traf ihn die Erkenntnis, daß Fredén in seinen Urteilen über das Vaterland und dessen vielerlei Obrigkeiten fast gefährlich respektlos gewesen war. Ist er womöglich Sozialist?

Wirklich ein passender Umgang!

Wenn der Bischof wüßte . . .

»Donnerstag, den 24. Oktober. Mein 31. Geburtstag. Ich wachte mit einem starken und quälenden Kopfschmerz auf. Es war ein sehr verlassenes Gefühl, den Geburtstag so fern von der Familie zu feiern. Einsam und allein, weit weg von den Meinen; jedoch mein Gott war mir nahe. Besuch von Pastor Lindfors.«

Einunddreißig Jahre! Schon jetzt mittleren Alters, kränklich, schadhafte Zähne, schwacher Magen, ständige Furcht und keine Hoffnung auf Sicherheit für die Zukunft.

Seine demütigen Gedanken bekamen einen Anflug von Selbstmitleid.

Lindfors wußte nichts von der Bedeutung des Tages, schimpfte aber wegen der Kirchenbücher, die er für fehlerhaft geführt ansah. Außerdem enthüllte er seine ultrakonservativen Gedanken und schimpfte unbeherrscht auf die Norweger. Man sollte ein Kopfgeld auf diesen Bjørnson aussetzen!

Er weiß ja, daß ich mit einer Norwegerin verheiratet bin, das ist wohl der Grund dafür, daß er so schreit ... Ach, was für ein Mensch!

Was für ein Geburtstag!

»Freitag, den 25. Oktober. Ausgezeichnetes, schönes Wetter. Pastor K. in Hemse besucht. Am Nachmittag Besuch von Pastor Ahlenius aus Levide gehabt.«

Die Tagebuchnotiz ist völlig frei erfunden. Wie aus einer Briefkarte an Cecilia hervorgeht, ist Samuel den ganzen Tag zu Hause geblieben, vermutlich in Träumereien versunken. Er empfing keinen Besuch von Ahlenius: So vorurteilsfrei und gutmütig war der fette Priester nicht, daß er freiwillig einen jüngeren Kollegen von untergeordnetem Rang aufgesucht hätte. Samuel erfand für das Tagebuch eine neue und respektable Wirklichkeit, weil er zu sehr in schändlichen Träumen versunken gewesen war ...

... und es ist ein Elend, von diesem mißglückten Priester ständig heimgesucht zu werden, diesem Unterpfarrer Lindfors oder wie er nun heißt. Seine Hochwürden Samuel Eriksson, Erzbischof und Primas der schwedischen Kirche, blickte voll Abscheu auf den abgerissenen Schwarzrock, der zu seinen Füßen kroch, ihm die Schuhe küßte, sich katzenweich an sein Hosenbein aus prima Kammgarn schmiegte. Der Bischof änderte seine Stellung, und Lindfors' Pincenez knirschte unter seinem Lackschuh.

»Sich ein Pastorat suchen? Wir haben hier im Land kaum genug Pastorate, daß es für richtige Pfarrer reicht!«

»Hochwürden, ich flehe Sie an«, miaute Lindfors, schnurrte und machte einen Katzenbuckel.

»Sie können ja immer noch Volksschullehrer werden, Pastor Lindfors«, entschied der Bischof, machte einen raschen Schritt über den kriechenden Lindfors hinweg und ging mit den festen Schritten des Tigers auf Odinslund zu. Es war hohe Zeit. Die königlichen Hoheiten und der Lehrkörper der Universität und die Studentenschaft hatten sich schon um das Monument versammelt. Die Umhüllung fiel, die Böllerschüsse krachten von Slottsbacken los, die Studenten jubelten. Jetzt sah man in Bronze die der Nachwelt bewahrten edlen Züge Bischof Erikssons. Er holte tief Luft und rief der vieltausendköpfigen Menge zu:

»Studenten von Uppsala!«

»Wen schreien Sie so an?«

»Ach, es war nichts . . .«

Stina mit der Nachmittagspost, einer Rechnung des Händlers Berggren in Visby. Der vermaledeite Anzug! Wenn Sie unserer unregulierten Forderung Ihre Aufmerksamkeit schenken würden, Herr Pastor, nur eine kleine Anzahlung . . . Es wäre mir zutiefst unlieb, gegen einen Mann der Kirche gesetzliche Schritte unternehmen zu müssen . . .

Eine kleine Anzahlung . . . Er saß gelähmt da und sah keinen Ausweg. Eine sinnlose Phrase surrte in seinem schmerzenden Kopf herum: Am Irdischen hängt viel. Es ist viel . . .

Die Gedanken flohen ihn den ganzen Tag.

Der Kopfschmerz nahm gegen Abend zu.

»Sonnabend, den 26. Oktober. Mich auf die Predigt vorbereitet. Ein Brief von meiner Frau.«

So kann es nicht weitergehen, ich muß mich zusammennehmen!

In einem Anflug von verzweifelter Energie setzte er sich zu einem Versuch hin, eine eigene Predigt zu schreiben, nicht nur aus Postillen klauen, ich muß versuchen, selbst zu schreiben, ich muß!

Er blieb sofort beim Gleichnis von den anvertrauten Pfunden stecken. Verschieden sind die Gaben des Herrn, für einen fünf Pfund, für einen anderen zwei, für einen dritten ein Pfund. Und sie verwalteten ihre Pfunde nach ihrem Vermögen oder vergruben sie in der Erde, um sie dort aufzubewahren. Aber daß jemand nicht mit seinen Pfunden wucherte, war also ein schwerer Fehler: »Du Schalk und fauler Knecht!«

Harte Worte . . . Und gab es da nicht ein Geschlecht von Knechten, das Jesus vergaß? Die, die zu Anfang reich beschenkt wurden, aber auf der Wanderung Räubern in die Hände fielen und ausgeplündert wurden, so daß sie schließlich nackt und verarmt vor ihrem Herrn standen.

Ja, auch solche Diener werden vor Gottes Angesicht gestellt. Und als einzigen Trost bekommen sie die strengen Worte zu hören: »Denn wer da hat, dem wird gegeben werden; wer aber nicht hat, dem wird auch, was er hat, genommen werden.« So lautet das Urteil, so wechselhaft ist das Los des Lebens. Aber warum?

Er saß traurig grübelnd, gelähmt, seine Gedanken entflohen. Die Sonnenquadrate von der Fensterscheibe wanderten sacht über seine Hände auf dem Schreibtisch. Dieselbe Sonne leuchtet in diesem Augenblick über meinen Lieben dort zu Hause in Väse. Über Cecilia und der kleinen Elin. Über meinem Sohn, der noch in der Wiege liegt. Abel Axel, kleiner Abel, wie wird sich dein Schicksal gestalten? Wirst du reich begabt werden, reich belohnt, und einmal die liebevollen Worte hören: »Gehe ein in deines Herrn Freude!«

Aber da werde ich schon unter der Scholle liegen, ein Geplünderter und Verworfener.

Er saß in Gedanken, die formlos wogten wie Rauch, sein Wille war gelähmt, die Standuhr tickte unwirklich, die Zeit verging. Ohne sich dessen auch nur bewußt zu sein, stellte er die Gerechtigkeit Gottes lästerlich in Frage.

Bis Stina mit dem Brief von Cecilia eintrat. Er zögerte und ängstigte sich lange, bevor er den Umschlag aufriß. Sehr richtig, er war ein einziger Notschrei, Geld für die Miete, Geld für Essen, Geld und wieder Geld ...

In einer Aufwallung unvernünftigen Zorns fand er sie erbärmlich und materialistisch – spricht nur von Geld!

Seine Gedanken änderten sofort die Bahn und begannen, nach Auswegen zu suchen, nach Möglichkeiten ... Alles, was er jetzt entbehren konnte, waren die drei Reichstaler, die er für Handschuhe gespart hatte, und es war beinahe sinnlos, mit einem so lächerlich kleinen Betrag zur Post zu gehen.

Was sollte er tun? Von Lindfors einen Vorschuß verlangen, der seine Entlohnung in der Hand hatte, sich vor seinem Feind demütigen? Ja, wenn die Demütigung auch nur die geringste Aussicht auf Erfolg gehabt hätte. Aber Lindfors wird meine Schande nur genießen, sie wie einen edlen Wein auskosten, und dann wird er nein und nein und wieder nein antworten mit den nobelsten Begründungen, wird von der Verantwortung eines Amtsträgers und den höchsten Grundsätzen reden.

»Und wer nicht hat, dem wird auch, was er hat, genommen werden.«

Was habe ich denn, was man mir noch rauben kann? Bis auf weiteres noch ein bißchen Stolz und Selbstachtung.

So lange die nun halten.

Und die Predigt? Diesmal muß es Wallin werden.

Er kürzte den Text so, daß er fast unverständlich wurde.

»Sonntag, den 27. Oktober. Der 20. nach Trinitatis. Um 9 Uhr in Fardhem und um halb 12 in Linde Gottesdienst gehabt. Nach Ende des Gottesdienstes in Linde eine Kindstaufe. An diesem Sonntag war es ein sehr schöner Text / Unleserliche Notiz /.«

Alle Grübelei über die anvertrauten Pfunde hatte er schon verdrängt. Eine Ahnung sagte ihm, daß er der reinen Lästerung gefährlich nahe war.

Die Verrichtungen des Tages empfand er als belastend und ermüdend, eine harte körperliche Arbeit im Weinberg. Stina gegenüber schob er Magenkrämpfe vor und ging früh zu Bett. Er tat sein Äußerstes, alle Gedanken an die Zukunft zu verdrängen, an die Finanzen, an die Not der Familie. In wortlosem Gebet suchte er die Vereinigung mit Gott.

Plötzlich hatte er seinen Namen vergessen und wo er sich befand. Jemand lag irgendwo in einem Bett und sah zu einer in irgendeiner unbekannten Richtung gelegenen weißgegipsten Decke. Aber wer liegt hier? Wer? Und wo? Er schloß die Augen, faltete die Hände und spannte die Muskeln, bis ihm der Schweiß auf der Stirn stand, ein namenloser, im Krampf verdrehter Körper.

Ja – jetzt kommt es zurück.

Ich bin Samuel Eriksson. Ich liege in einem Bett im Pastorat von Fardhem auf Gotland, einer großen Insel, die zu Schweden gehört. Das Jahr ist 1895.

Samuel Eriksson ist mein Name.

Und ich werde nicht lange auf Erden leben . . .

Seltsamer Gedanke! Woher ist er gekommen?

Dennoch vermittelte er eine eigenartige Erleichterung, so daß er endlich schlafen konnte.

Jetzt hörte er nicht mehr das Geschrei der schwarzen Vögel.

»Montag, den 28. Oktober. Den Epheser-Brief und Kyrillos auf griechisch gelesen. Die Zeit ist mir sehr lang geworden, ich habe mich nach der Familie gesehnt. Bei einem Spaziergang begegnete ich dem originellen Fredén, Schullehrer in Linde. Folgte ihm zu einem Gespräch nach Hause. Besuchte am Abend den alten, freundlichen und gesprächigen Küster Lindegren, Schulmeister in Fardhem.«

Pflichtschuldigst ein paar Seiten Griechisch, lesen und studieren, sich vervollkommnen und an die Zukunft denken, vielleicht kann ich in Uppsala komplettieren, lesen und studieren ... Glaubte er selbst an dieses lächerliche Spiel? Nein, es ist sinnlos. Er ließ die Hände sinken und lächelte verlegen über sich selbst. Dies ist verschwendete Mühe, ich habe ja keine Zukunft mehr ...

Nein, er begegnete Fredén nicht bei einem Spaziergang, er suchte ihn nach Schulschluß auf und verwickelte ihn in ein Gespräch über den Lehrerberuf.

Fredén starrte mißtrauisch über stahlgeränderte Brillengläser hinweg, wurde aber bald besänftigt, als er die Sanftheit und grenzenlose Naivität des Pfarrers erkannte. Er machte sich ein wenig Luft und sagte eine Wahrheit oder auch zwei über die königlich schwedische Gaunergesellschaft.

Ja, daran ist schon einiges, fand Samuel. In seiner weltfremden Unschuld erkannte er nicht, daß Fredén ein Rabulist war, ein gefährlicher Bursche. Ja, es steckt Vernunft und Wahrheit in dem, was er auf seine ungeheuchelte Weise sagt. Es ist wohl ungewiß, ob unsere Obrigkeit die Macht immer mit der Weisheit handhabt, die vonnöten ist ...

Ja, das kann man sich schon fragen!

Sie versanken in eine ausgiebige Diskussion über die vielerlei Ungerechtigkeiten der schwedischen Gesellschaft unter Oscar, nicht zuletzt gegenüber Lehrern und jüngeren Pfarrern. Sie schmökerten in Fredéns kleiner Bibliothek, und Samuel durfte sich das eine oder andere ausleihen, meist Historisches. Der Ton wurde fast herzlich.

Ein in mancherlei Hinsicht gebildeter und liebenswürdiger Mensch, muß ich sagen.

Ungewöhnlich vernünftiger Bursche für einen Pastor.

Allmählich fiel die förmliche Anrede.

Findest du?

Aber ja!

Ja, jetzt wo du es sagst ...

Überleg doch selbst, dann wirst du sehen!

Ja, du hast recht, wenn man es nur so sieht, aus einer rein sozialen Perspektive ... Ein neuer Gedanke für mich, aber sehr faszinierend!

Ernüchterung trat ein, als eine mausgraue, gequälte Ehefrau in die Kammer trat, um Fredén zum Abendbrei zu rufen: daß der Pastor eine so einfache und alltägliche Mahlzeit mit ihnen teilen sollte, war selbstverständlich ausgeschlossen.

Sie trennten sich einigermaßen verwirrt, nun, mein bester Fredén, dann also Tschüs, Pastor ...

Kurz angebunden und ein bißchen beleidigt hört er sich an, der Schulfuchs.

Hochmütiger Scheißpastor, er wie alle anderen ...

Ernüchtert wanderte Samuel zu einer eigenen einsamen Abendmahlzeit nach Hause. Es war schon seltsam. Fredén hatte anfänglich einen so sympathischen Eindruck gemacht, aber dennoch lag etwas Trockenes und Scharfes in seinem Wesen, ein kritischer Geist, der beinah herzlos erschien ... Etwas von einem Rabulisten und Umstürzler hat er wohl an sich? Aber wie konnte ich ihn dann vernünftig und sympathisch finden? Ein Materialist! Ein schöner Umgang für einen, der in diesem Land ein Diener des Wortes werden will ...

Nach dem Abendessen suchte er den harmlosen Lindegren auf, dem umstürzlerische Ideen völlig fremd waren. Lindegren begegnete ihm mit kriecherischer Demut, und Samuel brachte es nicht fertig, von seinen Zukunftsaussichten zu erzählen: »Sie können ja immer noch Volksschullehrer werden, Herr Pastor.« Nein, das wollte er nicht erzählen, lieber in Lindegrens Augen so lange wie möglich Pastor bleiben.

Er lauschte zerstreut dem Gerede des Küsters von alten Zeiten und ertappte sich dabei, daß er sich nach Fredéns Zynismen sehnte.

Ein Salz ist er dennoch, dieser Mann, ein frischer Windhauch in diesem muffigen Loch.

»Dienstag, den 29. Oktober. Am Vormittag Kyrillos gelesen. In Hemse gewesen und die alte, eigentümliche Kirche besichtigt. Altarschmuck und Ornamente richtig im mittelalterlichen Stil. / Lange, verwirrte Beschreibung. / Nach der Heimkehr wieder in Kyrillos vertieft. Dieser Kirchenvater hat einen sehr lehrreichen, angenehmen und lebhaften Stil. Seine in Jerusalem gehaltenen Reden sind sehr schön und lehrreich.«

Mein Gott, wohin bin ich unterwegs! Ich fliehe meine Amtsbrüder und suche die Nähe eines Rabulisten und Malcontents wie Fredén. Ich sinke im Umgang, es ist, als wollte ich immer tiefer sinken, es ist, als wollte ich meinen eigenen Untergang ... Aufruhr gegen die Gesellschaft, ja, aber was geht mich die Gesellschaft an, gib dem Kaiser, was des Kaisers ist, denn die Obrigkeit trägt das Schwert nicht umsonst ...

Zur Buße setzte er sich hin, um Kyrillos zu lesen, obwohl ihn der große Patriarch von Jerusalem nur sehr mäßig interessierte. Sich heute in diese Dispute um den Arianismus zu vergraben, in einer Zeit, in der über den gepeinigten Städten der Welt schwarzer Steinkohlenrauch liegt, in den Waffenschmieden der Donner grollt und hungernde Kleinkinder nach Brot weinen ... Absurd!

Aber der Weg zum Amt führt über Kyrillos, ich soll an der Hand dieser Patriarchen in das Paradies der Geborgenheit geführt werden, in den erträumtem Pfarrhof. Lesen und studieren!

Ein gelehrter und wohlgeratener Geistlicher sollte sich auch ein wenig für Kunstgeschichte interessieren. Er besuchte die Kirche in Hemse, spazierte eifrigst über den knarrenden Holzfußboden und studierte jede Ecke und jeden Winkel des Gotteshauses, obwohl er die mittelalterliche Einrichtung strenggenommen barbarisch, wild und überladen fand. Es lagen eine Vitalität und eine Stärke in dieser Sicht der Religion, die ihn erschreckten und abstießen. Sein eigenes Ideal lag näher bei weißgekalkten Gewölben, goldenen Tauben und Cherubim, einem geglätteten und blassen Dekor, das auf Sinnenfrieden und Ruhe einstimmte. Er wußte ja aus Traum und eigener Erfahrung, daß Dämonen eine sehr aufdringliche Wirklichkeit sein können, aber in der Kirche wollte er nicht an diese Wirklichkeit erinnert werden.

Mit Hilfe der »Erinnerungen eines Seelsorgers« konnte er sein Tagebuch mit gelehrten bauhistorischen Notizen über die Kirche spicken, aber er hütete sich sorgfältig, seine Unlust über die mittelalterliche Barbarei zu erkennen zu geben.

Am Abend saß er dann über den Kyrillos gebeugt, bis er angesichts des schönen und lehrreichen Stils des Kirchenvaters von einem Gefühl der Unwirklichkeit gepackt wurde.

Womit beschäftige ich mich eigentlich?

Und was für einen Sinn hat dieses Leben?

»Mittwoch, den 30. Oktober. Im Kyrillos gelesen. Beim Schulmeister nach Post gefragt.«

Warum werde ich so isoliert? Warum habe ich keinen Umgang mehr mit meinen Amtsbrüdern? Ich verabscheue diesen Saufbold Gadd, ich verachte diesen Dickschädel Ahlenius, und mit Lindfors bin ich offen verfeindet. Es ist, als wollte ich meinen eigenen Untergang!

Die Kirchenältesten Persson und Bolander verachten mich offen, von Stina will ich gar nicht reden. Ich habe Umgang mit Nilsson und Fredén, Aufrührern in Kirche und Staat, und die Herrschaft der Gegend geht mir neuerdings aus dem Weg. Alles, was übrigbleibt, ist ein harmloser alter Verrückter wie der Schulmeister Lindegren.

Er ging zu Lindegren hinüber, um ein bißchen zu klönen und die Post zu holen, aber der Inhalt der Posttasche brachte ihn auf andere Gedanken.

Brief von Cecilia, ein Notruf. Außerdem eine Mahnung vom Händler Berggren, sehr drohend im Ton . . . Der verflixte Anzug!

Er riß den Anzug aus dem Kleiderschrank und begann mit rissigen Nägeln über das eingetrocknete Blut zu kratzen, zu reiben und zu schaben.

Wenn Berggren nur den Anzug zurücknehmen wollte . . .

Wenn er nur bei der Polizei keine Anzeige erstattet . . .

»Donnerstag, den 31. Oktober. Besuch von Pastor Lindfors. Sprechstundentag.«

Lindfors schnüffelte im Kirchenbuch und maulte über das eine und andere, aber er hörte es kaum, hatte nichts zu seiner Verteidigung vorzubringen, war tief versunken in seine eigenen Gedanken . . . Und dann, mit einer Kraftanstrengung . . .

»Ja, wenn ich um etwas bitten dürfte . . .«

»Was denn?« fauchte Lindfors und glitzerte boshaft mit dem Pincenez.

»Nein, es war nichts . . .«

Sein Mut ließ ihn wie gewöhnlich im Stich. Er konnte es nicht über sich bringen, sein Elend zu bekennen und um ein Darlehen zu bitten. Schweigend durchlitt er Prüfung und Abrechnung des Kollegen und eilte dann so schnell er konnte zur Post nach Hemse. Seine Last war sperrig, aber von Stina konnte er ja keine Hilfe verlangen. Das Paket mit dem Anzug kostete 30 Öre Porto, die Postanweisung für Cecilia über zwei Kronen und fünfzig Öre machte zehn Öre Porto, blieben noch zehn Öre von dem Handschuh-Geld. Zehn Öre. Er sah zwei Fünf-Öre-Stücke voller Grünspan in seiner rotgefrorenen Hand: Jetzt bin ich arm wie die Apostel. Oder wie Papa, als er die Axeliten in den Untergang führte. Alles, was ich besitze, trage ich bei mir.

Fünf plus fünf macht zehn, das macht zehn Öre, an der einfachen mathematischen Wahrheit werde ich nicht rütteln können.

Der Wind ist scharf und Kyrillos sehr weit weg.

Fünf plus fünf macht zehn.

»Freitag, den 1. November. Als ich aufwachte und aufgestanden war und durch die Fenster hinausblickte, war die Erde weiß von Schnee, der in der Nacht gefallen war. Der erste Schnee im Herbst auf Gotland. An meiner Predigt geschrieben. Kyrillos gelesen. Ein Kirchenvater mit einem schönen und seelenvollen Stil.«

Der erste Schnee brachte kühlende Stille und Resignation. Stille und eine Vorahnung vom Tod vermittelte ihm dieses weiße Bahrtuch, und er fühlte sich feiertäglich ruhig, fertig mit allem und bereit für die letzte Ruhe. Soviel unnötige Unruhe, soviel überflüssige Furcht. Aber auch die Zeit der Unruhe ist bemessen, bald ist alles vorbei.
Er spürte, wie sich eine große Ruhe in den Gliedern ausbreitete, er wollte wie ein trauriges Kind zu Bett gehen und in eine tiefe, traumlose Ruhe hinüberschlafen, die weit weg war von Hetze und Qual des wachen Lebens.

Oh, möge das Pendel der Zeit stehenbleiben!

Aber die Zeit bleibt innerhalb der Grenzen des Lebens nicht stehen, er mußte in die Wirklichkeit zurückkehren und die ihm zugewiesene Rolle spielen. Das Geräusch der Dohlen war wie gewöhnlich von dort draußen zu hören, und als er die Hand zum Tintenhorn hob, sah er mit einem Mal die Fransen an seinem Jackett.

Die Furcht kehrte mit der Schärfe eines Messerstichs zurück.

Darf nicht nachlassen, muß kämpfen und mich oben halten, darf nicht resignieren!

Die Predigten schreiben! Lesen und studieren!

Kyrillos' Katechismus-Vorlesungen sind langweilig, sein Griechisch ist schwer und schwierig zu deuten, aber mit Hilfe solcher Absurditäten wird man also Pastor in Schwedens Staatskirche . . .

Lesen und studieren!

Kämpfen!

Kampf!

»Sonnabend, den 2. November. Schönes Wetter. Sonnenschein und mild. Mich auf die Predigt vorbereitet. Mit dem alten freundlichen Schulmeister Lindegren zusammengesessen und geplaudert, während ich auf die Post wartete. Vergleich zwischen der guten alten Zeit und der heutigen. Die Menschheit war in der guten alten Zeit sozusagen im Zustand der Unschuld. War nachmittags draußen im Garten und sah dort eine große schwarze Drossel sowie ein paar kleine Vögel, die mit ihren spitzen Schnäbeln und mit ihrem Picken an den Baumstämmen sehr an den Specht erinnerten. Viele Dohlen um den Turm herum.«

Auch dieser Morgen brachte ein Gefühl von Frieden und Resignation mit sich. Der Schnee lag weiß, und der Winter sprach mit seinem kühlen Atem von Tod und Vergängnis zu ihm; das war eine willkommene Botschaft, er war bereit.

Er überlegte ein wenig lustlos, ob er einen Brief an das Konsistorium schreiben und an seine Bitte um Dispens erinnern sollte, schlug sich das aber bald aus dem Kopf. Was hat es für einen Zweck, sich schwedischen Beamten zu widersetzen? Man reizt sie nur, man gewinnt nichts.

Das unbedeutende Gerede des friedfertigen alten Küsters stimmte so verwunderlich gut mit seiner eigenen resignierten Stimmung überein. Wenn alle Hoffnung dahin ist, kann man sich zumindest mit der Illusion von der guten alten Zeit trösten, das ist ein Traum, den die Zeit nie widerlegt.

Keine Mahnung in der Post, nichts vom Konsistorium, nichts von Cecilia, nichts, was seine Ruhe stören konnte.

In dieser sanften, entspannten Stimmung von Todesvorbereitung und Resignation meinte er, die Wirklichkeit mit interesseloser und glasklarer Schärfe zu sehen: das schwarze Astwerk der Bäume vor dem silbergrauen Himmel, rußschwarze Dohlen in schreiendem Flug um den Kirchturm.

Sah alles so deutlich wie ein zum Tode Verurteilter, wenn er zum Schafott geführt wird, sah und sah.

So unwirklich klar ist die Welt an diesem Tag, als wäre der Tod nahe.

»Sonntag, den 3. November. Beim Gottesdienst in der Kirche in Lojsta um 9 Uhr vormittags gepredigt. Beobachtete auf dem Weg nach Lojsta eine merkwürdige hohle alte Eiche, so groß, daß ein Ochse gut in ihr Platz hätte, sicherlich mehrere hundert Jahre alt. Um 12 Uhr vormittags in Fardhem gepredigt. Am Abend Besuch von Herrn Nilsson und von Bolander. Erbauung und Segen durch das Wort dieses Tages: ›Selig sind, die da geistlich arm sind, denn das Himmelreich ist ihr.‹ Der Predigt-Text des Allerheiligen-Tages ist sehr schön und trostreich.

Guter Gott! Gib die Gnade und den Segen Deines Heiligen Geistes für die Verkündigung des Wortes!«

Diese Stille, die über der Welt ruht, dieser glasklare Friede ... Er saß von der kühlen, abgekehrten Schönheit der Natur verzaubert da, während die Pfarrhofskutsche durch den Schneematsch nach Lojsta rollte, und auf einmal packte ihn die Empfindung, daß die kahlen Bäume ihn riefen und ihn baten, den Winter und den Tod mit der gleichen Ruhe entgegenzunehmen wie die Natur. Wirf dein Laub ab, du wie wir, und unterwirf dich dem Gesetz der Vergängnis! Und siehe! – Ein wunderbarer Friede wird dir vergönnt sein.

Besonders die große Eiche, die ihn mit ihrem Astloch im Stamm so eindringlich betrachtete ... Nein, er fand keine Worte dafür. Er konnte nur etwas Gleichgültiges ins Tagebuch schreiben, als Gedächtnisstütze. Auf irgendeine Weise muß ich mich an diesen Tag erinnern, den 3. November 1895, an dem die Bäume so eindringlich zu mir sprachen und mich baten, meine Menschenvernunft wie totes Laub abzuwerfen und den Tod ergeben anzunehmen.

Am kommenden Dienstag wollte Nilsson ihn als Offiziant bei einer Hausandacht dabeihaben. Gut und schön, wenn Nilsson nicht in dem Ruf stünde, ein niederkirchlicher Schwärmer zu sein und in gefährlicher Nähe des reinen Sektierertums zu stehen, von Lindfors und anderen Hochkirchlichen in der Nachbarschaft mißtrauisch beäugt. Und was sollte der Bischof sagen? Ach was, Samuel sagte zu, in der apathischen Stimmung, in der er sich befand, gleichgültig für die Folgen.

In die Volkstiefe hinuntersteigen zu den Armen im Geiste, sich mit Sündern und Zöllnern vermischen, so werden wie der Führer der Axeliten in der Zeit . . .

Ja, warum nicht . . .

»Montag, den 4. November. Am Morgen schöner Sonnenschein. Machte einen Spaziergang nach Linde hinaus. Traf auf dem Heimweg den alten Schulmeister Lindegren auf dem Friedhof. Von ihm erhielt ich recht bemerkenswerte Auskünfte über vergangene Zeiten. Beobachtete auf dem Friedhof zwei sehr eigenartige stachelige Schnecken, die zur Zierde auf Gräbern lagen. Das Abendblatt und Kyrillos gelesen. Dieser Vormittag ist mir sehr lang und einsam geworden, viel Sehnsucht nach meiner Frau und nach meinen kleinen Kindern gespürt.«

Es ist schon merkwürdig.

Lindegren, den alten Küster und Schulmeister, mußte er schon unzählige Male zuvor getroffen, gesehen, gegrüßt haben und weitergegangen sein. Aber erst nach den strengen Worten des Bischofs über den Lehrerberuf begann er den alten Mann ernsthaft zu sehen, mit ihm Verbindung aufzunehmen, mit ihm zu sprechen, alles in einem Verlangen, sich allmählich mit der neuen Berufung vertraut zu machen, die so bedrohlich nahe zu sein schien. Und Lindegren war ja auch im Gegensatz zu Fredén respektvoll und ließ ihn das Gefühl genießen, gesellschaftlich überlegen zu sein, noch eine kleine Zeit. Ja, natürlich war es kindlich, aber so war es . . .

Die stille und resignierte Stimmung hielt an. Er betrachtete die Umwelt wie zuvor mit weit offenem Blick, sah und sah, verwundert von all dieser Wirklichkeit, die er nie zuvor geahnt hatte, eine bisher verborgene Wirklichkeit.

Die Schnecken führten seine Gedanken zum Meer, zu der großen Reise, zu den Jugendjahren in Amerika, aber Sehnsucht und Trauer empfand er gerade nicht in der winterkühlen Ruhe, in der er jetzt ruhte wie in reinen Laken.

In der Zeitung las er von den großartigen Festen, die angesichts des erzbischöflichen Jubiläums geplant waren. Fünfundzwanzig Jahre lang hatte Anton Niklas Sundberg die Zügel der schwedischen Staatskirche in seinen harten Händen gehalten: Das sollten die Schweden jetzt feiern.

Die Sehnsucht nach der Familie überkam ihn mit unerwarteter Kraft. Er versteckte sich hinter der Zeitung und versuchte sein Schluchzen zu ersticken. Darf um alles in der Welt Stina nicht zeigen, daß ich weine. Sie verachtet mich auch so schon tief.

»Dienstag, den 5. November. In Lojsta eine Hausprüfung abgehalten. Ging mit den jungen Leuten Römerbrief 13 durch, hörte sie in Katechismus und Bibelgeschichte ab. Am Abend um halb 7 mit Nilsson und Bolander zu einer Gebetsstunde gewesen, die von dem alten Hausierer Björkdahl abgehalten wurde.«

Er erwachte an diesem Morgen mit Unlust und Angst vor dem Gebetstreffen, für das er zugesagt hatte. Was ist mit mir los? Warum soll gerade ich mich in den Augen des Bischofs verdächtig machen – will ich meinen eigenen Untergang?

Eins ist jedenfalls sicher: Lindfors, der bleiche Papist, wird meine Eigenmächtigkeit herausfinden und über meinen Umgang mit Schwärmern bis hinauf zu Hochwürden Bericht erstatten.

Um Buße und Besserung zu tun, griff er bei der Hausprüfung die Ermahnungen des Paulus auf, man solle sich der Obrigkeit unterordnen: »Wer sich nun der Obrigkeit widersetzt, der widerstrebt Gottes Ordnung.«

Ob Paulus in dem Punkt nun wirklich recht hat? Was zu beweisen war. Der Zweifel brachte ihn zum Stammeln, verwirrte ihn und ließ ihn schließlich verstummen.

Dort saßen die jungen Leute auf Stühlen und Bänken, alle mit den leeren und schafähnlichen Mienen der geheuchelten Frömmigkeit. Sie hatten eine Prüfung zu bestehen, eine Pflicht zu erfüllen, sie sahen vor sich nicht einen Hirten und geistlichen Führer, sondern einen Vertreter der schwedischen Obrigkeit, die das Schwert nicht umsonst trägt.

Ein schwellend rundes und üppiges Bauernmädchen mit roggenblonden Zöpfen in Schnecken um die Ohren, mit rosigen Wangen, leeren Augen: Ihr Gesichtsausdruck verwirrte ihn noch mehr. Seltsame Eingebungen und Gedanken inmitten einer Hausprüfung ... Als ob ihn nicht alle jungen Frauen in dieser Zeit der Einsamkeit dazu brachten, an dasselbe zu denken. Oh, diese Schwäche, dieser Pfahl im Fleisch. Sündig und verdammt bin ich diesem strengen Apostel zufolge.

O Paulus, der du eine Kirche gebaut und einen Traum zum Einsturz gebracht hast ...

»Wie sollen wir denn wissen, daß unsere Obrigkeit wirklich von Gott gegeben ist?« fragte er auf einmal.

Leere Augen in leeren Gesichtern, der Geruch von Bratenfett, saurer Wolle, ungewaschenen Körpern. Sie begreifen nicht, daß ich ihr Freund bin, daß ich ihnen zu klarer Einsicht verhelfen will, daß ich einen Windhauch in das bißchen aufrührerische Glut blase, das unter der Asche des Alltags glimmt. Es entstand nur ein peinliches Schweigen.

Das blonde üppige Mädchen rückte ihre Hüften auf dem Sitz zurecht. Ihr breiter Busen wogte gemächlich unter der Bewegung.

Pastor Eriksson verlor noch einmal den Faden und ging zur Katechismus-Prüfung über. Jetzt ging es besser, die Konfirmations-Kenntnisse saßen gottlob noch. Ein bißchen peinlich war es eine Weile, aber es gab keinen Skandal.

Keinen Skandal. Was auch immer, nur keinen offenen Skandal, siehe da, das also ist das erste Gebot dieser Gesellschaft. Fürchte Gott, verehre König Oscar und laß es um alles in der Welt nicht zu einem Skandal kommen.

Nein, keinen Skandal, aber hinterher wurde ein wenig über den Pastor geflüstert.

Hast du gesehen, wie er dich angeglotzt hat, Birgitta?

Ach was, der . . .

Nimm dich in acht, daß er dich nicht zu einer Einzelandacht vornimmt.

Geschmeichelt streichelte sie sich selbst und lächelte in sich hinein: Süß ist er schon, der Herr Pastor, und dazu ein junger Bursche . . .

Samuel war wütend, als er nach Hause kam, wütend, mit sich selbst unzufrieden, verärgert über die ganze Welt.

Trotz der Zweifel vom Morgen ging er zu dem Gebetstreffen, festen Willens, gegen die Lauheit im Geiste zu wettern, die in der Staatskirche herrschte.

Es war aber der Hausierer Björkdahl, der das Kommando übernahm, ein Höllenprediger, der das himmlische Strafgericht über die weißgetünchte Gruft der Kirche herabrief, die so voll der Greuel des geistlichen Todes sei.

Willensstärke, Leidenschaft und Kraft! In allen Dingen so anders als ich . . .

Samuel sprach wirr und uninspiriert, seine Bemerkungen machten einen fast peinlichen Eindruck, und Björkdahl lächelte in seinen schwarzen Bart hinein.

Es war ja gut, den Pastor als Geisel da zu haben, aber eine etwas bessere Verkündigung hatte man wohl dennoch erwartet . . .

Hinterher saß er bleich und zerstreut beim Gesang dabei, von Überdruß und Selbstverachtung gelähmt.

Tauge nicht einmal zum Aufrührer.

Tauge zu gar nichts in dieser Welt.

»Mittwoch, den 6. November. Am Vormittag in Linde Hausprüfung gehabt. Mit der Mittagspost einen Brief von meiner Frau bekommen. Einen Brief an meine Frau geschrieben, bei Schulmeister Lindegren im Haus gewesen. Am Abend Andachtsstunde mit dem Hausierer Björkdahl.«

Stummheit, Selbstverachtung, Resignation.

Häusliche Prüfung, eine peinliche Amtspflicht, aufrührerische Worte, die nur zu einem halbherzigen Wink werden, eine Verkündigung, die Steine statt Brot gibt.

Die Erinnerung an den Vater, den Propheten und selbstverzehrenden Anführer der Axeliten, die Erinnerung an einen schwarzbärtigen Vater in lautem Gespräch mit Mutter Anna-Lisa, die Erinnerung an den Vater mit seinen Jüngern im Gefolge, die Erinnerung an den Vater ist in diesen Tagen mit ihm, ein Vorwurf oder eine Warnung.

Schließlich der Vater weißbärtig im Sarg, die Tränen und das Gejammer der vermeintlichen Apostel, die harten Worte des Pastors am Grab, Erinnerungen, Erinnerungen . . .

In der Gegenwart kommt ein Brief von Cecilia, ein Notruf wie gewöhnlich, in der Gegenwart schreibt er Antwortbriefe mit tröstenden Bibelworten, sinnlos wie gewöhnlich, alles wie gewöhnlich, hoffnungslos.

Am Abend saß er bleich und zerstreut im Schatten des Predigers.

Das Gewitter der Verkündigung blitzte, niemand kümmerte sich um Samuel Eriksson.

Überflüssig bin ich, mein Dasein ist sinnlos.

»Donnerstag, den 7. November. Am Vormittag Prüfung im Schulhaus von Fardhem. Mit der Mittagspost einen Brief aus Visby bekommen.«

Er ist auf dem Weg in die Verzweiflung. Es kostet ihn seine letzten Kräfte, die Prüfung abzuhalten, die Empfindung von Sinnlosigkeit ist lähmend.

Als er nach Hause kam, erwartete ihn die Mahnung des Händlers Berggren. Der begnügte sich nicht damit, den Anzug zurückzunehmen, o nein, unter Bezugnahme auf unsere schriftliche Abmachung vom 16. Oktober sehe ich Ihrer umgehenden Zahlung entgegen . . . Jaja.

Den Rest des Tages saß er auf dem Sofa im Arbeitszimmer, ohne einen klaren Gedanken im Kopf. Hob die Mahnung manchmal vor die Augen und sah sie an, fragend, ohne zu sehen.

Es war die große Zerstreutheit, außerhalb der Zeit, außerhalb der Wirklichkeit. Ein Bibelspruch fuhr ihm durch den Kopf, so wie eine Schwalbe durch den Glockenturm fliegt.

»Das sind die Reden, die ich zu euch sagte, da ich noch bei euch war; denn es muß alles erfüllet werden, was von mir geschrieben ist . . .«

Es muß alles erfüllt werden.

»Freitag, den 8. November. Gelesen und mich auf meine Predigt vorbereitet.«

In diesem gesegneten Zustand von Abwesenheit und Gedankenleere länger zu verweilen, war ihm nicht vergönnt.

Er saß eine unendlich lange Zeit am Frühstückstisch und spielte mit dem weißen Ei. Dessen runde Fülle in seiner Hand fühlte sich sinnlich angenehm an. Er erkannte mit Verwunderung, daß es in der von ihm erreichten Welt einen Reichtum an einfachen Freuden gab, eine Zuflucht vor der Zeit und vor der Wirklichkeit. Dort konnte man unverwundbar und der Welt entzogen leben. War es das, was man Verrücktheit nannte? Oh, diese menschlichen Namen und Bezeichnungen . . . Könnte ich doch nur lange hier mit dieser runden, weißen Wärme in meiner Hand verweilen . . .

Er träumte und lächelte und ließ die Zeit verstreichen, bis Stina hereinmarschierte und die Hände in die Hüften stemmte, vor Wut qualmend . . .

»Kann ich denn nie abdecken? Wollen Sie nicht endlich Ihre Predigt schreiben, Herr Pastor?«

Als würde man mit der Zange aus dem Mutterschoß des Friedens herausgerissen. Zurück in die Wirklichkeit, zurück an den Schreibtisch . . .

Er überflog Evangelium und Epistel des Tages, fand sie aber so gut wie sinnlos.

Sinnlos. Nun, wo soll man seine Predigt stehlen? Bei Wallin oder bei Nohrborg? Vor dieser Wahl saß er lange gelähmt da.

Oh, wenn das Pendel der Zeit doch stehenbleiben wollte . . .

»Sonnabend, den 9. November. Mich auf die Predigt vorbereitet. Die Post geholt. Einen ziemlich unerwarteten, aber willkommenen und wichtigen Brief von meinem alten Freund bekommen, dem Studien- und Arbeitskameraden in der Augusta-Synode in Nordamerika, C. J. Youngberg, der jetzt in Arnot in Pennsylvania wohnt.«

Der Brief erweckte ihn aus seiner Lähmung und machte ihn trunken vor Freude. Ein Brief von Charles, welche Erleichterung, was für eine selige Überraschung!

Nein, nicht gleich lesen! Er überlistete sich selbst und nahm sich vor, den Brief nicht zu öffnen, bevor er nicht eine stark gekürzte Version von Nohrborgs Predigt für den Sonntag kopiert hatte.

Ein Lächeln spielte in seinem Gesicht, während die Feder über das Papier tanzte, so leicht zu schreiben, leicht zu leben . . .

Und dann – wunderbar, in die Erinnerung an die Jugendjahre dort drüben zu flüchten, in die hellen Jahre, in denen er noch hoffen konnte. Die Jahre im Land der Freiheit, so fern von König Oscars stickigem und muffigem Schweden, in dem man immer vor Übergeordneten und Vorgesetzten im Staub kriechen mußte . . .

Ja, Hochwürden, nein, Hochwürden . . .

Sie können ja immer noch Volksschullehrer werden, Herr Pastor . . .

O nein, du alter Knacker!

Lieber fahre ich zurück nach Amerika!

Oh, die Jugendjahre drüben im Mittelwesten, diese Jahre, in denen man noch hoffen konnte . . .

Er machte ein paar Versuche, Stina von seinen Erinnerungen zu erzählen, aber sie war bis auf den Grund kühl und abweisend wie gewöhnlich: Man kennt seinen Platz, und Sie sollen sich nicht unnötig gemein machen, Herr Pastor.

Nein, nein ...

Man muß auf den Respekt achten, und Sie sind mit gewöhnlichen Leuten viel zu leutselig, Herr Pastor.

Ja, ja ...

Er saß auf dem Sofa, las den Brief immer wieder und begann schließlich, laut zu sich selbst zu sprechen.

Stina stellte sich an die halboffene Tür, um zu lauschen: Jetzt ist er völlig durchgedreht, der Pastor.

Durchgedreht? Ach, er sprach ja nur mit Charlie. Mit wem sollte er sich sonst unterhalten? Saß da im Sofa, sprach, gestikulierte und lächelte, nickte zu unhörbaren Repliken, sprach und sprach von neuem ...

Er sah die ganze Zeit, wie Stina auf Horchposten stand, aber das machte ihm nichts aus, er sprach nur und sprach.

Ach, Charlie, mein Freund.

Er ist völlig verrückt geworden!

Endlich mit einem vernünftigen Menschen reden können!

»Sonntag, den 10. November. Den 22. nach Trinitatis. In Fardhems Kirche Gottesdienst abgehalten. Am Nachmittag Besuch von einem der Kirchenältesten. Dreißig Bauern haben eine Schrift aufgesetzt und unterzeichnet, in der vom Bischof verlangt wird, man möge meine Amtszeit verlängern, bis der neue Pfarrer seinen Dienst angetreten hat. Am Abend Besuch von Nilsson.«

Sein leicht zu rührender Sinn entflammte, als er durch Persson von der Aktion der Bauern erfuhr. Er errötete, stammelte, es fiel ihm schwer, seine Freude zu verbergen. Hinterher saß er am Mittagstisch und murmelte vor sich hin, murmelte, nickte und lächelte. Stina konnte kaum ihre Verachtung verbergen.

Meine lieben Freunde, wie soll ich euch allen danken ...

Die harte Wirklichkeit war so weit weg, er war dem Volk ein geliebter und verehrter Hirte, der Bischof würde sicher nachgeben, die Sache mit dem Dispens würde geregelt werden, er würde eine Anstellung bekommen und ein Stück Brot für die Seinen ... Er saß in der abgeschiedenen Welt seiner Seligkeit, nickte, lächelte, dankte mit weichen Gesten, sprach innige Worte der Dankbarkeit an alle dreißig Bauern ...

Jetzt ist er wohl völlig von Sinnen, der Pastor.

Meine lieben Freunde . . .

Eine Schande für die ganze Gemeinde . . .

Unwürdig und einer solchen Ehre einfach nicht würdig . . .

Total verrückt geworden . . .

Ja, Nilsson mußte unverrichteter Dinge wieder gehen. An einer Gebetsstunde mit Erweckten und Frömmlern teilzunehmen, nein, das wagte er nicht. Jetzt kein Risiko eingehen, wo er eine gesicherte Zukunft in Reichweite sah . . .

Die Bauern wissen meine Verkündigung zu schätzen und wollen mich behalten. Ich habe nicht vergebens gearbeitet. Jetzt kein Risiko eingehen . . .

Wenn es schwierig wird, ist er feige wie alle Schwarzröcke, klemmt einfach den Schwanz zwischen die Beine und macht sich aus dem Staub . . .

Meine lieben Freunde . . .

Verrückter!

»Montag, den 11. November. Griechisch studiert und die Zeitung gelesen. Pastor Ahlenius in Levide besucht.«

Die Glücksstimmung hatte sich verflüchtigt, als er am nächsten Tag aufwachte. Die Aktion der Bauern nahm sich jetzt im bleichen Morgenlicht im nachhinein sinnlos aus. Ich bin kindisch. Die Bauern wollen mich doch wohl nur aus wirtschaftlichen Gründen behalten, um ein bißchen Fahrgeld zu sparen, leider Gottes. Und selbst wenn sie es ernst meinten, was würde das schon bedeuten? Das wird den Bischof doch nicht beeindrucken. Der Wille des Volkes wiegt leicht in Schweden, mögen sie auch noch so schöne Worte von unserer uralten Freiheit daherreden.

Der Gedanke an die Notlage seiner Frau überkam ihn, unerwartet wie ein Schlag von hinten. Geld, ich muß Geld heranschaffen! Nicht mehr dieser Stolz, den ich mir nicht leisten kann, zu dem ich kein Recht habe . . .

Er spazierte, nein, er lief fast den ganzen Weg nach Levide und versuchte stammelnd und kurzatmig, von Ahlenius ein Darlehen zu erbetteln. Der gemütliche Mann machte eine spürbare Verwandlung durch. Er errötete, murmelte, wandte den Blick ab. Darauf begann er von seinen Grundsätzen zu sprechen, sehr ernsthaft und ausführlich. Aus Prinzip pflege ich nie . . . Es ist gegen meine Grundsätze . . .

Samuel stand stumm da, nickte und lächelte über diese schönen Worte von Grundsätzen.

Wenn man wenigstens etwas davon hätte, daß man sich erniedrigt?

Aber nicht einmal meine Selbstachtung ist Geld wert!

Und wer nicht hat, dem wird auch, was er hat, genommen werden.

»Dienstag, den 12. November. Die ›Patres‹ gelesen. Sehr regnerisches und scheußliches Wetter. Viel geregnet und heftiger Wind.«

Ich muß aushalten. Nur noch ein paar Tage, dann bekomme ich Geld.

Sich zu erniedrigen und um Vorschuß zu bitten, daran ist ja nicht zu denken. Sich vor Lindfors erniedrigen, ja gern, aber es muß ja wenigstens Geld einbringen, so im Staub zu kriechen. Sonst ist es eine sinnlose Mühe.

Aber was in meinem Leben ist keine sinnlose Mühe?

Er las in der Zeitung über das Bankett und die großartigen Festlichkeiten, die in Uppsala im Zusammenhang mit dem Jubiläum des Erzbischofs abgehalten worden waren. König Oscar hatte seinem Getreuen anläßlich dieses Tages einen mit Brillanten besetzten Orden verliehen. Die Auszeichnung stellte der Zeitung zufolge nicht nur einen ideellen, sondern auch einen bedeutenden materiellen Wert dar.

Der Regen lief an den Fensterscheiben hinab, zögernd und ruckhaft. Pastor Samuel Eriksson las im *Aftonbladet* von dem glänzenden Bankett für den Primas seiner Kirche.

Es ist schon eine Menge dran an dem Irdischen, dachte er.

»Mittwoch, den 13. November. Griechisch gelesen, Novum. Die Post geholt. Die Zeitung gelesen. Später Nilsson zu Besuch mit gewohntem Begehren.«

Er las den Brief von Cecilia mit kühlem Interesse. Er hatte sich so lange geängstigt, daß er nichts mehr empfinden konnte. Alles, was er spürte, war eine kalte Neugier: Wie weit kann unser Elend gehen? Wieviel mehr kann ich aushalten? Und wieviel Cecilia?

Sie hatte sich ein Zehn-Öre-Stück für das Porto geliehen, und der Brief war auf einem Streifen Umschlagpapier eines Zuckerhuts geschrieben. Sie war nicht bitter und anklagend, eher resigniert, müde, beinahe ein wenig verwirrt.

Er fand es hinterher unmöglich, sich durch den Kyrillos hindurchzubuchstabieren. Er setzte sich hin, um die Bergpredigt zu lesen, aber nicht einmal diese heiligen Worte ergaben einen Sinn. Die Gedanken beschäftigten sich nur mit Geld.

Geld, Geld.

Ruhe, nur Ruhe. Morgen bekommst du Geld.

Ohne Bedenken stimmte er dem Begehren Nilssons zu. Sich mit Wiedertäufern und Sektierern gemein zu machen, sich mit dem Bischof und Lindfors anzulegen, na und? Was bedeutet das, wenn man dem Abgrund so nahe ist wie ich?

Geld, morgen gibt es Geld.

Ruhe, nur Ruhe.

»Donnerstag, den 14. November. Sprechstundentag. Von Pastor Lindfors 25 Kronen in Abrechnung auf meinen Lohn erhalten sowie 4 Kronen Fahrgeld. Dispute. Bolander 4 Kronen an Fahrgeld bezahlt. Ging dann zum Postamt in Hemse. 23 Kronen sowie eine Briefkarte an meine Frau abgeschickt. Habe mir ein Paar Wollfäustlinge für 75 Öre gekauft, für 10 Öre Briefpapier und Umschläge, Schreibpapier für 10 Öre.
Am Abend sehr müde. Kopfschmerzen.«

Über das hinaus, was das Tagebuch vermeldet, ereignete sich an dem Tag nichts. Viele wirtschaftliche Probleme absorbierten alle seine Gedanken, bis Müdigkeit und Kopfschmerzen ihn leer machten und lähmten.

Lange saß er auf dem Sofa und hörte die Dohlen schreien.

»Freitag, den 15. November. Mich auf meine Predigt sowie auf die Verkündigung am Abend vorbereitet. Um 6 Uhr nachmittags bei Hans Pettersson in Burge eine Andachtsstunde abgehalten. Recht viele Leute anwesend.«

Er begleitete Nilsson zur Erwekkungsversammlung und fand sich als Verkünder diesmal allein, um so besser. Keine volkstümlichen Höllenprediger, mit denen er konkurrieren mußte, das stärkte sein Selbstgefühl. Die Andacht und die Aufmerksamkeit, die ihm aus den Blicken der kleinen Gemeinde entgegenleuchteten, ergriffen ihn tief.

Ja, so sollen wir Gott dienen, in rechter Frömmigkeit, fern den großen, prunkvollen Tempeln, in denen Prälaten mit brillantenbesetzten

Orden dem Volk Steine statt Brot geben. Leben und das Wort verkünden wie unter den ersten Christen, das ist mein Traum.

Vielleicht ist es der Traum gewesen, der meinen Vater in die Irre geführt hat, dachte er, als er in seine Kammer nach Hause kam. Vielleicht war es der Traum von einem ursprünglichen Christentum, das Papa in die Wildnis und in ein verachtetes und bespieenes Grab geführt hat.

Samuel hat sich immer mit Trauer und Unlust an seinen Vater erinnert: Ein Schwärmer aus dem Volk, der sich aus den mütterlichen Armen der Kirche loswand und auf Irrwegen daherwanderte. Seine letzte Verdunkelung und sein schmählicher Tod waren vielleicht auch eine gerechte Strafe für die Sünden. Schmerzhaft für einen Pastor, seinen Vater so zu erleben, am besten ist es, diese Erinnerung zu verdrängen.

Während der Zeit in Fardhem jedoch hat sich Samuel seines Vaters allmählich in hellerem Licht erinnert. Er hat sich Fragen gestellt und über das harte Urteil der Kirche über den Propheten der Axeliten nachgedacht. Hatte er nicht in irgendeinem Sinn recht, dieser Mann, der mein Vater war? Hat er nicht der Unzufriedenheit des Volks im Gehege der versteinerten Kirche Ausdruck gegeben? Doch, sicher. Er hatte die Antwort an jenem Abend in den Blicken der Frommen gelesen.

Mein Vater, der aus der Kirche ausbrach – vielleicht tat er recht daran.

Vielleicht sollte ich wie er handeln, aufstehen und gehen . . .

Bevor man mich vor die Tür jagt!

»Sonnabend, den 16. November.
Mich auf die Predigt vorbereitet.«

Das Evangelium, über das er nachzudenken hat, handelt von der Steuer: »So gebet dem Kaiser, was des Kaisers ist, und Gott, was Gottes ist!«

Ach, diese unglückseligen Worte, die so viel Ergebenheit vor der Macht und dem Mammon verteidigen, Gehorsam vor weltlichen Fürsten und Potentaten . . .

Ein wahrer Christ hat jedoch nur im Himmel ein Bürgerrecht, im Königreich Schweden ist er ein Gast und ein Fremder!

Wenn ich nur die Courage hätte, ihnen das zu sagen . . .

Wenn nur die Vögel da draußen schweigen würden.

»Sonntag, den 17. November. Den 23. nach Trinitatis. In der Kirche von Fardhem um 9 Uhr Gottesdienst abgehalten, in der Kirche in Linde Gottesdienst um halb 12. Kirchgang einer Wöchnerin und Kindstaufe.«

Zum ersten Mal seit langer Zeit hat er seine Predigt selbst geschrieben. Und zum ersten Mal in seinem Leben ist er ein wenig ketzerisch und aufsässig, als er von der Christenpflicht spricht, der Obrigkeit ergeben zu sein.

Ergeben, ja, aber nicht jeder beliebigen Obrigkeit.

Die Kirche hat auch Märtyrer besessen, die sich einer bösen Obrigkeit widersetzt haben, bedenkt das wohl, meine rechtgläubigen Schwestern und Brüder.

Das werden am Ende kühne Worte. Sieht er richtig, als er in den Bänken dort unten Verwunderung und Bewegung zu spüren meint?

Hinterher erschreckt ihn seine eigene Kühnheit, aber sie belebt ihn auch auf merkwürdige Weise. Der Fehdehandschuh ist geworfen, die Trompete ist ertönt . . .

Was wird jetzt geschehen?

»Montag, den 18. November. Schönes Wetter. Besuch von Pastor Lindfors. In der Geschichte von dem großen Bürgerkrieg in Nordamerika gelesen. Am Abend Besuch von Nilsson.«

Er setzte sich am Morgen hin, um in einem der Bücher zu lesen, die er sich von dem aufrührerischen Fredén geliehen hatte, war aber noch nicht weit gekommen, als Lindfors bleich vor Wut hereinstürmte. Es war wie gewöhnlich eine Nörgelei über Kirchenbücher und Fahrgelder, aber sein wahres Anliegen kam schon bald genug zum Vorschein.

»Was haben Sie gestern in der Predigt gesagt, Herr Pastor?«

»Ich habe doch nichts Besonderes gesagt? Muß man das tun?«

»Es hat gewisse Klagen gegeben.«

»Worüber?«

»Stacheln Sie die Bauern gegen die Obrigkeit auf?«

»Nein, Gott behüte . . .«

Samuel sprach seine Beteuerung mit krankem Gewissen. Er sei nur dem Text des Tages gefolgt und habe ihn nach bestem Wissen und Verstand gedeutet. Sehr vieles habe er von Wallin genommen, zu seiner Schande müsse er es gestehen, aber wenn man sich von allerlei Dingen beschwert fühle . . .

»Wallin?«

»Ich war in Zeitnot geraten und mußte tatsächlich ...«

Lindfors' Verdächtigungen lösten sich in seiner gewöhnlichen Verachtung auf, das Pincenez glitzerte kalt. So ist das also gewesen. Eriksson hat eine Predigt von Wallin abgeschrieben und dann noch etwas von seinem Selbstgestrickten dazugetan, und dann ist das Ganze durcheinandergeraten ...

»Es kommt so leicht zu Mißverständnissen«, sagte Samuel harmlos.

»Das kann man wohl sagen. Die Bauern begreifen keine Theologie. Halten Sie es einfach, was Sie tun und sagen. Sowohl ihretwegen wie für Sie selbst. Na also!«

Der Papist machte sich davon, und Samuel seufzte erleichtert auf. Einen Vorgesetzten anzulügen, an derlei war er nicht gewöhnt. Aber einen gefährlichen Weg habe ich schon eingeschlagen ...

Wie gewöhnlich ein Anflug von Mißmut: Lindfors hat vielleicht recht, die Bauern haben wohl nicht viel von dem Ganzen begriffen ...

Natürlich haben sie begriffen!

Am Abend kam Nilsson und lobte seine Predigt mit starken Worten. Recht so, Herr Pastor! Setzen Sie ihnen nur zu!

Samuel war geschmeichelt und erschreckt zugleich.

»Dienstag, den 19. November. In ›The Great Civil War‹ gelesen.«

Er hatte sich für diesen Tag vorgenommen, Fredén zu einer gründlichen Diskussion über soziale und politische Fragen zu besuchen, aber auch, um die geliehenen Bücher zurückzugeben. Er blieb in der Geschichte des Bürgerkriegs stecken und kam nicht aus dem Haus. Er war tief fasziniert.

In Amerika war er vielen Veteranen des großen Krieges begegnet, darunter einem Mann aus Småland, der mit Ulysses S. Grant Whiskey getrunken hatte, und einmal hatte er das Schlachtfeld bei Gettysburg besucht, durch Lincolns schöne Grabrede andächtig gestimmt, die er beim Herumirren über die Felder für sich selbst rezitierte. In Abe Lincoln verehrte er den Befreier der Sklaven und einen großen Christen.

Es war jedoch nicht die Befreiung der Sklaven, die ihn jetzt beim Lesen interessierte, sondern ein einzelner Mensch, Robert E. Lee, der große und geniale General der Südstaaten. Angesichts des Heerführers der Niederlage geriet er ins Fragen und ins Zögern über all der Vielfalt und dem widersprüchlichen Reichtum der Wirklichkeit. Hier gab es nicht nur Schwarz und Weiß, nicht nur Engel und Teufel, das war deutlich genug.

Er hatte ja unrecht gehabt, der große General, aber er war ein warmherziger Christ und eine noble Persönlichkeit, selbst Gegner der Sklaverei und Befreier seiner schwarzen Brüder. Er hatte nach dem Gebot seines Gewissens für die Freiheit seines Heimatstaates gekämpft. Niederlage und Armut waren alles, was er gewann, weil er seinem Gewissen folgte.

Er hat ebenso wie ich sein Gewissen befragt und im Gebet den Ratschluß Gottes gesucht. Er hat sich ebenso wie ich nach dem Gebot einer inneren Überzeugung gegen die Macht empört. Aber jetzt sagt uns die Geschichte dennoch, daß dieser edle Mann falsch gehandelt hat. Er hat gegen die Forderungen des Fortschritts und gegen Gottes Willen gehandelt. Er glaubte, recht zu haben, und handelte falsch. Innerlich war er von einer guten Sache überzeugt. Aber wieviel ist die Überzeugung des einzelnen wert? Kann ich als einzelner gegen die kompakte Mehrheit der Staatskirche recht haben? Ach, wenn ich nur wüßte!

Den ganzen Tag Selbstprüfung und Mißmut.

»Mittwoch, den 20. November. In ›The Great Civil War‹ gelesen. Die Post geholt. Einen Brief von meiner Frau bekommen.«

Der Brief von Cecilia unterbrach seine Träumereien von den Schlachtfeldern bei Antietam und Bull Run, auf denen blaue und graue Armeen voller Raserei gekämpft hatten. Ja, sie hatte jetzt das Geld bekommen, das wirtschaftliche Elend war ein wenig gelindert worden, sie leistete sich ein paar zärtliche Sätze und suchte hilflos nach Worten für ihre Sehnsucht nach dem Mann.

Samuel wurde von der Einsicht überrascht, daß auch seine Frau ihn an Leib und Seele brauchte, sie war nicht allein die Gebende. Und es war nicht nur ein Bedürfnis nach Geld und männlicher Stütze, nein, es war ein einfaches Verlangen der Liebe, zärtliche Koseworte zu hören und den Mann in den Armen zu empfangen. Er fühlte sich aufgemuntert und zugleich ein bißchen schockiert. Die Ergebenheit der Frau in der Ehe sollte ausschließlich vom Gehorsam unter Gottes Gebot diktiert sein. Aber aus Cecilias naiven schwedisch-norwegischen Formulierungen ging deutlich genug hervor, daß sie sich ebenso sehr nach seiner körperlichen Nähe sehnte wie er sich nach ihrer. Jetzt, wo der Hunger nicht mehr vor der Tür stand, kamen lange unterdrückte Wünsche ans Tageslicht.

Es war erschütternd und mit seiner Gedankenwelt unvereinbar, er hatte keine Sprache für so etwas. Hilflos sammelte er einige Verse aus dem Hohelied, ließ sie aber sofort aus der Hand fallen: Sie waren für seine einfache Wirklichkeit allzu üppig und sinnlich blühend. Die Gedanken an Cecilia folgten ihm den ganzen Tag, folgten ihm abends an den Vespertisch.

Stina wirkte unruhig und sauertöpfisch, pusselte und murmelte vor sich hin, errötete schließlich und schrie . . .

»Was ist denn heute abend mit Ihnen los, Herr Pastor?«

»Nichts, was sollte denn sein?«

»Ja, aber, warum glotzen Sie so?«

Glotzen? Weib, du bist von einem unreinen Geist besessen.

»Donnerstag, den 21. November. Sprechstundentag. Besuch von Pastor Lindfors. Bin davon unterrichtet worden, daß ich mich anmelden müsse, falls ich erneut die venia wünschte.«

Nichts Ungewöhnliches in der Sprechstunde, abgesehen von einem blonden und rundlichen Bauernmädchen, das wirres Zeug redete und herumdruckste und nicht wußte, was es wollte. Schließlich flüchtete sie mit rotem Gesicht unverrichteter Dinge.

Seltsam, und ich habe sie vorher irgendwo schon gesehen.

Wenn es nur nichts Ernstes war? Ein unentdecktes Verbrechen, ein Kind, das sie heimlich ausgesetzt hat . . . Warum hat sie nichts gesagt? Ist es meine Furcht und meine Unsicherheit, die durchscheinen? Ja, vielleicht ist es so, ich flöße ihnen kein Vertrauen ein. In Seele und Herz empfinden sie mehr Achtung vor einem Tyrannen wie Lindfors. Man ist in diesem Land so gewohnt zu gehorchen. Man empfindet in Schweden Angst vor der Freiheit und empfindet Geborgenheit durch Angst.

Und ich habe ihnen keine Geborgenheit zu geben, ich elender Diener des Wortes.

Lindfors maulte wie gewöhnlich über Sektierertum und Erweckte, unzufrieden, weil er im Kirchenbuch keine Fehler finden konnte. Erinnerte dann wegen des Gesuchs um erneute venia legendi. Ach so, das haben Sie vergessen? Habe ich's mir doch gedacht!

Aufgemuntert rückte er sein Pincenez zurecht und flatterte wie eine zornige Krähe hinaus.

Erneut um die venia legendi nachsuchen, noch ein Jahr als Hilfspfarrer auf Gotland herumzigeunern. Dann schiebe ich meine Studien für das Pastorenexamen noch ein Jahr auf. Diese Studien kann ich mir nicht leisten. Und als Hilfspfarrer kann ich nichts sparen. Kann nicht leben, darf nicht sterben. Will studieren, kann aber nicht, will Pfarrer sein, darf aber nicht.

Ein Teufelskreis.

Freitag, den 22. November. Gelesen und mich auf die Predigt vorbereitet. Besuch von Nilsson. Seelsorge.«

Nilsson wollte Hilfe für eine Predigt bei einer weiteren Andacht unter Erweckten, aber Samuel sagte nein. Beschämt war er und unzufrieden mit sich selbst wegen dieser Absage, aber er wagte jetzt kein Risiko mehr einzugehen, wo er versuchen wollte, vom Bischof die Verlängerung der venia legendi zu erreichen. Lindfors hat mich im Auge, und ich bin schon jetzt im Übermaß dummdreist gewesen.

Nilsson lächelte spöttisch, verbeugte sich und ging. Samuel wand sich im Stuhl, unzufrieden mit sich selbst, ärgerlich auf Nilsson, einen ziemlich selbstgerechten und pharisäischen Menschen . . .

Während er sich seiner Selbstverachtung hingab, bekam er nochmals Besuch, ein junges, roggenblondes Bauernmädchen, mit dem Stina laut schimpfte – trockne die Füße ab! Mensch!

Sie wirkte zutiefst verängstigt, und es fiel ihr schwer, mit ihrem Anliegen herauszurücken. Birgitta Persson sei ihr Name, und ja, sie habe so schwere Zweifel, sei in ihrem Kinderglauben erschüttert, aus der Gnade der Taufe verjagt . . . Ob der Herr Pastor ihr möglicherweise in dieser schweren Not helfen könne . . .

»Habe ich Sie nicht schon mal gesehen?«

»Das muß wohl während der Prüfung in Lojsta vor ein paar Wochen gewesen sein . . .«

Auf einmal erinnerte er sich an sie und dachte an seine eigenen verbotenen Gedanken beim Anblick des jungen, üppigen Frauenkörpers. Er wurde verlegen und ein wenig schroff, ermahnte sie kurz angebunden zur Standhaftigkeit im Glauben, ermahnte sie, in einsamer Andacht zu beten und Kirchenlieder zu lesen, und sie möge gern wiederkommen, falls diese Anfechtungen sich nicht legten . . .

Sie war glühend rot, als sie sich davonmachte, beschämt, vor die Tür gewiesen, jung und wütend und sehr schön.

Hinterher saß er lange in Gedanken und war in unklarer Weise unzufrieden mit sich selbst.

»Freitag, den 22. November. Gelesen und mich für die Predigt am Sonntag vorbereitet. Besuch von Nilsson.«

Die Erinnerung an Birgitta folgte ihm den ganzen Tag, eine Vision von gesundem und rosigem Fleisch, ein Leckerbissen für ausgehungerte männliche Sinnlichkeit, eine Versuchung, die ihm irgendein rätselhafter Zufall über den Weg geschickt hatte ... Aber war es ein Zufall?

Er bettelte und bat seinen Gott in der Anfechtung um Hilfe, vergebens. Die Bilder wollten nicht weichen, die Vision blieb. Du schwacher Geist, du Pfahl im Fleisch ... Und nirgendwo ist Hilfe zu bekommen.

Das Evangelium des kommenden Sonntags handelte davon, wie Jesus die Toten auferweckt. Dreimal las er den Abschnitt über Jairus' Töchterlein, ohne zu verstehen.

Brach dann in ein nervöses und unerklärliches Lachen aus, das er nur mit Mühe beherrschte.

Stina steckte den Kopf herein, mißbilligend wie gewöhnlich. Verrückt ist er schon immer gewesen, aber jetzt ...

Er preßte das Taschentuch gegen den Mund, nickte und lächelte ...

»Glaubst du, Stina, daß die Toten auferweckt werden und aus ihren Gräbern auferstehen können?«

»Das wird wohl so sein, wie es dem Herrn Pastor behagt, nicht wahr.«

»Aber was glaubst du selbst?«

»Darüber soll ich doch keine Meinung haben.«

»Eine große Lebensfrage, kann sie nicht selbst ... Woran glaubst du?«

»Ich weiß doch nicht, was in den Schriften steht! Darüber sollten Sie doch selbst Bescheid wissen, Herr Pastor.«

»Ja, das sollte ich wohl ...«

Wenn es etwas gibt, was ich verabscheue, sind das Kerle, die nicht wissen, was sie wollen. In diesem Land muß man sich ja an alles gewöhnen und immer schweigen und gehorchen. Woran man denn glauben soll, muß ja wohl der Pastor bestimmen. Wenn es nur klar und vernünftig wirkt. Man muß nur wissen, was man will, o ja.

Aber ein bißchen verrückt ist er wohl schon immer gewesen, der Pastor Eriksson.

»Übrigens soll ich Bescheid sagen, daß Nilsson hier ist.«

Nilsson wurde offen feindselig, als ihm seine Bitte noch einmal abgeschlagen wurde.

»Ich glaube, Sie sind sich zu gut für unsere Hausandachten, Herr Pastor?«

»Ich halte mich nicht für zu gut, im Gegenteil.«

»Hat er Angst davor, sich mit uns gemein zu machen?«

»Ich habe keine Angst, Nilsson. Ich bin unwürdig.«

Was er nun damit sagen wollte?

Unwürdig, ein schwedischer Pfarrer?

War es Ironie? Oder hatte er endlich das Licht gesehen, der Pastor?

»Sonnabend, den 23. November. Mich mit Predigtvorbereitungen beschäftigt. Heute hat es wieder geschneit. Danach große Stille. Kahle schwarze Bäume vor weißem Schnee und grauem Himmel.«

Wie gewöhnlich nach einem Schneefall stellte sich ein Gefühl von Resignation und Todesahnung ein. Wie sinnlos meine Verkündigung, wie sinnlos alle Mühen des Alltags. Die Toten der Erde ruhen unter der weißen Decke des Winters, das ist ein Bild, das zu meinem Herzen spricht. Fort alle niedrigen Gedanken, alle niedrigen Vorhaben. Komm jetzt, Winter des Lebens, und laß mich ruhen. Kommt, Kälte und Schnee.

Nur mit Anstrengung gelang es ihm, die Hand zu heben, nach der Feder zu greifen, den Stift ins Tintenhorn zu tauchen, zu schreiben ...

»An Seine Hochwürden, Doktor der Philosophie und Kommandeur des königlichen Nordstern-Ordens, Herrn Bischof des Stifts Visby.

Euer Hochwürden,

durch Herrn Pastor Lindfors bin ich davon unterrichtet worden, daß ich Euer Hochwürden zur Kenntnis geben sollte, falls ich eine erneute venia legendi zu erbitten wünschte sowie meinen Wunsch vorzutragen, über Weihnachten nach Hause zu reisen.

Ich erlaube mir daher, ehrerbietigst anzufragen ...«

Bis ihn die Ohnmacht von neuem überkommt und ihm die Feder aus der Hand fällt ...

So zutiefst sinnlos.
Mein Leben, mein Sterben, alles.
Kommt, Schnee und Tod.
Komm, Friede.

»Sonntag, den 24. November. Der letzte Sonntag im alten Kirchenjahr. Sonntagstext über das Jüngste Gericht. Um 9 Uhr vormittags Gottesdienst in Lojsta sowie in Fardhem um 12 Uhr. Gott segne das Wort in meinem Herzen und in dem des Volkes.«

Der Schnee lag noch, und er lebte noch immer in seinem kühlen Gefühl von Stille, Resignation und Friede. Jetzt kann mir nichts mehr schaden. Herr, ich bin bereit.

Aber als er dort auf der Kanzel stand, überkam ihn eine andere Empfindung, unbehaglich und intim, so, als würde man beobachtet, wenn man unbekleidet ist. Schon in Lojsta stellte sich das Gefühl ein, aufdringlich beobachtet und begafft zu werden.

In Fardhem sah er, wer es war – Birgitta, das Mädchen, das ihn wegen seiner Zweifel in Glaubensfragen aufgesucht hatte.

Rosig, rundlich und üppig, im frischen Seifenwäscheglanz, mit roten Bändern in den Zöpfen, großäugig gaffend wie bei einem Spektakel.

Was will sie von mir?

Nein . . . Nein, ich darf nicht ungeduldig mit ihr sein. Das arme Kind ringt mit seinem Gott, das ist ja der Grund dafür, daß sie heute zweimal die Kirche aufsucht.

Dieses gequälte, unglückliche Kind.

Und ich habe keine Hilfe zu geben.

»Montag, den 25. November. Ausgezeichnetes, schönes Sonnenwetter. Am Morgen einen Spaziergang zu einem Hügel gemacht, von dem aus man eine ausgezeichnete, schöne Aussicht hat.«

Er versuchte, das Gefühl beruhigender Resignation zu erhalten, aber es war nicht länger möglich. Bilder von junger Weiblichkeit verfolgten ihn, er bekam keine Ruhe. Er versuchte sich einzureden, daß es seine Frau war, an die er dachte, aber die Erinnerung an das Bauernmädchen Birgitta drang sofort mit unwiderstehlicher Kraft durch. Birgitta hieß sie, ja. Und sie kam zu mir, weil es ihr schwerfiel, an ihrem Kinderglauben festzuhalten. Sie suchte Trost und Hilfe, und ich habe keine Hilfe zu geben, nein, ich habe sie einfach mit ein paar schroffen Worten vor die Tür gejagt.

Dieser tränenerfüllte Blick und der Busen, der von einem Seufzer gehoben wurde, dieses arme Kind. Seine Pflichtvergessenheit empörte ihn so, daß er seine Unruhe müdewandern mußte. Es war aber nicht das winterliche Fardhem, das er von dem Aussichtshügel sah, es war ein sinnlich blühender Dschungel.

Bei der Rückkehr fand er einen Brief vor, offensichtlich von dem Händler Berggren in Visby. Er warf ihn ungeöffnet in den Papierkorb.

Alles ist zu spät, und es gibt nichts, was ich tun kann.

Alles ist schon lange zu spät.

»Dienstag, den 26. November. Über die Geschichte der Vereinigten Staaten gelesen, außerdem etwas im Novum. Ausgezeichnetes, schönes Sonnenwetter.«

Lesen und studieren!

Aber was soll es? Alles wird Stückwerk und zerfällt, meine Studien auf eigene Faust finden keinen Halt und keine Ordnung. Niemals werde ich nach Uppsala kommen, niemals werde ich ein Pastorenexamen ablegen, niemals werde ich in das Pastorat meiner Träume einziehen.

»Sie können ja immer noch Volksschullehrer werden, Herr Pastor.«

Ja, das ist wahr. Am besten, ich resigniere.

Er legt den griechischen Text beiseite und flüchtet wie gewöhnlich in den Traum von Amerika, dem Land der Jugend, dem Reich der Hoffnung.

Ich hätte nie nach Schweden heimkehren sollen, ich hätte da draußen bleiben sollen.

Aber es ist alles schon lange zu spät.

Die Zeit kann ich nicht zurückholen. Niemals werde ich in das Land der Jugend zurückkehren.

»Mittwoch, den 27. November. Gelesen und studiert.«

Ach nein, er hat nicht gelesen und nicht studiert, es sei denn möglicherweise *Aftonbladet*, und es ist ja ein wenig genierlich, das dem Tagebuch anzuvertrauen. Sein Blick blieb bei einem entrüsteten Artikel über den Roman »Verirrungen« haften, ein unsittliches Buch, das offensichtlich die Sittenverderbnis der

Zeit widerspiegelte. Es war ja gut, daß man ein wachsames Auge auf die Pornographie hielt, aber er empfand leichte Unlust, als er die pompösen Tiraden las. Wer hat eigentlich das Recht, den ersten Stein zu werfen? Habe ich es?

Er wurde in seiner Grübelei unterbrochen. Es war Birgitta, die wieder zu Besuch kam, um in ihren Anfechtungen Hilfe und Unterstützung zu bekommen. Sie war rot im Gesicht und schien sehr verwirrt zu sein, murmelte unzusammenhängend und hatte einen flackernden Blick.

Sie bedürfe so dringend der Hilfe, ob ihr der Herr Pastor möglicherweise im Gebet beistehen wolle ... Ja, so helfen Sie mir doch!

Es lag eine Intensität in ihrem Flehen, die keine Ausflüchte zuließ. Er kniete mit ihr auf dem Fußboden nieder und hielt den Arm um ihre weiche Taille gelegt, als er das Gebet vorsprach.

»Gott, laß nicht den bösen Feind oder unser eigenes kleinmütiges Herz uns der Zuversicht berauben ...«

Die junge üppige Brust, die sich unter Seufzern hob, ihre runden, blühenden Wangen, der von Tränen verschleierte Blick, der sich so bittend hilflos in seinem versenkte ...

Das Herz schlug heftig, er war sehr verwirrt. Er erhob sich mit einiger Mühe und fand sich stehend wieder, das junge Mädchen im Arm. Sie weinte still und klammerte sich an ihm fest, er konnte sich nicht freimachen, wollte es auch nicht, es war traumgleich und lieblich wie Honig ... Schwindelgefühl, ihr geöffneter Mund, und der trunkene Blick auf seinen geheftet ...

Es war gut so, daß Stina dort draußen nun einen Stuhl umwarf, als sie vor der Tür lauschte, vor Skandalgier bebend. Samuel konnte sich endlich freimachen und von dem Mädchen abwenden, verlegen etwas von eiligen Angelegenheiten murmelnd ...

Die Gefühle hinterher, diese vollständige Verwirrung ... Scham, Selbstverachtung, wer bin ich, ich elender Hirte, was sind das für sinnliche Verirrungen, denen ich nachgebe ... Und ich habe Frau und Kinder ... Ich Elender!

Aber dieser flehende Blick, der weiche Busen, ein Lebensduft nach Lindenblüte, Geschmack von Honig ... Mein Gott, woran denke ich, was fühle ich – das einzige, was ich in diesem Moment bereue, ist, daß ich der Versuchung widerstanden habe ...

Wer bin ich, was sind es für Kräfte, die sich in meinem Inneren rühren?

Wer bin ich ...

»Donnerstag, den 28. November. Jetzt nähert sich bald die schöne Adventszeit und Weihnachten. Hosianna, Lob und Ehre unserem König!«

Er sammelte sich zu einigen scheinheiligen Worten im Tagebuch, versank darauf aber von neuem in Reue. Ein nachtschwarzer Tag voller Schamgefühle, Selbstverachtung ohne Grenze, schmerzhafter Anflüge von Verzweiflung, umherirrender Gedanken.

Cecilia, Cecilia ... Ein Ehebrecher bin ich, ein schlimmer Verführer ...

Nun, das geht wohl dennoch ein bißchen weit, sagte eine kühle, leise Stimme in seinem Inneren, sie klang etwa so wie von Lindfors. Es ist ja nichts passiert, streng genommen, nichts Gefährliches, nichts, was sich nicht wegreden und vergessen ließe ...

Nichts! Habe ich nicht in Gedanken gesündigt, wenn ich auch nicht in der Tat gesündigt habe; in Wahrheit, ja, ein Hurenkerl bin ich, ein verdammter Sünder vor den Augen Gottes ...

Cecilia, Cecilia ...

Er weint in der Einsamkeit und kommt mit roten Augen unter Stinas ironische Blicke, die ihn schließlich verbittert machten. Er blieb stehen und schnauzte los.

»Hast du noch nie einen Sünder gesehen, Stina?«

»Was?«

»Ich bin nämlich ein Sünder!«

»Ja, um Himmels Willen, wird schon recht sein, Herr Pastor ...«

Ach, Cecilia, Cecilia ...

Ich muß ihr alles bekennen.

Wie soll sie jemals verzeihen können?

»Freitag, den 29. November. Studiert und gelesen. Begleitete Nilsson zu einer Andachtsstunde. Ziemlich viele Leute anwesend. Der Herr segne das Wort in unseren Herzen nach seinem Versprechen, daß sein Wort nicht vergebens wiederkehren soll, sondern zu ewigem Leben Frucht tragen werde, Amen.«

Er begleitete Nilsson ohne einen Gedanken an Protest zur Erweckungsandacht, ihm erschien es als eine willkommene Buße. Er trat vor die Leute hin und bekannte in flammender Rede seine Sünde und Schuld, ja, er stand vor seiner Gemeinde wie ein bekehrter Sünder auf dem blutroten Podium der Heilsarmee.
Die Leute rückten angesichts der Selbsterniedrigung des Pastors in einem Gefühl von Erregung unruhig auf den Bänken hin und her, Erregung, Skandalgier, aber sie konnten in ihrer bäuerlichen Einfalt nicht glauben, daß es so unschuldig war, wie es sich anhörte, sie wollten Namen und Tatsachen haben, mehr Fleisch auf den Knochen der Sünde, aber aus Mitgefühl mit dem armen Mädchen nannte Samuel keinen Namen und blieb in den Einzelheiten sehr vage.

Es war ohnehin schon schlimm genug, ein Funke konnte einen Waldbrand von Tratsch auslösen.

Hinterher war er ermattet wie nach einem warmen Bad, ermattet, aber trotzdem nicht ruhig. Habe ich mich genug gedemütigt? Habe ich genug getan, um Sühne zu gewinnen?

Ach, wenn ich nur wüßte!

»Sonnabend, den 30. November. Mich auf die morgige Predigt vorbereitet, Lindfors zu Besuch, Streit über Fahrgeld, Unruhe. Vielleicht nicht mehr, als ich verdiene. Herr, gib mir Kraft, Deine Züchtigung zu tragen!«

Er hatte sich so sehr auf den ersten Sonntag des neuen Kirchenjahres gefreut, an dem die Gemeinde sich so gern in einem Vorgefühl von Weihnachten versammelte, sich im Haus des Herrn zu jubelndem Gesang versammelte.
An diesem Tag jedoch spürte er Unlust über seine Predigt und hielt sich nicht für würdig, das Wort zu verkünden.

Wer wird auf des Herrn Berg gehen, und wer wird stehen an seiner heiligen Stätte? Der unschuldige Hände hat und reines Herzens ist . . .

Er sah seine Hände an, diese Hände, die den Körper einer jungen Frau mit der Begierde eines Hurenkerls berührt hatten.

Unwürdig bin ich, das Wort zu verkünden. Ich bin unwürdig.

»Sonntag, den 1. Dezember. Der erste Sonntag im Advent. In Linde um 9 Uhr Gottesdienst gehabt sowie um halb 12 in Lojsta. Einen Brief vom Notar des Konsistoriums erhalten.«

Der Brief lag in Fardhem und erwartete ihn, als er müde und durchgefroren vom Gottesdienst in Lojsta zurückkehrte, der Brief vom Konsistorium, endlich, die Antwort auf seine Bitte um Dispens, die Antwort, die über sein Leben entscheiden würde ...

Er war eigenartig ruhig und kalt. Er saß lange da und drehte das braune Bündel in der Hand, drehte es um, sah es an, führte es schließlich an die Nase und roch daran, um den Duft seiner Zukunft zu spüren.

Wußte er nicht schon, was da stehen würde?

Doch, er wußte es.

Er rief Stina und befahl ihr, die Cognac-Karaffe zu holen, mir ist kalt, es war eine scheußliche Fahrt von Lojsta ... Beeilung bitte!

Ja, du lieber Himmel ...

Beeilung, sagte ich!

Aber was ist denn los, Herr Pastor, er ist ja wie verwandelt ...

Er öffnete das Bündel und wickelte das Papier aus, zögerte aber das Lesen noch hinaus. Er wußte ja schon im voraus Bescheid.

» ... und da Sie, Herr Eriksson, nach in Amerika abgelegten Proben Ihrer Gelehrsamkeit, deren Bedeutung das Domkapitel nicht zu beurteilen vermag, nur eine kurze Zeit eine Anstellung als Pfarrer gehabt haben, sieht sich das Domkapitel außerstande, Ihrem Antrag zu entsprechen ...«

Er hatte es ja schon gewußt.

»Montag, den 2. Dezember. Gelesen und studiert. Am Abend Besuch von Nilsson.«

Die Macht der Gewohnheit ließ ihn den Kyrillos aufschlagen, aber er brach in nervöses Lachen aus, als ihm aufging, was er da tat. Lesen und studieren! Ja, das ist sinnloser als je zuvor.

Was soll ich jetzt tun?

Ohne Zukunftaussichten nach Amerika zurückkehren, mit einer Ehefrau und zwei Kindern? Ich habe nicht einmal das Geld für die Überfahrt.

Was bleibt? Lesen und studieren! Zwei Semester in Uppsala, schlimmstenfalls drei, dann kann ich mein Studium vervollständigen und ein schwedisches Pastorenexamen bestehen. Aber dazu ist Geld nötig, und Geld habe ich nicht, bekomme keins, kann mir keins leihen, sollte nicht betteln, darf nicht stehlen, Geld und wieder Geld.

Was um Himmels willen soll ich tun?

Bei Bruder Wilhelm betteln?

Hat er nicht genug mit sich selbst zu tun?

Von Onkel Gustaf dort oben in Tågås etwas leihen?

Ebensogut könnte ich auch aus einem Feldstein Milch herauspressen wollen.

Was bleibt übrig?

»Sie können ja immer noch Volksschullehrer werden, Herr Pastor.«

Er fauchte Stina an, als sie ihm das Essen auftrug. Sie machte erschreckt einen Knicks, völlig verwirrt durch seine frisch gewonnene Würde. Endlich fängt er an, sich wie ein richtiger Pastor zu benehmen, es ist weiß Gott so, als hätte man Lindfors vor Augen . . . Das hätte ich mir nie träumen lassen . . .

Und Nilsson, dieser Wiedertäufer, der mußte heute unverrichteter Dinge wieder ziehen, das habe ich genau gehört, wie er vor Wut mit dem Fuß aufstampfte und die Tür hinter sich zuwarf, daß es knallte, o ja . . .

Warum war er so wütend?

Aber, lieber Freund, ich bin ja kein Pastor, hatte der Pastor gesagt.

Nilsson hatte das für eine einfältige Ausrede gehalten.

»Dienstag, den 3. Dezember. Es ist ein vom Schnee bleischwerer und scheußlicher Tag. Schlechter Nachtschlaf. Am Morgen eine Unterredung mit dem Lehrer gehabt, Lindegren. Einen Spaziergang gemacht. Geschrieben und meditiert.«

Eine Möglichkeit gibt es ja.

Wenn Onkel Gustaf stürbe? Wenn ich erben würde? Na, das nenne ich mir einen wahrhaft christlichen Gedanken . . . Und außerdem kann der Alte noch zwanzig Jahre leben.

Soll ich meine Zukunft auf einer solchen Hoffnung bauen, auf so krassen Spekulationen? Nein, dann lieber Lehrer werden.

Er ging in der Frühstückspause zur Schule hinüber und erzählte Lindegren alles. Laß uns du zueinander sagen! Sieh mich nicht länger als Pfarrer, mein schwarzer Anzug ist nur eine Verkleidung! Von jetzt an sind wir Kollegen, wir beide.

Lindegren zeigte sich durch das Geständnis nur peinlich berührt und versuchte, eiligst das Thema zu wechseln. Er wollte Samuel nicht zum Kollegen haben, er wollte einen verehrten Pfarrer und Vorgesetzten behalten.

Er leidet unter meiner Erniedrigung, meine Deklassierung quält ihn, diesen Ehrenmann. Er ist in Wahrheit ein besserer Christ als ich.

Und ihn habe ich fast verachtet.

Neue Rollen, neue Bilder . . .

»Mittwoch, den 4. Dezember. Schönes Wetter. Gelesen, Nilsson besucht. Lieber Gott, gib mir die Weisheit und Gnade, die ein wahrer Lehrer braucht!«

Also nicht Pfarrer.

Nie mehr vor dem Altar stehen, nie mehr die Gnadenmittel austeilen, nie mehr das weiße Beffchen tragen, diesen schwarzen Talar, den die Schweden so hoch verehren und vor dem sie so ängstlich zittern. Nie mehr.

Vielleicht am besten so. Mach aus der Not eine Tugend, Samuel Eriksson.

In dieser erstarrten alten Staatskirche war kein Platz für mich, nicht unter Lebemännern wie Gadd, seelenlosen Strebern wie Lindfors, einfältigen Blindgängern wie Ahlenius. Vielleicht ist es Zeit, daß ich Papas Beispiel folge, in die Wüste hinausgehe und in Erweckungsbewegung und Freikirche das Wort verkünde. Vielleicht ist es so am besten.

Er ging zu Nilsson und erzählte alles, aber auch dort erhielt er weder Hilfe noch Unterstützung. Nilsson war enttäuscht, beinahe voller Verachtung.

»Ach so? Aha. Nun, dann viel Glück in dem neuen Beruf. Aber für uns wäre es natürlich am besten gewesen, wenn er als Pfarrer weitergemacht hätte . . .«

»Hätte ich in der Staatskirche bleiben sollen?«

»Aber natürlich! Ist das so schwer zu begreifen? Die Frommen in der Gegend sind von den hochkirchlichen Herren nicht gut angesehen, und für uns ist es doch wohl am besten, wenn wir uns ein bißchen hinter einem Talar verstecken können . . .«

»Ihr wolltet mich bei euren Treffen also nur als Geisel haben?«

»Nun, Geisel, das ist wohl ein bißchen stark . . .«

»Sag, wie es ist!«

»Ja! Etwas in der Art!«

Aha, sieh einer an. Nicht einmal dort war ich zu Hause.

»Donnerstag, den 5. Dezember. Sprechstundentag. Besuch von Pastor Lindfors. Ein richtiger Stänkerer.«

Nein, mit Lindfors kann er jetzt keine Geduld mehr haben.

Als dieser Papist wieder anfing, wegen des Kirchenbuches zu nörgeln, schnitt er ihm alle Argumente ab und putzte ihn herunter. Nach allen Regeln der Kunst, ohne jede Umschweife.

Lindfors traute seinen Ohren nicht, saß nur da und zog an seinen knochigen Händen, daß sie in den Gelenken knackten, holte schließlich tief Luft – es hörte sich an wie ein Todesröcheln.

»So etwas habe ich noch nie erlebt.«

»Dann wird es jetzt wohl höchste Zeit.«

»Sind Sie sich dessen bewußt, Herr Pastor, daß ich es bin, der Ihnen das Dienstzeugnis ausstellen soll?«

»Schreiben Sie, was Ihnen beliebt, mir ist alles gleich. So, und jetzt raus mit Ihnen, sitzen Sie hier nicht länger meckernd herum. Mit den Kirchenbüchern hat alles seine Richtigkeit.«

Wenn Blicke töten könnten!

Da habe ich keinen Freund fürs Leben gewonnen.

Aber was spielt das für eine Rolle.

Möge Gott mir verzeihen, aber es ist schön gewesen, sich endlich Luft zu machen.

»Freitag, den 6. Dezember. Gelesen. Am Vormittag in Hemse gewesen. Am Abend Fredén.«

Es hat nicht viel Sinn, noch länger Tagebuch zu führen. Die Notizen trocknen ein, werden immer kürzer und ausdrucksloser.

Cecilia muß es ja doch früher oder später erfahren. Er schrieb einen Brief mit einem kurz gefaßten Bericht über den Beschluß des Konsistoriums, ging dann zu Fuß zum Postamt von Hemse, frankierte den Brief und warf ihn in den Briefkasten. Einige müde Zeilen mit der Nachricht, nichts, was man hätte ausschmücken oder verschönen können, jetzt nicht mehr. Jetzt bist du keine Pfarrersfrau mehr, liebe Cecilia. Jetzt mußt du lernen, einen Kartoffelacker zu bestellen und eine Kuh zu melken. Die Demut, von der unsere Kirche so schön spricht, die werden wir uns jetzt aneignen müssen. Nie mehr werden wir uns wegen der Sünde des Hochmuts und der Bürde des Reichtums zu ängstigen haben. Jetzt müssen wir uns Schätze im Himmelreich sammeln, Cecilia.

Am Abend zu Fredén.

Sie saßen in der Küche, im Geruch von Spirituslampe, gescheuertem Fußboden und gesalzenem Hering. Jetzt spürte er den Geruch seiner eigenen Zukunft.

»Man hat dich also rausgeworfen«, sagte Fredén schließlich. Eisgrau und kalt vor Verachtung war sein Blick hinter stahlgeränderten Brillengläsern. »Sie haben dich einfach herausgeworfen?«

»Was soll ich deiner Meinung nach tun?«

»Klammere dich fest! Tu alles, aber werde nicht Lehrer!«

»Du hast doch selbst so bitter von der Kirche der Obrigkeit gesprochen?«

»Mag wohl sein. Na und? Hast du eine Ahnung davon, wie es den Leuten hier unten geht? Ich würde den rechten Arm dafür geben, wenn ich in einem schwarzen Rock dasitzen könnte wie du.«

»Du? So aufrührerisch, wie du bist?«

»An deiner Stelle würde ich einen Brief schreiben und Berufung einlegen, Himmel und Hölle in Bewegung setzen, dem Bischof den Hintern küssen, alles mögliche tun. Denk doch selbst mal nach. Ein gesichertes Auskommen haben, einigermaßen Zeit haben, zu lesen und zu studieren, und was du wirklich über die Kirche denkst, brauchst du niemandem auf die Nase zu binden. Sieh mich an! Im Sommer verdinge ich mich als Knecht, um den Lohn aufzubessern, und die Freizeit, die ich während der Schulzeit habe, darf ich in der Scheune zubringen, damit die Gören Milch bekommen. Bleib ja in der Kirche, zum Teufel! Hier unten in unserer Welt gehst du nur vor die Hunde, das ist sicher.«

Er war zum ersten Mal ganz offen und fluchte unbeherrscht. Samuel war erschüttert – vielleicht habe ich noch nicht die ganze Tragweite begriffen . . . Er murmelte ein paar zusammenhanglose Worte und stand auf, um zu gehen.

Fredén blieb sitzen und machte keinerlei Anstalten, ihm zur Tür zu folgen. Warum soll ich dem Kerl jetzt noch schöntun?

Wütend ist er geworden, aber er ist nicht daran gestorben, daß er das zu hören bekam.

Und bald wird er ebenso in der Scheiße sitzen wie ich.

»Sonnabend, den 7. Dezember. Mich auf die Predigt vorbereitet.«

Die Notizen im Tagebuch immer magerer, kein Sinn mehr, jetzt noch länger zu schreiben. Birgitta Persson kam mit ihren Glaubenskümmernissen wieder, frisch geseift und strahlend vor Gesundheit und junger Geilheit. Er las ihr ohne Pardon die Leviten. Was sind denn das für verrückte Schwärmereien, denen du dich hingibst, Mädchen? Schaff dir einen Verlobten an und heirate dann, so schnell du kannst, und renn hier nicht mit deinen Albernheiten herum, so daß du dich selbst und andere ins Unglück bringst. Arbeite hart am Tage, nimm abends ein kaltes Bad und bitte Gott, daß er dich nicht in Versuchung führen möge, denn damit würdest du nicht fertig. Marsch, ab durch die Mitte!

Sie war bleich geworden und im Gesicht schmal wie eine Stute und der Haß siedete leise hinter halbgeschlossenen Augenlidern.

»Ich werde mit meinem Vater sprechen«, sagte sie.

»Sprich, mit wem du magst. Raus hier!«

Sie knallte die Tür ins Schloß, daß der Putz von der Decke schneite.

Mit meinem Vater sprechen? Dem alten Persson, dem Großbauern, der hier im Dorf viel zu sagen hat, sie wird ihn wohl gegen mich aufhetzen, behüte. Ja, von mir aus.

Aber seltsam ist es schon. Muß man immer vogelfrei sein und außerhalb der Gesellschaft gestellt werden, weil man den Geboten des Gewissens gemäß handelt und Verfolgungen in Ruhe entgegensieht? Hat Papa so gelebt?

Der Predigttext des Sonntags wußte zu erzählen, daß man »durch Geduld die Hoffnung festhält« und daß »der Gerechte in seinem Warten geduldig ist«.

Er lachte laut in seinem Elend.

Stina entsetzte sich.

»Sonntag, den 8. Dezember, den 2. Advent. In Fardhem den Gottesdienst gehalten.«

Und dennoch, inmitten dieser Gefühle von Müdigkeit, Resignation und Überdruß. Mitten in der Wüste entspringt eine Quelle.
Er stand auf der Kanzel und leierte seine gestohlene Predigt herunter, als ihm plötzlich aufging, daß er vielleicht zum letzten Mal Gottes Wort verkündete. Er stotterte, verlor den Faden, verstummte, suchte nach seinem Taschentuch.

Stand dort mit dem Gesicht in den Händen auf der Kanzel, während die Gemeinde unter atemlosem Schweigen wartete.

Schließlich brach er in Tränen aus.

Bestürzung und Schrecken zogen in einer Woge über die Gemeinde hin. Ein offener Skandal! Es war die Autorität selbst, die vor ihren Augen zerbrach, es war, als hätte sich der Kirchenboden aufgetan und einen Abgrund freigegeben.

Normalerweise, welch eine Schande, welch eine Demütigung für einen Pfarrer! Aber jetzt war ja alles egal. Er trocknete ohne Scham die Tränen und bat die Anwesenden dann wegen seiner Schwäche um Vergebung.

Ein guter Hirte bin ich nie gewesen – auch das müßt ihr vergeben.

Aber ich bitte euch zu bedenken, jetzt und für alle Zukunft, daß ihr die beste Verkündigung in der Bibel und in euren eigenen Herzen findet.

Wandelt in der Nachfolge Christi, das ist alles, was ich sagen kann.

Liebt Gott und euren Nächsten wie euch selbst, seht, das ist alles, was ihr zu wissen braucht. Und für die Verkündigung braucht ihr keinen Pfarrer.

Er sprach mit größter Einfachheit zu ihnen, aus seiner tiefen Müdigkeit, mit aller Wahrheit und Kraft, die er aufbieten konnte.

Dann wandte er sich um und ging in die Sakristei, um zum letzten Mal sein priesterliches Gewand abzulegen.

Viele warteten vor der Kirche auf ihn, um sich zu bedanken, ihm die Hand zu geben und ihm Lebewohl zu sagen. Es fiel ihm schwer, Worte zu finden.

Gut, danach endlich allein zu sein.

»Montag, den 9. Dezember. Seiner Hochwürden, dem Bischof, das zurückgeschickt, was ich an Büchern von ihm geliehen habe. Gottes Wort gelesen. Jetzt kommt bald die Zeit, da ich zu Cecilia und den Kindern nach Hause fahren kann. Unerwartet viele haben mich besucht, um Lebewohl zu sagen.«

Ein Strom von Gesichtern, Händen, die nach seinen griffen, suchende Worte voll Dankbarkeit und Wärme. Das hätte er nie erwartet. Das hätte er nie geglaubt.

Erst gegen Abend fand er Zeit, den Brief vom Händler Berggren in Visby zu lesen. Wenn Sie nicht spätestens am 1. Januar des kommenden Jahres unsere Forderung begleichen, sehen wir uns genötigt, beim hiesigen Amtsgericht Klage zu erheben.

Merkwürdig. Wie leicht ist es, in dieser Gesellschaft zum Verbrecher zu werden. Wie schmal die Grenze ist, und wie leicht zu übertreten. Wenn nur die Kirche und die öffentliche Moral wüßten ...

Er schrieb einfach und aufrichtig und berichtete von seiner Notlage. Er versprach, den Betrag nach bestem Vermögen abzuzahlen, auch wenn es lange Zeit erfordern sollte. Seien Sie so gut und schicken Sie den Anzug bei Gelegenheit per Adresse Viberg, Väse, zurück. Aber ich bitte Sie, in der Anschrift nicht den Titel »Pastor« zu verwenden. Ich bin nicht länger Pfarrer der schwedischen Kirche.

Mit freundlichen Grüßen

Samuel Eriksson

»Dienstag, den 10. Dezember. Gepackt und mich für die morgige Reise vorbereitet. Von allen Abschied genommen.«

Jetzt, als der Aufbruch bevorstand, vergaß auch Stina ihre Verachtung für den absonderlichen Pfarrer. Sie schlug die Schürze vors Gesicht und weinte, als er ihr zum Abschied ein paar freundliche Worte sagte.

Als letzte kamen die Kirchenältesten, die in der Sakristei gewesen waren und das Kirchensilber geprüft hatten. Er gab ihnen jetzt die Schlüssel zu dem Tempel zurück, den er nie mehr betreten würde.

Aus Stein ist dieser Tempel gemauert, und ein Mensch ist nur Fleisch und Blut.

»Mittwoch, den 11. Dezember. Lebwohl«

Bolander hatte den Wagen angespannt, und sie rollten in der safrangelben Winterdämmerung in Richtung Hemse.

Er hatte schlecht geschlafen, und ihn fror in seiner dünnen Kleidung.

Die klagenden Schreie der Dohlen um den Kirchturm herum waren seine letzte Erinnerung an Fardhem.

Meister Samuel

1

Spät am Abend des 15. Dezember kam er zu Hause in dem Häuschen in Väse an. Es wurde ganz und gar nicht so, wie er es erhofft und erträumt hatte. Die Kinder schliefen, und Cecilia war müde und vom Kummer erschöpft. Ein bleiches Lächeln war alles, was sie als Willkommensgruß aufzubieten vermochte. Die nackte Armut des Zuhause erschütterte ihn zunächst, dann machte sie ihn machtlos und lähmte ihn. So sah es also aus.

Nach vielen Monaten eines Lebens in bequemen Pfarrhöfen mit überladenen Speisetischen, reich gefüllten Bibliotheken und üppiger Möblierung war es seltsam, die Armut hier zu Hause wiederzusehen, unwirklich und absonderlich. Mein Gott, ich hatte ja völlig vergessen . . . So sieht es in Wirklichkeit aus.

Die Kammer hatte eine Ausstrahlung von schamloser Armut, die alle Träume und Illusionen von der Zukunft in Rauch aufgehen ließ. Ja, so sieht es also aus, ich hätte es wissen müssen. Aber es ist schon lange her, und ich habe Zeit gehabt, vollkommen zu vergessen.

Solche Behausungen hatte er von Amts wegen besucht, in Fardhem, Linde und in Lojsta, und er hatte sich mit Mitleid in ihrer farblosen, kahlen Armut umgesehen – arme Menschen! Er hatte aber damals vergessen, daß er auch Cecilia und die Kinder während seines sinnlosen Herumirrens als Hilfspfarrer so hatte leben lassen. Es fiel ihm leicht zu träumen, leicht zu vergessen, und allzu leicht hatte er vergessen, wohin er selbst zurückkehren mußte.

Alle Schwierigkeiten der Zukunft stiegen auf einmal aus der Dunkelheit empor, unbescheiden wie ausgehungerte Bettler. Oh, dieses bohrende, ewige Heimweh, von dem er dort in Fardhem gequält worden war! Die Rückkehr nach Hause war aber keine Lösung, keine Zuflucht, keine Waffenruhe in dem ewigen Lebenskampf. Die Heimkehr bedeutete, von einem Elend ins andere umzuziehen. Und jetzt war er nicht länger Pfarrer.

Er sah die kahle Armut in seinem Heim, und die Wirklichkeit schnappte um ihn zu wie eine Falle mit stählernen Zähnen.

Aber wie er sich nach seiner Frau gesehnt hatte . . . Ja, es wurde eine ängstlich angespannte Wiedervereinigung, aber Cecilia konnte ihre Müdigkeit nicht verbergen, und er selbst konnte seine Furcht in ihrem geliebten Arm nicht betäuben. Als die Wollust gestillt war, hatten sich die Sorgen nicht verflüchtigt.

Dann die Angst beim Aufwachen am nächsten Morgen, als er den

Atem weiß vor sich wirbeln sah: Das Haus war zugig, und der Topfstein-Ofen konnte die Wärme nicht halten. Die unerbittlichen Anforderungen des Lebens versammelten sich um das Bett wie Polizisten um einen entlarvten Verbrecher. Beschaffe Geld, beschaffe Nahrung, beschaffe dir noch vor Neujahr Arbeit! Steh auf, Samuel Eriksson, und kämpfe um dein Leben!

Es war zu schwer, er hatte nicht die Kraft. Wie ein schulkranker Junge blieb er einige Tage im Bett, hustete gekünstelt und klagte über Erkältung, Kopfschmerzen, Schwindelgefühle. Die Diagnose wechselte, seine einzige Krankheit war das Leben. Dieses Leben ist für mich zu schwer, und die Zukunft zu dunkel . . . Oh, wenn doch das Pendel der Zeit stehenbleiben wollte!

Aber die Zeit weigerte sich stillzustehen, und das Leben hatte Samuel Eriksson noch viel zu bieten.

Er blieb im Bett und erbettelte mit flehentlicher Klage über seine schwere Krankheit die Zärtlichkeiten seiner Frau. Widerwillig warf sie ihm das eine oder andere Kosewort als Almosen hin. Cecilia empfand Bitterkeit. Sie war so lange allein gewesen, sie brauchte Hilfe und Unterstützung. Aber das erste, was er hier zu Hause tut, ist, daß er sich im Krankenbett versteckt und die Pflichten des Lebens schwänzt. Das sind Herrschafts-Unarten, und die können wir uns nicht leisten. Dieses Haus braucht einen kräftigen und tätigen Mann, wenn die Familie überleben soll, und keinen Kränkelnden im Bett. Ich bin bereit, ihm alles zu geben, wenn er mit einfachen Bedürfnissen zu mir kommt. Aber dies begreife ich nicht. Damit werde ich nicht fertig.

Zornig ging sie ihren Beschäftigungen nach und schwieg zumeist.

Elin stand oft an seinem Bett und starrte mit großen blauen Augen auf den ungewöhnlichen Vater. Er lächelte sie an, strich ihr über das flachsblonde Haar und plapperte an Koseworten, was ihm in den Sinn kam. Samuel liebte seine Tochter, aber dennoch war da ein Hindernis, ein dunkler Schatten zwischen ihnen. Die Familie, Cecilia, die Kinder, das waren Ketten, die er um die Knöchel trug, eine Bürde auf dem Rücken, die er nie würde abschütteln können. Allein hätte er sich auf dem Weg zum Pastorenexamen möglicherweise durchhungern können, aber gleichzeitig Brot für die Familie heranschaffen? Nein, das war unmöglich. Er war durch die Menschen, die er am meisten liebte, an sein Schicksal gekettet.

Durch seine Gedanken verwirrt und beschämt, wurde er noch liebevoller und zärtlicher.

»Komm zu Papa, kleine Elin. Komm und nimm Papa in den Arm.«

Sein Flehen klang intensiv und gepreßt, und das Kind wich einen Schritt zurück, durch einen feindseligen Klang in seiner Stimme erschreckt. Der Alte da im Bett, das war der märchenhafte, vielbesungene Papa . . . Lange Zeit gab es ihn überhaupt nicht, und manchmal gab es ihn nur allzu sehr. Das war beängstigend und merkwürdig.

»Du sollst das Kind nicht küssen, wenn du erkältet bist.«

»Ich bin jetzt schon fast wieder gesund.«

»Warum stehst du dann nicht auf?«

Sie schlich mit abgekehrtem Blick an den Wänden entlang, bitter und zugleich etwas furchtsam vor dem männlichen Zorn, den sie wecken wollte. Aber lieber einen gesunden und wütenden Kerl, so wollte sie ihn nicht im Bett haben, Angst und Widerwillen waren alles, was sie angesichts dieser unbegreiflichen Schwäche des Mannes empfand. Er appellierte mit gekünstelten Hustenattacken und bittenden Blicken vom Kopfkissen vergebens an ihre Zärtlichkeit. Die Zärtlichkeit, die er verlangte, war ein Luxus, den Arme sich nicht leisten können. Für Samuel Eriksson stand kein Kavalierflügel offen, seine einzige Zuflucht wäre das Armenhaus in Ölmskog.

Er lag auf der harten, hölzernen Auszieh-Bank und sah sich mit kleingläubigen Blicken in der Kammer um. Dies ist also mein Zuhause. Ein paar fromme Öldrucke an den Wänden um das Harmonium herum, das Examensphoto von Rock Island mit den Kommilitonen, die auf schokoladenbraunen Ovalen um den Rektor gruppiert waren, ein paar schiefe Holzstühle auf ausgeblichenen Flickenteppichen – mein Heim! So weit man es nun meins nennen kann. Wir sind wie gewöhnlich mit der Miete im Rückstand, und bald wird Olsson mit seinem Klumpfuß wieder angehumpelt kommen, um sein Geld zu verlangen, bald werden wir im Wald Holz stehlen müssen, um Kamin und Ofen warmzuhalten. Wir leben von Roggenmehlgrütze und Kartoffeln, und bald ist Weihnachten da. Dies ist also mein Leben, jetzt und für alle Zukunft.

Vor zwei Wochen noch saß ich im Pastorat in Fardhem an einem gedeckten Tisch oder wurde von Schöffen und Kirchenältesten zu Festen gebeten, probierte den berühmten Margaux von Pastor Gadd, diskutierte mit Lindfors über Kyrillos und mit Fredén über die soziale Not. Die ganze Zeit wurde ich von Sehnsucht nach den Meinen gequält. Und jetzt liege ich hier inmitten der sozialen Not, und der seelenvolle Stil des Kyrillos ist sehr weit weg.

Am dritten Tag bekam er einen heftigen Lachanfall, der ihm die Tränen aus den Augen preßte. Cecilia wurde ängstlich und übellaunig. Er konnte nichts erklären, verstand es kaum selbst. Er stand auf und begann sich in rasender Eile anzuziehen.

»Wo willst du hin?«

»Ich gehe zu Onkel Gustaf. Ein Versuch kann jedenfalls nicht schaden.«

Milch aus einem Feldstein herauszupressen oder Geld aus Onkel Gustaf, das lief auf das gleiche hinaus. Aber was sollte er tun? Selbstmitleid bringt kein Brot ins Haus. Der arme Mann verkauft seinen Stolz billig.

Die Schwindsucht hatte in der Geschwisterschar gehaust, und Onkel Gustaf saß schließlich allein als Hausherr auf dem Hof in Tågås, so daß sein Beitrag zu Anna-Lisas Amerika-Billett sich segensreich verzinst hatte. Nach den Buchstaben des Gesetzes hatte er keine Schuld mehr dem Neffen gegenüber, aber moralisch verhielt es sich wohl anders, jedenfalls für den, dem derlei etwas bedeutet. Der Alte wehklagte mitunter vor Gewissensbissen, die jedoch kaum mehr waren als ein Gewürz in dem faden Wohlbefinden des Alltags, Salz in der Suppe und Kräuter in seinem Branntwein. O weh, o weh, sagte Gustaf Eriksson dort im Osten, ich bin sicher ein großer Sünder vor unserem Herrn? Ich bin doch sicher ein Schuft? Und damit blinzelte er seinem Spiegelbild zu und war ziemlich mit sich zufrieden.

Gewissensbisse zu genießen ist eine Sache, sich von barem Geld zu trennen eine andere. Samuels Traum war ein Studien-Darlehen, groß genug, um für zwei oder drei Semester in Uppsala zu reichen. Zwölfhundert oder schlimmstenfalls tausend Reichstaler würden reichen, im Sommer könnte er sicher eine Anstellung als Hauslehrer oder schlimmstenfalls als Knecht bekommen.

Zwölfhundert Reichstaler? Tausend? So viel Geld schneuzte Onkel Gustaf sich nicht aus der Nase, aber natürlich, mit einer Hypothek und etwas gutem Willen könnte es gehen.

Und vielleicht war es der gute Wille, an dem es fehlte. Gustaf Eriksson hätte das Geld schon geben können, aber er wollte nicht. Mit seinen engstehenden gelben Augen um die platte Schnauze sah er aus wie ein alter Schafbock, und in seiner Hartnäckigkeit nahm er es auch mit einem solchen Biest auf. Samuel bettelte und bat, und der alte Schafbock schüttelte nur seine Hörner. Gustaf Eriksson hatte seinen großen Bruder Axel als Prediger und als Propheten gesehen, einen Donnerkeil unter trägen Seelen in der Gegend, einen Mann mit Macht über die Seelen, und der Macht, Frauen unter seinen Willen zu beugen, und Gustaf war mit Schrecken, Abscheu und säuerlich treibender Eifersucht zurückgewichen. Jetzt wollte er an Samuel rächen, was er unter seinem großen Bruder gelitten hatte. Er wollte Samuel nicht auf der Kanzel sehen, einen Vertreter der Obrigkeit, vor dem er sich würde demütigen müssen, wie er sich einmal vor dem Propheten gedemütigt hatte. Lehrer, das ging noch an, aber Pfarrer? Nein, davon wollte er nichts wissen. Es war schon schlimm genug, daß er dem Jungen schöngetan und ihm eine großartige Hochzeit ausgerichtet hatte. Damals hatte er sich von dem schwarzen Rock hereinlegen lassen, aber jetzt gab es nichts Pompöses mehr, vor dem er scharwenzeln mußte. Jetzt mußte es genug sein. Man muß sich ja nicht überschlagen.

Gustaf gab ihm zwei Reichstaler als Darlehen, und Tante Mia, wie immer leichenblaß in schwarzen Kleidern, packte einen Korb mit Weihnachtsessen zusammen, Speck, Sülze, frisch gegossene Kerzen, Kaffee, gehackten Zucker und eine Tüte Korinthen für Elin. Es war nicht mehr, aber auch nicht weniger, als sie gewöhnlichen Kleinpächtern gab, und den alten Gustaf machte seine Güte ergriffen, und er faltete sein Bocksgesicht zu scheußlichen Grimassen der Rührung.

»Vergiß nicht, daß du mich beerbst, mein kleiner Samuel! Es wird einmal alles deins, der Hof und der Grund und Boden!«

Dies war jetzt und für alle Zeiten sein Kehrreim: Samuel würde den Hof erben, wenn der Tag da war. Onkel Gustaf war kinderlos, und Tante Mia konnte mit einem ehrlichen Legat abgefunden werden. Der Hof jedoch würde Samuel zufallen, so daß er in der Familie blieb, das fehlte noch. Schön und gut, aber der Alte war kaum älter als sechzig und konnte noch lange leben. Es war Versprechen, Traum und Hoffnung, wie so vieles andere in Samuels Leben, aber davon konnte man nicht Theologie studieren.

Samuel spazierte den langen Weg nach Viberg mit einem Spankorb voller Almosen am Arm nach Hause. Seine Kleidung war fadenscheinig, und ihm war bitter kalt. Jetzt erkältete er sich auch noch ernsthaft und lag über das Wochenende mit hohem Fieber im Bett: Dies war das erste Mal, daß er in seinem Erwachsenenleben den Weihnachtsgottesdienst versäumt hatte. Wenn man es aber recht bedachte, war es nur angemessen. Samuel Eriksson verdiente es nicht, den Tempel des Herrn zu besuchen. Zum ersten Mal in seinem jungen Leben hatte er einen so starken und unversöhnlichen Haß gespürt, daß er sich sehr wohl vorstellen konnte, einen Menschen zu ermorden. Es waren keine subtilen, hinterhältigen Morde, die er plante, sondern ein Bauernmord nach alter värmländischer Art: Schlag dem Satan einfach eins auf den Kopf!

Vor Fieber brennend träumte er davon, Onkel Gustaf mit der Axt den Schädel zu spalten, um dann sein Geld zu erben.

Er lag über Weihnachten still im Bett, und die Weihnachtskerzen erzitterten unter seinem Haß. Das Fieber flammte auf, und der keuchende Husten tobte wie das Gebell von Höllenhunden. Zum ersten Mal in seinem jungen Leben empörte sich Samuel gegen Gott.

2

Die Bilder wechseln, die Jahre vergehen, die Lebenstreppe neigte sich nach unten, ständig.

Er suchte zum Frühjahr um ein Lehrervikariat nach und landete in der Provinz Västerbotten. Was er an Bildungsidealismus mit ins Feld gebracht hatte, gefror dort oben in der Wildnis, wo Menschen wie Moos auf Stein lebten, bald zu Eis. Kultur und sanfte Sitten hatten an der Grenze zum Überleben wenig Spielraum. Die halbwüchsigen Jungen in Ecksträsk verwilderten leicht, gingen mit Messern im Gürtel, nahmen Schnupftabak und soffen und prahlten offen mit ihrer Hurerei. Verbrechen und Verwilderung grinsten aus allen Ecken, als er die Fackel der Bildung hob. Ausnahmen leuchteten in der Erinnerung, so Erik Annersas Petrus, ein kluger und frommer Knabe, aber Samuel brachte nicht die Kraft auf, sich ihm so zu widmen, wie er sollte: Vielleicht ging er unter wie so viele andere Menschlichkeit dort oben.

Die Mädchen hatte er als kichernde Augendienerinnen in Erinnerung, lüstern, von irgendeinem sanftharten Kerl ein Kind zu bekommen. Alle wollten nur das Notwendigste lernen, um die Konfirmation zu schaffen, die das Recht gab, eine Armbanduhr zu tragen und hochgestecktes Haar sowie das Recht, sich in den Lastern und Verbrechen der Erwachsenen zu wälzen. In seiner Erinnerung waren Kälte, Armut und Verwilderung. Es war, als würde man in ein Loch im Eis getaucht.

Nun, er kam mit dem Leben davon, aber sein Dienstzeugnis bestätigte eine nur mäßige Fähigkeit, in der Schule die Ordnung aufrechtzuerhalten sowie die sonstige Erziehung der Jugend in die Hand zu nehmen. Meister Samuel war zu weich, das war das einhellige Urteil der Schulbehörde. Er verabscheute körperliche Züchtigungen, es fiel ihm schwer, lange wütend zu bleiben, dafür aber leicht, in Zweifel und Mißmut zu versinken. Am Katheder hatte er eine Neigung, ins Blaue hinauszuträumen, ins Blaue hinauszuschweben, in Träume und Visionen, die nicht zum Lehrplan gehörten. Er hatte im Dienst sein Unvermögen an den Tag gelegt, Zucht und Ordnung aufrechtzuerhalten. Meister Samuel war zu weich: Das ließ für seine Zukunft nichts Gutes erahnen.

Im Herbst sollte er nach Uppsala, um ein Semester lang das Lehrerseminar abzusitzen. Es ging allein um praktische Übungen, das Theoretische wurde bereits durch das Examen in Rock Island, Illinois, als erledigt angesehen. Und zu einem Semester beizutragen, konnte Onkel Gustaf sich gut vorstellen, ein Semester, aber nicht mehr. Es war Samuel selbst, der den Entschluß faßte, sich zwei Semester lang in Uppsala festzuklammern oder drei, und wenn sowohl seine Familie wie er selbst dabei verhungern würden. Die Provinz Västerbotten hatte ihm eine Vorahnung davon gegeben, was auf ihn wartete: Lehrer wollte er nicht werden.

Um die Studienkasse aufzufüllen, verdingte er sich während des Sommers als Knecht. Es war ja verrückt, daß ein Pastor sich zu körperlicher Arbeit herabwürdigen sollte, und Pastor Bergstedt in Väse las ihm mit harten Worten die Leviten – wo würde der Respekt bleiben? Sollte er nicht Distanz halten?

Distanz halten? Samuel verstand nichts davon. Diese Knechte und Mägde waren ja seine eigenen Schulkameraden, Männer und Frauen, mit denen er in den Tagen der Jugend einmal gespielt und gearbeitet hatte. Respekt und Distanz halten? Samuel Eriksson war zu naiv, um das zu begreifen.

Er verdingte sich als Knecht auf dem Gut von Hammar und wanderte jeden Samstagabend die dreißig Kilometer nach Hause. Anfänglich fiel es ihm schwer, aber die knabenhafte Fülligkeit fiel bald von ihm ab, und er wurde sehnig und mager. In diesem Sommer legte er sich einen Vollbart zu. Zum Rasieren hatte er keine Zeit, und ein Bart eignete sich gut, seine schadhaften Zähne zu verbergen. Zahnersatz war ja viel zu teuer, derlei mußte später kommen, nach dem Pastorenexamen, wie so viel anderer Luxus, von dem er träumte.

Die Schreibtischarbeit lag ihm nicht, und anfänglich war ihm die Büffelei ungewohnt, aber die Gewohnheit zu arbeiten kehrte bald zurück. Schlimmer war, daß er keinen Kontakt zu seinen Kameraden fand. Sie wollten nichts von ihrem Jugendfreund wissen, man tuschelte über ihn und verhöhnte ihn und begegnete ihm mit mürrischem Schweigen. Es fiel ihnen schwer, Samuel zu verzeihen, daß er in der

Gesellschaft gesunken war. Ein Pastor ist ein Pastor, und Herrschaften sollen etwas auf sich halten und nicht tief unten in der Scheiße herumwühlen. Samuels demokratischen Manieren aus Amerika begegnete man mit Mißtrauen oder offenem Hohn. Warum biedert er sich an? Was will er damit gewinnen?

Er war wie gewöhnlich wehrlos und eine willkommene Zielscheibe für alle Schikanen. Er antwortete sanftmütig, wenn man ihn ansprach, wich aus, flüchtete, versuchte zu vergessen und zu verdrängen. Er schlief schwer und traumlos, wachte früh auf und sah mit bittendem Blick zur Sonne – o Gott, laß die Zeit verrinnen, laß es bald Herbst werden . . .

In der Zukunft leben, im Traum leben, um zu überleben. Sonntags saß er mit Elin auf dem Schoß in der Küche und erzählte Cecilia von all dem Glück, das die Zukunft in ihrem Schoß barg. Wenn wir nur den Pfennig umdrehen, vielleicht kann ich zwei Semester in Uppsala bleiben, das soll reichen, ich meine, es reicht ganz bestimmt . . .

»Ja, sicher.«

Einschreibung und Studiengebühren werden reichlich kosten, aber Bücher kann ich vielleicht von Bergstedt zusammenleihen, nun, er hat nicht viel übrig für Theologie, aber es gibt ja noch andere Pfarrer im Stift, und wir werden uns wohl darauf einstellen müssen, sparsam zu leben, Hering und Kartoffeln, Festessen darf es keine geben, du Cecilia . . .

»Nein, keine Festessen.«

Aber irgendwie wird es schon gehen, und wenn ich erst mal fertig bin, kann ich im Erzstift Pfarrer werden, dort werden Pastoren gebraucht, mußt du wissen, Cecilia, und als Pastor in Gästrikland zu sitzen geht doch an, das ist sozusagen nicht das richtige Norrland, dort werden wir uns schon wohlfühlen können . . .

»Ja, sicher.«

Cecilia ging ihren Beschäftigungen nach und murmelte ja und doch und nein, wie es gerade kam. Sie war so an die Träume ihres Mannes gewöhnt, sie hatte einfachere und irdischere Hoffnungen. Sie hoffte, Gott möge ihr in seiner Güte eine Kuh schenken. Ob das nicht zuviel verlangt war? Als feine Dame in einem Pfarrhof zu sitzen, das war als Traum und Hoffnung ja schön und gut, aber mehr als Traum und Hoffnung war eine richtige, leibhaftige Kuh, Geborgenheit dampfend, euterschwer vor Milch. Keiner von Samuels Träumen und Hoffnungen hatte bisher Sahne oder Milch gegeben, Butter oder Käse. Besser als Traum und Hoffnung ist eine lebendige Kuh.

»Den Pfarrhof werden wir verpachten müssen«, sagte Samuel. »Für das Praktische habe ich keine gute Hand. Man darf sich vom Irdischen nicht fangen lassen, sieh nur Bergstedt an und wie es ihm geht...«

»Ja«, sagte Cecilia und dachte an Pfarrer Bergstedt und dessen zufriedene Frau und zwei puppensüße, verwöhnte Mädchen.

Aber es versteht sich von selbst, von irdischen Dingen soll man sich nicht einfangen lassen, und wenn es soweit war, konnten sie vielleicht diesen Pfarrhof verpachten, der in rosiger Ferne wartete. Zeit genug für irdische Kümmernisse dieser Art, aber jetzt im Moment wollte sie am liebsten eine Kuh haben.

Sie fuhren in jenem Herbst nach Uppsala und mieteten sich in einem möblierten Zimmer in Svartbäcken ein, in dem schlimmsten Viertel. Weiber keiften auf dem Treppenabsatz, Säufer pißten auf den Hinterhof, ausgehungerte, skrofulöse Kinder wimmelten wie Ungeziefer aus allen Winkeln und Ecken.

Samuel sah nichts von all dem und wollte nichts sehen. Er schrieb sich ein, machte Professoren seine Aufwartung und erhielt einen freundlichen Empfang, hielt in einem Seminar einen bewunderten Vortrag, wurde als vielversprechender junger Mann bezeichnet, brannte vor Zukunftshoffnung und heiligem Eifer. Nachtwachen und harte Studien ließen seinen Kopf schmerzen: Er verschwieg seine Schwäche. Die Studienkasse schrumpfte, er wagte nicht, das Geld zu zählen, er wollte nichts von der Ökonomie wissen. Cecilia bettelte und bat um Geld, Geld für Nahrung und Kleidung, Geld, Geld, Geld, er aber eilte nur aus der Tür und tat, als hörte er nichts. Es war, als ginge er auf einem Seil über einen Abgrund: Halt den Atem an, spann alle Muskeln an, sieh geradeaus, bald bist du auf der anderen Seite, wenn du nur stark und ruhig bist, Samuel Eriksson, ruhig und stark und vor allem ruhig! Nur Ruhe, und hoffe auf Gott!

Aber Gott wollte Samuel Eriksson nicht als Verkünder seines Wortes haben. In seinem unergründlichen Ratschluß ließ er Elin und Abel an Diphtherie erkranken. Die Krankheit raste wie eine Feuersbrunst durch die Bruchbude, in der sie wohnten, viele weiße kleine Särge wurden durch die Haustür hinausgetragen, die Frauen klagten und weinten, Familienväter betranken sich beim Leichenschmaus für ihre Kinder, die Glocken des Doms erdröhnten und läuteten tagelang, so daß die Dohlen aus ihrer Ruhe in den Türmen aufgeschreckt wurden und schreiend über die Stadt ausschwärmten. Viele Kinder lagen krank zu Bett, viele kleine Särge wurden fortgetragen. Warum sollten die Kinder des Pastors verschont werden? Vor Gott sind alle gleich, und es war schon genug, daß Elin und Abel mit dem Leben davonkamen. Aber der Arzt wollte Geld, der Apotheker wollte Geld, und kranke Kinder können nicht von Hering und Kartoffeln leben. Alles Sparen und Rechnen fiel wie ein Kartenhaus in sich zusammen.

Er spürte die Resignation schon am ersten Abend, als er dort am Bett saß und Elins fieberglänzenden Blick und glühende Wangen sah. Du kleines Kind, das mich an die Erde bindet, du kleine Elin ... Kannst du mir erklären, warum Gott mit seinem Diener Samuel Eriksson so unzufrieden ist? Warum hält er mich für unwürdig, das Wort zu verkünden, warum macht er die mir Nahestehenden und Lieben zu Eisenketten und Kugeln an meinem Fuß? Warum wählt er gerade mich aus, so hart geprüft zu werden?

Warum und warum und warum: Dieses sinnlose *Warum*, das in Ewigkeit an die Pforte des Himmels pocht. Nun, an das Theologiestudium war ja nicht zu denken, jetzt nicht mehr. Möge es jetzt nur nicht zu spät sein, ins Lehrerseminar hineinzukommen. Daß man mich jetzt nicht auch noch dieser armseligen Hoffnung beraubt ...

Er war schon zum Lehrerseminar angemeldet, und die Verspätung wurde nach vielen Erklärungen und dringenden Bitten entschuldigt und akzeptiert. Es war Gottes Wille, daß er gedemütigt werden sollte, aber nicht vollständig vernichtet. Noch nicht.

Viele Nächte lang lag er wach und kämpfte und rang mit seinem Gott. Was hast du mit mir vor, Herr? Was willst du?

Aber welches Recht habe ich zu fragen. Nicht wie ich will, sondern wie du willst, Herr. Nicht wie ich will.

Ich habe in meinem Wahn gefragt, warum du gerade mich ausgewählt hast, um so hart gestraft zu werden. Aber in dieser Bruchbude, in der ich in Elend und Not lebe, sehe ich überall Menschen, die noch härter geprüft sind als ich. Überall, überall ...

Ich bin meinen Kollegen unter den Theologen begegnet, und in meinem Hochmut habe ich sie seelenlos, ungebildet und stupide gefunden, nachgerade geeignete Kandidaten für diese versteinerte alte schwedische Staatskirche. Und ich habe hingerissen die Aussicht auf meine eigene Zukunft weit offen gesehen ... Ach, wie könnte meine Kraft auf diesem vernachlässigten Feld entwickelt werden!

Aber daraus wurde nichts, die schwedische Kirche wollte mich nicht haben. Auch du hast es in deinem unergründlichen Ratschluß anders gewollt. Auch du hast es anders gewollt, Herr.

Und darüber ist nichts zu sagen. Nicht wie ich will, sondern wie du willst, Herr. Nicht wie ich will.

In dieser Stimmung von Ergebung und Selbstprüfung gewann er endlich seinen Frieden zurück und konnte schlafen.

3

Er durchlief den praktischen Lehrerkurs im Herbst 1896, erhielt am Ende aber mäßige Zeugnisse. Er hatte nicht die Kraft, sich noch mehr anzustrengen, nicht für diese Lebensaufgabe, nein, er ging nur wie ein starr lächelnder Schlafwandler von Klassenzimmer zu Klassenzimmer. Das Feuer des Aufruhrs war in seiner Brust erloschen, sein Sinn war von Sorge und Trauer verdunkelt, und er grübelte oft über Gottes Absichten nach. War es ein Strafgericht? Aber was hatte er verbrochen?

Er litt an Schwermut und Gedankenleere, und es fiel ihm schwer, sich vor der Klasse zu konzentrieren. Seine Fähigkeit, Schwedens Jugend Wissen zu vermitteln und zu erziehen, wurde mit knapper Not als »ausreichend« bewertet. Als Pastor war er lobenswert gewesen, als Lehrer war er genügend und gerade noch ausreichend.

Ein Lehrer mit derart mäßigen Zeugnissen mußte sich Meriten verschaffen. Zwei Schulhalbjahre lang fuhr er auf Vikariaten in Norrland herum. Als er das letzte Mal zurückkehrte, waren Haar und Bart ergraut.

Er erhielt jetzt endlich einen Dienst im Kreis Väse mit Unterricht in den Schulen von Mo und Glumserud. Er erhielt einen Jahreslohn von 450 Reichstalern, dazu freie Wohnung im selben Häuschen wie zuvor und zudem einen Kartoffelacker, und einen Kohlacker und Weideland für eine Kuh. Die letzte Vergünstigung war nichts wert, solange er keine Kuh besaß.

In der Ehe mit Cecilia Johannessen wurde 1893 Elin geboren, 1895 Abel, 1898 Maria, 1901 Benjamin, 1904 Rebecka. Er hatte schließlich Frau und fünf Kinder zu versorgen.

Man nannte ihn »Meister Samuel«, jedenfalls, wenn man ihn ansprach. »Meister« war der gängige Titel für Handwerker und Lehrer auf dem Land. Er würde nie mehr in seinem Leben als »Pastor Eriksson« angeredet werden.

4

Es wäre wohl irgendwie gegangen, wenn da nicht die vermaledeiten Schuldscheine gewesen wären. Er war beim Händler Berggren in Visby wegen des unglückseligen Anzugs verschuldet, schuldete Onkel Gustaf Geld wegen der Studienbeihilfe. Das war eine schwere Bürde.

Der Anzug war nach dem Transport von Visby übel mitgenommen, und Cecilia bemühte sich viele Abende mit Seifenlauge und Leinenlumpen, mit Nadel und Faden, bevor sie das Elend einigermaßen in Fasson gebracht hatte. Ja, was heißt hier Fasson . . . Der elegante, maßgeschneiderte Anzug war und blieb scheckig wie ein Zebra und verstärkte nur den Eindruck von Deklassierung, den Samuel in seinen feinen Sachen hervorrief. Er selbst verstand nichts davon, er meinte, fein zu sein. In seinem einfachen Alltag hatte er bald jede Erinnerung daran verloren, wie elegante Herren aussehen sollten.

Manchmal an den Wochenenden überkam ihn ein ängstliches Bedürfnis, sich hübsch anzuziehen und herauszuputzen. Darum bemühte sich Cecilia, so weit es eben ging, ein weißes, gestärktes Hemd in Ordnung zu halten, falls er unruhig werden und sich nach anständiger Kleidung sehnen sollte. Ja, sonntags konnte es passieren, daß Meister Samuel sich als Herr herausputzen wollte. Mit frischgekämmtem Haar und Bart und in den dunklen Anzug gewandet, dessen Flecke mit den Jahren in Schimmelgrün zu changieren begannen, saß er im Kreis seiner Lieben und erzählte von der Jugend in Amerika, von dem Pastorendienst auf Gotland, davon, wie er einem richtigen Bischof die Hand gegeben hatte, wie er mit Pfarrern auf du und du gestanden hatte, die jetzt hoch oben auf der Karriereleiter angelangt waren. Die Kinder saßen atemlos und benommen da.

»Wenn man sich vorstellt, daß Papa Lindfors gekannt hat, den Dompropst in Visby«, sagten die Kinder.

»Willst du nicht einmal hinfahren und ihn besuchen, Papa?« fragten die Kinder weiter.

»Doch«, sagte Samuel, nickte und lächelte. »Vielleicht fahre ich einmal hin und besuche ihn.«

Sie saßen in ihren armseligen Fetzen um den feingekleideten Papa herum und lauschten mit leuchtenden Augen. Ihre Liebe und Bewunderung waren grenzenlos. Samuel war kein Sieger im Kampf ums Dasein, aber von den Seinen wurde er als großer und verehrungswürdiger Mann angesehen. Sie konnten keinen besseren Papa verlangen.

Die Bilder wechseln, die Jahre vergehen, und Volksschullehrer Samuel

Eriksson hat schließlich Frau und fünf Kinder, Kohlfeld, Kartoffelacker und Weideland für eine Kuh, endlich einen Broterwerb und Schulden bis in den Tod, Zukunftsaussichten auf den Friedhof und eine grenzenlose Demut.

Gott hat seinen Hochmut jetzt in den Staub geschlagen.

Wenn er nur manchmal einen gebildeten Menschen hätte, mit dem er sich unterhalten könnte? Er fängt an, so zutiefst einsam zu werden. Er sitzt im Kreis seiner Lieben und spricht mit feinen und zierlichen Gesten von der wundersamen Weisheit der Kirchenväter, von Volkskirche und Erweckung, von Aufklärung und Bildung im Lande. Krankhaft blasse Kinder in zerlumpten Kleidern lauschen ihrem Vater mit Ehrerbietung. Cecilia geht ihren Beschäftigungen nach und hat zu all dem rein gar nichts zu sagen. Sie ist schon lange der Träume und Illusionen überdrüssig geworden, ihre feste Burg ist ein frommer Fatalismus: Jeder Tag ist ein Tag für sich, und solange man Brot im Haus hat . . . Und solange man Samuel bei Laune halten kann.

Eine Quelle des Stolzes und der Freude besitzt er noch: den feinen Anzug von Berggrens in Visby. Manchmal, am Sonntag, wenn ihm die Unruhe zusetzt, zieht er sich das gestärkte Hemd und den feinen schwarzen Anzug an. Dann glaubt er, alles sei so wie früher in der Welt. Dann glaubt er, wieder ein feiner Herr zu sein. Vielleicht macht er einen Spaziergang in den Ort hinunter und hebt höflich den Strohhut, wenn er unterwegs jemandem begegnet. In diesen Augenblicken glaubt Meister Samuel, ein feiner Herr zu sein.

Er weiß nicht, daß die Leute hinter seinem Rücken über ihn lachen. Er weiß nicht, daß man ihn den verrückten Sam nennt, ihn für ein wenig blöd und für ein harmloses Original hält.

Cecilia weiß und versteht, kann aber nichts sagen.

Auch die Kinder lernen mit der Zeit zu verstehen.

5

Das Paradies wünscht sich Cecilia Eriksson jetzt nicht mehr, würde aber gern eine Kuh haben, wenn es ginge. Eine gute Kuh, das wäre für Cecilia Paradies genug.

So weit sie sich zurückerinnern kann, hat sie von einem besseren Leben geträumt und darauf gehofft, und Samuel hat ihr auch in so wohlgesetzten Worten, wie nur er es vermag, ein irdisches Paradies vorgespiegelt. Aber hier in dem Kätnerhäuschen in Väse sind Hoffnung und Traum von dem kalten Wind des Alltags verweht worden, und alles, wovon sie jetzt noch zu träumen wagt, ist eine Kuh, die Milch für die Kinder gibt.

Es gab einmal eine Zeit, in der Cecilia höhere Träume hatte. Wie in den Jahren, in denen sie in einem Nähatelier in Kristiania angestellt war, ein hübsches und gutgekleidetes Mädchen, ansehnlich genug, um von einer guten Heirat mit einem Herrn im Zylinderhut zu träumen, und auf dem Heimweg von der Arbeit machte sie manchmal einen Umweg über die Karl-Johan-Straße, um zu sehen, ob ER nicht möglicherweise dort war, ein Herr in der Menge, den sie sich aussuchen konnte, um hinterher von ihm zu träumen; und vielleicht ging sie auch dorthin, um sich von den glänzenden Blicken der jungen Herren erregen und ein wenig erschrecken zu lassen: Das gab ihr ein Gefühl von Spannung und Leben, das sie noch lange munter sein und lächeln ließ. In einer Stimmung aufgeräumter Freude wanderte sie dann zum Abendessen nach Hause, aber dort bot sich ihrem Blick das Elend des Erdenlebens, und sie sah den allzu bekannten Anblick der Mutter, die grau und gebeugt am Küchenherd stand, und Vater Johannessen gebeugt und ergeben an der Tischkante. Der Aasgeruch aus der Gerberei saß in seinen Kleidern fest, aber die Familie bemerkte es nicht. Eine Welle Haugescher Erweckung hatte mit der Lauge der Gnade den Sündenschmutz aus seiner Lebenskleidung gekocht und ihn vor dem Dämon des Branntweins und dem Geist der Empörung und des Aufruhrs gerettet. Sein rotes Gesicht war bleich geworden, sein üppiger Schnurrbart hing ergeben herab, sein einst so trotziger Blick war ausgebrannt und leer. Er wischte sich die Tränenflüssigkeit mit einem blaukarierten Taschentuch aus den Augen und wartete geduldig aufs Abendessen.

Auf dem Küchensofa sitzen die kleinen Geschwister, aufgereiht wie ängstliche Vögel, starren mit großen, hungrigen Augen, schweigen und warten. Ewige Kälte, ewiges Schweigen, ewiges Warten, so erinnert sich Cecilia ihrer Jugend.

Es ist ein kalter Februartag mit Frost an der Fensterscheibe, es ist immer Februar in ihrer Erinnerung, und blaue Rauchsäulen steigen aus den Schornsteinen über Kristiania empor und heben sich vor dem roten Hintergrund des Sonnenuntergangs ab. Man ißt jetzt zu Abend bei dem Gerbereiarbeiter Tore Johannessen, es ist ein Abend im Februar, die Kälte knackt in den Wänden, es wird in Norwegen nie mehr Frühling werden.

Munterkeit und Lebensmut sanken, als Cecilia ihren Vater anblickte.

Ergeben mümmelte er ausgekochten Trockenfisch zwischen zahnlosen Gaumen, dankbar, von der äußersten Not erlöst zu sein. Man soll mit seinem Los zufrieden sein und keine Wunder verlangen. Das rote Licht des Sonnenuntergangs über Bygdøy leuchtete durch frostige Fensterscheiben herein, goß einen blutroten, lebendigen Schimmer über Eiszapfen und schneebedeckte Dächer, aber die Nacht war nahe, und die Kälte zog wieder ihre todesblaue Decke über die Stadt. Cecilia Johannessen saß durchgefroren und blaß mit einem steifen Zopf auf dem Rücken da, sah auf das schmutzige Häufchen ihrer Fischportion, blickte auf ihre wunden, zerstochenen Hände, hörte die Kälte in den Wänden knacken, sah die Nacht mit todesblauem Tuch über alles hinabsinken, was in ihrem jungen Leben Hoffnung und Traum war.

Ich muß fort von hier, dachte sie. Bald stehe ich wie Mama gebeugt und zahnlos in einer Wohnküche voller Gören – ich will nicht! Ich muß nach Amerika und mir einen Weg bahnen. Ich muß fliehen, so wie Onkel Benjamin in das goldreiche Wunderland Kalifornien geflohen ist, so wie Onkel Olaf nach dem grünen Nebraska flüchtete.

Sie schrieb an ihre Onkel, und Onkel Olaf schickte ihr auch Geld für die Überfahrt. Als sie endlich in Omaha ankam, entdeckte sie, daß ihr Onkel mit einem irischen Mädchen verheiratet war, Kathleen O'Hara mit Namen, einem hochgewachsenen Weibsstück, boshaft, rothaarig, mit großem Mundwerk und alles in allem eine Ausgeburt des Teufels. Und die Irin duldete ihre frisch erworbene Nichte nicht im Haus, das fehlte noch. Wie oft vertragen sich zwei Frauen in derselben Küche? Das sage, wer kann. Hinzu kam, daß Cecilia von etwas feinerer Art war, zartgliedrig, süß und niedlich und mit einfachen Mitteln immer gut gekleidet, was Kathleens großknochige, kuhähnliche Gestalt in unvorteilhaftem Licht erscheinen ließ. Und die Irin schwitzte und fluchte und beschwor viele irische Heilige und Dämonen, um schließlich das Mädchen vor die Tür zu jagen. Mit einer solchen Zuckerpuppe im Haus hatte sie Angst vor kritischen Blicken von Olaf, den sie gerade unter den Pantoffel gebracht hatte und möglichst bald zum Papismus bekehren wollte.

So stand Cecilia mit Nähkorb und Spankoffer in Omaha, Nebraska, auf der Straße, weinte ein paar Tränen ins Taschentuch und dachte: Das war Abenteuer genug, wahrlich, ich bin über Gebühr erhört worden, und wenn ich ehrlich sein soll, sehne ich mich sogar ein bißchen nach Hause zu Mutter und Geschwistern und dem Gerberei-Geruch in der Küche.

Und sie weinte über ihr Unglück in Omaha, Nebraska.

Aber Cecilia saß nicht lange auf der Straße; schwedische und norwegische Schlachtermeister in der Stadt balgten sich wie wütende Doggen um die Ehre, sie als Magd zu halten oder als Hausmamsell, wie sie es selbst nennen wollte. Anfänglich hatte sie eine ungeschickte Hand im Haushalt, so daß Ole Madsen über angebrannten Steaks hungern und sich damit sättigen mußte, daß er seine schöne Magd mit den Blicken verschlang. Und sie war es schon wert, angesehen zu werden, diese Cecilia, zartgliedrig und blond, immer herausgeputzt und fein und luftig und graziös, ein Ariel im Dienst des blutigen Caliban der Schlachterei. Die Amerikaner hielten sie oft für eine Französin.

Ole Madsen wollte sie gern in den Arm nehmen und ihr süßes Aroma von Kandiszucker schmecken, aber Cecilias kühles Wesen hielt das Mannsbild auf Abstand. Madsen war nicht die Art Mann, von der Cecilia geträumt hatte, o nein, weit davon entfernt. Eine bessere Welt, ein besseres Leben, ein Mann mit Zärtlichkeit und Feingefühl, wo fand sie so etwas unter diesen skandinavischen Schlachtern in Omaha, Nebraska? Cecilia war verwirrt. Sie war von liederlich glotzenden Gockeln in blutigen Schürzen umgeben, sie fühlte sich heimatlos und sehnte sich nach Hause.

Onkel Benjamin schrieb einen Brief und riet ihr von Kalifornien ab. Dort fern im Westen am Rand des Stillen Ozeans gebe es eine noch rauhe und ungezügelte Gesellschaft, die ehrbaren Frauen einfacher Herkunft nichts anderes biete als ein hartes Leben mit ewigem Kindergebären auf dem Küchentisch. Er selbst habe gerade in den fruchtbaren Tälern mit dem Anbau von Obst begonnen und sehe für sich selbst eine helle Zukunft, aber für eine junge Frau sei das Leben dort draußen hart. Und damit wünschte er Cecilia Gottes Segen und legte fünf Dollar für »candy und frills« bei.

Cecilia brachte das Geld auf die Bank und begann, für die Fahrkarte nach Hause resolut zu sparen. Sie hielt Ole Madsen und seinen Haushalt in Ordnung, hielt ihn sich geduldig vom Leib, wenn er amourös wurde, und sparte ihr Kleingeld beharrlich und unverdrossen. In freien Stunden begann sie, für die Frauen der Skandinavier zu nähen, und hatte den Triumph, Kathleen mit einem rotkarierten Ausgehkostüm auszustaffieren, das sie noch kuhähnlicher als zuvor machte, falls das überhaupt möglich war. Langsam und geduldig legte sie Cent auf Cent, Dollar auf Dollar, und im Frühjahr 1892 konnte sie endlich heimfahren und Ole Madsen weinend auf dem Bahnsteig in Omaha, Nebraska, zurücklassen.

Auf dem Schiff nach Hause begegnete sie Samuel Eriksson. Sie sah ihn, sah seinen sanften Blick unter schweren Augenlidern, sein schnelles, ein wenig ängstliches Lächeln, seine zierlichen, bittenden Gesten, hörte seine leise, kultivierte Stimme – und war sofort hingerissen. Der Mann muß mein werden, und wenn ich mich anbieten muß wie eine Schlampe!

Sie war noch nie einem Mann nahe gewesen und wußte überhaupt nicht, wie man sich als Schlampe verhält, am allerwenigsten bei einem Pastor, aber Natur und Instinkt leisteten ihr gute Hilfe.

Die Reise nach Hause war ein seliger Traum, Lebenshöhepunkt und Glück jenseits aller Beschreibung. Cecilia würde gute Erinnerungen brauchen, mit denen sie sich im Leben trösten konnte, und diese Erinnerung war die beste von allen. Die Reise blieb ihr als eine einzige lange Umarmung unter der Mondsichel im Gedächtnis, während sie Küsse tauschten, Zärtlichkeiten und Koseworte auf englisch, norwegisch und schwedisch.

Das Schiff lief zuerst Kristiania an, dann Göteborg, aber sich trennen? – Nein, daran war nicht zu denken. Er ging von Bord und folgte ihr nach Hause, um als Verlobter vorgestellt zu werden, Reverend Samuel Eriksson, ein so feiner Schwiegersohn, wie Johannessen ihn sich nur je hatte erträumen können. Daß er auch Schwede war und ein wenig ketzerisch in der Unionsfrage, mußte man wohl in Kauf nehmen. Und Johannessen gab dem Schwiegersohn die Hand und verbeugte sich tief.

Das fehlte noch, daß der Geld für teure Hotels hinauswarf, wo er doch schon Kind im Haus war, wo hat man denn so was gehört!

Und die Familie Johannessen drängte sich dienstwillig wie ein Stapel Brennholz in der Küche zusammen und ließ Samuel allein in der Kammer thronen, und als Cecilia nachts angetapst kam und vorgab, vor Geistern Angst zu haben... Du starkes Leben, du schwache Tugend!

Wie mächtig doch der alte Adam ist, meditierte er hinterher, als er mit Cecilias Lockenkopf auf dem Arm dalag. Meine Liebste, du Honig des Lebens . . . Aber ging es nicht doch ein wenig plötzlich? Fast ein wenig enttäuschend nach all den frommen und poetischen Deklamationen auf dem Schiff, nach allen teuren Schwüren unter der Mondsichel. Enttäuschend war es, so, als stolperte man auf der Treppe zur Kanzel.

Cecilia schlief leise röchelnd auf seinem Arm, und draußen aus der Küche war das freundlich knatternde Schnarchen des Schwiegervaters zu hören, alles war einfach und natürlich, aber Samuel fühlte sich vielleicht doch ein wenig enttäuscht.

Das junge Paar bekam am frühen Morgen Kaffee ans Bett. Zwar war die Familie Johannessen fromm und erlöst und in Christi teurem Blut geheiligt und gewaschen und von jeder Art Frömmigkeit durchtränkt, aber die Verrichtungen der Liebe nahm man natürlich, wie es einfachen Menschen ansteht.

Samuel lächelte seiner Schwiegermutter bleich zu, nippte am Zichorienkaffee und tauchte eine steinharte Brezel ein: Es waren Sakramente des Alltags, die er jetzt annahm.

Dann fuhr das junge Paar nach Hause nach Värmland, wo die Onkel mit einer stattlichen Hochzeitsfeier für ihren feinen Neffen aufwarteten, ja, Pastor war er tatsächlich, sich vorzustellen, daß Axels Junge es im Leben so weit gebracht hatte ...

Rauhe Grobiane von Onkeln lärmten und drängten sich um ihn, um mit harten Händen in den Priesterrock zu kneifen – man denke! Und wann würde er sich einen Dienst und eine Gemeinde suchen?

Samuel bat mit verständnisheischenden Gesten um Aufschub: Das sind schwere Fragen, die sich nicht so leicht beantworten lassen.

Was war da zu beantworten? War er nun Pastor, oder war er es nicht?

Du lieber Himmel, natürlich war er Pastor, aber ... Ja? Die Crux ist ja nur, daß die schwedische Staatskirche einem Auswärtigen nicht so gern die Tore öffnet. Wenn er nur zwei Semester in Uppsala studieren könnte oder drei, wenn Onkel Gustaf nur ein wenig den Geldbeutel öffnen wolle ...

Aber so was kam natürlich gar nicht in Frage. Ein Pastor, der kein Pastor ist: Hat man so etwas je gehört? Solche Spitzfindigkeiten konnte kein einfacher Bauer begreifen. Das dürfe Samuel bitteschön allein regeln. Ein tüchtiger Mann wird selbst mit allem fertig.

Dann begannen die schweren Jahre als Hilfspfarrer, die Zeit verging, und der eigene Pfarrhof rückte nie näher, er leuchtete nur als Feuersäule vor der Familie Eriksson, als sie durch die Wüste des Lebens wanderte.

Wenn Samuel längere Zeit zu Hause war, konnte es geschehen, daß der Gesprächsstoff knapp wurde. Cecilia fiel es schwer, seine hohen Träume von einer Erneuerung der erstarrten Staatskirche zu verstehen, von einem Feuer der Erweckung im Volk, und über Kyrillos und Augustinus wußte sie überhaupt nichts. Wenn sich dann ein verlegenes Schweigen um die Spirituslampe senkte, konnte Samuel immer ein Gesprächsthema von Interesse finden – den Pfarrhof, das Paradies, in dem sie einmal wohnen würden. Er malte Cecilia die sich biegenden Bücherregale des Studierzimmers aus, das heimelige Vorzimmer, den

Salon, die geräumige, moderne Küche, den wohlgefüllten Speicher, den Pfarrhof, ein Zuhause für alle Frommen in der Gegend und eine Zuflucht für alle Armen und Beladenen . . .

Cecilia ließ ihr Nähzeug auf den Schoß sinken und hörte mit leuchtenden Augen zu. Dies war zu der Zeit, als Cecilia noch spielen und träumen konnte.

»Wie viele Kühe wollen wir haben?« wollte sie schließlich wissen.

Samuel verlor mit einem Mal verstimmt den Faden. Dies war nicht das erste Mal, daß ihn ein Zug von Gemeinheit und Materialismus bei Cecilia peinlich berührte. Er blickte seine schöne, grazile Frau bekümmert an. Hier bot er ihr den erträumten Pfarrhof an, eine Festung der Frömmigkeit und Kultur irgendwo in Schweden, vielleicht nicht zu weit im Norden. Aber alles, wonach sie fragte, war Vieh. Das gab seinem hochfliegenden Geist einen leichten Dämpfer.

»Die Landwirtschaft werden wir wohl verpachten müssen«, sagte er mit einer gewissen Strenge. »Es passiert so leicht, daß der Pfarrer im Materiellen steckenbleibt. Es ist unsere Pflicht, den Blick hoch erhoben zu halten.«

Cecilia ließ enttäuscht den Kopf sinken. Ein Euter in der Hand ist mehr als ein Pfarrhof im Traum. Sie fühlte sich ihrer Kuh schmählich beraubt und war für den Rest des Abends wortkarg und sauertöpfisch. Samuel versuchte, sie mit Nähzimmer und Webkammer zu erweichen, aber das machte Cecilia nicht fröhlicher. Er kapitulierte schließlich vor ihrer Verstimmung. Samuel liebte seine Frau und konnte nicht gegen ihren Willen handeln.

»Vielleicht können wir die Landwirtschaft für den Anfang selbst besorgen. So zehn, zwölf Kühe werden wohl nicht zuviel Arbeit machen?«

Sie ließ ihr Nähzeug fallen und fiel ihm vor Freude um den Hals. Hätte er eine Kuh in die Kammer geführt und ihr den Halfterriemen in die Hand gelegt, hätte sie sich nicht mehr freuen können als über diese Traumkühe, die er ihr aus Fürsorglichkeit und Güte schenkte. Sie küßte ihn herzhaft, aber Samuel genoß ihre Zärtlichkeit mit gemischten Gefühlen. Cherubim und Seraphim der Geistlichkeit hatten sich in beflügelte Rinder verwandelt, die dort draußen in der värmländischen Winternacht gravitätisch herumflatterten. Er fühlte sich ein wenig hereingelegt, ein Simson, dem Delila das Haar abgeschnitten hatte. Er war seinen hohen Idealen wegen einer Frau und einer rotbunten Kuh untreu geworden.

Es vergingen Jahre, bevor sie dieses Spiels müde wurden, gemeinsam von dem Pfarrhof zu träumen, liebevoll über Kühe zu streiten.

Nach der Niederlage in Uppsala sprechen sie immer seltener von dem Pfarrhof. Sie sitzen jetzt abends oft stumm im Lichtschein der Spirituslampe. Theologischen Vorlesungen zu lauschen kann langweilig werden für eine Frau, die sich nach einer Kuh sehnt. Tauben Ohren zu predigen wird auf die Dauer langweilig für einen Mann, der dem Bischof die Hand gegeben hat. Von dem Pfarrhof zu sprechen ist fast etwas bitter. Sie sitzen jetzt still in der Kammer, während die Kinder schlafen.

Die Jahre vergehen, und Cecilia hat ihre eigene Zeitrechnung. 1893, das war das Jahr, in dem sie nach einer langen und beschwerlichen Entbindung Elin bekam. Mit Abel ging es leichter, aber er war ziemlich klein und schwächlich, als er kam, das war im Frühjahr 1895. Im Frühjahr 1896 erlitt sie eine Fehlgeburt, Gott sei Dank, und glaubte, weitere Geburten würden ihr in Zukunft erspart bleiben. Aber im Jahre 1898 war es wieder soweit, und bis zum Herbst trug sie Maria, ein Mädchen, das den sanften, etwas schrägen Blick des Vaters geerbt hatte. Drei Jahre später bekam sie einen Jungen, der nach dem Onkel in Amerika auf den Namen Benjamin getauft wurde. Onkel Ben war jetzt ein wohlhabender Mann mit tausend acres Land und unzähligen Obstbäumen im fruchtbaren Land Kalifornien, es konnte also nicht schaden, ihn zu bitten, Pate zu stehen. Onkel Ben erfreute sein Patenkind auch mit einem Serviettenring aus echtem Silber. Drei Jahre später gebar Cecilia Rebecka, ein Jahr, bevor Norwegen frei wurde. Fünf Kinder hatte Cecilia schließlich getragen, und noch hatte sie auch nicht einen Hauch vom Paradies des Pfarrhofs gesehen.

Aber eine Kuh bekamen sie schließlich, auch wenn sie nie einen Pfarrhof bekamen. An einem regnerischen Herbstabend, als das Schweigen schon lange schwer um die Spirituslampe gelastet hatte, sagte sie ihre Meinung: Jetzt mußt du eine Kuh herbeischaffen!

Er schien nur schwer zu begreifen, was sie sagte. Er war nicht mehr der lebhafte und lächelnde junge Pastor, nicht der Jüngling, der sie vor sechs Jahren auf dem Schiff betört hatte, nein, er war gebeugt und vorzeitig gealtert, sein Bart war grau gesprenkelt, und die zarten Hände waren narbig und grob von der Arbeit mit Axt und Spaten. Sein Blick irrte umher, er betastete den Bart. Offensichtlich fiel es ihm schwer zu verstehen. Eine Kuh?

Ja, eine Kuh! Jetzt müsse er seinen Stolz hinunterschlucken und zu Onkel Gustaf gehen und um Geld bitten, um Geld für eine Kuh!

Ja, ja doch . . . Jetzt schulden wir Onkel Gustaf ja schon soviel . . .

Ja, es hilft nichts, eine Kuh brauchen wir wegen der Kinder, eine Kuh!

Sie saß grau, bleich und trotzig da, fleckig im Gesicht durch ihre Schwangerschaft, und sie zeterte und zeterte von einer Kuh.

Eine Kuh, ja, natürlich . . . Er strich sich mit zitternder Hand über den Bart. Fern war Kyrillos und sein geistreicher Stil, fern Augustinus. Samuel Eriksson ist ein gescheiterter Mann. Nicht alle können Erzbischof von Schweden mit einem brillantenbesetzten Ordensstern auf der Brust werden, nicht jeder kann Pfarrer im reichen Pastorat von Väse werden oder Unterpfarrer in Fardhem oder auch nur ein tauglicher Lehrer. Aber jeder gute Vater und Gatte konnte wenigstens Milch für die Seinen herbeischaffen. Alle außer Meister Samuel. Nicht einmal dazu taugte er.

Und diesmal war es eine richtige Kuh, von der sie sprachen, dies konnte man nicht mit Träumen und Scherzen aus der Welt spielen. Eine richtige Kuh.

Also machte er sich auf den langen, schweren Weg zu Onkel Gustaf und schrieb seinen Namen auf ein weiteres Blatt Papier. So kamen sie am Ende zu einer Kuh.

Über den Pfarrhof wurde nie mehr gesprochen. Die Zeit der Spiele war vorbei. Am Abend saßen sie gewöhnlich stumm beisammen.

6

Es wäre vielleicht leichter gewesen, wenn er resigniert hätte, aber Samuel konnte nicht alle Hoffnung aufgeben. Dreimal zwischen 1896 und 1905 hat er ein untertäniges Gesuch um Dispens an Seine Majestät den König gerichtet. Er erklärt König Oscar treuherzig seine bedrängte wirtschaftliche Lage, die weitere Studien nicht zulasse, er legt überzeugend dar, daß er bereits ebenso gelehrt sei wie jeder andere Pastor im Königreich und überdies seit seinen Jahren als Hilfspfarrer auf Gotland praktische Erfahrung habe. Er bittet König Oscar um Gnade und Barmherzigkeit: Guter König, gib mir Dispens!

Er wartet jedesmal mit äußerster Spannung auf das Ergebnis. Jedesmal ist er voller Hoffnung: Es ist doch wohl nicht möglich, daß der gute König Oscar eine so vernünftige Forderung abschlägt? Ist Samuel extra aus Amerika hergereist, um seinem Vaterland zu dienen, muß es doch wohl auch einen Platz für ihn geben?

Die Antworten lassen lange auf sich warten, sehen aber jedesmal gleich aus: Das von Volksschullehrer Samuel Eriksson eingereichte untertänige Gesuch könne Seine Majestät den König zu keiner Maßnahme veranlassen.

Nach der dritten Absage beginnt Samuel die Wahrheit zu dämmern – Schweden will mich nicht haben.

Ich bin von meinem irdischen König verstoßen. Vielleicht auch von Gott.

7

Maria empfand Schrecken und Angst vor dem Photo, konnte es aber nie über sich bringen, es wegzuwerfen. Dies ist ja das einzige Bild, auf dem wir alle versammelt sind. Ihr Leben lang bemüht sie sich, es in irgendeinem unzugänglichen Winkel zu verstecken, aber früher oder später kriecht es wie ein braunes Insekt hervor, dieses entsetzliche Bild, das sie nie ohne Tränen der Trauer und der Demütigung wiedersehen kann.

Einige bleiche Schatten aus der Vergangenheit, in Silbersalz fixiert; dennoch meint sie ihren Atem zu spüren, zu sehen, wie sich die Brüste unter armseligen Kleidungsstücken heben und senken. Und Papa macht den Mund auf, und sie hört die geliebte Stimme aus dem ergrauten Bart: »Komm zu Papa, kleine Maria!«

Dieses entsetzliche Bild, das die Wirklichkeit vor sechzig Jahren zeigt: Der verrückte Sam im Kreis der Seinen, der von Gott Geprüfte umgeben von erschreckten, gequälten Kindern.

Es muß im Jahr 1908 aufgenommen worden sein. Er hatte damals wohl einige Sommerwochen lang Urlaub vom Irrenhaus, bevor das Unbeschreibliche geschah, daß man ihn wieder mit Stricken binden und wie ein Schlachttier zur Anstalt zurückverfrachten mußte, ja, das Bild muß vom Sommer 1908 sein.

Das hausierende Geschlecht der wandernden Maler war von ambulanten Photographen abgelöst worden, weltgewandte Herren in großkarierten Anzügen, die mit Dreifuß und gelbgebeizter Kamera auf der Ladefläche des Pferdewagens von Hof zu Hof fuhren, dreiste Kerle mit einem Glitzern im Blick und Wachs im Schnurrbart: Darf es eine Photographie sein? Es ist gleicher als die Wirklichkeit, schöner als schön, es geht leicht wie ein Tanz! Jetzt gehe ich unter das Tuch, gucke mir das Vögelchen an – und dann! Danke! Wenn die Herrschaften ein Dutzend nehmen, gibt es Rabatt! Aber in diesem Haus darf man nicht auf einen

Schnaps für unterwegs hoffen, hier riecht es schon von weitem nach Religion.

Ja, es war Cecilia, die ein Bild von der Familie haben wollte. Die zarte Frau hatte einen großen Vorrat gesunder Vernunft und stiller Willenskraft: Sie wollte eine Kuh, und sie bekam eine Kuh. Sie wollte ein Photo haben, und hier ist es nun.

Samuel ist aus dem Hospital nach Hause gekommen: Wer weiß, wie lange es dauert? Und wenn er in die Anstalt zurückkommt, weiß kein Mensch, wie lange er noch leben darf. Am besten, ein Photo machen zu lassen, solange Zeit ist.

Das Bild mußte draußen aufgenommen werden, damit das Licht reichte. Cecilia stellte einen kleinen Tisch in den Garten, und sie deckte ihn mit einem rotkarierten Handtuch, das als Tischdecke durchgehen konnte. Sie schaffte es, Samuel aus seinem Dämmerzustand zu wecken, und führte ihn mit Hilfe Abels auf seinen Platz; er murmelte und grummelte ein bißchen, aber sonst ging es gut. Samuel durfte jetzt den Ehrenplatz hinter dem Tisch einnehmen. Vor ihn legte sie eine zerlesene Postille als Ehrenzeichen. Auf richtigen Photographien posieren Offiziere mit dem Säbel und Pastoren und Gelehrte mit Büchern als Emblemen, und Samuel hatte ja tatsächlich einmal die Predigerweihe empfangen. Daran sollten die Kinder sich erinnern, wenn sie die Photographie als Erwachsene sahen. Das ist mein Vater, würden sie sagen, wenn sie auf den Mann hinter dem großen Buch zeigten. Mein Vater war Pastor und amtierte auf Gotland, würden sie sagen. Da sitzt er nun mit einem heiligen Buch vor sich. Mein Vater war Pfarrer und ein sehr gelehrter Mann. Er war so etwas wie ein Träumer und brachte es in der Welt vielleicht nicht so weit, wie er hätte sollen. Aber ein Pastor war er, und meiner Herkunft brauche ich mich nicht zu schämen. So würden die Kinder sagen. Von dem, was Samuel Eriksson sonst im Leben widerfuhr, brauchten die Kinder ja nicht so ausführlich zu erzählen. An das Schlimmste brauchten sie sich vielleicht nicht einmal zu erinnern.

Hier sitzt nun Samuel Eriksson mit dem frommen Buch hinter dem Tisch. Er ist fein angezogen wie ein Herr. Ja, die Moleskin-Hosen durfte er anbehalten, aber wegen des Tisches sieht man die ja kaum. Über schmalen Schultern trägt er das feine schwarze Jackett, und auf dem Bild ist überhaupt nicht zu merken, wie fleckig es ist. Der Photograph hat da gute Arbeit geleistet.

Samuel Eriksson sieht mit seinem schwarzen Jackett auf dem Bild gut aus. Er trägt auch ein gestärktes Hemd, jedoch ohne Kragen oder Fliege,

Cecilia weiß nicht so genau, wie es sein soll. Und zu dieser strengen schwarzen und weißen Kostümierung trägt er seltsamerweise einen großspurigen Strohhut, offenbar mit einem roten Band, einen Hut, wie ihn galante junge Herren und Draufgänger in Stockholm und Paris trugen. Er kaufte den auffälligen Hut in dem unruhigen Herbst 1907, vielleicht als er zum zweitenmal in seinem Leben nach Uppsala fuhr. Es war ein Unglück, daß Samuel gern einen solchen Hut trug, der die Jungen in der Gegend nur reizte, und was die Jungen anstellen konnten, wußte Cecilia nur allzu gut. Derlei mit anzusehen war nicht gut für die Kinder, besonders nicht für Abel.

Hier sitzt nun Samuel Eriksson, Bauer, Pastor und galanter Herr mit Strohhut zugleich. Man sieht an seinem ergrauten Vollbart, daß er ein alter Mann ist, obwohl er kaum die Vierzig überschritten hat. Die Augen sind spielerisch jung und schelmisch, aber der Bart ist ergraut wie bei einem Propheten. Er ist uralt und springlebendig zugleich, vierundvierzig Jahre im Kirchenbuch, in Sinn und Herz tausend Jahre alt oder noch mehr.

Der Vollbart wird durch ein skeptisches Lächeln gekräuselt, sein Blick ist durchdringend und scharf. Mich legt ihr nicht herein, sagt Samuel Erikssons Lächeln. Ihr sagt, dies sei eine vernünftige Welt, von einem göttlichen Plan gesteuert. Ihr sagt, die Erde würde von dem gütigen Gott regiert. Aber ich weiß genug. Ich habe darüber eine eigene Meinung.

Möglich ist vielleicht auch, daß seinem Lächeln jeder Inhalt fehlt. Er sieht den Photographen unter seinem schwarzen Tuch flattern, und ein kindlicher Reflex im Gehirn läßt ihn vielleicht den Mund verziehen. Seht jetzt her, ruft der Photograph. Seht das Vögelchen an und lächelt ein bißchen! Und Samuel lächelt dem Photographen zu wie ein Kind einem ulkigen Onkel.

Auch Cecilia lächelt, sie ist kühl und ruhig und noch immer schön nach vierzig Lebensjahren und fünf Kindern und zwei Fehlgeburten und vielen Wintern ohne Kuh. Sie hat sich seit langem in einer fatalistischen Frömmigkeit eingemauert, in der sie unerreichbar und unverwundbar ist. Alles geschieht, wie Gott es will. Jetzt hat sie aufgehört, Fragen zu stellen und zu klagen. Morgen ist ein neuer Tag mit ständig schwereren Prüfungen, aber heute freut sich Cecilia über das einfache Vergnügen, wenigstens einmal gut gekleidet dazusitzen und einem gesprächigen Photographen zuzulächeln.

Hier steht auch die große Kinderschar Samuel Erikssons um den kleinen Tisch im Garten herum aufgereiht.

Axel Weber war noch ein Kind, als er das Bild zum ersten Mal sah. Er zeigte mit dem Finger darauf und wollte sich überschlagen vor Lachen.

»Wie verrückt ihr ausgesehen habt?«

»Was meinst du?«

Das schwere Gesicht der Mutter wurde unschön vor Schmerz. Er ahnte dunkel, daß er ihr weh getan hatte.

»Ich meine, ihr seht so ängstlich aus irgendwie. Als hättet ihr Angst vor dem Photographen . . .«

»Nein, an dem Photographen hat es nicht gelegen.«

Hier stehen die Kinder des verrückten Sam vor dem Photographen aufgereiht. Abel, ein hochaufgeschossener Dreizehnjähriger in einem zerknitterten Anzug, aus dem er längst herausgewachsen war, den Cecilia aus einem ausgemusterten Drillichanzug zusammengenäht hat, Maria in einem hellen Sonntagskleid, Benjamin im Seemannsanzug, Elin in Spitzenbluse mit Brosche, die kleine Becka, die mit gefalteten Händen dasteht, wie es sich bei feierlichen Anlässen gehört. Der Sonntagsstaat der Mädchen ist hübsch genug, niemand kann erkennen, daß es umgenähte Gnadengeschenke sind, aber Cecilia und Elin sind immer flink mit Nadel und Faden, wenn abgelegte Kleidungsstücke von Bergstedts Mädchen kommen oder von der Pastorin selbst. Herrenkleidung zu nähen ist aber eine Sache für sich, und Abel sieht zu traurig aus.

Da stehen sie alle aufgereiht, mit zutiefst erschreckten oder mißtrauischen Blicken, als warteten sie auf neue Leiden und Demütigungen durch den fremden Mann mit Photoapparat und schwarzem Tuch. Sind wir nicht genug gestraft? sagen ihre verschreckten Blicke. Was wird jetzt geschehen? Nimmt es denn nie ein Ende!

Nur Cecilia zeigt sich lächelnd und kühl, ruhig in ihrem frommen Fatalismus. Sie hat seit langem aufgehört zu hoffen. Sie kann nicht mehr gedemütigt werden.

Das Bild ist ein Jahr nach der großen Katastrophe aufgenommen worden. Noch bis ins Alter hinein werden sie ihr Leben in die Jahre einteilen, bevor Papa krank wurde, die Jahre danach, die einigermaßen hellen und erträglichen Jahre davor, die nachtschwarzen Jahre danach . . . Weißt du noch? Das war das Jahr, bevor Papa . . . Das war zwei Jahre danach . . .

Die Jahre davor – an die Armut erinnern sie sich, aber auch an eine warme Gemeinschaft. Gemeinschaft, ja, denn sie gehörten nirgendwo hin, sie waren völlig aufeinander angewiesen. Armut, ja, aber auch Genügsamkeit und Erfindungsreichtum in der Armut: Cecilia und die

Mädchen können aus einer alten Gardine eine Spitzenbluse und einen Knabenanzug aus einem Stück Drillichstoff zusammennähen, wenn es auch kneift. Sie pflücken Beeren und sammeln Pilze und verkaufen, sie vermieten ihre Arbeitskraft, aber nicht ihre Seelen, sie lesen hungrig alles, was sie in die Finger bekommen können, sie singen, schreiben Gedichte, rezitieren, spielen Theater und halten wie Pech und Schwefel zusammen. Wie bitte? Sehen sie im Dorf auf uns herunter? Pah! Wir sind viel besser als die! Nennen sie Papa den verrückten Sam? Das liegt nur daran, daß Papa viel mehr weiß und viel besser ist als Bergstedt und andere verflixte Bauernpastoren! Wir schämen uns nicht! Wir wissen schon, was wir wert sind!

Und damit streckten sie die Nase in die Höhe und waren arm mit Stolz im Sinn: Seht, die Gören des verrückten Sam sind hochmütig wie Herrschaftskinder und halten zusammen wie Pech und Schwefel!

Aber in dem Jahr, in dem Papa krank wurde . . . An dem Tag, in der Stunde . . .

Nach dem Tag, als Papa wie ein festgebundenes Stück Vieh auf einem Pferdekarren aus dem Wald nach Hause gefahren wurde, nach dem Tag war der Stolz gebrochen. Jetzt waren sie nicht mehr etwas Besseres als die anderen. Jetzt waren sie nur noch die Bälger des verrückten Sam in Viberg, nach dem wunderlichen Lehrer in Väse geschlagen.

Hier ist das entsetzliche Bild, das Photo, das *im Jahr danach* aufgenommen wurde, in dem Jahr nach jenem Tag, nach jener Stunde, die sie nie vergessen können.

8

Das Nordlicht war Marias erste Erinnerung, das Nordlicht in einer Winternacht zu Beginn des Jahrhunderts, einer so gläsern stillen Winternacht, daß man die Glocken der Kirche in Väse läuten hörte. Mit steifen Zungen gegen Gaumen aus Bronze weissagten und sangen die Glocken vom Frieden auf Erden, den Menschen ein Wohlgefallen während dieses kommenden zwanzigsten Jahrhunderts. Und das Nordlicht flammte und brannte über das Himmelsgewölbe.

»Jetzt mußt du aufwachen, kleine Maria, dies mußt du dir ansehen.«

Sie erwachte aus den verzauberten Tiefen des Kinderschlafs und erblickte über sich die freundlichen Augen des Vaters, spürte seinen weichen, kitzelnden Bart. Aus der Wärme des Schlafs zu einer anderen Wärme geweckt, schlang sie die Arme um den Hals des Vaters, wie sie es gewohnt war. Das waren Geborgenheit und Nähe, das war Seligkeit, in Papas Arm zu ruhen.

Mama stand im Nachthemd weiß wie ein Geist im Zimmer, hob den sanft leuchtenden Sommerglobus einer Spirituslampe in der Hand und flüsterte etwas abweisend – laß das Kind schlafen!

»Aber die kleine Maria muß doch das Nordlicht sehen«, sagte der Vater. »Es zeigt sich uns Menschen so selten.«

Dann wickelte er sie in die Wolldecke ein und trug sie auf die Vortreppe. Dort standen schon Elin und Abel, in ihre Bettwäsche gehüllt und mit nackten Füßen in Holzschuhen: Die Kälte der Winternacht vergessend, blickten sie zu den flatternden fliederblauen Gardinen des Nordlichts empor.

Das Licht spielte und schimmerte und formte sich unablässig neu, in Weiß und Gelb und kältestem Blau, Tülldraperien, die unter kosmischen Winden in einem nachtschwarzen Weltraum ohne Grenzen flatterten. Es war knisternd still, dieses Licht, wurde aber als ein Himmelsgesang vernommen, es war dem Blick blendend deutlich sichtbar und beinahe mit Händen zu greifen, aber auch ein geisterhaftes Zeugnis von jenseitigen, ungesehenen Welten. Die frierenden Kinder nahmen den Himmel mit allen Sinnen auf, atemlos benommen. Maria hob die Hand, um nach diesem Rockschoß zu schnappen, der vom Tanz unsichtbarer Götter bewegt wurde, und ihre erste Erinnerung waren Verwunderung und Enttäuschung über etwas so Unerreichbares und himmlisch Schönes.

»Papa, was leuchtet da so?« sagte Elin.

»Das ist das Nordlicht, liebes Kind.«

»Aber was ist das Nordlicht?«

»Das ist die Fahne des Weltenfürsten«, sagte er, und ein höhnisches Lächeln kräuselte seinen üppigen Bart. »Das ist die große Macht, die über uns alle herrscht, die ihre Gewalt über die Erde zeigen will.«

Rätselhafte Worte über einen rätselhaften Anblick. Oder war es ein Scherz? Die Kinder wurden auf einmal ängstlich und unsicher, als der Vater jetzt auf seine abgekehrte Weise sprach, in dunklen, unbegreiflichen Worten, wie er es neuerdings oft tat. Ja, jetzt hatte er sich von ihnen abgekehrt, und das Nordlicht war ebenso rätselhaft wie zuvor.

Elin wollte von neuem fragen, aber die Mutter unterbrach sie ungeduldig und mit scharfer Stimme: Müßt ihr hier mitten in der Nacht herumstehen und die gute Wärme rauslassen? Willst du die Kinder erfrieren lassen, willst du wohl jetzt auf der Stelle wieder reingehen . . .

Er stolperte über die Türschwelle ins Haus, den Blick in die Ferne gerichtet und verloren, Maria eng im Arm haltend. Cecilia zog das Mädchen an sich und legte sie ins Bett. Sie sah den Vater hoch und einsam an der Schwelle stehen, von der Spirituslampe von unten her beleuchtet. Die Kälte knackte in den Wänden, der Weltenfürst schwang seine Fahne über den Bezirk Väse, über Samuel Eriksson und seine Lieben.

Maria schlief bald ein, aber Samuel blieb am Fenster stehen. Er stand dort lange Zeit, während die Glut im Ofen raste, stand lange und blickte auf das abnehmende Licht da draußen. Cecilia wollte ihn ins Bett bitten, wagte es aber nicht.

Der, auf den er so geduldig wartete, kam nicht in jener Nacht. Der verborgene Geist zeigte sich seinem Blick nicht. Noch lange würde er auf den Besuch des Ungeheuerlichen warten.

9

Die erste Zeit in Väse herrschte zwischen Meister Samuel und Pfarrer Bergstedt so etwas wie ein Honigmond. In regelmäßigen Abständen mußte der Lehrer auf die Kanzel, aber auch bei anderen Amtshandlungen durfte er assistieren, Unterpfarrer der Sache, wenn auch nicht dem Namen nach.

Die Freundschaft kühlte mit der Zeit ab, und offenbar ging es in Glaubensfragen auseinander. Samuel soll ketzerisch und ausgesprochen spekulativ gewesen sein, und Bergstedt, dessen Stärke nicht in der Theologie lag, mußte sich damit begnügen, eisern an den Glaubensartikeln festzuhalten. Offenbar ist wohl auch, daß der Pfarrer sich unterlegen fühlte, was seine rednerische Begabung anging, und zudem oft eine verstohlene Kritik von seiten des Übergangenen ahnte. Samuel ging nie mehr auf die Kanzel und zum Schluß nur noch selten in die Kirche. Der Unterpfarrer in Östra Fågelvik oder der Hilfsprediger in Alster mußte einspringen, wenn Bergstedt ausfiel. Dennoch stand Samuel mit der Großtat allein, die gewaltige Kirche mit seinen Predigten vollzukriegen.

Das Gerücht von dem Zerwürfnis verbreitete sich, und es war nur natürlich, daß die Kirchen-Abtrünnigen in Meister Samuel einen Gesinnungsgenossen zu ahnen meinten. Der Gedanke, einen zum Pastor geweihten Mann anzuwerben, wird ihre irdische Eitelkeit wohl auch gekitzelt haben. Aber Samuel schnitt alle Avancen brüsk ab. Die Versöhnungslehre Waldenströms konnte er nicht annehmen, sein Gottesbild war ein dunkleres und strengeres als das des Propheten. Carlson und Brolin gingen entsetzt von seiner Tür und flüsterten unter Schwestern und Brüdern von den ketzerischen Ideen Meister Samuels: Vor einem solchen Proselyten möge Gott sie bewahren!

Samuel ging jetzt selten in die Kirche, und im Sommer geschah es oft, daß er den Ruhetag auf die greulichste Weise entweihte. Er führte in Väse die Herrschafts-Belustigung ein, die man »peckneck« nannte, eine Unart, die er in Nordamerika gelernt hatte. Er zog mit der Familie in den Wald oder lagerte mit den Seinen an einer der schönen Buchten des Gapern-Sees, und dort genoß er Kaffee und mitgeführte Butterbrote, während die Kinder badeten oder Beeren pflückten. Man hielt das für ausländisch und anstößig, zumindest bevor der Scharfschützenverein und die Nüchterheitslogen »Schneefrieden« und »Stern der Hoffnung« nach und nach mit dem Kaffeekränzchen im Freien zur frühen Morgenstunde begonnen hatten. Ein wunderlicher Mann war er trotzdem, der Meister Samuel.

Er ging selten in die Kirche, trieb aber sein Versäumnis nie bis zum offenen Skandal. Samuel war der Schulbehörde untergeordnet, über die Bergstedt als Alleinherrscher gebot, und der Pfarrer war wohl auch in gewisser Hinsicht von Samuel abhängig. Der Schulmeister sehnte sich in seiner bitteren Einsamkeit nach einem Pastor, mit dem er sich unterhalten konnte, und Bergstedt brauchte oft den Beistand des Lehrers, wenn er bei theologisch belesenen und beredten Besuchern in die Klemme geriet. In solchen Lagen kam der Pfarrhofsknecht Arvid eilig angelaufen, und Cecilia mußte ihren Mann herrichten, so gut es ging, mit einem weißen, gestärkten Hemd und dem schwarzen Anzug von Berggrens in Visby.

»Es ist nicht so brandeilig«, sagte Arvid. »Meister Samuel ist nicht zum Essen eingeladen, sondern zum Kaffee hinterher.«

Er hatte seine Eigenheiten, der Umgang mit Bergstedt, eine große Ehre zwar, o ja, doch dem Stolz tat es nicht gut.

Aber im Sommer nahm Samuel die Familie zum Peckneck mit und kehrte Bergstedt und der Kirche den Rücken. Für die Kinder waren es selige Erinnerungen. Ermattet von Bad und Sonne und Sommer dösten sie hinterher in der Kammer, und es kam vor, daß Maria ihrer Freude mit einem stillen Seufzer Ausdruck gab.

»Keine Familie hat es so gut wie wir!«

Dann wurde es merkwürdig still. Cecilia hörte mit ihrer Herumpusselei auf, und Papa hörte auf, an seinen Briefen an die Brüder in Amerika zu schreiben. Dann wurde es still in der Kammer. Dann ging ein Engel durchs Zimmer.

Dann war wieder das gleichmäßige Kratzen von Papas Stahlfeder zu hören, wenn er an seine Brüder schrieb. Er berichtete nicht von seiner Notlage, nicht von den Schuldscheinen an Onkel Gustaf, nicht von dem Schwein, das eingegangen war, nicht von der verflixten Kuh, die sich mit Zinsen und Tilgung auf die Dauer als so kostspielig erwies. Er erzählte von seiner Familie, pries Gott wegen der Geburt seiner Kinder und deren Heranwachsen, gratulierte seinen Brüdern warmherzig zu ihrem wunderbaren Fortkommen dort drüben, und bedankte sich schön für die grünen Dollarscheine, die sie in ihre Briefumschläge gelegt hatten.

Aus purem Stolz wollte er nicht berichten, daß diese Dollarscheine die Familie oft in der bittersten Not gerettet hatten.

10

Maria bewahrt in der Erinnerung Bilder ihrer Geschwister, Bilder aus verschiedenen Altern und Zeiten, Bilder von Arbeit und Spiel, Alltag und Feiertag. Hier ist eine Erinnnerung von 1908.

Elin im Backfischalter – sie sitzt hell und rund und lächelnd und kregel an irgendeinem Kleidungsstück, das zum hundertsten Mal geflickt und repariert werden soll, flickt einen Hosenboden, stopft einen Strumpf, heftet eine Spitze an einer Bluse fest, die sie feinmachen soll. Seht, wie sie über ihre kleinen Geheimnisse lächelt! Will sie jetzt wieder zum Tanzen gehen, unsere fröhliche, gutgelaunte Schwester? Ja, das sähe ihr wirklich ähnlich. So ist Elin und nur sie in unserer schwerblütigen, traurigen Familie. Papa ist der Welt abgekehrt oder in seine Grübelei eingeschlossen, Mutter Cecilia predigt tauben Ohren Tugend, aber Elin will hinaus und tanzen, sich auf der Woge des Rhythmus wiegen, starke Hände um ihren jungen Körper fühlen. Sie hat soviel Leben, unsere große Schwester, daß es für uns alle reicht, kein Schicksalsschlag kann sie zerbrechen. Wenn wir gemeinsam über unser Schicksal geweint haben, ist immer sie diejenige, die als erste ins Taschentuch trompetet, den Mund verzieht und einen Silberstreif am Horizont sieht. Und sie ist es meist, die ein Lied anstimmt, so daß wir nach und nach allesamt einstimmen müssen, bis unser ganzes armseliges Häuschen vibriert wie die Orgelempore in der Kirche von Väse.

Und immer ist sie es, die in unserer Wüste die Rose der Hoffnung sieht.

»Wir sind so arm, wir leben von Haferbrei und Kartoffeln, wir haben keinen Fetzen anzuziehen . . .«

»Ja, aber denk doch daran, was für eine schöne Aussicht wir haben«, sagt Elin und lächelt glücklich am Fenster.

»Wir dürfen nicht studieren, wir haben keine Bücher zu lesen, wir haben nicht einmal Bleistift und Papier für alle unsere Gedichte und Lieder . . .«

»Aber dafür sind wir aus eigener Kraft klug, und wir hören Papa vorlesen wie einen Professor, und niemand kann sich so schöne Gedichte ausdenken wie Abel . . .«

»Fröding kann's!«

»Ja, dann muß es aber schon einer sein wie er . . .«

»Wir haben es so schwer, die Reichen verachten uns, und die Armen verstehen unsere Sprache überhaupt nicht, wir sind einsam und ausgestoßen, und alle gehen uns aus dem Weg!«

»Ja, aber, wir sind gut, so wie wir sind, wir sind in Väse die Besten und die Besten in der ganzen Welt . . .«

Und Elin lacht laut vor übermütiger Lebenslust und drückt ihr Nähzeug an den Mund, während die Augen vor Munterkeit spielen. In der Wüste des Lebens hat nur Elin die Augen, die einsame Blume zu sehen, deren Name Trost ist. Sie ist so lebendig und warm, unsere Elin, Gott weiß, wie wir ohne sie im Leben fertig werden sollten.

Und hier sitzt Abel auf seinem gewöhnlichen Platz auf dem Küchensofa, ein ständig in die Höhe schießender junger Mann in Kleidern, aus denen er ständig herausgewachsen ist, und in seinen Händen ruht einer der kleinen Gedichtbände, die ihm Hilfe und Trost sind.

Oh, armes Herz, warum nur sklavisch leiden,
Am Joch gefesselt und vom Schicksalspfeil verletzt?
Rein seit Beginn der Welt, als Opfer ausgesetzt,
Hör auf, dem Schicksal frech zu widerstreiten!
Ein mystisch Kreuz, dran alle Wesen leiden,
Ist diese Welt, ein Feld, das Blut-Tau netzt.
Des Hades Geister haben deinen Sinn entsetzt,
Wünschest du Siege hier und Lustbarkeiten.

Es ist schon eigenartig! Sein Elend in so schönen Wörtern beschrieben zu hören, das lindert die Qualen sofort, das schenkt einem Trost, den nicht einmal die Religion . . . Wie bitte, nicht einmal die Religion, was wagt Abel hier in Pastor Erikssons Heim zu sagen? Ja, es ist ein lästerlicher Gedanke, aber er konnte nichts anderes empfinden angesichts des Propheten dieser Poesie, der auch ein Pastorensohn war, Erik Johan hieß er. Wie sah er aus, als er dort auf den Straßen Stockholms umherwanderte, bleich, seufzend, verhöhnt? Vielleicht sah er aus wie Abel Eriksson, ein starker und hochgewachsener junger Mann mit ernster Miene und traurigen, fragenden Augen. Ja, so muß er gewesen sein, Erik Johan Stagnelius, mein toter Bruder, er, der dem Worte leihen konnte, was ich empfinde . . .

Fromm unter Gott beug' sich dein reiner Wille,
Biete gehorsam dich dem Schwert zur Gabe;
Wohl sollst du sterben, doch ersteh'n dann aus dem Grabe.
Im Frühling Edens schimmert deine Lilie,
Umfächelt dort von hellen Siegespalmen
Sing' deines Herzens Morgen-Psalmen.

Nein, es war zu schön, um allein daran zu tragen, er mußte sich mitteilen.

»Hört mal her«, sagte er, dann las er das Gedicht mit einer Stimme vor, die vor Stimmbruch und Rührung röchelte und brach. Maria faltete die Hände und lauschte mit gerunzelter Stirn: Dies war andächtig wie in der Kirche.

»Gott, wie schön«, schrie Elin, während ihre Tränen vor Freude über all das Schöne in dieser Welt strömten; sie glühte wie immer vor Begeisterung. »Mein Gott, war das schön, Abel, aber kannst du nicht eins von deinen eigenen Stücken aufsagen, die sind genauso gut wie das da . . .«

»Ach, die sind nicht gut genug«, sagte Abel und wurde rot vor Stolz und Scham: Seine eigenen Gedichte waren eine Quelle sowohl heimlichen Hochmuts wie ständig bohrender Zweifel. Er lächelte schief und wand sich ängstlich auf dem Sofa.

Abels schöner, blonder Schädel ist neuerdings kurzgeschoren; als Knecht auf dem Hof von Onkel Gustaf kann er sich ja kaum der Kopfläuse erwehren. Die Ohren stehen wie Flügel von seinem kahlen Knabenkopf ab, seine traurigen Augen sehen weit weg von Väse, weit weg zu dem mit Lilien übersäten Frühling im Garten Eden. Irgendwo in den grünen Hainen dieses Paradieses bewegt sich ein weißhäutiges Mädchen mit bloßen Armen, das Proserpina heißt. Abel wußte nicht genau, wer Proserpina eigentlich war, aber er stellte sich vor, daß sie Elisa ähnlich sah, der Tochter des Schöffen Olsson, dem Mädchen, dessen weiße Arme und taubenweiche Haut er einmal an einem seichten Strand entdeckt hatte, dem Mädchen, dessen Lächeln ihn vor Zärtlichkeit und Sehnsucht verrückt machen konnte. Abel dient als Knecht auf dem Hof seiner Väter, ist Gesinde unter der alten Tante Mia und dennoch hochmütig genug, seine Blicke zur Tochter Elisa des Schöffen Olsson zu erheben, und anmaßend genug, andere Bücher als den Katechismus zu lesen. Er kennt seinen Platz nicht, dieser Junge.

Elin sitzt und näht, Abel liest in einem Gedichtband, auf dem Fußboden kriecht Benjamin und spielt mit Rebecka Knöpfehüpfen. Worauf das Spiel hinausläuft, ist ungewiß, sicher ist nur, daß Benjamin immer gewinnt. Er ordnet seinen Gewinn in säuberlichen Reihen, Knöpfe aus Bein und Knöpfe aus Zinn, rechnet und kontrolliert. Rebecka weint über ihre ständigen Verluste in die Schürze.

Elin näht, lächelt oder singt laut, Abel liest seine geliebte Poesie, die kleinen Kinder spielen auf dem Fußboden: So kann sich Maria an ihre Geschwister in diesem Jahr 1908 erinnern.

Es gibt anderes aus dieser Zeit, woran sie sich weniger gern erinnert.

Die schweren Seufzer aus der Kammer, in der Papa in seiner ewigen Grübelei sitzt. Dies ist eine Erinnerung aus der Zeit danach, der Zeit nach dem Tag, nach der Stunde, in der Papa aus dem Wald nach Hause verfrachtet wurde und alles verwandelt war und nie mehr wie zuvor.

11

Aber es gibt ja auch glückliche, wolkenfreie Erinnerungen aus der Zeit, bevor Papa anders wurde, Erinnerungen an klarblaue, sorglose Sommersonntage, an denen sie mit dem Pferdewagen reisten, um Großmutter Sara in Brattfors zu besuchen.

Olsson hatte seine sanftgestimmte Laune gehabt, so daß Papa für den Tag sowohl Pferd wie Gig hatte leihen dürfen. Sie haben sich nach bestem Vermögen feingemacht und sich in dem Fuhrwerk zusammengepackt wie eine buntscheckige Ladung Obst. Elin lacht und schlägt sich auf die Schenkel, Abels große Ohren bewegten sich wie Herbstlaub vor Sinnesrührung, auch die ernste, zierliche Mama ist bei dem seltenen Vergnügen, an einem sonnigen Sonntag in Väse mit Pferd und Wagen zu fahren, guter Laune. Die kleine Becka ist sehr aufgeregt und vor Freude den Tränen nahe; ihr muß ständig vom Wagen geholfen werden, damit sie sich hinter einem Dornenbusch hinhocken kann, doch das macht heute rein gar nichts, wo alle mit der Kleinen Geduld haben, da der Tag so selig lang ist, ebenso lang wie die Ewigkeit in den sehnsuchtsvollen jenseitigen Gedichten Abels, mindestens ebenso lang, aber sicher viel angenehmer auf jede erdenkliche Weise.

Sie rasten am Alstersee, hängen dem Pferd einen Futtersack um und essen kalte Pfannkuchen aus dem Proviantkorb; es ist ein großes und seltenes Vergnügen, ja, im Freien Pfannkuchen zu essen ist so, als schmeckte man ein Stück von der Sonne.

Der See liegt blau, wird aber gelegentlich von einem schaudernden Gedanken gekräuselt, sonst ist alles so schön, daß man Kirchenglocken sowohl aus Brattfors wie aus Molkom läuten hört, und dies ist der gesegnete Tag, an dem sie mit Pferd und Wagen fahren, um Großmutter Sara in Brattfors zu besuchen, ein Jubeltag, noch lange in der Erinnerung hochzuhalten.

Sara ist eigentlich Papas Großmutter, aber seitdem die richtige Großmutter dort in Norwegen gestorben ist, muß Sara bitte so gut sein und für sie alle Großmutter sein.

Sie ist schneeweiß und schwarz gekleidet und still wie ein Karfreitag, genau wie eine richtige Großmutter sein muß. Und sie erinnert sich tatsächlich, wie sie alle mit Vornamen heißen, obwohl sie eine unzählige Nachkommenschaft hat, die sie im Kopf behalten muß. Drei Scharen an Kindern und Enkeln hat sie, und Großvater Filip ist ihr dritter Mann und nur dem Namen nach Großvater.

Drei Kinderscharen hat sie hervorgebracht, Großmutter Sara, ihre Enkel und Urenkel sind ungezählt wie der Sand am Meer und die Sterne am Himmel. Großmutter Sara ist eine dieser feurigen und starken Frauen in der Familie, Frauen, die viele Männer mit ihren kornblumenblauen Augen betört haben, Augen, die betört haben und betört worden sind, Frauen, die wie wilde Kirschbäume in Liebe erblüht sind und sich unter üppiger Frucht gebogen haben. Kleinwüchsig und hell, mit Körpern zäh wie Wacholderholz und durch die Fruchtbarkeit merkwürdig ungebrochen, behalten sie ihre Anziehungskraft bis ins hohe Alter. Ihr Weg durchs Leben wird von Skandalen und Eifersuchtsdramen und weinenden Männern begleitet, und für die Verwandtschaft sind sie eine Quelle von Ärger und heimlichem Neid. Dennoch sitzen sie im Alter immer von größter Verehrung und Respekt umgeben da, schneeweiß in schwarzen Kleidern und bei allen blutroten Sünden verblichen wie Strohblumen. In der Regel macht ihnen ein jugendlicher Ehemann zärtlich den Hof, der dritte oder vierte, so wie Großvater Filip Sara den Hof macht, ein zwölf Jahre jüngerer Ehemann, ein still glühender Liebhaber und ergebener Pantoffelheld. Aber er schämt sich seiner Liebe nicht, Großvater Filip, wie ein schwächerer Mann es tun würde, er trägt seine dienende Rolle mit einfacher Würde. Groß und heilig ist es, eine Frau zu lieben, diese Berufung ist nicht jedem Mann vergönnt.

Was für ein Fest, Großmutter Sara in Brattfors zu besuchen!

Nun ja, was heißt hier Fest, sie werden ja nur mit Kaffee und Brot traktiert, aber es ist schon ein Fest, im Sonntagsstaat in einem blitzsauberen Bauernhaus zu sitzen und eine feine und weißhaarige Großmutter auf dem Ehrenplatz zu sehen. Auch wir haben Verwandte, die auf einem Bauernhof sitzen, der ihnen selber gehört, auch wir haben eine richtige Großmutter! Wir sind keine Zigeuner und kein Gesindel, wir haben eine weißhaarige Großmutter in schwarzen Kleidern, Großmutter Sara in Brattfors, und ist sie Großmutter für eine unzählige Schar, so ist sie es ebensosehr für uns!

Großmutter Sara hat eine große Schwäche für Elin, bei der sie oft sitzt und sich mit ihr unterhält. Seht nur, wie Elin errötet und Großmutter ein Geheimnis ins Ohr flüstert! Seht, wie Großmutter nickt und lächelt und ihr das Knie streichelt!

Aber sie nimmt sich Zeit für uns alle, Großmutter Sara, sie fragt Abel, ob er eine Liebste gefunden hat, mein Gott, wie er errötet, sie gibt Maria ein Haarband und hilft ihr, es zu knoten, sie schenkt Benjamin und Rebecka spitze Tüten mit Brustbonbons.

So sind wir einen langen und seligen Tag bei Großmutter Sara in Brattfors und kommen spät nach Hause, erschöpft und den Tränen nahe von all dem Glück, das wir erlebt haben. Es ist ein so ewigkeitslanger und seliger Tag gewesen.

Papa ist nach dem Abendessen losgefahren, um Olsson die Equipage zurückzubringen. Die kleinen Kinder schluchzen in einer Ecke, und die Dämmerung bricht an. So lang und selig ist kein Tag, daß er kein Ende hat.

Und morgen ist alles wie vorher.

12

Meister Samuel wird er genannt, der Schullehrer, zumindest von harmlosen Leuten. Der verrückte Sam heißt er bei anderen Leuten. Er geht zehn Kilometer zur Schule und zehn Kilometer zurück, im Winter und im Frühjahr, bei jedem Wetter, zehn Kilometer hin und zehn Kilometer zurück. Bei milder Witterung geht er barfuß, um das teure Sohlenleder zu sparen, denn er muß ja den Pfennig umdrehen, der verrückte Sam. Barfuß wandert er durch die Gegend und hebt vor allen Erwachsenen, denen er begegnet, höflich seinen ausgefransten Strohhut. Sein Gruß ist anmutig und fein, denn der verrückte Sam hat einmal bessere Tage gesehen. Jetzt muß er sie hinnehmen, wie sie ist, seine Stellung im Leben.

Bei milder Witterung geht er barfuß zur Schule und trägt seine Stiefel auf dem Arm.

Zehn Kilometer hin und zehn Kilometer zurück wandert er in der großen Geduld, die er unter der Zucht unseres Herrn hat lernen müssen. Er spricht mitunter mit sich selbst oder spricht zu seinem Gott. Meist sind es demütige Fragen, die er stellt, aber er wird selten einer Antwort gewürdigt. Warum schweigt unser Herr? Das ist schwer zu sagen. Vielleicht ist es vermessen, zu fragen. Immer seltener wagt es Samuel, seinen Herrn zur Rede zu stellen. Barfuß wie ein Büßer wandert er zu seinen beiden Schulhäusern, zehn Kilometer hin und zehn Kilometer zurück.

Das Schulhaus im Glumserud ist ein kleines, rot angestrichenes Häuschen mit einem einzigen Zimmer, das ein blau gestrichenes Katheder und abgewetzte Schulbänke und ein keuchendes Harmonium und einen rostigen Eisenofen und drei Karten enthält, eine von Schweden, eine von Europa und eine von der Welt. Eine Karte des Sternenhimmels findet sich hingegen nicht in der Schule von Glumserud.

Ist das Wetter draußen zu bösartig, dürfen die Kinder während der Frühstückspause drinnen bleiben, um ihr mitgebrachtes Pausenbrot zu essen. Die Großbauernkinder sehen mit Verwunderung auf das einfache Mahl, das der Lehrer mitgebracht hat. Mühsam ißt Meister Samuel das harte Brot seiner Mannesjahre. Manchmal macht er eine Grimasse und faßt sich an die Wange. Im Kiefer hat sich Eiter gebildet, und er leidet oft Nächte und Tage an Zahnschmerzen. Aber an neue Zähne ist nicht zu denken, so einen Luxus kann er sich nicht leisten. Meister Samuel zieht Grimassen über das harte Brot des Lebens, und die halbwüchsigen Jungen grinsen insgeheim über ihn. Sie finden ihn jetzt ulkig: der verrückte Sam ist ein spaßiger Tölpel, wenn ihm die Zähne weh tun.

Eine Volkshochschule können wir uns hier in der Gegend nicht erlauben, geschweige denn einen Lesezirkel und Debattierclub. Die vier Rechenarten, seinen Namen schreiben und notdürftig den Katechismus lesen, das ist alles, was verlangt wird. Aber Meister Samuel ist ein miserabler Lehrer, unfähig, unter den Kindern die Ordnung aufrechtzuerhalten. Er träumt sich von der Lektion des Tages in andere Welten fort, er erzählt von dem großen, freien Amerika, erzählt von dem schönen Gotland, gekrönt von hundert Kirchen. Wenn die Kinder sich einen richtigen Spaß machen wollen, bitten sie ihn, vom Bischof in Visby zu erzählen. Dann macht er sich fast in die Hosen und vergißt Zeit und Raum. Der verrückte Sam ist ein komischer Kauz. Er hat einmal bessere Tage gesehen und einem leibhaftigen Bischof die Hand gegeben.

Aber ein schlechter Lehrer ist er doch wohl? Er kann nicht schimpfen und streiten, er will nicht prügeln. Das ist wohl der Grund dafür, daß er keinen richtigen Respekt genießt.

Pfarrer Bergstedt kommt zur Inspektion, und manchmal bringt er den Schöffen Olsson mit, der im Schulamt sitzt. Und die beiden Herren sind sich einig: Hier muß durchgegriffen und Ordnung geschaffen werden. Jetzt ist es an der Zeit, daß Eriksson zum Stock greift und den Kindern ein wenig Fasson einprügelt. Prügel brauchen die Gören, sie zu verzärteln und ihnen schön zu tun, das geht nur mit besserer Leute Kinder an, und von denen gibt es in Glumserud und Mo nicht viele. Also nur keine Zurückhaltung mit dem Rohrstock, was er auch tut! Und blase er den Gören keine neue Ideen ein, stachele er sie nicht gegen die Obrigkeit auf, kein dummes Gerede über Amerika, Auswanderung haben wir schon genug, halte er sie nicht mit dummem Geschwätz auf, bringe er ihnen nur den Katechismus und Plus und Minus und seinen Namen schreiben und Malgenommen bei, das reicht vollkommen für den gemeinen Mann und gewöhnliche Bauerntölpel!

Nein, es hilft nicht, manchmal müssen Bergstedt und Olsson Meister Samuel deutlich die Meinung sagen. Sie gehen dann mit ihm um die Hausecke, damit die Kinder nichts hören, und reden mit bitteren, eindringlichen Stimmen auf ihn ein. Jetzt muß sich wirklich etwas ändern, Eriksson! Jetzt muß in der Schule durchgegriffen werden. Das ist das mindeste, was man als Gegenleistung für eine hohe Vergütung in Form von Kuhweide, Kartoffelacker und baren Geldmitteln verlangen kann.

Er steht dann hinter der Hausecke, zittert in dünnen Kleidern vor

Kälte, zupft an seinem ergrauten Bart und murmelt ja und jawohl. Er ist kaum älter als vierzig Jahre, aber schon triefäugig wie ein alter Mann.

Einige Tage nach der Inspektion, eine Woche lang oder so, pflegt er ein bißchen böse und nervös zu sein und herumzuschreien; er droht den Kindern und schlägt mit dem Zeigestock um sich, aber nicht richtig, er tut nur so. Der verrückte Sam kann gar nicht richtig wütend werden, die Eigenheit hat er, und damit muß er selbst fertig werden.

Es vergehen ein paar unruhige Tage, eine Woche höchstens, und dann ist er so wie immer, sanft und lächelnd und zerstreut und immer bereit, von seinen Erinnerungen aus der großen Welt zu erzählen, seinen Traum von einer wahren Volkskirche zu verkünden, einer christlichen Gemeinschaft in Liebe und Frieden im ganzen schwedischen Land. Dann ist er völlig abwesend, der Alte.

Aber was um Himmels Willen soll man mit Eriksson anfangen? Soll man Ernst machen und ihn absetzen lassen, man stelle sich vor, absetzen, ihn, der einmal Pastor gewesen ist und einem Bischof die Hand gegeben hat? Weiß der Teufel. Es wäre für Bergstedt ja ein bißchen ärgerlich, einen ehemaligen Kollegen so übel traktiert zu sehen. Und würde es außerdem für die Gemeinde nicht verteufelt teuer werden, Eriksson mit Weib und Kindern im Armenhaus unterzubringen? Wir werden's wohl damit versuchen müssen, dem Kerl die Meinung zu sagen und ihm eins auf die Mütze zu geben. Er will nicht prügeln und verschafft sich keinen Respekt, so einer will Lehrer sein? Ja, das sage, wer kann. Aber was soll man denn machen? Man denke nur, was für Steuergelder er auffressen würde, wenn er der Gemeinde zur Last läge! Haben wir nicht schon genug gescheiterte Axeliten und andere Bettler dort im Armenhäuschen von Ölmskog?

Ein gescheiterter Lehrer wandert zu seiner Schule, zehn Kilometer hin und zehn Kilometer zurück, bei jedem Wetter. Barfuß geht er, um die Schuhe zu schonen. Er murmelt und seufzt und spricht mit sich selbst, während er geht, aber zu seinem Gott spricht er neuerdings nur selten. Schweden will ihn nicht haben, Gott will ihn nicht haben, am besten ist es, zu schweigen und zu dulden.

Zehn Kilometer wandert der verrückte Sam zur Schule und zehn Kilometer zurück, Tag für Tag den gleichen Weg, barfuß wie ein Büßer geht er seinen schweren Weg.

Die Bilder wechseln, die Jahre vergehen, und noch ist er von seinem Gott nicht völlig vernichtet.

13 Und geschieht es in dieser Zeit, daß er seinen Vater wiederfindet.

Nein, nicht den himmlischen Vater, der entfernt sich Tag für Tag mehr. Es ist sein irdischer Vater, den er hier im Bezirk Väse wiederfindet. Jetzt steigt er aus dem Grab, der tote Prophet Axel Eriksson, Führer der frommen Sekte der Axeliten.

Samuel geht seinen gewohnten Weg von der Schule und versucht in sanften Träumereien alle Demütigungen zu vergessen, die der Tag mit sich gebracht hat. Da begegnet er einem alten Weib aus dem Armenhaus in Ölmskog, die sich mit einer Tüte auf dem Arm auf Bettler-Wanderschaft befindet. Er hat der Alten nichts zu geben außer einem flüchtigen Gruß, und er lächelt und hebt seinen ausgefransten Strohhut so graziös wie das anmutigste Gutsfräulein.

Knochige Finger packen ihn am Rock und bringen ihn zum Stehen.

»Ist es Axel?« flüsterte sie. »Du bist endlich zurückgekommen, du Lieber, und wir haben so lange auf dich gewartet . . .«

Sie ist in lehmgraue Lumpen gekleidet, trägt das Kopftuch in die Stirn gezogen und auf dem Arm eine Bettlertüte mit schimmeligem Brot. Jetzt blickt sie Samuel mit gelben, halbblinden Augen an, und die Tränen rinnen durch Runzeln und Furchen in ihrem Greisinnengesicht hinab. Quellen sind der toten Erde entsprungen, sie umarmt Samuel wie einen Liebhaber.

»Axel, du Lieber, Guter, du bist so lange fort gewesen, und alt bist du geworden, du Ärmster . . . Und ich, der ich dich nicht gesehen habe, seit ich dich vor den Feldjägern versteckte . . .«

Samuel erfaßte nur dunkel, was sie wollte, aber sein immer leicht zu bewegendes Gemüt gab sich den Tränen hin, und er brach in hilfloses Weinen aus und nahm den dünnen Körper der Alten in seine Arme.

Samuel war mit seinem eigenen Vater verwechselt worden, die durch die Jahre gebeugte Alte hatte den Verkünder von Gottes Wort wiedergefunden, den Propheten Axel Eriksson aus Tågås. Jetzt meinte sie den Mann wiederzusehen und in die Arme zu nehmen, dem sie einmal mit all dem Gehorsam und all der weiblichen Liebe gedient hatte, die sie hatte aufbieten können. Der Fehltritt und die große Sünde in den Augen der Menschen, das war in ihrem armen Leben die größte Freude gewesen, und einen Widerschein dieser Freude durfte sie jetzt verspüren.

Samuel war gealtert, sein Bart ergraut, zerschlissene Kleidungsstücke umflatterten seine mageren Glieder. Er ähnelte nicht mehr Pastor Eriksson in Fardhem, er ähnelte dem Propheten Axel Eriksson, dem Mann, der einmal das Feuer des Geistes über verstockte Seelen in Väse geschleudert hatte. Erst in dieser Gestalt konnte er von der Anhängerin seines Vaters wiedererkannt werden, einer Magdalena, welche die Füße ihres Meisters gesalbt und seinen Durst mit der Quelle der weiblichen Liebe gelöscht hatte.

Er war tief aufgewühlt und weinte lange an diesem Abend. Die Kinder saßen ängstlich und still in der Küche. Cecilia machte, was sie immer tat. Sie brachte die Kinder in Ruhe zu Bett und beruhigte ihren Mann dann so, wie Frauen einen unruhigen Mann immer beruhigt haben.

Samuel hatte nur selten und meist mit Unlust an seinen unglücklichen Vater gedacht. Unter gesetzten und wohlhabenden Bewohnern der Gegend liefen boshafte Erzählungen über den verrückten Propheten in Väse um, der in den sechziger Jahren Bauern von Haus und Hof und ehrbare Frauen von Wiege und Küchenherd weggelockt hatte. Er war ein Stein des Anstoßes und Felsen des Ärgernisses gewesen, der gegen die Staatskirche und alle andere von Gott gegebene Obrigkeit Aufruhr gepredigt hatte, und er hatte auch seine wohlverdiente Strafe erhalten. Von Feld- und Landjägern gejagt, war er in die Katen und Häuschen von Getreuen geflüchtet, bis er schließlich in einer Hütte in Brattfors an Lungenschwindsucht starb. Die große Erweckungsbewegung in Väse war damit in sich zusammengebrochen oder hatte ruhigere Bahnen eingeschlagen, und alles, was von der Bewegung übrigblieb, waren einige menschliche Überreste im Armenhaus, Bauern, die ihre irdische Habe in der Hoffnung auf den Jüngsten Tag verlassen hatten, alte Weiber, die einst den Heiligen bedient hatten. Sie hatten harten Worten von Richterbank und Kanzel lauschen müssen, waren aber zumeist widerborstig in ihrem Glauben und hofften hartnäckig auf die Wiederkehr des Propheten.

Samuel nahm sich Zeit, diese heruntergekommenen Jünger im Armenhaus zu besuchen, und nachdem sie ihn wiedererkannt und Vertrauen gefaßt hatten, erzählten sie gern von ihren letzten Erinnerungen.

Nein, sie hätten nichts bereut. Sie seien alle bereit, noch einmal in die Fußstapfen des Meisters zu treten, wenn er sich nur von neuem offenbaren wolle. Ach, was kümmerten sie sich um die Stimmen der Verdammnis! Was bedeuten Hohn und Verfolgung, wenn man einmal die Seligkeit der Überzeugung geschmeckt hat? Und diese engen

Begriffe von Zucht und Moral, welche Gültigkeit hatten sie für einen heiligen Mann? Es war der Geist Gottes, den die Frauen aus seinem Mund spürten, und es war ihnen ein Zeichen der Auserwähltheit, seiner Kraft die Arme zu öffnen. Wer richtet über die Wunder der Liebe, wer richtet über einen heiligen Mann? So wißt, ihr Verstockten alle, daß die Liebe für enge irdische Begriffe zu groß ist!

Viele Gerüchte über den Propheten waren übrigens große Lügen, denn Pfarrer und andere Herrschaften bemühten sich, seinen guten Namen in Verruf zu bringen. Aber Gott war mit ihm, und nur die irdische Kreatur des Bösen brachte ihn schließlich zu Fall. Gegen den Weltenfürsten erhob er die Fahne des Aufruhrs, und dort, wo er dann fiel, fiel er in Ehren wie ein wahrer Kämpfer des Herrn. Und einmal wird unser Verkünder zurückkehren, um das Feuer des Geistes von neuem über Väse zu entzünden.

Nein, sie hatten nichts bereut. Niemals bereut der, der einmal die Seligkeit der Überzeugung und die Süße der Gewißheit gespürt hat. Bis in den Tod waren sie getreue Axeliten, gehorsam dem Propheten Axel Eriksson aus Tågås.

So sprachen die heiseren Stimmen der Überzeugung aus der stinkenden Dunkelheit des Armenhauses. Samuel war bis in die Seele erschüttert. Der Teil seines Wesens, der noch immer der aufgeklärte Gottesmann war, wandte sich mit Abscheu von diesen Irrtümern des Volkes ab. Mit stärkerer Stimme jedoch sprach eine Überzeugung, daß der Aufruhr des Vaters gegen die schwedische Staatskirche eine lobenswerte und gute Sache sei. Mein Vater hat einen guten Kampf ausgefochten, und er fiel im Kampf gegen die Übermacht in Ehren. Während ich Elender nur der Diener des Weltenfürsten bin, ob ich es will oder nicht. Elend bin ich, ein Werkzeug, das der Herr zerbrochen und verworfen hat.

In jenem Herbst wuchs ein neues Weltbild hervor. Er wanderte oft allein im Wald, grübelte und sprach mit seinem Gott. Vieles, was im Dunkeln gelegen hatte, leuchtete in verklärtem Licht hervor.

Lange, lange bin ich verblendet gewesen.

Jetzt kann ich endlich klar sehen.

14

Hat es denn in deiner Kindheit nur Armut und Trauer gegeben, Maria?

Nein, mein Sohn, da gab es auch die Geborgenheit und die Zuversicht, die unser Land schon vor langer Zeit verlassen haben. Dumm, habgierig und grausam waren die Menschen damals wie heute, aber sie konnten noch von dieser Bibelsprache erweicht werden, die wir alle gemeinsam besaßen. Die Welt um uns war beseelt, Gott atmete im Wind, und Flüsse und Seen und Wälder und Haine wimmelten von Geistern und Gestalten des Aberglaubens, aber derjenige, der sein Vaterunser recht hersagen kann, fürchtet weder den Teufel noch die Trolle. Oh, seltsame Geborgenheit in einer unsicheren Welt!

Und wie hätten wir diese Zeit der Kindheit überleben können, wenn uns der Gottesglauben nicht Zuversicht gegeben hätte?

Dann will ich von deiner Kindheit erzählen, Maria, davon, wie du als kleines, vertrauensvolles Wesen dich einer unsicheren Welt überantworten konntest.

Du gingst bei Meister Samuel zur Schule, dem Mann, der dein eigener Vater war, aber du wurdest selten gefragt: Du konntest schon längst lesen, du wußtest schon alles vorher, und Papa hatte dafür alle Mühe mit den großen Jungen, denen vor der Konfirmation der Katechismus beigebracht werden sollte. Du saßest ganz hinten im Klassenzimmer, hast heimlich in einem Buch gelesen, wenn du eins hattest, oder an einer Spitzenarbeit geklöppelt, die Elin kriegen sollte. Du hattest von einem fahrenden Händler ein rotes Band geschenkt bekommen, fein, wie es einem feinen Mädchen zusteht, wie er sagte, das war ein fürstliches Geschenk und eine große Erinnerung, die lange Zeit leuchtete. Da saßest du nun auf einer Bank und versuchtest, das Band in deinen Zopf hineinzuflechten, so wie du es Elin am Samstagabend hattest tun sehen, lächelnd und beinahe schon Frau, beneidenswert und liebenswert, deine hübsche, fröhliche große Schwester.

Aber gerade an jenem Tag steckte dein Papa mitten in einer verdüsterten Zeit. Olsson und Pastor Bergstedt waren ihm wegen mangelnder Ordnung im Nacken gewesen, und mit gestrengen Stimmen hatten sie ihre ewigen Forderungen nach Prügel und Zucht erhoben. Wir müssen in der Schule Ordnung bekommen, wie oft müssen wir noch daran erinnern? Jetzt ist es aber hohe Zeit, daß Sie sich zusammennehmen, Meister Samuel!

Und Papa nickte zu diesen Ermahnungen und zupfte sich am Bart, Tränen standen ihm in den Augen, und die Knie zitterten in seinen zu weiten Hosen: Das war schwer mit anzusehen. Man hätte sich am liebsten abgewendet, wenn Papa gedemütigt wurde, aber immer war das nicht möglich.

Und genau an dem Tag hatte Papa sich einen Ruck gegeben und versuchte, den wütenden und barschen Lehrer zu spielen, und er schrie so, daß man sich schämte und ein wenig traurig wurde, und er schlug mit dem Zeigestock auf Marias Bank, daß es knallte . . .

»Sitzt du mitten in der Stunde da und flichst dir einen Zopf, schämst du dich nicht? Das gibt in der Pause was mit dem Stock!«

Das war ein fremder und komischer Papa, er hatte sich unter den ermahnenden Reden der Herren verwandelt. Seine sanften Augen waren stechend und hart, der Bart verschob sich, als er zornig mit seinen schadhaften Zähnen kaute. Er war auf einmal so fremd, daß Maria von ihm Abstand bekommen und sich abwenden wollte. Jetzt wollte sie ihr eigener Herr werden, nicht mehr Papas kleines Mädchen sein.

In der Pause was mit dem Stock? Nie im Leben, nicht mit mir. Wenn Papa sich lächerlich machen will, will ich nicht dabei sein und den Affen spielen.

Sie schnappte sich in der Pause ihre Jacke, lief in den Wald hinaus und setzte sich auf einen Baumstumpf, um über ihr Elend nachzudenken. Strümpfe und Leibchen juckten wie verteufelt, das machte sie noch wütender.

Stockschläge? So was kommt doch wohl in besseren Familien nicht vor? Hat Papa vergessen, daß wir was Besseres sind?

Und in feinen Familien wie unserer sollen Papas nicht schreien und schlagen. Es kommt zwar vor, daß Mama manchmal meckert, und das ist eine Sache für sich. Aber Papa ist etwas Besseres, er ist das lebende Bild unserer Besonderheit. Wenn Papa seinen Willen durchsetzen will, dann reicht es, wenn er sein schönes Lächeln zeigt und sagt: »Maria, sei bitte so lieb . . .«

Und dann gehorcht man, natürlich.

Aber Kinder prügeln, so was tut man einfach nicht. Das hat er selbst schon so oft gesagt. So was kommt in unserer Familie nicht vor.

Die Zeremonien des Stolzes in der grauen und blankgewetzten Armut: Das und das ist nicht üblich, jedenfalls nicht in unseren Kreisen, das und das kommt in unserer Familie nicht vor. Vielleicht bei anderen und simpleren Leuten, aber bestimmt nicht bei uns. In unserer Familie wäscht man sich vor dem Abendessen die Hände, konversiert dann höflich und kultiviert beim Roggenmehlbrei und hält sich in Gedanken, Worten und Kleidung rein.

Und unser Papa braucht nicht zu schreien und zu prügeln und nach Schnaps zu riechen, um den Respekt als Papa zu behalten. Laß ihn nur abends dasitzen und von seinen Erinnerungen aus anderen und besseren Welten erzählen, und wir werden ihn über alles in der Welt lieben und verehren.

Maria fühlte sich von ihrem Vater im Stich gelassen. Sie wollte seine Erniedrigung nicht ansehen, nein, zu solchen Bedingungen konnte sie nicht Papas Mädchen sein.

Aber wo in aller Welt sollte ein Mädchen mit seinem Groll hin? Mama Cecilia würde nur Papas Partei ergreifen, das wußte man doch, wie sie war. Mama und Papa waren nie uneinig, jedenfalls nie so, daß es zu sehen war. Niemals würde sich Mama einem der Kinder an die Seite stellen, niemals würde sie einem armen und unglücklichen Mädchen die Tür einen Spaltbreit öffnen. Sie doch nicht.

Zu wem sollte sie gehen, bei wem eine Zuflucht suchen? Beim Pfarrer womöglich? War Papa nicht gut Freund mit Bergstedt, pflegten sie nicht wie dicke Freunde miteinander Umgang? Ja, das gehörte ja zur Mythologie der Familie Eriksson, daß Papa beim Pastor als Ebenbürtiger und wie ein Sohn im Haus verkehrte, Pastoren sind sie schließlich beide.

Aber Mythen sind eine Sache, die Wirklichkeit eine andere, und vor dem klaren Blick des Kindes stand die Wirklichkeit unverschleiert und nackt: Der Pastor ist nicht Papas Freund. Er ist Papas Herr, Papa ist der Knecht des Pastors. Nein, zum Pfarrhof kann ich nicht gehen, das wäre Untreue.

Aus der Ferne hört sie Papas Messingglocke eine neue Stunde einläuten. Von fern, klagend, wird Papas Stimme vom Wind getragen – Wo bist du, Maria? Mein Mädchen!

Noch im Alter wird sie sich der Rufe des Vaters mit Schmerz erinnern – er hat mich einmal gerufen, und ich habe nicht geantwortet! Und die Tränen standen der alten Frau beim Gedanken an eine Untreue vor so langer Zeit in den Augen.

Aber jetzt ist sie nur ein achtjähriges Mädchen mit juckenden, kratzenden Strümpfen, und der Beschluß steht unerschütterlich fest: In der schändlichen Komödie, die Zucht und Ordnung und strenger, aber gerechter Lehrer heißt, will sie nicht mitspielen. Nicht im Traum wird es ihr je einfallen, zu Papas Erniedrigung beizutragen.

Aber sechzig Jahre später weint eine alte Frau, daß die Tränen strömen – ich hätte begreifen müssen, daß er es schon bereut hat, ich hätte keins hintendrauf bekommen, niemals, ich doch nicht . . . Und so bin ich einfach weggegangen, als er mich am allermeisten brauchte, in dem allerletzten Jahr, indem er noch gesund und wohlauf war, mein eigener Vater.

Maria, rief seine klagende Stimme im Septemberwind. Wo bist du, Maria? Aber Maria hörte seine bittende Stimme nicht mehr: Jetzt hatte sie ihre lange Wanderung zu Großmutter Sara in Brattfors begonnen. Bei Großmutter würde sie sicher Schutz und Geborgenheit finden.

Unklar waren ihre Begriffe von Zeit und Raum. Weit, weit weg im Nordosten wohnte Großmutter Sara, am Ende eines endlosen Weges, der sich über Ebenen, durch Wälder, an großen Seen entlang schlängelte, die in ihrem tiefblauen Blick alle Gottesherrlichkeit widerspiegelten. Das Ziel ist weit weg, die Welt ist sehr groß, aber alles ist trotzdem hier und zu Hause, und Gott ist bei mir bis ans Ende der Welt.

Wie weit konnte es sein? Vierzig Kilometer oder fünfzig? Ja, solche Maße sagten ihr so gut wie nichts. Sie hatte diese Strecke mit Pferd und Wagen zurückgelegt, und am Ende des Weges wohnte Großmutter Sara, soviel wußte sie mit Gewißheit. Wenn man nur anfing zu gehen, kam man schließlich an.

Und damit begann sie ihre lange Wanderung.

Es war kaum Verkehr auf dem Weg an diesem Tag zu Beginn des Jahrhunderts, und sie ging Stunden über Stunden, ohne einer Menschenseele zu begegnen. Ihr war manchmal gruselig zumute, wenn sie durch ein Waldstück wanderte, aber wenn man die Hände faltete und ein Gebet sprach, wurde es sofort besser.

Mitunter begegnete sie einem Pferdefuhrwerk, manchmal einer alten Frau mit einem Korb auf dem Arm. Sie blieb stehen und knickste, wie es einem wohlerzogenen Mädchen ansteht, und die Alte erkundigte sich freundlich nach Namen und Stand und dem Wohin: Maria hatte ja schon die vertraute Gegend verlassen, in der jeder jeden kannte.

»Und wessen Mädchen bist du, meine Kleine?«

»Ich bin die Tochter von Meister Samuel in Väse, und ich will zu Großmutter Sara in Brattfors.«

Und Achdujemine und Achduliebergott, was für einen Weg du vor dir hast. Und die Alte erkundigte sich nach der Verwandtschaft und gab sich nicht zufrieden, bevor sie Maria als kleine Knospe auf irgendeinem abgelegenen Zweig an ihrem eigenen himmelweiten Stammbaum hatte unterbringen können. Wäre auch verwunderlich gewesen, so wie in

Värmland alle und jeder miteinander verwandt sind, sieh mal, wir verheiraten uns ungern mit Fremden aus anderen Gegenden, das ist, als ließe man die gute Wärme und die värmländische Verrücktheit hinaus, und übrigens, was Verrücktheit betrifft, hatte meine Tante einen Mann, der als Gärtner auf dem Gut Hammar diente, und er hatte in der Schnupftabakdose einen dienstbaren Geist bei sich, der Per Petter Mobile hieß, und ich will auf der Stelle tot umfallen, wenn er es nicht war, der die Kirchenglocke des Doms von Kalsta reparierte . . .

Das war ein guter Plausch über Verwandte und Freunde, und dazu waren sie so richtig schön über Pastoren, Herrschaften und anderes Gesocks hergezogen. Sie trennten sich dann in einer Wolke von Glückwünschen und Segenssprüchen, so daß beiden ganz warm ums Herz war. Liebe alte Tante! Süßes Mädchen! Und ein gutes Gespräch macht die Bürde des Lebens leichter, das ist nun gewiß und wahr!

So wanderte Maria weiter auf dem langen Weg zu Großmutter Sara in Brattfors. Sie ist gelegentlich ein wenig unentschlossen und reuevoll, besonders, wenn die Sonne hinter Wolken verschwindet und die Kühle auf einem schattigen Wegstück im Tannenwald spürbar wird. Am liebsten wäre sie umgekehrt, aber das wäre ein etwas schmähliches Gefühl, ein so großartiges Vorhaben abzubrechen, vor allem, weil alle alten Tanten, denen sie begegnet, in alle Himmelsrichtungen verbreiten möchten, daß die Kleine von Meister Samuel sich jetzt auf den Weg zu Großmutter Sara in Brattfors begibt. Es wäre schon ärgerlich, mit dem Schwanz zwischen den Beinen nach Hause zu kommen und nichts in der Hand zu haben als ein »Verzeih, lieber Papa!« Und wie Elin grinsen wird!

Der Gedanke an das klingende Lachen ihrer großen Schwester bringt sie dazu, noch fünf Kilometer weiter zu traben, in ihre Jacke gehüllt und frierend. Der Zopf hängt ihr schwer und feucht auf dem Rücken, und das rote Band ist dunkel geworden. Es ist nicht leicht, in der Welt Maria zu sein, und Großmutter Sara scheint so unendlich fern. Wenn da nicht Gottvater wäre, wäre man in der Welt sozusagen völlig verlassen.

Hunger habe ich auch, und die Schuhe scheuern, und hungrig und müde bin ich auch.

Von einer alten Frau hat sie ein Stück Kuchen bekommen und aus der Brottasche eines jungen Knechts ein Stück von einem Zuckerhut, aber das gelbe Schmalz auf einem Stück Roggenbrot hatte sie dummerweise abgelehnt. Maria darf nämlich keine Almosen annehmen, wenn man das Kind besserer Leute ist. Man darf den Armen nicht das Brot vom

Munde nehmen, wie arm man selbst auch sein mag. Und wir sind ja nicht richtig arm, wir sind auf eine feine Weise arm, die man »vorübergehende Verlegenheit« nennt. Ich bin das Kind besserer Leute, bin die Tochter von Meister Samuel in Väse.

Sie ist an den See Mången gekommen, wo sie ein kleines geducktes Häuschen am Wegrand sieht. Wahrlich, es sieht ein wenig gespenstisch aus, so in dem Dämmerlicht. Aber was soll ein feines und verlegenes Mädchen machen? Und sie faßt sich ein Herz, klopft an, tritt ein und macht einen Knicks bis zum Fußboden. Dann ruft sie den Segen Gottes über das Haus herab, wie man es ihr beigebracht hat.

Es ist vollkommen still und beinahe ein wenig unheimlich hier drinnen.

Die Frau des Hauses sitzt schwarz und düster mit den Händen auf der Schürze am Herd. Sie wiegt sich auf dem Küchenhocker und sieht sie mit einem Blick an, der durch Mark und Bein geht. Eine Hexe könnte keinen schärferen Blick haben, und Maria muß die Augen abwenden. Sie sieht jetzt auf dem Küchensofa ein Mädchen von dreizehn, vierzehn Jahren, bleich und mager, fast nur Augen, große, leuchtende Augen, blank vor Fieber und ungestillter Sehnsucht. Ihr langes, helles Haar breitet sich auf dem Kissen aus. Vielleicht hat die alte Hexe eine Waldjungfrau eingefangen, die sie jetzt hier in ihrer Hütte gefesselt und ans Bett gebunden hält.

Klare, leuchtende Augen und ein Schweigen, das fast ein bißchen schaurig ist.

»Was bist du denn für ein kleines Mädchen«, sagte die alte Hexe schließlich.

Maria knickst von neuem und gibt dann Antwort: Sie sei das Mädchen von Meister Samuel in Väse, und sei jetzt auf dem Weg zu Großmutter Sara in Brattfors.

»Aber heute nacht kommst du doch nicht mehr nach Brattfors?«

Nein, das könne schon stimmen.

»Und Vater und Mutter wissen bestimmt nicht, daß du jetzt hier draußen herumspazierst«, sagte die Alte, allwissend, so wie es unter besseren Hexen in Värmland üblich ist.

Ja, was soll man darauf antworten? Den Kopf hängen lassen und einfach ein Schürzenband um den Finger wickeln. Abwarten und sehen . . .

»Du bist ihnen natürlich böse gewesen?«

Sie läßt den Kopf hängen und überlegt ein wenig, ob es nicht am besten wäre, nur zu heulen. Aber das ist bei erwachsenen Leuten eine schwierige Sache, und mit alten Hexen kennt man sich noch weniger aus. Stimmen die Tränen sie freundlich und gutmütig, oder werden sie noch wütender? Am besten, man hält die Tränen zurück.

»Du hast natürlich Hunger?«

Ja, das kann man ja nicht abstreiten.

»Ja, was zu essen brauchst du natürlich, was immer du für Dummheiten gemacht hast. Setz dich hin und unterhalte dich ein bißchen mit Klara. Meine Tochter ist stumm, aber sie freut sich, wenn du mit ihr sprichst.«

Und Maria setzt sich zu dem stummen Mädchen ans Bett, nimmt dessen kühle, blattdünne Hand in die ihre und erzählt von ihrem Leben und ihrer langen Wanderung zu Großmutter Sara in Brattfors. Große, leuchtende Augen betrachten sie wie eine Erscheinung, eine Fata Morgana in der Wüste des Alltags. Klara liegt wie so oft einsam in ihrem ewigen Schweigen. Jetzt hört sie Maria wie eine heilige Glocke in diesem stummen Heim erklingen, in dem das Leiden schon seit langem zum Schweigen gebracht worden ist.

Hand in Hand, und ein Mädchen erzählt das einfache Märchen ihres Lebens, das ist mehr als genug, um einen Festtag zu schaffen, an den man sich lange erinnert. Klara sieht mit großen Augen, wie die Spielkameradin sich an der Kommode waschen und danach mit Brei und Brot am Küchentisch hinsetzen darf. Sie freut sich über Marias guten Appetit, sie lacht leise und blickt mit leuchtenden Augen. Schließlich spürt sie eine heftige Begierde, an der Mahlzeit teilzunehmen, die gleiche Nahrung zu schmecken wie ihre liebe Freundin, das einfache Abendmahl schwesterlich zu teilen. Und Maria versteht sie sofort, setzt sich auf die Bettkante und beginnt, ihre neue Schwester im Bett zu füttern: ein Löffel für dich und ein Löffel für mich, und einer für die Troll-Mutter im Wald. Klara lächelt mit glänzenden Augen, lacht gurgelnd mit Brei im Mund, daß es eine solche selige Gemeinschaft gibt, hätte sie nie geahnt und erträumt ...

Maria zieht sich dann aus und sitzt da und flicht ihr rotes Band in Klaras Haar und zeigt der neuen Schwester, wie hübsch sie aussehen kann. Und Klara sieht verwundert den sonnengelben Zopf mit einer roten Schlinge darin, sieht sich in Marias Blick gespiegelt – bin ich das? Wie bin ich so seltsam verwandelt worden?

»Jetzt müßt ihr schlafen«, sagt das Hexenweib, das nur eine einsame Mutter mit einem kranken und leidenden Kind ist. Und dann deckt sie die beiden Schwestern zu und schraubt das Licht der sonnengelben Spirituslampe herunter. Jetzt müßt ihr schlafen, ihr kleinen Mädchen.

In der Dunkelheit kehren die Erinnerungen zurück, und Maria weint bitterlich nach Mama und Papa und Geschwistern. Klara tröstet sie, so gut sie kann, und streichelt ihre Glücksschwester mit Atem, Händen und Wange an Wange. Sie liegt lange mit Maria im Arm da und hofft, der Morgen möge nie anbrechen. Oh, wenn du doch nie wiederkehrtest, du schweigende Einsamkeit!

Aber der Morgen kommt schließlich, und Maria verläßt ihre neue Schwester, die zurückbleibt, um schweigend zu leben und schweigend zu sterben, und dann setzt sie unverdrossen den langen Weg fort, zu Großmutter Sara in Brattfors. Sie sieht mit ausgeschlafenen, klaren Augen über die Gegend hin und fühlt sich guten Mutes. In jedem Häuschen kann sie anklopfen, in jedem Häuschen wird sie eine liebe Tante und eine gute Spielkameradin und ein Stück Brot und ein Bett finden, in dem sie schlafen kann. Gott sorgt schon für die Seinen! Oh, seltsame Geborgenheit in einer unsicheren Welt!

Sie blieb die ganze Woche bei Großmutter Sara und wurde schließlich von Papa mit Pferd und Wagen abgeholt. Er hielt sie lange im Arm und weinte bitterlich.

Großmutter berührte schließlich seine Schulter, weißhaarig, schwarz und streng, eine Stimme der Klugheit, wie es den Alten ansteht.

»Nun laß dich endlich trösten, Samuel. Das Mädchen gerät ja völlig außer sich.«

Damit nahm sie den Sohn ihrer Tochter beiseite und sprach lange mit ihm, Worte der Klugheit für den hilflosen Träumer. Maria stand nachdenklich daneben und sah zu, noch immer mit Tränen auf der Wange. Ihr schwebte auf einmal vor, daß Papa Samuel fast genauso alt und gebeugt war wie seine eigene Großmutter. Oder er sah jedenfalls so aus. Es war komisch, aber schwer zu verstehen und zu erklären.

Ein unklares Gefühl der Beklemmung eher als ein Gedanke.

Dies geschah im Jahr 1906. Es war das letzte richtige Jahr, es war das Jahr davor.

15

Wie erwehrt man sich in diesem Leben der Pfeile der Demütigung? Wenn man wie ein Krokodil beschaffen ist, harthäutig und gewohnt, sich im Schlamm zu wälzen, dann spürt man nicht soviel von Pfeilen und Wespen und Bremsen. Aber ist man dünnhäutig wie Meister Samuel, dann wird man schon bald krank und vergiftet von all diesen tausend Stichen, krank wird man, fiebrig, verwirrt, vergiftet.

Er wandert eines Tages von der Schule nach Hause, als Olsson mit Pferd und Wagen angefahren kommt und lärmend sein Fuhrwerk anhält, um die Gelegenheit wahrzunehmen, Samuel ernsthaft die Meinung zu sagen. Entrüstung und berechtigter Zorn lodern in einer angenehmen Gefühlsmischung in dem Bauern. Jetzt, verehrter Meister, ist verdammt noch mal Schluß damit, die alten Axeliten im Armenhaus zu besuchen. Er ist es doch gewesen, der den Kleinpächtern die Rosinen in den Kopf gesetzt hat. Sie werden aufsässig und zornig und wollen keine Vernunft annehmen. Der Teufel weiß, ob sie nicht sogar glauben, der Prophet höchstpersönlich sei zurückgekommen. Diese Unarten müssen ein Ende haben, Meister. Wir von der Gemeinde können uns das nicht länger mitansehen. Wir haben die Verantwortung für die Gegend.

Er steht dort barfuß im Straßenlehm, kaut auf schmerzenden Zahnstümpfen, kaut, nickt, findet wie gewöhnlich nichts, was er erwidern könnte, außer ja und doch und vielleicht. Was soll er sagen? Soll er sich gegen Olsson auflehnen, seinen Vermieter und Herrn in kommunalen Angelegenheiten? Soll er seinen eigenen Vater und seine letzten Anhänger verleugnen, soll er den Glauben verleugnen, den er nach und nach zu seinem macht?

Meister Samuel steht hilflos im Straßendreck und murmelt ja und doch und vielleicht. Er sollte wohl etwas Vernichtendes und Scharfes sagen, bleibt aber wie gewöhnlich die Antwort schuldig, kaut, nickt, wandert mit hängenden Hosenbeinen weiter, krank, vergiftet, verwirrt.

Die Bremsen surren und stechen, es gibt nichts zu tun, gibt keine Verteidigung, er ist ausgeliefert und wehrlos.

Ein Bauernweib tritt während des Unterrichts ins Klassenzimmer und stellt ihm einen Korb mit Eiern auf sein Katheder. Bitte sehr! Und sehen Sie jetzt zu, daß der Junge im Frühjahr vor den Pastor treten kann! Dazu wird der Herr Lehrer wohl noch taugen, wo er mal vor dem Altar gestanden und bessere Tage gesehen hat! Und wenn er bei der Heuernte Arbeit haben will, nur zu! Aber den Korb muß er zurückgeben!

Ja und doch. Was soll man sagen? Man bleibt nur dort am Katheder sitzen, zwirbelt den ergrauten Bart, sieht eine schwarz-weiße Arabeske aus Hühnermist auf einem Ei, es fällt einem nichts ein, was man sagen könnte. Nichts zu sagen, nichts zu tun. Und Cecilia freut sich vielleicht über die Eier.

Aber gibt es denn keine Hilfe und keine Unterstützung für Meister Samuel in dieser bösen Welt? Doch, natürlich hat er eine Zuflucht in der Familie, aber noch mehr muß er selbst eine Stütze für die Seinen sein. Für Cecilia, der das Leben als Kleinbauersfrau oft schwer wird. Für Elin, die mit all ihrer Lebenslust und ihrem guten Kopf ein besseres Schicksal verdiente, als Dienstmagd zu spielen. Für Abel, den Frühreifen und Weichen, den Träumer und Poeten der Familie. Für Maria, die einen guten Kopf hat und der das Lernen leicht fällt, die aber dennoch dazu verurteilt ist, Dienstmagd zu werden. Für Benjamin und die kleine Rebecka, Kleinkinder, die noch einen väterlichen Arm brauchen.

Und wenn er seinen Lieben jetzt nun keine bessere Zukunft bieten kann, kann er ihnen wenigstens das Bild des feinen Papas bieten, der bessere Tage gesehen hat, des Vaters, der gereist ist und sich in der Welt umgesehen hat, des Papas, der alle Bücher gelesen und all diese hervorragenden und berühmten Männer kennengelernt hat, die in Samuel Eriksson ihresgleichen und einen Bruder wiedererkannt haben.

Und da sagte Papa zum Bischof . . .

Und da sagte der Bischof zu Papa: Mein lieber Samuel, sagte er . . .

Oh, diese elende Komödie! Ich habe meinen Lieben nichts, überhaupt nichts zu geben, und dennoch, wenn ich so dasitze und von fernen Ländern und Männern spreche, von Büchern und Ideen, da gebe ich ihnen ein bißchen Stolz und Glanz in diesem irdischen Leben . . . Unser Papa ist nicht wie andere, er ist was Besseres. Wir sind alle ein bißchen besser als andere.

Aber mit den Jahren wird es immer schwerer, Komödie zu spielen, ihn packt mitunter Verzweiflung und ein Gefühl der Unwirklichkeit, wenn er so vor den mageren Kindern in geflickten Kleidern sitzt, die mit leuchtenden Augen von all dem Herrlichen erzählen hören, das gewesen ist, von dem Herrlichen, das hätte sein können, aus dem aber nie etwas geworden ist.

Ist das nun alles, was ich meinen Lieben zu bieten habe?

Die Jahre vergehen, und Pastor Eriksson, der vom Dienst auf Gotland heimgekehrt ist, wird zu Meister Samuel, der zum verrückten Sam wird, der zahnlos dasitzt und auf einer Herrlichkeit herumkaut, die hätte sein können, aus der aber nie etwas geworden ist.

Und die Kinder wachsen heran, und ihr Blick wird scharf und klar, aber in einer immer tieferen Verzweiflung halten sie an ihrem Traum fest: Papa ist ein feiner und gebildeter Mann, zu gut für diese Welt. Und wir sind ein bißchen was Besseres, was sie in der Gegend auch sagen mögen. Wir haben ein besseres Schicksal verdient. Wir sind was Besseres!

Ein Traum, eine Illusion, festgehalten mit verzweifelter Kraft.

Ewig, ewig ist der Herr, Gott der Allmächtige, ewig und unerschöpflich ist seine Geduld, wenn er Jahr für Jahr den felsenfesten Stolz eines Menschen zu Staub abschleift. Unerschöpflich ist seine Neugier, wenn er herausfinden will, wieviel Demütigung ein Mensch erdulden kann.

16

Aber hat Papa nicht in der Kirche von Väse gepredigt, ist er nicht als Ebenbürtiger mit Pastoren umgegangen, ist er bei Pastor Bergstedt nicht wie ein Sohn im Haus?

Doch, natürlich ist er das, das fehlte noch. Mag sein, daß es jetzt schon lange her ist, daß er dorthin eingeladen wurde, und wahrlich, ist es jetzt nicht sieben Jahre her, daß er zum letzten Mal auf der Kanzel stand, und Bergstedt läßt jetzt sicher nie mehr mit einer Einladung von sich hören. Vielleicht ist er wegen Samuels Umgang mit den alten Axeliten im Armenhaus verärgert. Er fürchtet, der Geistesaufruhr könne sich in diesem Landstrich noch einmal erheben. Meister Samuel sollte seine Pflicht gegenüber der Obrigkeit besser kennen. Vielleicht ist das der Grund, warum Bergstedt nie mehr von sich hören läßt. Oder schämt er sich für seinen ehemaligen Amtsbruder, der jetzt einen bedenklich verfallenen Eindruck macht?

Bergstedt lädt seinen Kollegen Samuel Eriksson nie mehr ein, und das ist ein unersetzlicher Verlust. Sich bei Kaffee und Kuchen in Bergstedts Arbeitszimmer hinzusetzen, endlich seine Ideen zu hohen theologischen Themen diskutieren zu können, ein bißchen Klatsch über erfolgreiche Kollegen zu hören, dort geborgen und umsorgt in einer Welt aus Kultur und Komfort mit Möbeln aus Mahagoni und den Wänden voller Bücher zu sitzen... Oh, diese Jubeltage in einer grauen Wirklichkeit!

Ja, es war ein großer Genuß, aber wie aller irdischer Genuß mit Einsprengseln von Schuldgefühlen und Scham, Schuld vor Cecilia und den Kindern, Scham wegen eines unberechtigten Vorteils. Die Familie war ja nie mit eingeladen, zu Bergstedt mußte er immer allein gehen.

Der Pastor hatte Cecilia schon während Samuels Zeit auf Gotland kennengelernt, und eine gesellschaftliche Feinwaage im Inneren des Pastors schlug sofort an: Dies ist eine einfache Frau, das ist kein geeigneter Umgang für meine Frau. Es war, als lebte Samuel mit einer Konkubine und Hurenkindern, einer Familie der Schande, die nie öffentlich anerkannt werden durfte. Cecilia und die Kinder durften nie zu Kaffee und Kuchen in den Pfarrhof mitkommen.

Samuel litt vor den Seinen unter Schuldgefühlen, konnte aber dennoch nicht auf den erlesenen Genuß verzichten, den Genuß, über alles zu sprechen, was ihm einfiel, und dennoch verstanden zu werden, in Schönheit und Komfort dazusitzen und den Duft von Büchern in Ledereinbänden zu riechen, Bohnenkaffee, frisch gebackenes Brot und Bergstedts feine Zigarren.

Bedauerlich zu sagen, daß er den Pastor auf die Dauer langweilte. Es lag nicht daran, daß er einfältig und ungelehrt gewesen wäre, eher im Gegenteil. Er grübelte einsam vor sich hin und sammelte in sich unzählige Fragen, die er ventilieren wollte, er kam randvoll mit Ideen an den Kaffeetisch des Pastors, er sprach und sprach und sprach wie im Wahn. Bergstedt fiel es schwer zu folgen. Er fühlte sich bald ein wenig gelangweilt und zerstreut. Theologische Spekulationen hatten ihn nie interessiert, er war ein königlicher Beamter, der mit der Verwaltung des Pastorats genug zu tun hatte, mit den Irrwegen der Kommunalpolitik und mit der Alltagsmühe, die Kirchenbücher zu führen. Was ihm an freier Zeit blieb, widmete er der Spekulation an der Börse, die er mit Voraussicht und Umsicht betrieb, denn seine Frau hatte ein kleines Vermögen in die Ehe eingebracht, das es zu vermehren galt. Die Konjunktur für das Eisen der Provinz Bergslagen interessierte ihn mehr als das eventuelle Manichäertum des Augustinus und die tiefere Bedeutung der volkstümlichen Erweckungsbewegung, und er fand nur wenig Sinn in diesen tiefsinnigen Disputen, die bald zu endlosen Monologen wurden. Vor Samuels Fragen gestellt, blieb Bergstedt oft die Antwort schuldig und kam sich mitunter ein bißchen dumm vor. Samuel seinerseits wußte nichts von Ökonomie, begriff kaum seinen eigenen Haushalt, und Bergstedts Gerede von fallenden Kursen und Bilanzen war für ihn unbegreiflich und in seiner Verehrung für den Gott Mammon fast ein wenig anstößig.

Hinzu kam, daß Bergstedt im Dienst sein Vorgesetzter war und als solcher ein Mann, der seine Verantwortung kannte. Daß man Kinder verzärtelte, konnte er überhaupt nicht vertragen, und seine freundlichen

Ermahnungen des pflichtvergessenen Lehrers wurden schon bald zu scharfen Rügen und schließlich zu offenem Streit.

Wie konnte es so weit kommen? Ja, Bergstedt war ein ordnungsliebender Vorgesetzter, das ist wahr. Er konnte auf den einzelnen keine Rücksicht nehmen. Mehr als einmal hatte er sich angesichts der Gelehrsamkeit des Volksschullehrers zurechtgestaucht gefühlt, einfältig und theologisch unbewandert, aber es waren durchaus keine niedrigen Motive, die ihn dazu zwangen, den ehemaligen Amtsbruder und jetzigen Volksschullehrer Samuel Eriksson zu demütigen. Bergstedt hatte an seine Pflicht zu denken. Wenn er den gelehrten Theologen erbleichen, sich am Bart zupfen und wie einen alten Mann zittern sah, dann wußte er auch, daß diese ermahnenden Worte die beabsichtigte Wirkung getan hatten. Bergstedt tat seine Pflicht, wie es Rechtens und angemessen war. Ein guter Hirte trägt seinen Stab nicht vergebens.

Nachdem Bergstedt ihm zum erstenmal die Leviten gelesen hatte, hätte man einen Abbruch des Umgangs erwarten können, aber der hielt noch eine Zeitlang an. Gekränkt oder nicht, Samuel fiel es schwer, die letzte Verbindung mit der Welt der behaglichen Bibliotheken zu kappen. Und so schuf er sich Anlässe, indem er umständlich ein ausgeliehenes Buch zurückbrachte, zitternd aus Furcht vor neuen Demütigungen, oder indem er einen Korb mit schönen Pfifferlingen überreichte, für die . . . vielleicht die Gnädige Frau . . . Und Bergstedt erbarmte sich seiner wie ein wahrer Christ und bat ihn zu Kaffee und einem kurzen zivilisierten Zwiegespräch herein. Und Samuel sprach wie im Fieber, sprach und sprach, während Bergstedt auf das Tischtuch trommelte und zwischen unzähligen nervösen Zügen an der Zigarre ja und doch murmelte. Samuel klammerte sich so lange fest, wie er nur konnte, und als er endlich nach Hause ging, war er ermattet und beschämt wie nach einer Ausschweifung.

Aber jetzt war schon so viel Zeit verstrichen, seitdem der Pastor zuletzt von sich hatte hören lassen. Samuel empfand große Pein und Sehnsucht, aber es widerstrebte ihm, den Pfarrhof uneingeladen aufzusuchen. Es hatte in letzter Zeit viel Streit über Züchtigung und Zucht in der Schule gegeben, noch besaß er einigen Stolz, es gab Grenzen. Aber als er daran dachte, was ihm entging, wollte er schier verzweifeln. Nie mehr mit einem gebildeten Menschen sprechen . . . Vielleicht wäre es eine letzte Demütigung wert, die Gunst des Pastors zu behalten? Ja, vielleicht. Aber hatte er das Recht, sich so zu demütigen, war es recht gegenüber Cecilia und den Kindern? Wer kann seinen Kindern ein richtiger Vater sein, der nicht zumindest einen Anflug von Würde und Stolz behält?

Aber gerade durch diesen Stolz sollten die Kinder also die letzte Verbindung mit einer feinen Familie verlieren, die Tüte mit Keksen, welche die Frau Pastor mitschickte, ein ersehntes Modejournal für Cecilia, im besten Fall ein paar abgelegte Kleidungsstücke und vor allem diese wollüstigen Berichte aus einer besseren Welt: Wie war's, was hast du zum Kaffee bekommen, was haben sie zu Mittag gegessen, wie waren die Bergstedt-Mädchen angezogen . . . Lieber Papa, erzähl!

Noch mehr in die Armut eingemauert und ohne alle Aussicht wäre die Familie, wenn er an seinem letzten Heller Stolz festhielt, dieser schon mit Grünspan überzogenen Kupfermünze.

Samuel peinigte sich und wußte sich keinen Rat. Er hatte schließlich nur einen Vorwand, Bergstedt aufzusuchen, nämlich die Gedichte von Stagnelius in drei Duodez-Bänden zurückzugeben. Aber das würde heißen, Abel seiner liebsten Lektüre zu berauben, und Bergstedt machte sich im übrigen nicht viel aus Poesie und vermißte die Bücher nicht. Das wäre nur ein elender Vorwand.

So stand es, als das Unglück geschah. Vielleicht hätte es sich nie ereignen müssen, wenn er nicht so eifrig gewesen wäre und es sich nicht so verzweifelt angelegen hätte sein lassen, alles nach seiner Hoffnung und seinem Wunsch zu deuten.

Es war der Pfarrhofknecht Arvid, der mit der Kutsche vorbeikam, und in einem Anflug von guter Laune warf er dem abgerissenen Lehrer ein paar scherzhafte Worte hin.

»Am Mittwoch haben wir den Propst zu einem Festessen da, da werden wohl auch Sie vorbeikommen, Meister!«

Die Peitsche knallte, und weg war er. Das war keine Einladung, obwohl Samuel sie so deutete, und er wagte es nicht, im Pfarrhof um eine Bestätigung einzukommen. Es war eine Einladung, er wollte, daß es eine Einladung war.

Es war so lange her seit dem letzten Mal, daß es ein ängstliches und ungewohntes Gefühl war, sich für das Fest zurechtzumachen. Cecilia packte das vergilbte gestärkte Hemd aus dem Seidenpapier aus, die Mädchen wetteiferten darin, den feinen Anzug sauberzubürsten, Abel putzte die Schuhe, Benjamin schnitt die Fransen vom Strohhut ab, und die kleine Becka weinte nur vor Spannung. Ihr feiner Papa würde seinen Freund im Pfarrhof besuchen – das war eine Ehre, die sie völlig durcheinanderbrachte.

Er sah ganz kurios aus, als er sich endlich auf den Weg machte, aber er wußte ja nicht mehr, wie ein feiner Herr sich anzuziehen hat, und die Familie wußte es noch weniger. Die Gören der Gegend schlossen sich dem verrückten Sam an und folgten ihm in einer langen, sich windenden Prozession. Sie machten nicht sonderlich viel Krach, nicht mehr als gewöhnlich, sie wurden nur von einer dunklen Ahnung getrieben, daß etwas Unerhörtes passieren würde. Samuel war an die Kinder gewöhnt, er ging dahin, ohne sie zu bemerken, ging dahin und lächelte beim Gedanken an die ihm bevorstehende Freude in sich hinein.

Die Pastorenmagd ließ den ungebetenen Gast in ihrer Verblüffung eintreten, und er machte sich auf den gewohnten Weg zum Studierzimmer, in dem Bergstedt und der Propst ein Glas Sherry genossen, um den Appetit anzuregen. Ihr Widerwille schlug ihm entgegen wie ein kalter Windhauch, aber er vermochte die Situation nicht zu überblicken oder einen vernünftigen Vorwand zu finden, sich mit Takt und bewahrter Selbstachtung zurückzuziehen. In seiner Verwirrung setzte er sich ungebeten hin.

Es wurde auf einmal still.

In diesem Augenblick empfanden sie Abscheu vor Samuel Eriksson, so einfach war es. Der Propst hatte den Kopf abgewandt, um ihn nicht ansehen zu müssen, dieser menschliche Verfall war beklemmend. Das Elend muß schön und würdig sein, wenn es sich unseren Blicken überhaupt darbieten soll. Gesund ist der Instinkt, der uns gebietet, kranke Haustiere zu erschlagen. Das Leiden muß hinter hohen Mauern versteckt oder erschlagen und in der Erde vergraben werden, damit wir es aushalten können. Und Samuel Eriksson hatte nicht die Klugheit, sich verborgen zu halten, da es nun mal nicht möglich war, ihn totzuschlagen.

Er wollte nicht fliehen, er konnte sich nicht verbergen, er wollte nicht jeden Umgang mit seinen ehemaligen Amtsbrüdern verlieren.

In äußerster Verwirrung und Furcht flüchte er sich in eine Verkündigung von einer schwedischen Volkskirche, die vereint wäre in inniger Umarmung mit dem arbeitenden und beladenen Volk. Er hatte Visionen, geriet in Ekstase, sprach mit einer Beredsamkeit und einem Feuer wie nie zuvor, er hätte in diesem Augenblick Volksmengen nach seinem Willen bewegen oder die Schicksale von Nationen ändern können. Aber er sprach hier zu zwei hochkirchlichen und gedankenlos konservativen Pastoren, die sich nur nach ihrem Essen sehnten. Sie fanden ihn überspannt, widerlich, verrückt, sie empfanden Scham bei dem Gedanken, daß dieser Mann wie sie selbst vor dem Altar und auf der Kanzel gestanden hatten. Der Propst blickte mit unbeweglichem Gesicht aus dem Fenster, schaute weg, weit weg. Bergstedt sog an seiner Zigarre und betrachtete den Verkünder mit Augen aus Blei. Ein Mann entblößte sein Herz, seinen Traum, seine Vision von einer wahren Kirche, und ihr Abscheu und Widerwillen kannte keine Grenzen.

Er ahnte den Unwillen in der Luft, suchte nach Worten, verlor den Faden, verstummte allmählich. Die beiden Pastoren begannen miteinander zu sprechen, mit leisen, bitteren Stimmen; sie holten schwer Luft, sprachen von neuem. Samuel fühlte sich übersehen und ausgestoßen, konnte es aber dennoch nicht über sich bringen, zu gehen. Er wußte, daß es das letzte Mal sein würde. Wenn er jetzt aufstand und ging, würde hinter seinem Rücken ein Tor zuschlagen, für immer, ohne Wiederkehr. Und er blieb sitzen, reglos wie im Traum. Es war unhaltbar. Es wurde schließlich vollkommen still im Raum.

Samuel suchte und suchte nach einem ergreifenden Wort, konnte aber nichts finden. Das Schweigen fiel wie Schnee.

Es war Frau Bergstedt, die schließlich den Zauber brach. Sie hatte ein paarmal ins Zimmer geblickt, dunkel und murmelnd und übellaunig. Jetzt fand sie das erlösende Wort.

»Es ist angerichtet! Und Sie, Eriksson, sollten wohl Verstand genug haben und jetzt nach Hause gehen, weil Sie nicht eingeladen sind!«

Auf gewisse Weise war das eine Erleichterung, und die beiden Herren atmeten befreit auf. Samuel zuckte unter dem Schlag zusammen, murmelte, nickte, machte sich wie ein Blinder auf den Weg hinaus. Ja, ja, eine Erleichterung war es auf jeden Fall. Bergstedt würde im nachhinein das Vergnügen haben, ein paar Gewissensbisse zu spüren und seiner Frau in liebevollen Worten Vorwürfe zu machen: Meine Liebe, ich verstehe deine Reaktion ja, aber hättest du dich nicht eine Spur . . . Nun, was hätte ich denn sagen sollen! Nein, ich verstehe ja schon, wie dir zumute war . . .

Die Demütigung als körperlicher Schmerz, die Tränen standen ihm in den Augen, es war so äußerst schwer, Luft zu holen. Er setzte sich auf die Treppe des Pastorats, um sich die Schuhe aufzuschnüren: Aus alter Gewohnheit wollte er barfuß nach Hause gehen, um die Ledersohlen zu schonen. Er nickte und lächelte den kleinen Kindern zu, die sich um ihn herum versammelten, wartend und still, mit großen und leuchtenden Vogelaugen. Dann wanderte der verrückte Sam endlich nach Hause zu den Seinen, mit einer endlosen Prozession von Kindern im Gefolge.

Man sah ihn aus den Höfen und Häusern, sah ihn mit Schadenfreude oder Trauer oder mit den Gefühlen, die Menschen eben bei einem Schauspiel wie diesem aufbieten können.

Die Familie hatte schon geahnt, daß etwas nicht in Ordnung war. Sie verstanden alles, als er den Weg zum Häuschen emporstolperte, die kostbaren Schuhe im Arm. Sie stürzten hinaus, um sich wie eine Mauer aus Leibern um ihn herum zu schließen, sie wollten ihn mit ihrem lebendigen Leib vor der Welt schützen, ihn wie einen Frierenden mit offenen Armen empfangen.

Cecilia half ihm aus dem unglückseligen schwarzen Jackett und zwängte ihn in die Wolljacke. Elin und Maria wollten ihn füttern wie ein Kind, er lächelte und bat, nichts essen zu müssen. Abel holte eine Schüssel aus dem Waschtisch und fiel auf die Knie, um seine Füße zu waschen, er murmelte, ließ es aber schließlich geschehen.

Sie spannten all ihre Kräfte an, alles Gefühl, alle Phantasie, um Worte der Liebe und des Trostes zu finden, konnten aber nichts finden. Nur Ohnmacht und schweigende Verzweiflung.

Sie hätten ihre jungen Körper wie Schlachtopfer auf einen Altar legen mögen, um ihm Trost und Hilfe zu sein, aber an diesem Abend war aller Trost von der Erde verschwunden, und Gott in seinem Himmel erbebte vor Erschrecken über seine eigene Grausamkeit, und die ganze Welt hielt den Atem an.

Es war ein stiller Juniabend, und die Dämmerung fiel kühl über Väse. Die Nacht, der Schlaf und das Vergessen waren noch unendlich fern.

Endlich konnten sie die Fesseln des Schweigens brechen und eine Zuflucht im Gesang finden. Das war ihre letzte Hilfe in der schweren Not, wenn alle guten Worte enttäuscht hatten, alle Spiele und freundlichen Lügen: gemeinsam zu singen und im Gesang der Trauer Luft zu machen. Alle trugen sie den Gesang als angeborene Gabe in Kehle und Herz, und an schweren Abenden wie diesem konnten sie stundenlang singen, im Kanon und in einzelnen Stimmen, bis der Krampf schließlich nachgelassen hatte und die Tränen fließen konnten.

Elin öffnete das Fenster zum Sommerabend in Väse: Sie wollte, daß die Kinder dort draußen und alle Menschen in der Gegend dazu ihren Gesang hören und etwas von ihrer Verachtung für das Urteil der Welt ahnen sollten, etwas von der stolzen Liebe ahnen sollten, die sie zusammenschweißte. Hört nur, wie wir singen, ihr harthäutigen Trolle in Väse. Wißt doch, daß wir uns unseres Vaters nicht schämen, hört doch, wie wir ihn in einen Königsmantel aus Gesang einweben!

Und sie sangen in dieser Nacht, sangen wie berauscht und besessen, während die Sommerdämmerung zur Nacht wurde, zu erschauernder Dämmerung und wieder durchschimmerndem neuem Morgen.

»Zum Ostland will ich fahren«, sangen sie. »Dort wohnt die Liebste mein, hinter Bergen und tiefen Tälern ... Zum Ostland will ich fahren.«

Sie wußten, daß sie dazu verurteilt waren, zu Hause in Väse zu leben und zu sterben, entehrt zu leben und in Armut zu sterben, ja, sie wußten, was die Wirklichkeit zu bieten hatte, für sie gab es kein Ostland, aber was bedeutet die Wirklichkeit angesichts des heiligen Gesangs, des Gesangs, der das Leben lindert und vor dem Tod tröstet, des Gesangs, der die mühseligste Wirklichkeit so leicht macht wie die roten Wolken der Dämmerung.

Sie sangen und sangen in dieser Nacht, und ihre Stimmen glühten und brannten und verbreiteten ihren Wohllaut über der Gegend, und dort draußen standen die Kinder von Väse mit gefalteten Händen und meinten, ein Wunder auf Erden zu ahnen: Daß der Mensch durch den Gesang größer ist als sein Schicksal und stärker als Gott.

Und sie sangen und sangen in dieser Nacht. Wir sind stärker als unser Schicksal, sagten ihre jungen Stimmen, wir sind stärker als Gott. Beuge uns zur Erde, Herr, zertrümmere uns zu Staub, aber unseren Gesang kannst Du niemals ersticken.

»Herrlich ist die Erde«, sangen sie. »Herrlich ist Gottes Himmel. Schön ist die Pilgerfahrt der Seelen durch die üppigen Reiche auf Erden ...«

Die Erde ist nicht herrlich, unergründlich und grausam ist Gottes Himmel, und die Pilgerfahrt der Seelen bahnt sich einen Weg durch Elend und Not. Aber der Gesang will es anders, und in den großen Stunden des Menschen spricht der Gesang die Wahrheit, nur so gehen wir mit Gesang zum Paradies.

Der Gesang band sie zusammen und die Liebe. Sie verloren in diesem Augenblick ihre Namen und wurden zu einem einzigen Wesen, dessen mächtiges Herz einem Siebenstern aus Leibern neues Leben einhauchte. Der Gesang und die Liebe verbanden, und am Ende war nur der Gesang Wahrheit.

Der Krampf löste sich endlich, so daß er über sein Elend weinen konnte. Am Ende hatte er ihnen nicht einmal mehr irgendwelche tröstenden Illusionen über seine Auserwähltheit und Besonderheit zu geben, er war nicht der gebildete Gottesmann, der beim Pastor wie ein Sohn im Haus war, er war nur der verrückte Sam, ein Mann mit heillosem Mißerfolg, und er wurde von der Einsicht durchleuchtet, daß die Kinder schon längst alles über sein Elend wußten, daß sie ihn aber dennoch in der tiefsten Erniedrigung liebten.

Cecilia entkleidete ihren Mann schließlich und legte ihn zur Ruhe. Die kleinen Kinder waren schon auf dem Fußboden eingeschlafen.

Elin, Abel und Maria blickten in das Licht der aufgehenden Sonne. Ihre Gesichter waren bleich von der Nachtwache, ihre Kehlen wund vom Singen.

Hier stehen wir mit unserem schönen Gesang, mit unserem klaren Verstand und unseren reichen Träumen, aber die Welt will uns nicht haben, Schweden will uns nicht haben, wir stehen in dieser Welt ohne Hilfe da, und er, der unser Vater ist und der unsere Stütze sein sollte, kann mit unserer Hilfe nur noch eine kurze Zeit leben, und dann vorbei.

Wie lange wird unsere armselige Kraft diese Liebesbürde tragen können? Wie lange werden wir in dieser entsetzlichen Welt überleben?

Nur mit Hilfe des Gesangs ist der Mensch größer als sein Schicksal und stärker als Gott. Nur eine kurze Zeit, und dann vorbei.

17

Ja, so ist es – Gott hat sich nun einmal vorgenommen, herauszufinden, wieviel Demütigung ein Mensch erdulden kann. Gott ist eine große Katze. Der Ewige spielt und spielt mit dem leidenden Menschen, wie eine große Katze mit einer Ratte spielt. Gott spielt jetzt mit Samuel Eriksson, und Er findet heraus, daß der Unglückliche nicht besonders viel verträgt. Er bricht recht bald zusammen, er wird krank, vergiftet, verwirrt. Er hält Gottes harte Spiele nicht aus, er bricht recht bald zusammen und wandert in das Reich der Nacht hinein.

Während des Jahres 1907, dem allerletzten Jahr, hat er ein Lebensalter von dreiundvierzig Jahren erreicht, ähnelt aber schon einem alten Mann, Haar und Bart grau gesprenkelt, ewig über nichts und niemanden lächelnd, ein alter Mann mit glänzenden, tränenerfüllten Augen. Er spricht immer öfter zu sich selbst, oder ist es möglicherweise sein Gott, zu dem er spricht? Um ihn herum ist die Ausstrahlung des Unrettbaren, er flößt anderen eine eigentümliche Beklemmung ein, wo er sich auch befindet. Er ist schon seit langem jenseits aller Hilfe. Er hält die groben Spiele Gottes mit seinem Leben nicht aus.

Aufgrund einer stillschweigenden Übereinkunft haben die Kinder damit begonnen, in Haus und Hof immer mehr von der Arbeit zu übernehmen. Sie melken die Kuh und misten aus, sie kümmern sich um das Kohlbeet und den Kartoffelacker. Dadurch kann Papa ungestört auf dem Sofa in der Kammer sitzen, in kostbare Spekulationen versunken. Einmal wird Papas stilles Grübeln Frucht tragen, sagen sie sich in der Überzeugung der Verzweiflung. Eines Tages wird er aus seinem Dämmerzustand aufwachen, um eine gelehrte Abhandlung zu schreiben, ein Gedicht, eine Erzählung, und dann wird Schweden seinen großen Sohn entdecken und ihn ans Herz drücken. Und alle Kinder werden Papa ins Paradies der Zukunft folgen dürfen ... Ja, Mama darf auch dabeisein.

Sie tapsen auf Strümpfen durchs Haus, um Papa nicht zu stören. Sie wissen, daß ihre Begabung nur ein bleicher Abglanz von Papas leuchtendem Genie ist. Papa ist auch der einzige in der Familie, der hat studieren dürfen, er allein ist es, der uns allen helfen kann. Nur Papa hat sich im Paradies des Wissens aufhalten dürfen, das für die Kinder eine verlokkende, aber verschlossene Welt mit himmelhohen Mauern ist und immer bleiben wird.

Seid still jetzt und stört ihn nicht! Schweigt jetzt stille und bewegt euch behutsam, Papa meditiert!

Aber worüber grübelt er nach, dieser große Geist in Väse? Denkt er darüber nach, was Gott vorhat mit seinem Leben? Empört er sich gegen die große Katze, ist er über sie verbittert?

Ja, es kommt vor, daß seine Trauer mitunter zu plötzlicher Raserei gegen diesen Gott wird, der seinen erschreckten Kindern eine Teufelsmaske zuzuwenden scheint. Aber die Bitterkeit ermattet bald und verkehrt sich in sorgenvolle Selbstprüfung. Warum sollte gerade ich Unseren Herrn anklagen? Wie vielen Menschen geht es nicht schlimmer als mir?

Nein, ich muß resignieren.

Aber habe ich ein Recht, auch wegen Cecilia und der Kinder zu resignieren? Hat die Familie nicht das Recht, für sich selbst zu sprechen, ein besseres Schicksal zu fordern, sich zu empören und klagend in den Himmel zu schreien? Welches Recht habe ich, sie in meine eigene bodenlose Resignation herunterzuziehen? Nein, niemand empört sich allein, und niemand resigniert für sich allein ...

Die Gedanken irren umher, er zupft und zupft an seinem Bart, er sitzt jetzt während der Sommerferien den ganzen Tag lang dort auf dem Sofa in der Kammer und sieht das Sonnenlicht über den Fußboden wandern. Vielleicht hat das Licht einen Sinn, von dem er nichts ahnt. Vielleicht ist dies das Licht vom Auge der großen Katze. Vielleicht hat es etwas anderes zu bedeuten ...

Versucht jetzt still zu sein, denn Papa denkt nach.

Papa grübelt und denkt nach, hebt mitunter sein Sieb aus der Quelle der Ideen, sieht die lebendigen Wasser der glänzenden Einfälle verfließen und in glitzernden Wassertropfen verschwinden, spürt von neuem Trauer und Resignation. Die Taube des Gedankens kreist in einem schrumpfenden Gefängnis, kreist und fällt tot zu Boden. Alles ist vergeblich, am besten, endlich zu resignieren.

Die Kinder tapsen leise umher und warten auf ein Wunder, eine Großtat, ein Wort, das erlöst. Die kleinen Kinder denken manchmal, Papa sei verzaubert. Bald wird er den Bann lösen, der alles lähmt, und in leuchtenden Kleidern hervortreten. Bald, sehr bald. Wenn wir nur vollkommen still sind, während Papa nachdenkt.

Aber sie hätten ebensogut nach Herzenslust herumtollen können, er würde dennoch nichts merken. Er ist zu tief versunken. Immer höher wachsen die Mauern zwischen seinem Blick und dem, was man Wirklichkeit nennt, immer fester, immer härter, immer höher. Eingemauert in sein Ich ist Samuel Eriksson bald und von dieser seltsamen Wirklichkeit ausgesperrt, von der Gott verlangt, daß wir sie ernst nehmen. Dieser unbegreifliche Gott.

Meister Samuel denkt nach, und die Kinder tapsen still umher. Sie stecken manchmal in einer Ecke die Köpfe zusammen und sprechen von diesem Wunderbaren, das jetzt in Papas Gehirn heranwächst, ein Gedanke, ein Gedicht, eine magische Formel, die seine Verzauberung lösen wird. Wartet und habt Geduld, seid lieb und still, hebt das schwere Joch des Alltags von seinen Schultern, seid Papa eine Hilfe und Stütze, und bald wird alles auf wunderbare Weise verwandelt werden.

Aber seine Gedanken berühren nicht immer so wichtige Dinge, ach nein. Manchmal grübelt er über seinen gestrengen Gott nach und sein schweres Schicksal, das ist wahr. Aber oft sitzt er nur da und gibt sich in der selbsterzeugten Landschaft der Phantasie Tagträumereien hin. Er träumt, er sei im Pfarrhof und diskutiere mit Pastor Bergstedt. Und hier im Wohnsitz der Träume ist Bergstedt ein höflicher und verehrungswürdiger Freund, der das Genie und die dialektische Schärfe seines Kollegen zu schätzen weiß. Auf der Bühne seiner Träume sitzt Samuel Eriksson im Talar und unterrichtet Bergstedt in hohen theologischen Fragen, ermahnt freundlich und weist zurecht. Alles in bester Absicht, nur um zu lehren und zu erklären, nie mit harten Blicken und giftigen Worten. In der Welt des Traums kann Samuel die Freude empfinden, Böses mit Gutem zu vergelten.

Laßt uns still sein, Papa denkt nach. Laßt uns Papa helfen, laßt uns seine Bürden tragen, laßt uns still und leise sein, alle Kinder. Bald ist das Wunder da, bald ist die Verzauberung vorüber.

Die Mauern wachsen immer höher, er ist jetzt von der Wirklichkeit ausgesperrt. Er hat nicht mehr die Kraft, über große und gelehrte Fragen nachzugrübeln, er spielt. Er spielt, er befände sich im Pfarrhof von Fardhem. Er sitzt dort in der Bibliothek und träumt von dem schönen, seelenvollen Stil Kyrills, und bald wird Stina eintreten und zum Mittagessen bitten. Vielleicht kommt Lindfors oder Ahlenius vorbei, um ihm hinterher beim Kaffee Gesellschaft zu leisten, so daß man sich in wichtige Fragen vertiefen kann, sich mit leisen, kultivierten Stimmen unterhalten kann, ja, du hast so recht, bester Bruder, findest du wirklich, ja, lieber Bruder, du bist zu liebenswürdig.

Keine harten, schneidenden Stimmen, keine Anschuldigungen wegen irgendwelcher Versäumnisse im Dienst, Eriksson, Sie müssen sich jetzt bitteschön zusammennehmen, es muß hier in der Schule endlich Ordnung herrschen, diese Nachgiebigkeit und Verzärtelung muß ein Ende haben, und außerdem . . . Wir können dafür nicht geradestehen, wir, die wir für die kommunalen Angelegenheiten die Verantwortung tragen!

Nein, nicht so, nicht so. Nur sanfte, freundliche Stimmen in diesem Paradies hinter hohen Mauern, das die Wirklichkeit aussperrt. Hier drinnen nur gute und sanfte Stimmen.

Bewegt euch still und leise, Kinder, denn Papa denkt nach.

Und es ist schon gut so, daß er so dasitzt, denn geht er ins Dorf hinaus, erregt er mit seinem ständigen Gemurmel Aufmerksamkeit, mit seinem Lächeln über nichts und niemanden, mit seinen Verbeugungen und zierlichen Gesten einer Welt des Traums gegenüber, in der verblendete Menschen nur Leere sehen.

Wenn er sich auf diese Wanderungen begibt, versammeln sich um ihn herum Kinder wie Dohlen um eine Vogelscheuche und folgen ihm dann geduldig überallhin, wohin er geht. Die kleinen Kinder gehen noch an, sie können oft Ehrfurcht vor dieser Sonderlichkeit empfinden, die sie selbst so gut kennen, aber die halbwüchsigen Jungen sind manchmal schwierig. Sie sollen zu erwachsenen Männern geformt werden und müssen daher die Kunst der Grausamkeit lernen.

Jetzt können die Kinder ihm nicht mehr zu Hilfe und Schutz auf den Wegen folgen. Elin hat als Jungmagd bei Pettersson in Länna angefangen und hat viel zu tun, jetzt, wo die Frau des Hauses krank ist. Und Abel ist Jungknecht bei Gustaf Eriksson, ja, jetzt ist er Knecht auf dem Hof, den er selbst eines Tages erben müßte, wenn auf der Welt alles mit rechten

Dingen zuginge. Abel dient als Knecht dort im Osten, auf dem Hof, den einmal sein Großvater und Urgroßvater besessen haben, auf dem Samuel heute der natürlichen Ordnung zufolge sitzen sollte. Aber so ist es nun nicht gekommen. Großvater Axel war von einem aufrührerischen Irrgeist besessen und erhob sich gegen die Staatskirche und die hohe Obrigkeit. Damit veruntreute er den Besitz und ließ seine Nachkommen mit leeren Händen zurück. Und wenn Samuel jetzt als Dorftrottel über die Straßen spaziert und Abel als Knecht in einer Kammer sitzt, sind es vielleicht die Missetaten der Vorväter, die gesühnt werden sollen. Aber nun gilt es, sich gehorsam dem Gott zu unterwerfen, den die königliche Majestät und die Staatskirche anzubieten haben, und sich nicht mit der hohen Obrigkeit zu überwerfen. Man soll sich mit dem Los zufriedengeben, das einem vom Leben zugedacht wird, das soll Abel nur wissen.

Und Abel nickt zu dieser einfachen Weisheit und schmuggelt einen Gedichtband unter die Pferdedecke seines Bettes. Onkel Gustaf mag es nicht, daß er Spiritus und bezahlte Arbeitskraft an unnützes Lesen verschwendet. Man soll sich mit seinem Los hier im Leben zufriedengeben. Sieh doch nur, wie es deinem Vater ergangen ist, kleiner Abel. Er wollte studieren und Pastor werden und ein gelehrter und feiner Herr sein, aber sieh nur, was am Ende aus ihm geworden ist. Ein Dreck ist er geworden, kleiner Abel. Habe ich nicht recht?

Abel hat dazu nichts zu sagen. Er sitzt auf seinem stinkenden Bett in der Knechtekammer und hört geduldig zu, während Onkel Gustaf ihn ermahnt und ihm gute Ratschläge gibt. Der knurrige alte Schafbock ist jetzt schwach und kränklich. Dennoch geht er jeden Abend mit seinen letzten Kräften in die Knechtekammer hinüber, um Abel in der kostbaren Kunst der Geduld und der köstlichen Lektion der Demut zu unterweisen. Alter und Weisheit erlegen uns eine schwere Verantwortung gegenüber der jungen Generation auf. Es ist darum unsere Schuldigkeit, den jungen Leuten abschreckende Beispiele vor Augen zu führen, besonders dann, wenn es ein fleischlicher Vater ist, der über die Seinen Schande gebracht hat. Du darfst nicht verrückt werden wie dein Vater, kleiner Abel. Du mußt still deiner Arbeit nachgehen, dein Brot im Schweiß deines Angesichts essen, ja, du mußt die Kunst der Geduld lernen, kleiner Abel. Begreifst du das? Begreifst du es wirklich?

Abel nickt zum Zeichen, daß er all das begreift, daß er seinen Vater als abschreckendes Beispiel sehen soll, daß er das heilige Gedicht aufgeben soll, um den nützlichen Dunghaufen anzubeten, ja, Abel versteht und hat gar nichts einzuwenden.

Gustaf Eriksson ist ein kranker und alter Mann, aber er schleppt sich jeden Tag in die Gesindekate hinüber, um zu lehren und zu ermahnen. Alter und Weisheit legen uns eine schwere Verantwortung gegenüber der jungen Generation auf.

Abel ist jetzt zwölf Jahre alt, aber schon hochgewachsen und kräftig für sein Alter, ein armer Junge, der seinen Mann stehen und sein Brot verdienen muß. Er hat sein Leben lang abgelegte Kleider getragen, seine Hände und Handgelenke sind vor Kälte ständig gerötet. Sein Kopf ist gegen die Läuse kurzgeschoren, und die großen Ohren stehen wehrlos von seinem Kopf ab. Er sitzt hier und sieht Onkel Gustaf mit großen Augen an. Er lauscht und lauscht. Demut, sagt Onkel Gustaf. Demut und Geduld, kleiner Abel, das ist die Lektion des Lebens. Und achte darauf, daß du nicht so wirst wie dein Vater, kleiner Abel. Du mußt die schwere Kunst der Demut lernen.

Abel lauscht und lauscht und hat dazu nichts zu sagen.

18

Diesen Sommer hatte er nicht die Kraft, sich wie sonst zu Heu- und Getreideernte zu verdingen, um ein wenig Geld für diese ewigen Schuldscheine zu verdienen. Die Schuld bei Onkel Gustaf würde er nie loswerden, das war offenkundig. Geld für Studien, die zu nichts führten, Geld für eine Kuh und Geld für ein Schwein, das sollte alles mit Zins und Zinseszins zurückgezahlt werden, es nahm kein Ende. Er würde nie frei werden.

Er wollte sich diesen Sommer nicht verdingen, wollte nicht, hatte wohl auch nicht die Kraft. Cecilia fand das am besten so. Er war jetzt so verloren, daß es nicht leicht war, ihn vor den Jungen der Gegend zu schützen. Auch gut, wenn man ihn zu Hause unter Aufsicht hatte.

Elin und Abel dagegen gingen arbeiten, schließlich auch Maria. Sie wurde bei Berglunds in Bäckäng als Kindermädchen untergebracht, was als große Wohltat gegenüber der unglücklichen Familie angesehen wurde, aber es war wohl so, daß sie für Kost und Logis ihren Mann stehen mußte. Sie paßte Tag und Nacht auf drei Kleinkinder auf und konnte nie ausschlafen. Sie schleppte den lieben langen Tag lang einen verwöhnten Dreijährigen mit herum, so daß sie schließlich schiefe Hüften bekam. Sie verabscheute ihre Arbeit und sehnte sich immer nach Hause zu den Ihren.

Als sie eines Sonntags endlich nach Hause kam, sah sie die Mutter dasitzen und den schwarzen Anzug umnähen. Abel brauchte den Anzug, erklärte Cecilia. Wenn sie ordentlich auf Zuwachs nähte, würde er sicher bis zur Konfirmation reichen. Papa brauchte ihn nicht länger. Papa würde nie mehr bei Bergstedt oder anderen Herrschaften zu Besuch gehen. Und Abel hatte ja Kleidung so verzweifelt nötig.

Es war einfach und praktisch, es war eigenartig erschütternd. Es war das erste Mal, daß Maria ernsthaft begriff.

In der Kammer hörte sie den Vater murmeln.

19

Nichts wurde in jenem Herbst besser, alles war eher schlimmer als gewöhnlich. Er saß lange Stunden stumm und starr lächelnd am Katheder, während die Jungen wild herumtobten. Es ging in Richtung Auflösung und Untergang.

Benjamin begann in diesem Halbjahr mit der Schule und wurde Zeuge von allem. Er sollte sein ABC als Schüler bei seinem eigenen Vater lernen. Er saß ganz still und stumm in seiner Bank und hörte und sah.

Bergstedt und Olsson kamen manchmal hin und schimpften. Samuel nickte nur und lächelte über alles, seine Gedanken waren weit weg. Nichts war jetzt mehr zu retten. Die Dinge bewegten sich der Auflösung entgegen, alles fiel ihm aus den Händen. Immer höher wuchsen die Mauern, die ihn von der Wirklichkeit trennten.

Aber Gott, dieser Große, Unergründliche, der um jeden Preis herausfinden will, wieviel ein Mensch aushalten kann, Gott hatte noch eine weitere Prüfung zu bieten. Wieviel kann Samuel aushalten, bevor er endlich zusammenbricht? Das wollte jetzt Gott in seiner großen, unergründlichen Wißbegier herausfinden.

Eines späten Abends kam Abel mit einer bemerkenswerten Neuigkeit nach Hause: Jetzt sei es mit seinem Herrn schließlich zu Ende. Jetzt war Gustaf Eriksson dort im Osten in Tågås endlich in die ewige Ruhe eingegangen, selig bei Gott.

Es dauerte eine Weile, bevor sie den Inhalt dieser Worte begriffen. Der alte Bauer dort im Osten war endlich tot. Und damit wäre also Samuel Eriksson der Erbe des Hofes, als solcher von Onkel Gustaf in vielen Jahren genannt. Jetzt würde er endlich nach einem gegebenen Versprechen die Erbschaft antreten und vom Hof seiner Väter Besitz ergreifen.

Er erwachte damit ein letztes Mal aus seinem Dämmerzustand. Die Familie freute sich zunächst über seine Genesung, freute sich darüber, daß er sie wiedererkannte, scherzte und wie zuvor redete, aber sie ängstigten sich schließlich über seine strömende Beredsamkeit und seinen flatternden Gedankenflug.

Viele, viele Abende hatte Samuel dort in der Kammer gesessen wie ein Märchenkönig und ihnen die köstliche Gabe der Träume geschenkt, ihnen eine Zukunft ausgemalt, die nur Fata Morgana und Traum war. Die Kinder glaubten ihm, obwohl er es selbst nie tat, Cecilia noch weniger, aber er gönnte ihnen so gern die üppigen Tische des Traums, feine Kleider und gefüllte Bibliotheken. Sie hatten in einem Halbkreis um ihn herumgesessen, sie hatten mit leuchtenden Augen zugehört, wenn er ihnen alle Leckereien des Traums schenkte und ihre jungen Leiber in den kostbaren Stoff der Träume hüllte.

Jetzt glaubte nur noch er selbst, während in den Kindern Zweifel nagten und sie von der Ahnung geängstigt wurden, daß Papa nicht mehr ganz gesund war. Sie saßen um ihn herum, nickten und lächelten ihr versteinertes Lächeln. Ja, lieber Papa, es wird sicher gut. Wir sind so froh, daß du an uns denkst, Papa. Es wird schon alles gut werden, aber werde jetzt nur nicht zu eifrig . . .

Cecilia saß neben ihm auf dem Sofa und nähte an dem schwarzen Anzug. Abel hatte ja so verzweifelt neue Kleider nötig.

»Mach dir nicht die Mühe«, sagte er und legte ihr die Hand auf den Arm. »Zu Weihnachten fahren wir nach Karlstad und kaufen für die ganze Familie neue Kleider.«

»Ja.«

»Wirf diese Lumpen weg, ich kann sie nicht mehr sehen! So viele quälende Erinnerungen . . . Jetzt werden wir neue feine Kleider im Haus haben. Die Kinder brauchen sie, und du Ärmste, die du nie was Neues bekommen hast, obwohl du dich so gut zu kleiden verstehst . . .«

»Ja«, sagte Cecilia und lächelte über seine Fürsorge. »Das ist lieb von dir, Samuel. Du bist so lieb zu uns und so fürsorglich.«

Und damit nähte sie an dem schwarzen Anzug weiter.

Aber Samuel redete und redete.

Er würde erben, es würde jetzt Geld im Haus sein, und damit hätte die demütigende Plackerei in der Schule ein Ende. Und was würden sie mit dem Geld machen? Kleidung, Essen und vor allem Bücher, Bücher! Und jetzt werde er nach Uppsala fahren, um seine Studien zu vervollständigen und endlich dieses blödsinnige schwedische Pastorenexamen abzulegen. Zwei Semester werde es dauern oder im schlimmsten Fall drei, jetzt habe es keine Eile mehr, jetzt könne er sich endlich aus der

Quelle des Wissens satttrinken. Und dann werde er sich eine Stellung suchen, endlich ein Pastorat, gern in Värmland, aber am liebsten so weit weg von Väse wie möglich, Bergstedt wolle er nicht mehr die Hand geben, nicht dem Mann, niemals! Und dann würden sie endlich in dem ersehnten Pastorat sitzen, die ganze Familie, sag, weißt du noch, Cecilia, wie wir früher von dem Pfarrhof phantasierten, erinnerst du dich?

O ja, Cecilia erinnerte sich sehr gut. Sie nickte, lächelte und strich ihm behutsam über den Arm: Natürlich erinnere ich mich, lieber Samuel, aber beruhige dich jetzt doch nur ein bißchen ... Und weißt du noch, wie wir zusammensaßen und uns über Kühe stritten, wenn wir darüber sprachen, du wolltest ja wegen der Kinder eine Kuh haben, und der Streit um die Kuh ging zwischen uns hin und her, als wäre für uns schon ein Pfarrhof in Sicht, und dann war es nur Traum und Phantasie, das Ganze, überhaupt nicht wie jetzt ...

Nein, nicht wie jetzt, lieber Freund, nicht wie jetzt, aber jetzt mußt du ...

Du darfst so viele Kühe haben, wie du willst, liebe Cecilia, ich werde bestimmt nicht knausern, Kühe im Stall sollst du haben und Nähzimmer und Webstuhl und eine ganze Garderobe voller Kleider ...

Du bist so lieb, Samuel, und das wird sich schon alles richten, alles wird gut, wenn du nur ruhig bist ...

Und die Kinder werden endlich studieren können ... Überleg mal! Ist es etwa eine Art, daß meine hübschen, klugen und begabten Kinder sich hier abplagen müssen, Fußböden scheuern, Dunghaufen auftürmen und auf verwöhnte Gören aufpassen ... Elin muß auf die Volkshochschule, und Abel sollte schon längst auf dem Gymnasium sein, und die kleine Maria, die dort hinten in Bäckäng wachen und hungern muß und nie ein Buch zu lesen kriegt ... Gott! Wie lange laufe ich hier nicht schon herum und sehe meine geliebten Kinder sich abquälen, während Bergstedts dumme Gänse ins Lyzeum gehen dürfen ... Und wie oft habe ich mir nicht selbst vorgeworfen, ein elender, ungenügender Vater gewesen zu sein ... Daß ich mein eigenes Leben in Trümmer gelegt habe, das ist meine Sache, aber daß ich meinen Kindern keine Zukunft habe bieten können ...

Papa!

Nein, Samuel, nicht so ...

Papa, sprich nicht weiter!

Lieber Papa!

Sie schrien in Verzweiflung, sie konnten seine Demütigung nicht ertragen, nein, Papa, alles, nur nicht dies, Demütigungen konnten sie selbst auf ihren jungen Rücken tragen, aber sie ertrugen das Elend des Vaters nicht, er war doch immerhin der feine und gute Mensch, er war in ihrem Leben das Edle und Große, er durfte nicht gedemütigt und vernichtet werden ... Er kaute, sein Blick irrte umher, er nickte und lächelte, obwohl er sie nicht zu sehen schien oder auch nur ihre Rufe hörte. Die Tränen standen ihm in den Augen, und dann verzog er mit einem merkwürdigen Lächeln den Mund, blinzelte ihnen bedeutungsvoll zu und hob listig und hintergründig einen Zeigefinger.

Habt ihr wirklich geglaubt, ich hätte alles nicht begriffen?

Papa ...

Habt ihr das wirklich geglaubt?

Lieber Papa ...

Lieber Papa, kluger Papa, feiner Papa, der bessere Tage gesehen und einem Bischof die Hand gegeben hat ... Und in Wirklichkeit war ich nur der verrückte Sam, dem die Kinder Dreck hinterherwarfen ...

Papa!

Ein Trottel war ich im Dorf, ich, der ich eine Ehre für die Meinen und ein Vorbild hätte sein sollen ... Der feine Papa, der ein bißchen was Besseres war! Ein Trottel bin ich gewesen und eine Schande für meine Kinder!

Papa!

Sie schrien vor Verzweiflung, und Abel warf sich ihm zu Füßen, ergriff seine Hände, küßte sie, preßte sie gegen die Ohren, um nicht hören zu müssen. Er erwachte aus seinem Wahrheitsrausch, mit verlorenem Blick, machte sich behutsam frei ...

»Abel, liebes Kind, was ist mit dir los? Du sollst doch nicht so weinen ... Jetzt sollst du so viele Bücher bekommen, wie du willst, du sollst die Gedichte Frödings bekommen und einen eigenen Stagnelius und einen neuen Federhalter und soviel Papier, wie du willst ... Und du wirst auf das Gymnasium gehen und Latein und Griechisch lernen, und dann fährst du nach Uppsala und studierst, und dann schreibst du schöne Gedichte und wirst geliebt und berühmt und kommst in die Akademie ...«

Ja, lieber Papa, natürlich wird es gut, es wird schon werden, o ja ...

Und Abel lief der Rotz aus der Nase, und er trocknete die Tränen am Jackenärmel und versuchte seinen Vater anzulächeln, ja, dies war auf jede erdenkliche Weise besser, besser, daß Papa »glückliche Zukunft«

spielte, statt sich an der giftigen Droge Wahrheit berauscht und krank zu trinken.

»Ein großer Dichter wirst du werden, und alle Menschen in Schweden werden dich lieben, Abel, dich für die Worte der Hilfe und des Trostes lieben, die du geben kannst, und dann werde ich als gebeugter alter Mann auf der Straße gehen, und die Menschen werden mit dem Finger auf mich zeigen und einander zuflüstern – seht! Dort geht Samuel Eriksson! Er ist der Vater von Abel Eriksson, dem großen Dichter Schwedens, der so vielen Licht und Trost und Freude geschenkt hat . . .«

Ja, lieber Papa, natürlich, so wird es werden . . .

Oh, wie gut, daß Papa wieder spielt, wie gut, daß er sich von dem entsetzlichen Rauschgetränk Wahrheit abgewandt hat.

So saßen sie an diesem Abend und an vielen anderen, starr lächelnd und den Tränen nahe, und halfen Papa dabei, das unselige Spiel »glückliche Zukunft« zu spielen. Es war unwirklich und leicht erschreckend, aber dennoch besser als die Ausbrüche, die ihn befallen hatten, nachdem er vom tödlichen Gift der Wahrheit geschmeckt hatte.

Er nahm sich um diese Zeit frei und fuhr in größter Heimlichkeit los, niemand wußte wohin. Als er wieder zu Hause war, trug er einen neuen Strohhut mit einem roten Band, lächelte hintergründig, wollte aber nichts erzählen. Wo war er gewesen? Nach seinem Tod würden sie die Erklärung unter seinen nachgelassenen Papieren finden.

STUDENTEN-BRIEF

Der Rektor der Königlichen Universität in Uppsala bestätigt hiermit: Der Studierende Samuel Eriksson, laut Geburtsurkunde am 24. Oktober 1864 geboren, Mitglied der Studentenvereinigung des Lehens Värmland, hat sich nach Vorlage eines Abschlußzeugnisses des Augustana-College, in dem ihm die Gesamtnote Ins. cum Laude approbatur bescheinigt wird, am bezeichneten Tag als Student eingeschrieben . . . Die Kanzlei der Königlichen Universität in Uppsala, den 15. November 1907.

Henrik Schück.
(Dienstsiegel)

20

In der ersten Zeit nach dem Tod des Onkels wirkte er verwunderlich lebhaft und munter. In der Schule hielt er sich straff, und die Kinder waren ungewöhnlich fügsam. Erwachsenen Leuten gegenüber war er hochmütig und kühl auf eine Weise, die seinem abgerissenen Äußeren kaum anstand. Bei der einzigen Begegnung mit Bergstedt zeigte er sich höflich und korrekt, aber zugleich kurz angebunden und abwesend, fast ein wenig herablassend. Bergstedt war erstaunt und beeindruckt, vielleicht auch etwas schuldbewußt, und die gleichen Gefühle herrschten im Dorf. Was ist mit dem verrückten Sam los? Habt ihr nicht gehört? Was denn gehört? Er soll jetzt zu Geld gekommen sein, seitdem Gustaf dort im Osten heimgegangen ist, denn Gustaf war ja der Onkel von dem verrückten Kerl, obwohl sie manchmal wie Gleichaltrige wirkten, ja, wirklich. Nein, was du nicht sagst! Der verrückte Sam soll den Hof erben? Ja, was anderes weiß ich nicht. Und irgend etwas muß wohl dran sein, sonst würde er sich wohl nicht so gehaben ...

Eine Zeitlang stand Meister Samuel als ein beinahe geachteter Mann im Dorf da.

Nach Gustafs Tod wurde die entbehrliche Habe wie üblich versteigert, und Samuel ersteigerte das eine oder andere, woran er sich aus der Zeit des Vaters erinnerte; drei Kupfertöpfe und ein Dutzend silberne Löffel, das Butterfaß, das seine Mutter gebraucht hatte, und die kleine Axt, die er als Junge geschenkt bekommen hatte, eine große Erinnerung. Er begegnete der Witwe, drückte ihr die eiskalte Hand und wechselte ein paar Worte: Es war peinlich. Man konnte nur hoffen, daß Onkel Gustaf für Tante Mia ein anständiges Legat vorgesehen hatte. Sonst würde er diese Bürde auf sich nehmen und das ohne Knauserei.

Als Erbe erhielt er vom Nachlaßverwalter Zahlungsaufschub wegen der von ihm ersteigerten Dinge.

»Eriksson hat Kredit«, sagte der Landjäger und blinzelte listig, unsicher, wie er den verrückten Sam jetzt behandeln sollte. »Das Geld können wir bei der Aufteilung des Erbes abziehen, das findet sich.«

Aha, sieh einer an. Am Ende ist man sogar noch kreditwürdig. Aber Samuel war dennoch nicht zufrieden, ihn quälten unklare Schuldgefühle, als er mit seinem Butterfaß auf dem Rücken nach Hause stiefelte. Im bleichen Gesicht und in dem kalten Händedruck der Witwe lag etwas, was ihm Angst machte. Es war etwas, woran sie trug, was sie aber nicht aussprechen konnte, die Tante Mia.

Am Abend schüttete er Cecilia sein Herz aus. Sie saß wie gewöhnlich kühl und ruhig da und trennte die Ärmel des schwarzen Anzugs auf.

»Wir müssen zusehen, daß wir für Tante Mia sorgen«, sagte er.

»Es reicht, sich deswegen Sorgen zu machen, wenn wir erst mal geerbt haben«, erwiderte sie.

»Was meinst du? Er hat doch ein Testament gemacht?«

»Ja, aber die Witwe?«

»Sie hatten einen Ehevertrag, außerdem wird sie wohl ihren Teil kriegen.«

»Ja, sicher.«

»Du mußt bedenken, daß Onkel Gustaf und seine Brüder sich von Mama den Hof mehr oder weniger erschwindelt haben . . . Es war unmoralisch, und es ehrt Onkel Gustaf, daß er das Unrecht wiedergutmachen wollte.«

»Aber warum hat er keine Wiedergutmachung geleistet, solange er noch lebte?«

»Nun, die Hauptsache ist doch, daß er das Testament zu meinen Gunsten abgefaßt hat . . .«

»Hat er das getan?«

»Natürlich hat er das! So wie er es in all diesen Jahren versprochen und immer wieder versprochen hat.«

»Ja, versprochen hat er, das stimmt wohl.«

Damit beugte sich Cecilia wieder über ihre Handarbeit. Er sah sie mit unbestimmter Unlust an. Cecilia wird allmählich alt, dachte er. Und das ist mir noch nicht aufgefallen? Sitzt mit der Nase fast am Jackett, es sind wohl die Augen, die nicht mehr so recht mitmachen. Sobald ich zu Geld gekommen bin, bekommt sie eine Brille, eine goldgeränderte soll sie bekommen. Und neue Kleider . . .

Er versuchte in die »glückliche Zukunft« zu entfliehen, aber an diesem Abend konnte er seine Unruhe nicht besänftigen. Ihn quälten unbestimmte Gewissensbisse.

21

Der Landwirt Gustaf Eriksson »dort im Osten« in Tågås hatte den Hof testamentarisch seiner Frau vermacht. Tante Mia sollte auf Lebenszeit ungestört im eigenen Haus sitzen. Wie sie selbst über den Besitz verfügte, stand in ihrem eigenen Belieben. Auf ihrer Seite der Verwandtschaft hatte sie an viele Geschwisterkinder zu denken, so daß man sich in etwa vorstellen konnte, wie sie entscheiden würde.

An den Neffen Samuel Eriksson ging ein Legat von 50 Kronen in bar, was in etwa dem entsprach, was er von dem Schuldschein von 1901 noch schuldig war. Der Schuldschein von 1904 war jedoch noch nicht eingelöst worden. Zusammen mit den Dingen, die Samuel auf der Auktion ersteigert hatte, schuldete er jetzt dem Nachlaß gegenüber in noch größerem Umfang.

Der restliche Nachlaß in Form von beweglicher Habe aus Silber, Leinen und Kupfer war auch genau verteilt worden. Samuel Eriksson erbte hiervon zwei Bücher, den »Seelenschatz« von Scriver und die »Postille« von Wallin, Bücher, die einmal seinem Vater gehört hatten, dem Propheten der Axeliten. Samuel war jetzt insofern ein reicherer Mann, als er von Wallins Postille zwei Exemplare besaß.

Zum Abschied drückte er die eiskalte Hand der Witwe und bat, ihn zu entschuldigen: Er sei schlecht gekleidet und könne nicht zum Kaffee bleiben. Durch viele Vorhaben gehetzt, hatte er den schwarzen Anzug nicht mehr anziehen können und war für den Leichenschmaus in einem Trauerhaus unangemessen gekleidet. Tante Mia entsprach seiner Bitte um Verzeihung freundlich nachsichtig und war höflich genug, ihm zur Tür zu folgen. Auf dem Weg hinaus blieb er bei einem Schaukelstuhl stehen.

»Der steht noch seit Großvaters Zeiten dort«, sagte er.

Tante Mia hatte darauf nichts zu erwidern. Sie standen ein Weilchen auf der Vortreppe und wechselten einige Worte.

»Ich glaube, es gibt Frost, das Wetter schlägt um«, sagte Tante Mia.

»Ja, der Winter kommt früh.«

»Und der König ist krank?«

»Er ist auch schon ein alter Mann«, sagte Samuel. »Das ist der Lauf der Natur.«

»Das ist es wohl. Ja, Samuel, grüß zu Hause schön von mir.«

Er bedankte sich für den Gruß, nickte und ging, sich duckend im kalten Wind. Er war in der beißenden Kälte dünn gekleidet, aber er hatte zum Glück von Arvid, dem Pastoratsknecht, eine abgelegte Pelzmütze bekommen. Sie wärmte gut in dem grimmigen Wetter. Der Winter kommt früh dieses Jahr. Der Wind treibt Schneewirbel heran, die ihm mit kalten Hieben das Gesicht peitschen.

Als er nach Hause kam, blieb er eine Weile zögernd auf der Schwelle stehen, ein Gast und Fremder, der sich nicht willkommen wußte. Cecilia zog ihn herein und bekam ihn am Küchenherd warm. Er war rot vor Kälte, und das Eis war in seinem ergrauten Bart erstarrt. Der Bart wippte wie ein Elsternschwanz, als er auf seinen schadhaften Zähnen herumkaute. Er blieb mit einer Tasse Kaffee eine Weile am Herd sitzen, hauptsächlich, um seine erstarrten Hände an der Tasse zu wärmen. Cecilia fand sein Schweigen schließlich gespenstisch.

»Hast du Abel dort gesehen?« fragte sie.

»Nein, ich habe vergessen nachzusehen . . .«

»Das kann leicht passieren.«

Cecilia fragte nicht nach der Erbschaft. Sie hatte schon verstanden.

Er saß am Herd und wärmte sich, rührte mit dem Schürhaken in der Glut herum und klagte ein wenig über die Kälte. Ein Gedanke überfiel ihn plötzlich.

»Und die Kinder sind nicht zu Hause«, sagte er.

»Doch, Benjamin und Becka, aber die anderen . . .«

»Nein, sie kommen nicht nach Hause, es ist wahr. Sie haben sich bei Bauern verdingt.«

Dies als Aufklärung für Cecilia: Möglicherweise hatte sie vergessen, daß die Kinder nicht zu Hause waren, nicht zur Schule gingen, daß sie zu elenden Bedingungen bei Bauern im Dorf dienten. Dennoch schien er es auch selbst reichlich schnell zu vergessen, denn er fragte wieder nach den Kindern, nach Elin, Abel und Maria, und er schien schwer zu begreifen, warum sie nicht zu Hause waren. Er saß gebeugt am Herd und wärmte sich. Er wirkte eigentümlich zerstreut. Von Erbschaft und Testament wurde nicht mehr gesprochen, und Cecilia hatte auch keinen Anlaß zu fragen.

»Die Kinder kommen nicht nach Hause, weil sie sich verdingt haben«, erklärte er Cecilia.

»Ja.«

»Becka und Benjamin sind zu klein, um sich als Magd und Knecht zu verdingen«, erklärte er weiter.

»Ja, das sind sie wohl.«

»Aber die Zeit wird kommen.«

»Ja.«

Er betrachtete Cecilia mit gespannter Aufmerksamkeit, als hätte er seine Frau nach einer langen Reise wiedergesehen. Die Kleinkinder hielten sich an ihrer Schürze fest und starrten den Vater schweigend an.

»Wir sind jetzt schon sehr lange verheiratet«, sagte er schließlich.

»Fünfzehn Jahre.«

»Ja, die Jahre vergehen. Und der Winter kommt früh.«

»Ja, es ist kalt.«

Sie wäre gern auf ihn zugegangen, um ihn zu berühren, aber die Kinder hielten sie zurück. Er atmete schwer und sprach mit Mühe.

»Es heißt, der König sei krank?«

»Ja.«

»Und das da ist Benjamin«, sagte er mit größter Anstrengung. »Und das da ist Rebecka.«

»Lieber Samuel, vielleicht solltest du jetzt schlafen gehen.«

Er war still und gefügig, und sie brachte ihn ohne Schwierigkeiten zu Bett. Sie glaubte, ihn wie gewöhnlich beruhigt zu haben, aber es lag etwas Unwirkliches über seinem leisen Gemurmel und vollkommen phantastischen Gedankenflug. Als er sich im Bett dennoch ruhig verhielt, wagte sie schließlich einzuschlafen.

Am nächsten Tag war er ganz wie gewöhnlich. Trank seinen dünnen Brei, kaute einen Zwieback, so gut er vermochte, machte sich wie gewöhnlich auf den Weg zur Schule. Er hielt die Morgenandacht mit »Die güldne Sonne« und las mit seiner müden, ein wenig nuschelnden Stimme das Vaterunser. Darauf hielt er die kleinen Kinder zum Schreiben an und las mit den Großen von Christopher Polhem, dem großen Sohn Schwedens, der auf dem Weg zu Ehre und Ruhm einen so langen und mühsamen Weg hatte zurücklegen müssen.

»Nach Schweden zurückgekehrt, begann er mit unver . . . unver . . .«

»Mit dem unverdrossensten Eifer.«

»Die neuen Erfahrungen in die Tat umzusetzen, die er in der Fremde erworben hatte . . .«

»Erik liest weiter.«

»Äh. Polhem konnte nicht dazu gebracht werden, sein Heimatland im Stich zu lassen. Der schwedische König ließ es sich nicht nehmen. Äh. Mit weiteren Aus-zeich-nun-gen. Äh. Einen Mann zu ehren, welcher die Ehre und der Stolz des Landes war.«

»Svea macht weiter.«

Die Unterrichtsstunde nahm ihren üblichen Verlauf, und die Kinder stürmten wie gewöhnlich zur Pause hinaus, aber mehr Unterricht gab es an dem Tag nicht. Samuel Eriksson trat nicht hinaus, um sie wieder zum Unterricht zu klingeln. Er saß nur am Katheder, lächelte über seine Visionen, antwortete nicht, wenn man ihn ansprach.

Es war seltsam und ein wenig gespenstisch, so daß die Kinder gar nicht dazu kamen, wie gewöhnlich zu lärmen und Krach zu machen. Ein tatkräftiger Junge ging schließlich zu einem Bauern in der Nähe und durfte Pferd und Wagen leihen. So transportierten sie Samuel Eriksson von der Schule nach Hause. Er verstand, was man sagte, und gehorchte den Anweisungen Cecilias, war aber still und abwesend und ruhig.

Er war hinter die Mauern in seine verborgene Welt zurückgekehrt, um nie mehr hinauszutreten.

22

Wer bin ich? Was waren es für Namen, die ich dort außerhalb der Mauern meiner abgeschiedenen Welt trug? Wer war ich in ihren Augen?

Ich erinnere mich nicht mehr.

Gleichviel, ich bin jetzt entzogen und gerettet, namenlos und vor der Welt verborgen. Ich brauche nun nichts mehr vorzustellen, Pastor Eriksson, Meister Samuel, der verrückte Sam, nein, jetzt brauche ich die Narrenkappe der erniedrigenden Namen nicht länger zu tragen. Gerettet ruhe ich hier in meiner verborgenen Welt. Namenlos und vor der Welt geschützt, unerreichbar und unverwundbar. Ich bin ich und nie mehr Namen, nur Licht und Stille über alle Vernunft.

Er sitzt den ganzen Tag lang in der Kammer, still und weltabgewandt. Er ist fügsam und ruhig. Es kommt vor, daß es ihm morgens schwerfällt, sich anzukleiden, und manchmal muß sie ihm wie einem Kind mit Knöpfen und Bändern helfen. Er spaziert gehorsam zu Tisch, scheint aber vergessen zu haben, wie man mit Gabel und Löffel umgeht. Cecilia muß ihn füttern, wenn es nötig ist, und manchmal der kleine Benjamin, wenn sie selbst draußen im Holzschuppen und in der Scheune zu tun hat. Man sollte Kinder wohl vor derlei schützen, die Erniedrigung des eigenen Vaters zu sehen, aber Not kennt kein Gebot. Und hier im Haus haben die Kinder schon soviel zu sehen bekommen. Benjamin muß einspringen und ihr manchmal helfen, sonst geht es nicht. Elin, Abel und Maria haben sich bei Bauern und Herrschaften verdingt und können sich nicht so oft freimachen. Benjamin muß zu Hause seinen Mann stehen. Rebecka ist zu klein, sie sitzt meist in einer Ecke und weint über ihren Vater. Benjamin muß einspringen und Samuel füttern, es ist nicht zu ändern, Not kennt kein Gebot. Behutsam führt er einen Löffel voll Brei an den Mund des Vaters. Es geht langsam, aber es geht. Samuel kaut und schluckt, sitzt dann mit Milchtropfen in dem ergrauten Bart da und blickt in die Ferne. Es ist ein betrüblicher Anblick, aber Cecilia hat nicht die Zeit zu weinen. Nicht jetzt, geht nicht, dafür habe ich keine Zeit. Man wird schon früh genug alt und sitzt dann einsam und beschäftigungslos irgendwo herum. Dann hat man Zeit zum Weinen.

Benjamin wischt seinem Vater den Mund mit einem Tuch ab und

führt ihn dann in die Kammer. Hinterher fällt es ihm schwer, die Hand loszuwinden, denn Samuel will einen Menschen an seiner Seite haben, er will nicht allein sitzen. Der Junge zerrt und zieht, sein Kindergesicht verzerrt sich vor Anstrengung, und er kann sich nur mit Mühe freimachen. Samuel lächelt sein verträumtes, abwesendes Lächeln, das dem Jungen die Tränen in die Augen treibt und ihn beklommen macht. Papa ist jetzt so anders.

Bergstedt und Olsson kommen auf Inspektion, der Pastor und der große Mann aus der Gemeinde, zwei dicke Freunde. Es ist ja irgendwie ehrenvoll, daß sie sich herablassen, nach dem Kranken zu sehen, und Cecilia verneigt sich tief vor den hohen Herren. Dann führt sie ihren Patienten vor, ängstlich, sie könnten etwas an seiner Pflege auszusetzen haben. Olsson grunzt und zieht den Klumpfuß nach, Bergstedt beugt sich vor, um zu lächeln und zu blinzeln, so wie er es zu tun pflegt, wenn er zu kleinen Kindern freundlich ist.

Samuel scheint nichts zu sehen oder zu verstehen.

Sie finden jedoch äußerlich an dem Kranken nichts auszusetzen: Samuel ist gut im Futter und einigermaßen sauber und reinlich. Samuel erhält seine Pflege, das steht fest, und Cecilia braucht sich wegen nichts zu schämen. Die feinen Herren sollen über die Frau des verrückten Sam nicht zu klagen haben oder sie im Dorf verleumden können.

Der Pastor ist seiner albernen Freundlichkeit bald überdrüssig und greift mit harten Worten zur Kommandostimme. Es hat keinen Zweck, man kann aus Samuel Eriksson doch kein vernünftiges Wort rauskriegen. Er nickt und lächelt als Antwort auf die Fragen und versinkt dann in die gleiche träumerische Grübelei wie zuvor. Samuel ist vor der Welt gerettet und braucht auf derlei harte Worte nicht mehr zu antworten. Er ist unerreichbar und namenlos, niemand kann ihn jetzt rufen und ihm weh tun.

Bergstedt empfindet einen anschwellenden Zorn angesichts dieses Mannes, den er nicht länger demütigen und kränken kann. Tiefer als jetzt kann er nicht mehr erniedrigt werden, gerade darum ist er so seltsam unerreichbar. Oh, diese Ohnmacht der Macht, wenn es sich nicht mehr lohnt zu quälen . . . Man könnte ganz außer sich geraten vor Wut!

Mit seinem Stellvertreter ist es auch nicht ganz leicht, der geht sogar noch schlechter mit den Schulkindern um als Eriksson. Bergstedt hat in den ersten Tagen selbst den Schuldienst übernommen und seinen Rohrstock mit heiligem Pflichteifer geschwungen, aber es ging gar nicht so gut, wie zu wünschen wäre. Die Kinder haben heutzutage keinen Respekt vor der Autorität, und das liegt wohl vorwiegend an den schlappen Methoden Erikssons. Ja, es ist die Schuld Meister Samuels, daß es so ist, wie es ist. Und doch ... So wie die Sache jetzt steht, wäre es tatsächlich am besten, wenn er in den Dienst zurückkehren könnte. Falls das überhaupt möglich ist? Wenn er nicht simuliert, muß es ein hoffnungsloser Fall sein.

Aber etwas anderes hätte man strenggenommen gar nicht erwarten können, bei diesem Schwärmer hat es nie ganz gestimmt, das habe ich schon immer gesagt.

»Wir müssen zusehen, daß wir etwas dagegen unternehmen«, sagt Bergstedt mit machtvoller und befehlsgewohnter Stimme.

Cecilia macht einen Knicks und bedankt sich für die Fürsorge und den ehrenvollen Besuch. Aber zugleich spürt sie die kalte Hand der Furcht um ihr Herz. Was von den Mächtigen getan werden kann, weiß sie nicht, aber am besten wäre es wohl, wenn man Samuel in Ruhe ließe. Solange Samuel gesund war, wollte ihm kein Mensch in diesem merkwürdigen Land wohl. Warum sollten sie jetzt nett und nachgiebig werden? Nein, am besten, man lebt ungesehen von den hohen Herren, am besten, die lassen einen in Ruhe. Vielen Dank für all die freundliche Fürsorge, aber jetzt möchte ich gern mit dem Menschenwrack alleingelassen werden, das mir noch geblieben ist. Das Leben wird er doch wohl noch behalten dürfen.

Aber sie sieht Bergstedt und Olsson an, daß sie überhaupt nicht zufrieden sind. Noch sind sie mit Samuel Eriksson nicht fertig. Auch Gott ist mit seinem Opfer noch nicht fertig. Noch ist Leben in seinem Körper, und solange es noch ein Fünkchen Leben gibt, kann keine menschliche oder göttliche Grausamkeit gestillt werden.

»Wir müssen zusehen, daß wir etwas dagegen unternehmen«, sagt Bergstedt, bevor er geht.

Cecilia macht einen Knicks und bedankt sich für die Freundlichkeit, aber die Angst preßt mit harter Hand ihr Herz. Ihr ist klar, daß sie mit Samuel Eriksson noch nicht fertig sind.

23

Wie gewöhnlich wandern die Kinder so oft nach Hause, wie es diese geizigen Bauern zulassen, denen sie dienen. Aus Pietät und alter Gewohnheit begeben sie sich in die Kammer und sitzen dort im Halbkreis um den Vater, wie sie es immer getan haben. So sahen die Audienzen bei König Trost immer aus, wenn er seine Gnadengeschenke verteilte: Wir, die wir was Besseres sind, dürfen jetzt nicht verzweifeln, noch gibt es Hoffnung auf eine »glückliche Zukunft«, ja, einmal werden wir alle gemeinsam in das Paradies »Pfarrhof« hineinwandern, ein Paradies mit vollen Scheunen und wohlgefüllten Bibliotheken und allerlei Luxus.

Aber jetzt hat es nicht viel Zweck, so schweigend dazusitzen, und die Kinder sehen bald ein, daß es nur eine leere Zeremonie ist, eine Geste der Ehrfurcht, so wie ein gemeinsamer Besuch an einem verwitterten Grabstein mit Blumen in der Hand.

Sie versammeln sich um ihren Herrn und König, Herrscher über die Reiche des Traums und des Trostes, sie begrüßen ihn so liebevoll, sie streicheln und küssen ihn, sie sagen Guten Tag, Papa, erkennst du mich wieder, ich bin Elin, dein Mädchen, und ich bin Abel, du kennst mich doch, Papa, tust du's, ja? Und ich bin Maria, die du einmal so gern gehabt hast.

Und ihr betagter Herrscher erwacht aus seinem Dämmerzustand, sieht sie mit matten Augen an, berührt ihre Wangen und Lippen mit der Hand, murmelt einen Namen, Elin, sagt er, und Abel, mein Junge, und kleine Maria, ja, natürlich . . .

Aber davon wird er sehr müde und kehrt bald in seine verborgene, einsame Zuflucht hinter himmelhohen Mauern zurück. Er hat seiner Macht über das Königreich Traum und das Fürstentum Trost entsagt, er hat ihnen keine Gaben mehr zu bieten. Jetzt betritt er schweigend seine einsame Welt und schließt die Tür hinter sich. Jetzt hat er sich auch vor den Kindern verborgen.

Sie bleiben eine Weile in hoffnungslosem Schweigen zusammen, um dem Vater ihre Achtung zu erweisen, stehen aber bald auf, um sich in die Küche zu stehlen. Jetzt müssen wir alle still sein, Kinder, denn Papa meditiert. Jetzt müssen wir uns gegenseitig helfen und trösten, wenn Papa uns nicht länger helfen kann.

Der Traum von der »glücklichen Zukunft« ist endgültig vorbei, aber noch besitzen sie ein Quentchen Trost, das sie einander schenken können, wenn sie sich hier unter der Spirituslampe in der Küche zusammenkauern.

Elin, wie lebst du dein Leben?

»Ich kann nicht klagen«, sagt Elin, aber sie klagt ja nie, unsere muntere und tapfere Schwester. Sie klagt auch jetzt nicht, und dennoch hat sie es auf mancherlei Weise schwer, denn Petterssons kranke Frau ist wegen ihrer Jugend und Gesundheit und blühender Schönheit verbittert und treibt sie ständig in harte Arbeit. Aber Elin ist mit dem leichten Frohsinn gesegnet, sie ist in unserer dunklen Familie die Helle und Fröhliche. Sie weint, wenn das Unglück kommt, und neigt den Kopf wie eine Blume im Morgentau, hebt ihn aber ebenso leicht und lächelt dem neuen Tag mit neuer Hoffnung zu.

»Wir sind arm und haben keine Bücher und dürfen nicht studieren ...«

»Aber wir haben eine schöne Aussicht aus dem Fenster«, entgegnet Elin und lächelt so verschmitzt, daß man lachen muß. Sie ist unser Stern in der Nacht, Elin, sie bietet uns eine letzte Scherbe von Papas leuchtenden Traum-Mosaiken.

»Es ist so nachtschwarz und schwierig, es kann nicht noch dunkler werden, als es schon ist . . .«

»Aber dann wird es ja bald Morgen«, sagt Elin.

So ist sie, unsere Elin, sie sieht in allem das Helle. Soll man lachen oder weinen? Man soll mit Elin lachen und sie umarmen und Gott danken, daß es sie gibt.

Aber du, Abel, wie lebst du dort hinten bei Tante Mia, auf dem Hof, den du hättest erben sollen und der dir gehören müßte?

Abel hat darauf nichts zu erwidern, er schüttelt nur den Kopf und lächelt sein trauriges Lächeln. Die Ohren stehen ihm vom Kopf ab wie zwei rote Flügel: Er hat im Winter schwere Erfrierungen davongetragen. Er hat über sein schweres Leben auf dem Hof Tante Mias überhaupt nichts zu sagen.

Findest du jemals Zeit zu lesen, Abel, oder bekommst du überhaupt ein Buch in die Hand, hast du Papier, auf dem du deine Gedichte schreiben kannst, hast du Feder und Tinte, jetzt wo Papa das nicht mehr aus der Schule für dich mitbringen kann . . .

Nein, das ist so eine Sache, Bücher, Papier, Lesen, Schreiben, in den Kräutergarten der Dichtung zu spazieren, all das gehört zur »glücklichen Zukunft«, diese Herrlichkeit besitzen wir nicht einmal mehr als Traum und Hoffnung. Jetzt schweigt Papa in der Kammer, und unser aller glückliche Zukunft ist seit langem vorbei.

Und du, Maria, wie ist dein Leben als Kindermädchen? Erzähl es uns, Maria!

Aber Maria hört ihre freundlichen Fragen nicht. Sie schläft schon mit dem Kopf auf den Armen, vor Müdigkeit zerschlagen, vor ewiger Arbeit Tag und Nacht mit drei verzogenen Herrschafts-Kindern. Sie ist erst neun.

Elin, Abel, Maria, Benjamin, Becka . . . Was soll in dieser Welt aus uns werden? Was sollen wir mit unserem armseligen Leben anfangen?

»Vielleicht sollten wir ein lustiges Stück singen«, sagt Elin mit dem Mut der Verzweiflung. »Vielleicht sollten wir singen, wie wir es früher mal getan haben?«

Nein, nicht singen, nein, die Zeit ist vorbei. Sie haben keine Kraft mehr. Sie sind zu mutlos und müde.

»Aber wenn Abel ein Gedicht läse?«

Gesang und Gedichte, die Zeit ist vorbei. Kann der Mensch sein Schicksal besiegen und Gott überwinden? Nein, kein Sieg ist mehr möglich, der grausame Gott ist allmächtig. »Glückliche Zukunft« ist für immer fort, das einzige, was bleibt, ist überleben, so lange man darf, demütig und der Erde nahe.

Überleben wie geduldige Haustiere, das ist, was uns noch bleibt, den Kindern des verrückten Sam, die einmal was Besseres gewesen sind.

Noch eine kurze Zeit überleben.

24

In diesem Lustgarten, im Schutz hoher Mauern, kann schließlich die weiße Rose wachsen, die kostbare Pflanze mit Namen Wahrheit.

Samuel Eriksson ist endlich zur Einsicht gekommen. Er ahnt deutlich, wie das alles gekommen ist.

Cecilia legt ihm manchmal die Bibel auf den Schoß, meist wohl, weil es etwas reputierlicher aussieht, wenn er etwas liest, statt nur beschäftigungslos dazusitzen. Bewegt euch jetzt leise, Kinder, denn Papa liest!

Samuel liest. Er sieht einzelne Sätze und Wörter, merkwürdig wimmelnde schwarze Samen, die sich in seinem Sinn zu üppig blühenden Büschen und Bäumen auswachsen, in denen sich türkisgrüne Schlangen winden, blinde Nachtigallen singen. Seltsame Gedanken werden in seinem Inneren geweckt, wenn er diese schwarzen Sterne in der weißen Nacht der Dunkelheit betrachtet . . .

»Wie bist du nicht vom Himmel gefallen, du strahlender Morgenstern!«

Ja, jetzt sieht er endlich klar, jetzt erblüht unter seinem Blick die Rose der Wahrheit. Er liest in ihren üppigen Blütenblättern von der Entstehung des Bösen.

Einmal im Morgen der Zeiten trugen Gott und sein größter und schönster Engel einen Kampf aus, Gott und der, der den Namen Luzifer trug und später als Satan bekannt wurde.

Aber was niemand bis jetzt gewußt hat, niemand außer Samuel Eriksson, ist, daß Luzifer in dem Kampf siegte und Gott zur Erde stürzte. Der böse Engel schmückte sich mit Gottes Diadem und seinem Mantel aus Nordlicht, und seit dem Tag herrscht Luzifer allein über die Welt. Von uns Menschen wird er Gott genannt, aber er trägt diesen Namen zu Unrecht.

Der wahre Gott irrt unter den Menschen verborgen auf der Erde umher, zeigt manchmal sein Wesen in den Blumen, in der Sonne, in der Liebe unter Menschen. Aber in Staat und Kirche und aller irdischen Herrschaft regiert Luzifer uneingeschränkt.

Aber der unsichtbare Gott ermannt sich mitunter und tritt in Menschengestalt hervor, als Jesus Christus von Nazareth, den man an ein Holzkreuz nagelte, als der Prophet Axel Eriksson aus Tågås, der von den Dienern Luzifers zu Tode gehetzt wurde, und vielleicht auch in der Gestalt von Samuel Eriksson, der in Väse der verrückte Sam genannt wird.

Seht, das ist die große Wahrheit, die er im Duft der weißen Rose erspürt.

Er sitzt mehrere Tage lang feierlich und voller Andacht über seine große Entdeckung da. Endlich hat er die Wahrheit gesehen. Endlich hat die weiße Rose seinem trüben Blick ihren Blütenkelch geöffnet.

Wenn diese Wahrheit nur nicht zu spät kommt.

25

Sie kann die Wahrheit ja doch nicht vor Gottes prüfendem Blick verbergen, warum sollte sie sie dann vor sich selbst verleugnen?

Dies ist die Wahrheit: Als Samuel sich von der Welt und den Seinen abwandte, konnte sie ein Gefühl von Zorn und Verachtung nicht beherrschen. Das sieht dir ähnlich, Samuel, dich einfach davonzustehlen! Sich im Lustgarten des Wahnsinns zu verstecken, einer Welt aus Arbeit und Pflichten den Rücken kehren, in der ich mich mit hungrigen Kindern und magerem Auskommen abmühen muß wie zuvor. Wer wollte sich nicht vor der Welt verstecken, wer möchte nicht aller Sorgen ledig sein? Aber ich darf mich vor dem Alltag nicht verstecken, ich darf nicht kneifen. Ich muß dort draußen in den Kämpfen der Wirklichkeit stehenbleiben und für die Kinder kämpfen, solange ich die Kraft habe, Luft zu holen und einen Arm zu heben.

Und so ist es immer gewesen. Du, Samuel, bist in unserem Leben immer das Fest und das Märchen gewesen, zu dir haben die Kinder wie zu einem höheren Wesen aufgeblickt. Du hast deinen Zauberstab gehoben, und wir sahen vor uns eine glückliche Zukunft, das Paradies des Pfarrhofs mit feinen Kleidern und Kühen und Studien und Büchern und Geborgenheit. Ein Paradies und ein schönes Zuhause! Und die Kinder saßen um dich herum und lauschten dir mit Augen, die vor Liebe und Bewunderung leuchteten. Du warst im Leben der Kinder Feier und Fest, ich war der graue Alltag. Trockne die Schuhe ab, setz dich richtig auf den Stuhl, iß nicht vom Messer, wenn wir nun wirklich etwas Besseres sein wollen. Iß den Teller leer, das ist alles, was wir haben. Beschwer dich nicht über die Kleider, die müssen taugen. Gezeter, Gezeter, Gezeter. Grau und trist wie der Alltag wandert Cecilia im Nebelpalast des Traumfürsten und zetert ihre ewigen Litaneien vom Händewaschen, Zähnebürsten, Schularbeiten machen und immer die Wahrheit sagen. Mama meckert nur! Ich weiß, ich weiß. Hier im Alltag geht es nicht so lustig zu wie in Papas erträumtem Paradies, ich weiß. Aber wir müssen hier im Alltag leben. Es hilft nichts.

Ein Sonntags-Papa und ein Feiertags-Ehemann ist er an allen seinen Tagen gewesen. In der Welt des Alltags war er keine große Hilfe. Und jetzt hat er uns den Rücken gekehrt und ist in seine abgesonderte Welt gegangen.

Das ist ungerecht!

Ja, Cecilia war erst bitter, aber dann kam die Resignation zu Hilfe. Sie hat sich schon seit langem in einer fatalistischen Frömmigkeit verschanzt. Woher kommen Trauer, Unglück und Not? Das ist alles, was sie fragt. Daß das Unglück kommt, weiß sie seit langem. Aber wie kommt es und wann, in welcher Form? Das kann man sich fragen, wenn man Zeit und Kraft zum Grübeln hat.

Die Bitterkeit Samuel gegenüber wurde bald gemildert und ging in Zärtlichkeit über. Es war trotz allem unmöglich, auf dieses große, graubärtige Kind böse zu sein. Sie hatte oft einen Druck seiner großen Überlegenheit empfunden, war stets demütig vernichtet gewesen von seiner Gelehrsamkeit und seinem Genie und seinen feinen Manieren und seiner Zärtlichkeit und seinem sicheren Takt. Was will Samuel mit einem Bauerntrampel wie mir? Kann er mich wirklich richtig gern haben?

Sie waren ja beide Kinder einfacher Leute, aber Samuel besaß eine angeborene Anmut und Grazie und konnte in seiner Jugend wie ein verkleideter Edelmann wirken. Sie hatte sich so unvollkommen gefühlt, in den grauen Alltag verbannt, in dem Kühe gemolken werden mußten und in dem man schreienden Kindern den Po abputzen mußte. Und im tiefsten Innern eine bohrende Unruhe – was für eine Freude hat er an mir? Brauchte er nicht eine andere Frau? Und war ich nicht der Mühlstein um den Hals, der ihn in Armut und Not hinabzog?

Aber jetzt brauchte sie nicht mehr Bitterkeit, Furcht und Verwunderung zu spüren, nicht jetzt, da er so hilflos ausgeliefert war. Jetzt brauchte sie sich nicht überflüssig zu fühlen. Jetzt war er ein Kind, das sie fütterte und anzog. Jetzt war sie in der einzigen Gnade, die ein Mensch begehren kann: in Liebe im Dienst des Geliebten gebraucht zu werden. Viele Frauen hätten besser als sie die Frau Pastor Erikssons oder die Frau Meister Samuels sein können. Nur Cecilia konnte das Weib des verrückten Sam in Leben und Tod sein. Jetzt war sie in ihrer Liebe sicher und geborgen.

Ihre Bitterkeit wandte sich anderen Zielen zu, gegen Bergstedt und Olsson und die anderen Bonzen des Dorfes, gegen den verstorbenen Gustaf Eriksson dort in Tågås und sein bleiches, eiskaltes Weibsstück. Vor solchen feinen Leuten hatte Samuel gebuckelt und ihnen schön getan, und was hatte er davon? Sie ließen ihn alle im Stich, und am Ende konnte er sich nur an seine Frau halten. Wenn sie es jetzt nur schaffte, ihn gegen Gott und die gesamte Welt zu verteidigen. Sie hatte schon geahnt, daß Gott und alle Menschen ein merkwürdiger Juckreiz quält: Sie bekommen keine Ruhe, bevor sie Samuel in den Tod getrieben haben. Sie sind alle stärker als er, und wer stärker ist, bekommt keine Seelenruhe, bevor der Schwächere bis zum letzten Atemzug gehetzt worden ist. Den klaren Menschenverstand auszublasen, das reicht bei weitem nicht. Nicht bevor Samuel seinen letzten Atemzug getan hat, hat Gott seine unergründliche Neugier gestillt, und vorher können auch die Menschen ihre sie quälende Grausamkeit nicht stillen.

Aber Cecilia hofft dennoch, mit ihrem Mann jetzt in Frieden gelassen zu werden. Mit den Kindern und dem täglichen Brot wird es wohl immer irgendwie gehen. Wenn man nur Samuel aus irgendeiner wundersamen Laune heraus leben lassen wollte. Wenn es nur möglich wäre, in Ruhe gelassen zu werden.

Cecilia ist bitter auf Schweden. Eine Nation ist wie die andere, könnte man meinen, und Cecilias Frauenwelt ist auf beiden Seiten der Grenze gewiß ziemlich gleich. Aber irgendwohin muß die Bitterkeit sich wenden, und jetzt hat Cecilia mit Wehmut an ihr Vaterland zu denken begonnen, mit Bitterkeit auf Schweden. Was ist dies für ein elendes Land, das für einen Mann wie Samuel keine Verwendung hat, einen Mann, der so klug und sanft ist, so zärtlich und weise? Zu Hause in Norwegen hätte man sicher Verstand gehabt, seine großen Gaben zu würdigen, ja, da kann man sicher sein.

Manchmal spät abends geht sie zu der Holztruhe, in der Samuel die Manuskripte seiner Abhandlungen und Aufsätze über Augustinus und Kyrillos und die erträumte Volkskirche aufbewahrt und dazu eine kleine Büchersammlung, die alle Katastrophen überlebt hat. Sie holt Ibsens »Brand« hervor, einen Band Bjørnson und einen Wergeland, und dann sitzt sie an Samuels Seite und buchstabiert sich durch die schwierigen Texte. Cecilia Eriksson vertieft ihre Bildung, jetzt wo die Not am größten ist. Manchmal liest sie Samuel ein Stück vor und freut sich, wenn er zu verstehen scheint. Er nickt ihr manchmal zu und lächelt und streichelt ihr die Wange: Das ist eine kostbare Gabe.

Wir hätten in Norwegen bleiben sollen. Dies ist ein miserables Land, das für gute und kluge Männer keine Verwendung hat. Wir hätten niemals in dieses entsetzliche Schweden reisen sollen.

Cecilia ist bitter auf Väse und bitter auf Schweden, aber sie lebt jetzt ganz gut mit Samuel. Er braucht ihre Hilfe. Sie ist jetzt eine richtige Ehefrau. Groß ist es, die Frau eines Mannes in guten und bösen Tagen zu sein, gebraucht im Namen der Liebe, gebraucht und begehrt zu werden. Und Cecilia ist endlich eine richtige Ehefrau. Sie arbeitet und müht sich Tag und Nacht, ihr Leben verzehrt sich langsam und brennt ab, aber sie spendet ihren Lieben Licht und Wärme. Samuel braucht sie am meisten von allen, jetzt ist sie weniger als alles andere entbehrlich. Jetzt entspricht sie den Bedürfnissen ihres Geliebten.

Aber noch bleibt eine Prüfung, die sie nicht vorhergesehen hat. Es gab noch immer etwas, was er begehren konnte, was sie nicht geben konnte. Samuel war jetzt so arm und schwach, daß sie in ihrem Reichtum gedankenlos und hochmütig wurde. Aber diese Gabe hatte sie ihm nicht zu schenken. Sie mußte ihren Geliebten an der Tür zur Liebe mit leeren Händen zurücklassen.

Es waren einige Tage vergangen, an denen er munterer wirkte als sonst, willig, auf Anrede zu antworten, lächelnd und mit klarem Blick. Mit einiger Mühe konnte er selbst seinen Brei essen, und er dankte ihr hinterher mit einem Lächeln und einem Streicheln, das ihr die Tränen in die Augen trieb. Ob er möglicherweise wieder gesund werden würde? Ob die Starken ihn in Ruhe lassen und möglicherweise überleben lassen würden?

Aber seine frisch gewonnene Gesundheit fand einen Ausdruck, den sie nie erahnt hätte.

Er suchte in jener Nacht ihre Umarmung. Das hätte ihr bekannt sein müssen, aber sie empfand es dennoch als ein wenig fremd und seit langem unbekannt. Er war gegen die Gewohnheit ruhig, die zärtlichen Worte waren ihm wohl weggetrocknet, aber er liebkoste wie gewöhnlich ihren Hals und küßte sie, und wie gewöhnlich spürte sie die gute Empfindung von Angst und Stolz, von Dunkel und Mattigkeit, von ergebener Schwere und taunasser Wärme, und wie gewöhnlich griff sie ihn an der Schulter, um ihn in ihren offenen Arm zu ziehen.

Aber das, was in ihrem Gefühl immer dabei war, dieser harte Kern von Furcht inmitten ihrer Frauenlust, das wuchs sich mit einem Mal zu Widerstand und Panik aus. Was ist mit mir, was geschieht, soll ich ihn empfangen und vielleicht ein krankes Kind zur Welt bringen, ich mit meinen vierzig Jahren, und Brot habe ich keins im Haus, und meine Zukunft, die nur Dunkelheit und Not ist . . .

Sie wälzte sich zur Seite, sprang aus dem Bett und ging in die Küche, wo sie in Dunkelheit und Kälte saß, in dem weißen Nachthemd ihrer Furcht erschauernd. Was ist mit mir, was will ich, was in aller Welt soll aus uns Armen werden . . .

Wilde Verwirrung, Gedanken, die planlos umherirren, Gedanken von Lust und Sehnsucht, Schuld und Trotz und kalten Selbstvorwürfen . . .

Willst du eine wahre Frau sein, Cecilia Eriksson, du, die du die Liebe deines Mannes zurückweist und deiner heiligen Frauenpflicht untreu wirst, deinen Geliebten im Arm zu empfangen und seine Zärtlichkeit zu erwidern?

Aber was soll ich denn tun! Schon fünf Kinder und vierzig Jahre alt, und eine Zukunft so dunkel wie die Herbstnacht da draußen, und vielleicht noch ein Sohn, der genauso verloren und hilflos wird wie Samuel Eriksson . . .

Aber du weißt doch, was die Liebe und deine Frauenpflicht dir auferlegen, Cecilia? Du weißt, was du vor Gott und vor deinem eigenen Herzen gelobt hast: In guten und bösen Tagen zu lieben, dem Leben und der Liebe ergeben zu sein, und wenn du dein eigenes Leben für das neue Geschlecht opfern müßtest.

Ich weiß, ich weiß ... Wenn es nur nicht wegen der Kinder und des täglichen Brots wäre, wenn nur die Zukunft nicht so dunkel und kalt wäre wie die Novembernacht da draußen ...

Vor den Forderungen der Liebe gibt es keine Entschuldigung, Cecilia.

Nein, erspar mir diese vorwurfsvollen Gedanken, laß mich jetzt in Ruhe, ich bin schon zu niedergeschlagen, und mir ist kalt ...

Es ist die Wärme der Liebe, die deinen Körper verläßt, Cecilia.

Aber was soll ich denn tun? Was denn in aller Welt soll ich machen ...

Sie sitzt in der Novembernacht des Lebens, friert in ihrem Nachthemd, trauert über die Kälte in ihrem Leben, und die Tränen spenden überhaupt keinen Trost.

Jetzt hat die Wärme der Liebe ihren lebendigen Körper verlassen.

26

Es war ein kurzer Sonnenstrahl an einem bewölkten Himmel gewesen, und er fiel jetzt in seinen Dämmerzustand zurück, noch verdunkelter als zuvor, er wurde stumm, unbeweglich, versteinert.

Und vielleicht ist es meine Schuld. Cecilia ging ihren täglichen Mühen nach und wurde stündlich von schlechtem Gewissen gepeinigt. Als die Prüfung kam, habe auch ich den Unglücklichen im Stich gelassen, ich, die ich ihm eine Hilfe hätte sein sollen. Als die Liebe mich rief, hatte ich keine Antwort.

In Dunkelheit und Stummheit vergingen einige Tage. Dann trat eine seltsame und beunruhigende Veränderung ein, als Abel eines Abends zu Besuch kam. Samuel begann zu rufen und Grimassen zu schneiden und beruhigte sich erst, als man ihn mit dem Sohn in der Kammer allein gelassen hatte. Dort unternahm er einen Versuch, dem Sohn seine Wahrheit zu erklären, die Wahrheit über Luzifer und den verborgenen Gott. Er wollte, daß der Sohn das große Geheimnis erbte, das Vater und Großvater, die auserwählten Zeugen der Existenz des verborgenen Gottes, in sich getragen hatten.

Abel kam es nie in den Sinn, der Vater könnte »geisteskrank« sein. Was kümmert sich Liebe um solche Namen und Etiketten? Es fiel ihm nie ein, daß der Vater unzusammenhängend und dunkel sprach. Ihn peinigten nur sein schwacher Verstand und sein Unvermögen, diese erhöhte Verkündigung zu begreifen. Er fühlte sich unwürdig und schwach, als er nichts verstand.

Dennoch war etwas in dieser Predigt von einem Weltenfürsten, einem bösen und mächtigen Demiurgen, was seine eigene Phantasie und sein eigenes Gefühl stark ansprach. Daß der gute Gott in der Welt ein gejagter und machtloser Fürst ist, das konnte er gut verstehen. Etwas in der Richtung hatte sein eigener frühreifer Verstand zu erfassen begonnen. Und was Papa in seiner tiefen Weisheit sagte, mußte ja wahr sein, auch wenn er mit der Dunkelheit der prophetischen Einsicht sprach. Abel war durch das Vertrauen des Vaters zu Tränen gerührt, aber zugleich von seiner Auserwähltheit belastet. Mit niemandem konnte er über seinen großen Auftrag sprechen, jetzt nicht einmal mehr mit dem Vater. Samuel ermüdete bald und zog sich wieder in seine steinerne Welt aus Schweigen und Dunkelheit zurück. Damit war Abel gezwungen, selbst mit allem fertig zu werden, einsam eine Fackel weiterzutragen, einsam in einer bösen und feindseligen Welt.

Weiter und dunkler wurde die Welt, und der Vater verschwand einfach wie ein Wanderer in der Herbstnacht. Mit niemandem konnte er sprechen, nicht mit Mama, nicht mit Elin oder Maria, dies war ja ein Geheimnis und eine Sache für Männer.

Abel ängstigt sich jetzt vor seinem großen Auftrag.

Samuel hatte sein Geheimnis mit ihm geteilt, seine Bürde war erleichtert und auf jüngere Schultern abgewälzt. Dennoch kehrte der große Friede nicht zurück. Im Lustgarten hinter den hohen Mauern bewegten sich die kalten Eidechsen der Gewissensbisse, die Blumen warfen ihm vorwurfsvolle Blicke zu. Die Wahrheit, die Wahrheit! Er hätte die Wahrheit ja kennen und in seiner Zeit der Gesundheit und Kraft danach handeln müssen. Er hätte in die Fußstapfen seines Vaters treten müssen, um im Dienst des verborgenen Gottes zu leben und zu sterben. Statt dessen hatte er Luzifer gedient, war vor dessen Altar getreten, hatte auf dessen Kanzel gestanden, zu der unwissenden Menge verlogene Worte gesprochen.

Samuel quälte sich, als er in der Kammer auf dem Sofa saß, wiegte den Oberkörper hin und her und jammerte leise. Cecilia glaubte, es sei wie gewöhnlich der Zahnschmerz, hatte überdies alle Hände voll damit zu tun, Weihnachtsvorbereitungen zu treffen, wie das Weihnachtsfest in diesem Haus auch sein mochte, das vom Sturm verheert worden war. Cecilia hatte mit ihrem täglichen Einerlei alle Hände voll zu tun. Auch Liebe und Mitgefühl verhärten sich durch fleißigen Gebrauch.

Niemand weiß, was ihn dazu brachte, an diesem kalten Dezembertag in den Wald zu fliehen. Vielleicht war es ein Trieb des Schuldgefühls, den verborgenen Gott zu suchen, ihn um Vergebung zu bitten und um einen Auftrag nachzusuchen. Niemand weiß es mit Bestimmtheit, niemand kannte seine Gedanken. Er sprach hinterher mit niemandem darüber, nicht einmal mit seinem Sohn.

Drei Tage irrte er planlos im Wald umher, trank aus Wasserpfützen und schlief vielleicht ein Weilchen unter einem Baum, bevor er weiterwanderte. Er magerte in dieser Zeit stark ab: In den kalten nördlichen Wäldern Luzifers gab es keine Nahrung für Menschen.

An einem dieser Tage verstarb Oscar I. und Samuel muß das ewige Königsläuten der Kirchen gehört haben, als er dort draußen im Wald umherwanderte. Vielleicht glaubte er, man habe den gejagten Gott jetzt zur letzten Ruhe gebettet.

Die Glocken klagten und läuteten dem mächtigen Monarchen nach, der Samuels demütige Bitte um Dispens dreimal abgeschlagen und es ihm damit unmöglich gemacht hatte, schwedischen Männern und Frauen das Wort Gottes zu verkünden. Samuel irrte und irrte herum, und ständig waren die Glocken mit ihm.

Er wanderte offensichtlich planlos herum, von Luzifer in die Irre geführt, und über weite Strecken muß er auf den Knien gekrochen sein, denn die Hosen waren zu Lumpen zerrissen und die Kniescheiben von geronnenem Blut verschorft. Niemand weiß, vor wem er sich demütigen wollte. Es war vielleicht eine sinnlose Demütigung, wie so vieles andere in seinem Leben.

Die Suche ging los, und das Aufgebot fand ihn am dritten Tag, wie er im Wald südlich des Klintberges ermattet auf einem Baumstumpf saß. Er ließ sich ohne Gegenwehr einfangen, war leise und still wie gewöhnlich. Olsson hielt es trotzdem für das beste, ihn am Leiterwagen festzubinden. Dort stand er auf der Ladefläche, die Arme festgebunden, ausgemergelt und zerlumpt, ein Prophet, der aus Aufruhr und Natur zu Staatlichkeit und Zwang heimgeführt wurde. Die Menschen von Väse sammelten sich an den Straßenrändern, um ihn zu begaffen.

Die Kinder des verrückten Sam hatten frei bekommen, um beim Aufgebot dabei zu sein, so daß sie folglich alle an Ort und Stelle waren, als man ihn nach Hause brachte. Sie sahen, wie ihr Vater wie ein verirrtes Stück Vieh nach Hause geschafft wurde, ihren jungen Augen blieb nichts erspart.

Rebecka war kaum älter als drei Jahre. Dies wurde ihre erste bleibende Erinnerung. Dieses Bild des Vaters würde sie ihr Leben lang mit sich herumtragen.

27 »Unsere Gunst und gnädige Neigung mit Gott dem Allmächtigen! So wie es dem Höchsten nach Seinem unerforschlichen und allweisen Ratschluß gefallen hat, zu Unserer und des Reiches tiefer Trauer an diesem Tag um 9.10 Uhr vormittags Seine Königliche Majestät, den zu Lebzeiten großmächtigsten König und Herrn OSCAR den ZWEITEN, König der Schweden, Goten und Wenden, Unseren hochgeliebten lieben Herrn Vater aus dem Zeitlichen abzuberufen, so geben Wir Euch hiermit dieses traurige Ereignis zur Kenntnis, und daß Wir in Kraft geltender Grundgesetze, nach von Uns zuvor abgelegten Königlichem Eid, nunmehr die Leitung des Reiches sowie das Amt des Königs der Schweden, Goten und Wenden angetreten haben. Wir befehlen Euch samt und sonders gnädig in die Hand Gottes des Allmächtigen.
Gegeben im Schloß zu Stockholm, den 8. Dezember 1907.
GUSTAF (Siegel)«

Und die Glocken klagten und läuteten im ganzen schwedischen Land.

28 Bergstedt und Olsson hatten schon unter sechs Augen mit dem Provinzialarzt Lindberg gesprochen, und die notwendigen Papiere waren vorbereitet. Cecilia war stumm, blind, vor Trauer gelähmt, hatte niemanden, mit dem sie sprechen konnte, konnte nichts tun, verstand nicht einmal, was für Papiere sie unterschrieb. Die Kinder standen hilflos neben ihr. Das Ganze war schnell geregelt.

*

»An den Schöffen Olof Olsson in Väse.
Die Königliche Krankenhausverwaltung erlaubt sich hiermit mitzuteilen, daß das Königliche Gesundheitsamt am 14. Dezember 1907 verfügt hat, daß der geisteskranke Volksschullehrer Samuel Axel Eriksson einen Platz im Hospital von Kristinehamn erhalten soll, wenn dort ein Platz frei wird, für den es keinen berechtigten Antragsteller gibt, und daß eine Benachrichtigung über den Zeitpunkt ergehen wird, zu dem der so bewilligte Platz zugänglich wird.
Kristinehamns Hospital, Sekretariat, den 16. Dezember 1907.
im Auftrag,
John Blomberg,
Sekretär«

*

Am Heiligabend 1907 wurde er in das Marieberg-Hospital in Kristinehamn eingeliefert. Man badete und fütterte ihn und schloß ihn danach in eine Zelle ein. Er saß wach in jener Nacht und hörte die Glocken das Weihnachtsfest einläuten. Die Erinnerung an die Glocken der Waldwanderungen kamen ihm in den Sinn, und vergangene Zeit wurde ihm zur Gegenwart.

Es ist der Tempel des Weltenfürsten, der läutet, es ist Luzifer, der heute nacht triumphiert. Das bedeutet, daß Gott tot ist. Jetzt ist er endlich zu Tode gehetzt worden, mein gejagter Herr.

Und er faltete die Hände in der Gefängnisnacht und fiel auf wunde Knie, um das Gedächtnis des toten Gottes zu heiligen.

29

Wir sterben an der Wahrheit, wir leben von milden Illusionen, Mythen und Märchen. Wir leben von »glücklicher Zukunft«, wir leben von dem Mythos, der besagt, Papa sei ein feiner Mann und etwas Besseres. Und unsere Märchen und Mythen können eine Menge überleben, den Spitznamen »der verrückte Sam« und die Verachtung des Pastors und den grausamen Geiz des Klumpfußes Olsson und das Grinsen von Schulkindern und diese stille, raunende Schadenfreude im Dorf. Ach, was kann die Liebe nicht alles ertragen!

Aber wenn der Staat Papa mit seiner harten Hand packt und ihn im Irrenhaus einschließt, können weder Mythen noch Märchen Bestand haben. Dann müssen wir von der giftigen Droge der Wahrheit trinken, ob wir wollen oder nicht. Dann müssen wir uns an der Wahrheit krank trinken, krank vor Klarsicht und Verzweiflung.

Ihr stolzes Selbstgefühl, diese Empfindung, anders und etwas Besseres zu sein, hatte im Dorf Hoch und Niedrig gereizt. Man soll bleiben, wo man ist, und sich nicht zu mehr machen, als man ist. Man soll jammern und sich beklagen und sich auf gute schwedische Art bescheiden. Was soll man denn dazu sagen, daß die Gören des verrückten Sam die Nase hoch tragen und in ihren Fetzen und Lumpen wie Grafenkinder durch die Gegend spazieren? Sind das etwa Manieren?

Sie verstanden ja nicht und wollten nicht verstehen, daß dieser Stolz in äußerster Not ihr ganzer Schutz und ihre ganze Verteidigung war. Er war eine Rüstung, die sie zum Schutz gegen die Pfeile der Armut und der Erniedrigung angelegt hatten. Die glückliche Zukunft des Vaters und ihre eigene Vornehmheit waren nur Märchen und Illusion, das ist wahr. Aber ohne diese Märchen hätten sie nie die Kraft gehabt, zu überleben.

Jetzt waren alle Illusionen zertrümmert und vernichtet. Der verrückte Sam war ein Verrückter und nichts sonst, das hatte der Staat mit seiner harten Hand gezeigt. Die Kinder tranken den Becher der Wahrheit bis zur Neige aus und empfanden Verzweiflung bis auf den Tod. Sie waren jetzt all ihrer Hoffnung beraubt und fühlten sich vor den Augen des Dorfes entblößt und nackt wie Sklaven auf einer Auktion. Sie spürten auf ihrer Zunge den Geschmack der giftigen Wahrheit.

Vielleicht wäre es ungerecht, von Schadenfreude im Dorf zu sprechen. Viele fühlten sich jedoch in ihrem Rechtsgefühl bestärkt. Recht muß Recht bleiben, sagte man und legte schwer die Hand auf den Tisch. Man soll sich nicht über seinen Stand erheben, das rächt sich immer. Hochmut kommt vor dem Fall.

Als der Staat den ausgemergelten, blutigen, zerlumpten, wie einen entlaufenen Leibeigenen dort auf dem Heuwagen festgebundenen Samuel Eriksson nach Hause fuhr . . . Ja, die Kinder waren dabei gewesen und hatten alles gesehen, mit ihren jungen Augen hatten sie die Erniedrigung des Vaters gesehen, und ihnen war nichts erspart geblieben, nichts. Und dies konnten sie nie vergessen. In ihrer Erinnerung hatte sich das Bild eingeätzt wie ein Relief in Stein, das Bild eines Aufrührers, der in seinem Gethsemane gefesselt worden war und jetzt von den Knechten zu Kerker und Opfertod geführt wurde.

Cecilia retteten wie gewöhnlich die Mühen des Alltags: Wer zu jeder Stunde um das Brot für die Kinder kämpfen muß, hat keine Zeit zu trauern und zu weinen. Wenn einem nur vergönnt wird zu überleben, bleibt ja immer noch Zeit genug zum Weinen.

Aber die Kinder waren vernichtet, entblößt, nackt vor aller Augen. Sie gingen mit gesenkten Blicken durchs Dorf, versammelten sich zu Hause, suchten dort Zuflucht beieinander, zogen die Gardinen vor, versteckten sich vor der Welt, weinten und weinten.

Vielleicht war Abel derjenige, dem es am nächsten ging, den die Niederlage seines Vaters bis in den Lebensnerv traf. Seine Hoffnung, studieren zu können, seine Sehnsucht nach Dichtung und Schönheit und einer besseren Welt hatte er in einer schmutzigen Knechtskammer begraben müssen. Solange der Vater gesund war, hatte er immerhin eine Hoffnung und einen Traum gehabt, den alten, fadenscheinigen Traum »glückliche Zukunft«. Jetzt gab es nichts mehr.

Noch schlimmer – er war ja der Erbe des Vaters, derjenige, der rechtmäßig eine große Idee weiterführen sollte. Ob das jetzt noch möglich war? Sein Vater hatte ihm während seiner letzten Zeit zu Hause etwas zu erklären versucht, etwas, was Abel unmöglich verstehen konnte. Von weit her war eine rufende Stimme hinter himmelhohen Mauern zu hören, Abel hörte sie und erkannte seinen Vater wieder, konnte aber nichts verstehen. Seine Unzulänglichkeit peinigte ihn, er fühlte sich untauglich und schwach. Er hatte das Gefühl, etwas tun zu müssen, aber er wußte nicht, was.

Vielleicht war er ein unwürdiger Sohn.

Abel wurde in dieser Zeit immer verschlossener und stiller. Er stieß seine Gleichaltrigen mit seiner Kantigkeit und seinem düsteren Wesen ab, schließlich auch Emil, den Kleinkätnersohn aus Hultsberg, der zuvor sein einziger Freund gewesen war. Man fand Abel wunderlich und vielleicht ein wenig verrückt. Abel ist allmählich sonderlich geworden, das ist alles.

Niemand konnte ja ahnen, daß er ein großes Geheimnis mit sich herumtrug, die Botschaft des Vaters von Luzifer und dem verborgenen Gott. Der Vater hatte ihm ein Geheimnis anvertraut und einen großen Auftrag gegeben.

Wenn er nur mit Sicherheit wissen könnte, was von ihm verlangt wurde. Wenn er sich nur dieses großen Auftrages würdig erweisen könnte. Wenn er nur verstehen könnte.

30

Doktor Ekecrantz weiß nicht recht, was er glauben soll.

Es waren immerhin respektable Bürger, die den Patienten Eriksson hatten einliefern lassen, und der Bericht von seinem Ausflug in den Wald schien eindeutig genug. Dennoch ist etwas im Verhalten Erikssons, was nicht ins Bild paßt. Schwer zu sagen, was es ist, aber es ist etwas, was nicht stimmt.

Er sitzt bei der Untersuchung unbeweglich mit den Händen auf den Knien da, und möglicherweise kann man das als Katalepsie deuten. Er erinnert ein wenig an Fröding mit diesem Bart und dem weichen, ausweichenden Blick, aber Alkoholmißbrauch liegt hier nicht vor. Der Patient sieht einem ungern in die Augen, sondern sitzt meist da und blickt aus dem Fenster, anscheinend aller Fragen, die ihm gestellt werden, nicht bewußt. Antwortet selten oder nie, wenn man ihn anspricht. Stummheit und Schweigen und Stille, nun, das läßt sich möglicherweise als beginnender Autismus deuten. Aber manchmal benimmt er sich eigenartig und abweichend.

»Wie heißen Sie?«

Keine Antwort.

»Wissen Sie gar nicht, wie Sie heißen?«

Der Patient wendet hier den Kopf dem Arzt zu und lächelt ein ironisches (?) Lächeln. Aber er gibt keine Antwort.

»Sie wollen also nicht sagen, wie Sie heißen?«

Keine Antwort.

»Geht es Ihnen gut?«

Keine Antwort.

»Geht es Ihnen denn schlecht?«

Keine Antwort.

»Glauben Sie, daß die Leute Sie verfolgen und etwas von Ihnen wollen?«

Wieder dieses absonderliche Lächeln. War es das archaische Lächeln der Krankheit, oder fand er die Frage ganz einfach lächerlich? Ekecrantz blätterte in den Dokumenten Erikssons, Zeugnisse über den Dienst als Pastor, recht gut, als Lehrer – mittelmäßig, und prachtvolle Zeugnisse von Prüfungen an obskuren amerikanischen Universitäten, von denen nicht einmal der Teufel jemals gehört hat. Wie sollte man das nun deuten? War das Ganze Schwindel, ein Simulant, der sich dem Lebenskampf entziehen wollte, oder möglicherweise ein Querulant und Stänkerer, den der Pastor in Verwahrung gesteckt wissen wollte? Oder ein Tagedieb, der versorgt werden soll? Die Bauern versuchen ja auf diese Weise, sich den Kosten für die Armenpflege in den Gemeinden zu entziehen, das kennt man schließlich. Man muß auf der Hut sein.

Der Arzt zögerte über seinen Papieren und konnte schließlich eine scherzhafte Frage nicht unterdrücken, eine Überrumpelung . . .

»Nun, Meister Samuel, wie soll ich Sie hier in meiner Diagnose nennen, gesund oder krank?«

Wieder dieses maliziöse Lächeln, das einen sowohl nachdenklich wie ärgerlich machen kann. Egal wie, irgendeine Diagnose braucht man ja. Der Arzt zuckte die Achseln, zögerte eine Sekunde und schrieb dann »Dementia praecox« hin. Irgend was muß man ja hinschreiben.

»Schwester, Sie können ihn mit rausnehmen.«

31 (Auszug aus dem Krankenjournal des Patienten Samuel Axel Eriksson, geboren am 24. 10. 1864, behandelt im Hospital von Kristinehamn.)

»15. 1. 1908. Steht oder sitzt meist am Fenster und sieht hinaus. Liegt an bedeckten Tagen reglos auf dem Bett. Gedächtnis- und Gedankentätigkeit können nicht kontrolliert werden. Sinnes- und Gedankenverwirrungen können nicht nachgewiesen werden. Keine Unsauberkeit des ersten oder zweiten Grades. Antwortet nicht, wenn man ihn anspricht.

15. 2. Zustand unverändert.

15. 3. Unverändert.«

32 Er stand als krankgeschrieben noch im Schuldienst, und Cecilia erhielt nach vielen Querelen Vollmacht, seinen Lohn in Anspruch zu nehmen, das bißchen, das noch übrigblieb. Da er tatsächlich Einkünfte hatte, mußte er im Krankenhaus auch für sich bezahlen: Freie Pflege genossen nur offensichtlich unbemittelte Irrenhausinsassen. Da Eriksson auch den Erben seines Onkels Geld schuldete, wurde Cecilias Haushalt eine schwere Bürde auferlegt. Alles schien ohne Hoffnung und Aussicht, dennoch mußte sie einen Versuch machen.

Sie wanderte mit Rebecka auf dem Arm den langen Weg nach Tågås, drückte die eiskalte Hand Tante Mias und hielt demütig um Aufschub der Rückzahlungen an. Ich habe genug damit zu tun, Brot für die Kinder herbeizuschaffen, und wenn ich nur einige Zeit mit Zinsen und Tilgung warten dürfte . . .

Das war leichter gesagt als getan. Tante Mia hätte sich so herzlich gern die Kleider vom Leib gerissen, um ihrer notleidenden Anverwandten zu helfen, aber sie habe ja auch an andere Angehörige zu denken, und der Hof sei für eine lächerlich geringe Pacht an Olsson gegeben, er jammert, daß es einen Stein erweichen könnte, der gute Olsson, es geht einem richtig zu Herzen, aber es gibt ja Grenzen, und offensichtlichen Leichtsinn in ökonomischen Dingen konnte Tante Mia sich nicht erlauben. Das müsse Cecilia wohl verstehen und respektieren.

Sie konnten sich schließlich auf eine neue und etwas barmherzigere Monatsrate einigen, die zu zwei Dritteln mit Samuels Krankengeld bestritten werden sollte, zu einem Drittel mit Abels Lohn als Knecht, dem bißchen, das der ausmachte. Ja, Abel wohnte noch in der Knechtstube, aber stand neuerdings beim Pächter in Diensten. Cecilia könne bedauerlicherweise den Sohn nicht sehen, denn er sei mit Emil und anderen Knechten für Olsson beim Holzeinschlag. Harte Knochenarbeit für einen Jungen, aber er ist groß und tüchtig für sein Alter, und man muß sich eben nach der Decke strecken und rechtzeitig lernen, sich anzustrengen, wenn es nötig ist.

Und das Wetter hält sich? Schnee haben wir in diesem Winter genug bekommen, das ist gut für die Forstwirtschaft.

Tante Mia sprach darauf von Oscar II. und beweinte das Hinscheiden des guten Monarchen. Sie bat dann Gott, Cecilia Eriksson zu segnen.

Cecilia wanderte den langen Weg mit der auf ihrem Arm zitternden Rebecka nach Hause: Das Mädchen war dünn gekleidet, und die Kälte wurde gegen Abend bitter.

Sie war nicht vernichtet und verzweifelt, so einen Luxus wie Verzweiflung konnte sie sich nicht leisten. Ihre Gedanken arbeiteten rasch.

Ich kann im Sommer Preiselbeeren und Blaubeeren pflücken, dachte sie. Ich kann Beeren pflücken und sie verkaufen. Die Kinder können mir ein wenig helfen, Maria arbeitet nur für die Kost, aber Elin kann möglicherweise etwas entbehren. Ich kann nähen, ich kann fragen, ob die Mädchen von Bergstedt irgend etwas anzuziehen brauchen, wenn ich nur wüßte, wie heutzutage die Mode sein soll, ich habe seit Jahren kein Modejournal mehr gesehen und bin seit Jahr und Tag nicht in Karlstad gewesen, und wenn man etwas zu nähen bekommen will, muß man immer auf dem laufenden bleiben. Aber irgendwie muß es gehen. Ich kann Kleider zum Waschen hereinnehmen, ich kenn Beeren pflücken und verkaufen. Es gibt so viel, was ich tun kann. Es hat keinen Zweck, daß ich mich hinlege und weine, es kommt niemand und hebt mich auf, und mit Almosen ist keinem Menschen geholfen. Gott hilft dem, der sich selbst hilft. Irgendwie muß es gehen.

Sie zog den Schal enger um Becka zusammen und stapfte unverdrossen drauflos. Der Weg war lang, aber hat man erst mal angefangen, kommt man schließlich nach Hause. Man muß nur draufloslaufen. Keinem Menschen in der Welt ist damit gedient, daß ich mich in den Straßengraben lege und weine.

Ich kann schmutzige Wäsche annehmen und waschen, ich kann Beeren pflücken und verkaufen.

Irgendwie muß es gehen.

33 QUITTUNG

Für Rechnung des Patienten Samuel Eriksson hat der Unterzeichnete 10 (in Worten: zehn) Kronen erhalten.
Stadthospital Kristinehamn, den 21. April 1908

A. Nylin
Aufseher

P. S. Der Zustand Erikssons ist unverändert.

34 Samuel wurde in diesem Sommer probeweise aus der Klinik entlassen, zur großen Freude der Kinder. Sie versammelten sich wie gewöhnlich in der Kammer um ihn, in einer letzten aufflackernden Hoffnung, er würde so sein wie in alten Zeiten, er möge ihnen noch einmal die kostbare Gabe »glückliche Zukunft« bieten.

Es wurde jedoch nichts damit, die Zeit war vorbei.

Er erkannte sie zwar wieder, murmelte ihre Namen und streichelte ihnen die Wange. Damit waren seine Kräfte aber auch erschöpft. Er blieb stumm sitzen und antwortete nicht, wenn man ihn ansprach. Er sah durchs Fenster Vögel vorbeifliegen, sah die Wolken sich über den Himmel bewegen, ewig neu, ewig sich gleich, die Wolken um so vieles weicher als alles in der Welt der Menschen.

Es wurde allmählich für die Kinder zu unwirklich und gespenstisch, so dazusitzen. Sie begaben sich in die Küche und kauerten sich zusammen mit ihren leise geführten Gesprächen über Leben ohne Zukunft, ohne Hoffnung. Abel versuchte bis zuletzt, Kontakt zu bekommen, aber er verbrachte seine freien Stunden vergeblich an der Seite des Vaters. Samuel hatte jetzt nichts mehr zu sagen, er lebte verborgen hinter seinen Mauern. Schweigend saß er dort und sah die Vögel fliegen und die Wolken ziehen. Vielleicht fand er den Sohn unwürdig und schwach.

Abel ging eine Runde durch den Wald, um in Ruhe zu weinen. Er fühlte sich unzulänglich, er erlebte das Schweigen des Vaters als eine Strafe. Er ahnte, daß er unwürdig war, das Erbe der Axeliten zu übernehmen, den Auftrag, gegen Luzifer zu kämpfen und dem verborgenen Gott in Geist und Wahrheit zu dienen.

Er kniete neben einem Stein nieder und versank im Gebet.

»Gott, wenn Du nur kannst, laß Papa eine kurze Zeit gesund sein. Ich bin erst dreizehn Jahre und weiß überhaupt nicht, was ich tun soll. Guter Gott, laß Papa gesund werden.«

Damit konnte er einigermaßen erleichtert zurückkehren und Mama erzählen, es sehe aus, als würde es dieses Jahr viele Preiselbeeren geben. Und Cecilia lächelte ihm zu und nickte und freute sich über die Nachricht.

Es war in diesem Sommer, daß man sie photographierte, daß sie zum ersten und letzten Mal auf einem Bild versammelt waren.

Das hausierende Geschlecht der wandernden Maler war von Photographen abgelöst worden, weltgewandten Burschen in großkarierten Anzügen, die mit Dreifuß und gelbgebeizter Kamera auf der Ladefläche des Pferdewagens von Hof zu Hof fuhren, dreiste Kerle, Wachs im Schnurrbart und ein Glitzern im Blick – darf es bitteschön eine Photographie sein?

Ja, sagte Cecilia, wir wollen eine Photographie haben. Wer weiß, wann man das nächste Mal die Familie um sich hat.

Samuel munterte das Ereignis merkwürdig auf. Er brach sein Schweigen nicht, setzte aber ein spöttisches Lächeln auf, als er posierte. Auf dem Bild trägt er den Strohhut mit rotem Band, die einzige Kopfbedekkung, die er außer der abgelegten Fellmütze Arvids besaß. Er hatte den Hut in Uppsala gekauft, als er sich an der Universität einschrieb. Die Kinder starrten zu Tode erschreckt in die kalte Linse der Kamera. Dies war das Auge der Wahrheit, jetzt waren weder Spiel noch Verstellung mehr möglich. Die Wirklichkeit und nur die nackte Wirklichkeit würde auf dem Bild fixiert und für die Nachwelt bewahrt werden. Und sie starren in das Auge der Wahrheit, wie zum Tode Verurteilte in die Gewehrmündung blicken.

Nur Cecilia zeigt sich lächelnd und kühl, ruhig in ihrem frommen Fatalismus. Cecilia hat aufgehört zu hoffen. Cecilia kann nicht mehr gedemütigt werden.

35

Aber der Sommer verging, und die Unruhe kehrte nach und nach zurück. Die ersten gelben Blätter flogen dort draußen vor den Fenstern, gelbe Briefe, die nur Samuel deuten konnte. Er seufzte und murmelte vor sich hin, konnte oder wollte Cecilia aber nicht erklären, was ihn so bös quälte. Machtlos und mit leeren Händen standen sie außerhalb seiner geschlossenen Welt.

Was geschah? Wurde er von Zweifeln gepackt? Sich vorzustellen, der verborgene Gott könnte noch am Leben sein! Sich vorzustellen, diese bösartige Kirche in Diensten Luzifers könnte mich in die Irre führen wollen, es könnte eine lügenhafte Botschaft gewesen sein, die mir die Glocken damals vermittelt haben ... Sich vorzustellen, er könnte leben! Jetzt irrt vielleicht der wahre Gott dort draußen in den Wäldern umher, vogeläugig und mit goldener Hornkrone, ein gejagtes Wild, während ich hier mit den Händen im Schoß dasitze und ihm nicht zu Hilfe kommen kann, ich Elender ...

Es waren Unruhe und Gewissensbisse, es waren Schuld und Scham und Selbstanklagen, die ihn in Stücke rissen, ja, er sah seinen Kopf erstarren und seine Glieder sich über den Fußboden winden. Gott rief ihn in diesen mondklaren Nächten aus dem Wald, röhrte wie ein Elch, schrie wie ein Pfau – wie konnte er dem Gebot seines Herrn widerstehen? Wie konnte er zögern und abwarten?

Cecilia und die Kinder wurden um ihn zu gesichtslosen Schatten, alles, was er vernahm, waren die kupferhellen Klagerufe des gehetzten Gottes aus dem Wald. Er wollte dorthin, er wollte sich seinem Herrn zu Füßen werfen, er wollte sein Leben für Gottes Liebe und Wahrheit opfern, und wäre er der einzige Apostel, der klar sah und in den Fußstapfen des Gewaltigen folgen konnte.

Oh, diese klare Nacht, in der der Vollmond wie eine Zimbel von seiner Stimme klang ... Und Samuel zog wieder in den Wald, wurde von neuem eingefangen und gefesselt ins Hospital zurückgeschickt. Er würde diese Mauern nie mehr verlassen.

Er war mit einem eigenen Pfleger in einem reservierten Abteil gereist. Cecilia wurde hinterher von der Krankenhausverwaltung verständigt, sie möge die Transportkosten aus eigenen Mitteln bestreiten.

36

Sie stand am Waschtisch und wusch sich mit nacktem Oberkörper, und Cecilia sah sofort ihre blauen Flecken. Man weiß ja, was derlei bedeutet.

»Aber was ist denn passiert?«

»Es ist nichts. Ich habe mir nur weh getan.«

Elin zeigte sich ausweichend und verlegen, aber es waren keine Schuldgefühle mit im Spiel, das spürte Cecilia mit ihrem sicheren mütterlichen Instinkt. Und die Wahrheit kroch schon bald ans Licht.

Es war Pettersson, der Hausherr auf Länna, der immer grabschlüsterner und zudringlicher wurde. Die Frau liegt krank, und es ist wohl nicht so leicht für ihn, mit seinem Verlangen fertig zu werden, kann man sich denken. Oder eine junge Frau im Haus zu sehen. Das kann nicht immer leicht sein.

Elin wirkte weniger entrüstet als Cecilia, merkwürdigerweise. Nein, es war kein schlechtes Gewissen, sie hatte sich ihrer Haut gut erwehren können, es war nichts Ernstes geschehen. Aber Elin hat nun mal dieses helle Gemüt, das sieben mal siebzigmal vergibt und die Menschen immer zum Besten deutet. So jung sie war, konnte sie einen erregten Mann dennoch verstehen und ihm verzeihen, mochte es auch ein ältlicher Hausherr sein, mochte er auch schon die Vierzig überschritten haben. Elin ist in dieser düsteren und dunklen Familie die Lebenswarme und Lichte.

Und was sollte ein armes Mädchen außerdem tun? Als Tochter ohne Arbeit zu Hause im Verein mit Benjamin und Rebecka verhungern? Sie brauchte die Arbeit und das kleine Einkommen, und Cecilia brauchte das bißchen Geld, das sie entbehren konnte, noch mehr. Man mußte sich wehren, so gut man konnte, fünfe gerade sein lassen und sich so lange an der Stelle festklammern, wie es eben ging. Sollte der Bauer am Ende völlig unmöglich werden, konnte man immer noch seine Sachen packen und gehen. Unzählige Dienstmägde im Land waren in der gleichen Verlegenheit wie Elin, und was sie auch taten, so gab es ein Unglück: Sich dem Willen des Hausherrn unterwerfen oder vor die Tür gejagt werden, man brauchte nur zu wählen. Unzüchtige Lebensführung oder Hunger, diese Wahl blieb einem armen Mädchen. Die Keuschheit ist schön wie ein Kristalleuchter, aber solche Zierden leistet man sich nur in einem begüterten Heim. Tugend kostet Geld, so einfach ist es.

Elin war kalt und beißend, als sie von der Moral sprach, und Cecilia wurde unangenehm berührt. Aber dann strahlte die Tochter aus all ihrer Bitterkeit auf und lachte laut: Nimm das jetzt nicht so ernst, Mama! Noch kann ich mich wehren und mir den Kerl vom Leib halten!

Ja, noch . . . Cecilia hatte nicht viel als Hilfe und Trost zu sagen: Sie war bis in die Seele erschüttert. Sie hatte wegen Samuel viele Tränen vergossen, aber erst jetzt konnte sie die Demütigung der Familie in der Tiefe ihrer eigenen Seele spüren. In ihrer Jugend waren zwar genug Kerle hinter ihr her gewesen, sowohl in Kristiania wie in Omaha, Nebraska, aber nie hatte sie ihre weibliche Freiheit und Würde bedroht gefühlt. Sie hatte immer ihre freie Wahl gehabt. Und jetzt mußte sie erleben, wie Elin hartnäckig verfolgt wurde wie eine Dirne, ohne

Möglichkeit, den Kerl wegzubeißen, auf dem Absatz kehrt zu machen und zu gehen. Tugend ist Geld, und Elin ist ein sehr armes Mädchen. Das ist eine Erniedrigung, die ich mir nie hätte träumen lassen.

Die Sorge um das tägliche Brot schleppte sie schon lange mit sich herum, aber das war eine Sache für sich. Man kann arm sein, aber trotzdem fein und abgeklärt, das glaubte Cecilia in ihrer Unschuld. Jetzt erlebte sie zum ersten Mal, in der Tiefe ihrer eigenen Frauenseele, den ganzen Umfang der Hilflosigkeit und Demütigung und Erniedrigung der Familie.

Der Arme ist niemals achtenswert und fein, das erkennt Cecilia jetzt. Und sie sieht endlich ein, daß sie selbst sehr arm ist.

37

In der ersten Zeit besuchten sie ihn oft, sooft freie Zeit und übellaunige Bauern es zuließen. Wenn nur ihre Liebe und ihre Hoffnung ihn aus der Gefangenschaft hätten befreien können! Aber so einfach war es eben nicht.

Nein, es war nie peinlich und aufwühlend. Es war, als besuchten sie einen sehr müden alten König. Er erkannte sie und nannte sie beim Namen, strich ihnen über die Wange und sagte das eine oder andere, nichts Besonderes, dennoch kostbar wie Edelsteine. »So groß und süß, meine Elin«, das war so viel, davon konnte man lange leben. Oder »Meine eigene kleine Maria«, eine Kostbarkeit, das Leben hindurch bei sich zu tragen. Oder »Schon ein richtiger Mann« zu Abel, das war vielleicht freundlich, vielleicht ein versteckter Vorwurf, und Abel schossen vor Ungewißheit und hilflosen Gewissensbissen die Tränen in die Augen.

Aber Samuel ermüdete bald, ein gnädiger und liebenswürdiger, aber sehr müder alter König. Sie versuchten, ihm von ihrem Leben zu erzählen, natürlich nur gute und wärmende Neuigkeiten, all das Dunkle und Traurige wollten sie selbst auf sich nehmen, aber der feine, empfindliche Papa sollte nur das Beste von allem haben, nur schöne, ausgewählte Stücke der Wirklichkeit, wo immer man die finden mochte.

Er lächelte und nickte zu ihren Erzählungen, ermüdete aber so erschreckend schnell, seine Gesichtszüge erstarrten, er wandte sich ab und sah wie vorher aus dem Fenster. Die Wolken wanderten dort draußen, die Dohlen stiegen auf und sanken in ihrem ewigen Flug. Die

Wirklichkeit war zu hart und scharf, wie sie sich auch bemühten, sie weich und gut zu machen. Lange hatte er nicht die Kraft für ihre Wirklichkeit. Er sehnte sich wieder ins Wolkenreich. Wieder wanderte er in seinem Lustgarten und schloß die Tore hinter sich.

So saßen sie da wie gewöhnlich vor seinen Mauern mit verschmähten Gaben in den Händen. Papa will uns nicht empfangen. Papa will nicht in die Wirklichkeit zurückkommen. Unsere lange Reise und all unsere Liebe sind wie gewöhnlich vergebens gewesen.

Ein bitterer Gedanke, ja, aber nur ein Gedanke, denn in so harte Worte darf man die Bitterkeit nie kleiden. Von Trauer und Krankheit dürfen wir niemals sprechen, nicht vor Papa, nicht unter uns Kindern, das fehlte noch. Und sie flüstern miteinander, daß Papa viel gesünder wirke als beim letzten Mal. Es ist ja nur das, daß er so wenig Kraft hat. Er ermüdet so leicht.

Sie sitzen noch ein Weilchen dort, um die Besuchszeit bis zum Äußersten auszunutzen. Sie sitzen dort um den schweigenden König, und ihre freundlichen Worte trocknen aus und werden zu Seufzern, und die Seufzer werden am Ende trauriges Schweigen. Aber einfach aufzustehen und den Kranken zu verlassen, wäre zu hart, wo man jetzt immerhin eine so lange Reise gemacht hat. Und sicher würde Papa traurig werden.

Er versteht ja sehr wohl, was wir sagen, obwohl er so leicht ermüdet. Dennoch wirkt er unendlich viel gesünder als beim letzten Mal. Vielleicht darf er bald nach Hause.

Im Zug zurück nach Väse sitzen sie schweigend da.

»Ich glaube, wir bleiben am nächsten Sonntag zu Hause«, sagte Mama schließlich. »Wenigstens die Kleinkinder und ich. Es wird teuer, solche Reisen zu machen.«

»Aber was wird Papa sagen?«

»Wir können es uns einfach nicht leisten, jeden Sonntag so zu reisen. Und Papa ermüdet so leicht.«

Harte Worte kommen natürlich nicht in Frage, aber ein kleines bißchen Wahrheit auszusprechen, das Recht hat Mama, sie, wenn auch niemand sonst. Sie sagt nicht, daß es Papa heute sehr viel schlechter geht, sie faßt ihre ängstigende Gewißheit nicht in Worte, daß er nie mehr zurückkommen wird. Sie sagt nur, daß sie es sich nicht leisten können, jeden Sonntag so zu reisen. Die Kinder haben dazu nichts zu sagen, nichts einzuwenden.

Es hätte viel schlimmer sein können, denken die Kinder. Mama hätte sagen können, wie die Wahrheit ist, daß es Papa viel schlechter geht. Jetzt hat sie sich mit der einfachen Wahrheit begnügt, daß wir nicht viel Geld haben und es uns nicht leisten können, ihn so oft zu besuchen. Es hätte viel schlimmer sein können als so.

Sie sitzen stumm im Zug zurück nach Väse.

38

Abel ist ein Sonntagskind, ein Wunderkind, ein Auserwählter Gottes. Aber im gewöhnlichen menschlichen Sinn ist er eigentlich nie Kind gewesen. Abel ist alt geboren. Schon als Kind sah er mit dem Blick des Greises zu fernen Horizonten. Er war alt geboren, und er war ein geborener Dichter.

Es begann mit dem Gesangbuch. Er lernte schon mit fünf Jahren lesen, und das Gesangbuch war seine Fibel. Er kannte es bald auswendig. Es zog ihn zum Ausdruck der Trauer, weniger zu den Jubelrufen der Zuversicht, an den Glauben an Auferstehung, Verzückung über das Licht über der Gruft. Schon als Kind trug er an der Melancholie des Vaters und an einer Sehnsucht nach einem Jenseits.

Ach, wenn sich schon in jeder Ader soviel Pracht
Aus Schöpfung und aus Leben kenntlich macht,
Wie schön muß dann die Quelle sein,
Ewig und rein!
Oh, Quelle du des Lichts, des Friedens und der Seligkeiten,
Wann wird vor mir sich deine reine Woge breiten?
Wer führet mich zu deines Wassers Fülle?
Des Todes Stille.

Er verstand den Text kaum mehr als zur Hälfte, aber Stimmung und Tonfall erkannte er, sie waren wie Erinnerungen an ein Leben vor dem Leben. Alle Lieder und Verse über die Freuden des Lebens kamen ihm verlogen und simpel vor. Warum soll man sagen, wie es nicht ist? Im Alltag muß man vielleicht lügen, um zu überleben, aber wenigstens die Dichtung soll von der Wahrheit und dem Gewissen handeln, dem einzigen, was den Menschen gegeben und unentrinnbar ist – Leiden und Tod. Trauer ist das Wesen der Dichtung, Mitgefühl ihr Ausdruck. Linderung des Lebens, Trost vor dem Tod, die Wahrheit über unser Elend zu sagen: dies ist der Auftrag des Dichters. Alles andere ist leeres Geplapper und ein Mißbrauch der heiligen Gabe der Dichtkunst.

Abel verschlang bald die Gedichte im Lesebuch für die Volksschule, aber es gab nicht viel, was vor seinem Blick Gnade fand. Da gab es zuviel Genügsamkeit und Zuversicht und seichten Patriotismus, komische Verse über Gott und den König und Schweden, das Vaterland. Derlei konnte er nicht verstehen. Abel hatte wie Samuel ein Vaterland jenseits der Grenzen dieses Erdenlebens. Cecilias Verbitterung über das neue Land tat wohl auch ihre Wirkung. Was soll das heißen,. das Land unserer Sehnsucht und unsere Heimstatt auf Erden? Wofür hat Papa sich bei Schweden zu bedanken? Warum will Schweden ihn nicht haben? Schweden, eine verrückte Muttersau, die ihre Ferkel frißt!

Dieses Land war wirklich nichts, worüber man stolze Gedichte schreiben konnte. Für das Vaterland zu sterben, das mochte noch angehen, wenn ein Sinn darin lag, aber vom selben Vaterland nur langsam getötet zu werden? Nein, das kann nicht richtig sein.

Leiden und Tod waren sein großes Thema, und die Vorbilder nahm er, wo er sie finden konnte. Ein ständiger Papiermangel quälte ihn. Er lernte bald, Gedichte im Kopf zu komponieren, und memorierte unendliche Mengen von Versen. Das Gedächtnistraining war auch bitter nötiger Zwang: Bücher waren zu Hause knapp, und er mußte seine Bibliothek im Kopf mit sich herumtragen.

Samuel folgte seinen ersten Versuchen und war verblüfft über Abels frühreifes Talent. Aus seiner eigenen Bibliothek hatte Samuel nicht viel zu bieten, aber das eine oder andere konnte er von Bergstedt leihen. Abel stürzte sich auf Fröding und Viktor Rydberg, trank Poesie wie ein Dürstender in der Wüste, berauschte sich, trank und trank, um das Gefühl von Elend und Demütigung im Leben zu betäuben.

Das größte Erlebnis war dennoch Stagnelius, den Papa eines Tages aus der Bibliothek des Pfarrhofs mitbrachte. Die drei kleinen Lederbände mit den goldenen Lyren auf dem Rücken brachten eine Offenbarung, eine blendende Vision von Herrlichkeit und Herrschaft der Poesie, eine Verzauberung, welche die Misere des Lebens linderte. O Macht der Dichtung, unsere harten Fesseln zu lösen!

Schwer mich des Tages harte Fesseln drücken,
Und nur die Dornen noch grab' ich, die harten, aus
Im Freudenfeld. Und wie ein Kartenhaus
Zerfällt der Erde Ruhm, kein Traum will glücken.

Allein gestützt auf meiner Langmut Krücken
Muß ich durch eine finster-wilde Wüste irren,
In meiner Spur die schweren Ketten klirren,
Die bis zum Tode hin mich soll'n bedrücken.
Trost sind mir Lieder, die vom Himmel klangen.
Herab vom Himmelsschloß rosenbekränzt ein Engel
In goldnem Flug sich auf die Erde schwingt.
Und sanft berührt er mich mit seinem Lilienstengel
– Die Ketten fallen ab, die mich gefangen,
Die Schwinge hebt sich, und die Silberstimme klingt.

Abel berauschte sich an dieser Poesie, und seine eigene lyrische Diktion folgte den Spuren des Meisters. Er wandte den Blick von der niedrigen Wirklichkeit in Väse ab und sang von Rosen, Nachtigallen und dem glühenden Sonnenaufgang über den elysäischen Feldern der Feenwelt, in der das Gute, das Rechte, das Schöne in der Sommerbrise des göttlichen Atems ihre Blumenkronen wiegten. Schon bevor das Gemüt des Vaters sich endgültig verdunkelte, hatte Abel mit Hilfe der Dichtung eine Ahnung vom Weltenfürsten und dessen Herrschaft erhalten, von der Gespaltenheit des Alls in Böse und Gut.

Ihn peinigte ständige Selbstkritik, und er wagte es nur selten, den Geschwistern etwas vorzulesen: Die unkritische Bewunderung der Familie machte ihn noch niedergeschlagener und mißmutiger. Anleitung und Kritik mußte er bei sich selbst holen, seitdem der Vater verschwunden war. Mit einem begrenzten romantischen Wortvorrat züchtete er eine virtuose Formenkultur heran, die wie selbstverständlich mit Formen wie Canzone, Sonett und Ghasel wirbelte. Er schrieb ebenso leicht, wie er atmete, eine goldglänzende, byzantinische Poesie, die mitunter durch einen Anflug seiner eigenen Wirklichkeit belebt wurde: Unter Rosen und Lilien schlich sich eine Kornblume, unter Palmen und Zypressen rauschte eine weißhäutige Birke aus Väse. Aber als er seine frühreife Meisterschaft erreichte, war der Vater schon krank und fort, und die Mutter und die Geschwister wagte er nicht allzusehr zu bemühen. Er taumelte zwischen Stolz und lähmender Selbstkritik. Die Dichtung war heilig, aber wie viele Menschen können die Dichtung mit reinen Sinnen würdigen, ohne Hohngelächter und Bosheiten? Und war Abel wirklich im Heiligtum der Dichtung ein würdiger Tempeldiener?

Ungesehen und ohne Pflege blühte seine Dichtung wie eine Akelei bei einem Einödhof im Wald. Er war und blieb mit seiner Poesie allein, und mit seinem Tod würde auch seine Dichtung vergehen. Das meiste trug er im Gedächtnis mit sich herum, und nur einige kostbare Fragmente würden übrigbleiben, geschrieben auf die Rückseiten von Rechnungen und Schulzeugnissen, auf Umschlagpapier und Briefumschläge, in Schreibhefte und ins Tagebuch des Vaters aus Fardhem. Das Tagebuch war ein heiliges Relikt, und es sagte viel über seine Not, daß er schließlich diese unbeschriebenen Seiten für seine orientalisch blühenden Gedichte von nachtschwarzer Todessehnsucht und Verlangen nach einem sonnenhellen verlockenden Jenseits nutzen mußte.

Ungesehen, von niemandem erahnt, lebt ein junger Dichter im Distrikt Väse. Ungesehen würde er leben und wirken, und nur einige seltsam schimmernde Fragmente seiner Dichtung werden übrig bleiben, Scherben eines großen Mosaiks, das in tausend Farben geblüht hat, ungesehen und schließlich von der Zeit vernichtet.

Ungesehen lebt und stirbt ein junger Dichter in Väse.

39

Das Jahr 1909 brach an. Für die hart geprüfte Familie in Väse blieb alles gleich. Cecilia schleppte sich mit dem Mut der Verzweiflung weiter, ging von Haus zu Haus und bettelte um Arbeit, demütigte sich und erhielt Aufschub für ihre Ratenzahlungen, verkaufte im Sommer Beeren und manchmal im Winter eine Spitzenrolle, geizte und drehte jedes Geldstück um und dankte Gott für jeden Tag, den sie überlebte und die Ihren durchbringen konnte. Vierzig Jahre alt war sie jetzt, aber schon grauhaarig und erschöpft, eine alte Frau.

Elin klammerte sich an ihrer Stellung fest und hielt sich mit Mühe den Hausherrn vom Leib, Abel brannte im Feuer seiner ersten großen Inspiration, Maria verdingte sich als Kindermädchen, weinte um den verlorenen Vater und hungerte nach Büchern. Aber an eine Ausbildung für die Kinder war ja nicht zu denken, wie begabt sie auch sein mochten.

Auch Benjamin hatte einen hellen Kopf zum Lernen, wozu das auch gut sein mochte. In dieser Familie von Träumern, Irren und Dichtern war er das kleine Wichtelmännchen der Vernunft, immer still und mit einem prüfenden Blick, fast unnatürlich beherrscht und im Rechnen sehr tüchtig. Cecilia träumte in hoffnungsvollen Stunden, er könne möglicherweise in irgendeinem Laden im nächsten größeren Ort Verkäufer werden, bei Borgs oder Brattströms, da er ja unbestreitbar einen Kopf zum Rechnen hatte, ordentlich und ruhig war und nicht zuletzt höflich und dazu feine Manieren besaß. Darin unterschied er sich von Abel, der immer kantig und schweigsam war, menschenscheu und zu hoffnungsloser Selbstverachtung neigend. Cecilia ängstigte sich über all diese kranken Genies, die sie zur Welt gebracht hatte, und freute sich über das, was sie an gesunder und einfacher Normalität zeigten: Benjamins höfliche Manieren und Elins lächelndes und weiches Wesen. Maria hatte wohl auch etwas von Elins lebenswarmem Sinn, aber böse Menschen ließen sie wissen, nach wem sie geschlagen war, und dadurch wurde sie in sich gekehrt und düster.

Am schlimmsten war es mit Rebecka. Die anderen Kinder hatten immerhin einige gute Erinnerungen, von denen sie zehren konnten, aber Rebecka hatte gar nichts. Ihre erste Erinnerung war dieser glasklare Dezembertag, an dem der Vater aus dem Wald nach Hause verfrachtet wurde, eine hilflose Kreatur, die man auf den Pferdewagen gefesselt hatte. Diese Erinnerung hatte in das Steingut ihrer Seele einen Sprung geschlagen. Sie hatte Angst vor allem und war von bebender Überempfindlichkeit, brach ständig in krampfhaftes Weinen aus, wachte nachts schreiend aus Alpträumen auf und war selbst als Fünfjährige noch nicht trocken. Cecilia war ratlos – was sollte sie tun? Böse Erinnerungen lassen sich nicht auslöschen, die Zeit kann nicht zurückgedreht werden und von neuem beginnen. Hier saß sie nachts mit einem vor Weinen zitternden, krampfhaft zuckenden Kinderkörper im Arm und konnte nichts tun, überhaupt nichts, nur trösten, hoffen, auf Besserung warten, die nie kam. Manchmal eine Stunde der Linderung, wenn das kranke Mädchen still in ihrem Arm lag, sie mit großen, fiebrigen Augen ansah, mit der tierhaften Geduld des leidenden Kindes. Manchmal streckte sie die Hand aus und berührte das Kinn der Mutter in einem stummen Flehen um Hilfe. Es war in Stunden wie diesen, in denen Cecilia spürte, wie ihr felsenfester Gottesglaube im Grunde erschüttert wurde.

Was geschah in diesem Jahr 1909? Der große Streik war ein fernes Gewitter, nur entfernt vernahm man in Väse sein Grollen. Für die Kinder des verrückten Sam war das große Ereignis, daß Großmutter Sara starb, daß sie damit eine letzte Stütze im Leben verloren. Keine Großmutter mehr zu haben, das bedeutete, entblößt und ein bißchen weniger achtenswert zu werden. Wie armselig und jämmerlich, ohne Großmutter zu leben . . .

Sara hinterließ unzählige Kinder und Kindeskinder, und auf Samuels Anteil am Erbe entfielen nur 107 Kronen. Das war trotzdem eine große

Hilfe in der Not, obwohl die Erbschaft sofort schmolz wie ein Schneeball auf dem Küchenherd.

Elin erbte von ihrer Großmutter eine vergoldete Silberbrosche, Maria bekam überhaupt nichts. Nun, das war nicht so unerwartet, Elin war der Liebling Großmutters gewesen, aber man findet ja doch . . .

Aber jetzt muß Maria bitteschön den Verdruß hinunterschlucken.

Der immer gleiche Trott der alltäglichen Mühen, die schwere Trauer über Papas Schicksal, Großmutter Saras trauerschwarze Beerdigung in weißem Schnee, eine vergoldete Brosche, um sich daran zu freuen oder deswegen ein bißchen neidisch zu werden – das war das Jahr 1909 in der Erinnerung.

40

Früh brach die Liebe in das Leben des jungen Dichters herein. So bekam er Eingebung und Kraft, die Dichtung zu erobern. So begann es ernsthaft.

Es war im warmen Sommer 1908, in dem die ganze Natur dampfte und gärte, insektenschwirrend und vogelzwitschernd vor Fruchtbarkeit und Leben. Eine Kuh hatte sich auf dem Hof von Onkel Gustaf im Wald verlaufen, und der junge Knecht mußte sich hinausbegeben, um zusammen mit den Kindern von Olsson zu suchen, mit Gustaf, Oscar und Elisabeth. Sie bildeten eine weite Treiberkette und verloren bald den Kontakt zueinander. Es verging eine Stunde oder zwei, die Sonne glühte, die Natur kochte vor Leben. Abel stolperte tief in Gedanken versunken vorwärts, schlug Mücken mit einem grünen Zweig von sich und wälzte eine unfertige und widerspenstige Strophe im Kopf. Sie sollte von dem nordischen Sommer als einem bleichen Abglanz der Gedankenwelt handeln, aber der Junitag war so strahlend und schön, daß der Gedanke ihm allmählich widerstrebte. Wenn dies nur ein Abglanz ist, wie schön soll dann die eigentliche Quelle sein, die ewig klare? Schöner als dies? Es fiel trotz allem ein wenig schwer, sich etwas so Übernatürliches vorzustellen.

Der lächelnde Junitag in Värmland blinzelte und lächelte dem jungen Idealisten zu und lockte ihn in die körperwarm dampfende Materie hinab: Das einzige, was da ist, ist die sichtbare Wirklichkeit, und diese Wirklichkeit ist ziemlich gut, strenggenommen, zumindest an einem Junitag in Väse. Oh, Achamot, Achamot, wie verführerisch schön du dich dem Blick des Dichters zeigen kannst!

In Gedanken versunken kam er an einen Waldsee und erblickte Elisabeth nackt am Ufer stehend. Er fuhr sofort zurück, von der Schönheit geblendet, aufgewühlt wie ein Tempeldiener durch den Anblick der Gottheit. Entsetzt und den Tränen nahe lief er fort, durch sein Verbrechen erschreckt wie ein Kirchenschänder. War es die verlockende Hexe der Sinnenwelt, die er gesehen hatte? Ach nein, das war nicht möglich, so schön kann das Böse nicht sein.

Aufgewühlt und verwirrt war er, aber ihm kamen keine Gedanken an die Taten des Fleisches. War das eine Versuchung? Ein vierzehnjähriges Mädchen, Elisabeth, Olssons Elisa, ein Mädchen, das seinen weißen Körper kühlen wollte, das ruhig, im Glauben, ungesehen zu sein, Wasser auf Arme und Hals spritzte, was lag darin für eine versuchende Absicht? Das war Reinheit, Unschuld, unbeholfenes Behagen und nichts sonst. Es war Elisa, ein einfältiges Mädchen, dem er kaum einen Gedanken widmete, und hier trat sie jetzt so seltsam verwandelt hervor, eine Vision von Schönheit, die sein Wesen in Besitz nahm.

Was er empfand, war eher Zärtlichkeit als Begierde. Der weiße, glatte Körper des Mädchens wirkte so äußerst wehrlos und weich in seiner Nacktheit. Er wollte Elisa gegen alle Grausamkeit und alle Übergriffe der Welt verteidigen, wollte so innigst gern für sie sterben. Und die Tränen strömten, als er alle Gefahren bedachte, die sie hier im Reich Luzifers bedrohten. Verteidige Elisa, kämpfe für sie und stirb! Daß man auch berühren und streicheln konnte, daran wagte er kaum zu denken.

Als sie sich vor der Scheune um die wiedergefundene Kuh versammelten, war seine Verwandlung spürbar, zumindest für Elisa. Eine knospende Weiblichkeit machte das träge Mädchen hellsichtig. Sie betrachtete den schmächtigen Jungen mit dem kurzgeschorenen Haar und den abstehenden roten Ohren und spürte, wie seine Augen ihr auf der Haut brannten. Sie dämpfte ihre gewöhnliche elsternschnatternde Redseligkeit, verstummte, schlug den Blick nieder, lauschte um Hilfe und Anleitung in sich hinein. Auch für Elisa war dies ein bißchen ängstigend und neu.

Wenn es nur jemand anderer gewesen wäre als der Junge des verrückten Sam.

Jetzt war die Liebe in das Leben des Poeten hereingebrochen. Nicht so, daß er sein Gefühl zu äußern wagte, o nein. Aber seine Augen sprachen, seine glühende Röte sprach, und Elisas träger Verstand wurde durch den Scharfsinn der erwachenden Weiblichkeit belebt. Ein kleines bißchen geschmeichelt war sie wohl auch durch ihre erste Eroberung.

Abel wagte nichts zu sagen, aber sein junges Herz brannte wie ein Mahnfeuer, und die Liebesgedichte entströmten seiner Seele wie glühende Lava einem Vulkan. Er irrte in den hellen Sommernächten in den Wäldern umher und spürte, wie die Rhythmen sich wie ein Fieberpuls in seinem Inneren bewegten. Er suchte und fand eine Birke mit ungewöhnlich glatter und weißer Rinde, vielleicht ebenso weich zu berühren wie Elisabeths weiße Haut. O Seligkeit, die Wange an den glatten Stamm zu legen, den Körper des weiblichen Baums mit grober Hand zu streicheln . . .

Die Zärtlichkeit preßte ihm Tränen aus den Augen, die Ekstase erschütterte ihn, als er sein Knabengesicht dem Himmel zuwandte.

Oh, ihr der Ahnung und Erinn'rung bleiche Sterne,
Bei deren Schein in nächtlich-dunklen Stunden
Des Herzens scheue Ideale ihren Weg gefunden,
Zum Klang der Nachtigallenmelodie so gerne.
Oh, Geistes Licht! Oh, magische Laterne!
Laß aus dem All dein Mittnachtslicht sich runden,
Und heb' die Seele, die an Erdendunst gebunden,
Wohin ihr Fühlen strebt, in hohe Ferne.

Die Frau hatte sich dem jungen Genie gezeigt, und seine Dichtung trat im Frühlingshochwasser der ersten Liebe über alle Ufer.

41

Dann kommt unausweichlich die Zeit, in der ein lebender Mensch zu Stein verwandelt werden soll. Luzifer ist seines Spiels mit einem lebenden Menschen müde, jetzt will er Samuel in einen kostbaren Stein verwandelt sehen, den er in seiner Krone befestigen kann.

Diese Stirn, die so sinnreichen Gedanken über die Schöpfung und Gott Schutz geboten hat, diese Augen, welche die rätselhafte Vielfalt der Wirklichkeit geschaut haben, diese Lippen, die sich zur Verkündigung geöffnet haben, alles muß sich jetzt verwandeln.

Diese Hände, die Cecilias Frauenkörper liebkost und die weichen Glieder der Kinder gestreichelt haben, dieser Arm, der Leben und Liebe gegeben hat, alles muß jetzt zu Stein werden, damit der, der einmal Samuel Eriksson geheißen hat, hart und gefühllos seiner Verwandlung entgegengehen kann. Lebende Gliedmaßen, Augen, Lippen, alles muß jetzt versteinern und sich verwandeln.

In diesen Augen spiegeln sich noch Wolken und schwarze Vögel, aber sie spiegeln sich ohne Gefühle und Gedanken wie in einem polierten Grabstein.

Und in seinem Gehirn ruht der Traum von dem verborgenen Gott wie ein glotzäugiger Trilobit, eine kalkweiße Erinnerung an Leben im toten Stein der Seele.

Alles versteinert und verwandelt, und nur der Körper atmet und lebt noch eine kurze Zeit, eine heruntergebrannte Kerze mit geschwärztem Docht. Der verrückte Sam ist nicht mehr da, und Meister Samuel und Pastor Eriksson sind seit langem fort, aber noch lebt der Körper eine kurze Zeit.

Aber jetzt bläst Luzifer auf die Pusteblume des Todes, und bald, barmherzig bald, ist der Körper von unsichtbaren Samen übermannt, und die giftigen Blumen des Fiebers erblühen gelb über den Grabfeldern, auf denen die Seele in gebrochenen Pfeilern und Standbildern zertrümmert liegt.

Die Schwindsucht erstickt bald das bißchen Leben, das noch da ist. Er bekommt Fieber und häßlichen Auswurf und liegt eine Zeitlang zu Bett. Im Fieberwahn ruft der verborgene Gott durch seinen Mund, ruft ein unerhörtes Geheimnis, das niemand von diesen weißberockten Dienern Luzifers begreift. Sie erstaunen und verwundern sich über die Worte des Sterbenden, und einige werden sie auch als Erinnerung mit sich tragen – aber niemand versteht.

Am 2. Juli im Jahre 1910 stirbt der Irrenhausinsasse Samuel Axel Eriksson aus Väse, Ehefrau und fünf unversorgte Kinder zurücklassend.

Niemand von der Familie kam rechtzeitig ans Totenbett. Das spielte auch keine Rolle. Samuel war seit langem verwandelt und versteinert, unvermögend zu hören, zu sehen und zu empfinden. Ein Körper, der sich im Fieber wand, eine fremde Stimme, die durch seinen Mund einige gebrochene Worte sprach, und dann Schweigen und große Stille. Es war ein bereits Toter, der zum zweiten Mal starb.

So hatte am Ende der Weltenfürst gesiegt.

Dennoch war er nicht satt und zufrieden, und die Menschen auch nicht. Mit heißen, blanken Augen sehen sie sich nach neuer Beute um.

42

Sie haben ihn im Sarg sehen können, bevor der Deckel zugeschraubt wurde, und er war sich ähnlich, obwohl gealtert und geschrumpft und schneeweiß in Haar und Bart. Ja, er ist es, es ist Samuel, es ist Papa. Dennoch konnten sie nicht glauben, daß er tot war, nein, nicht unser Papa, es kann nicht wahr sein, nicht tot. An seinen Tod zu glauben hieße, alle Hoffnung auf eine Zukunft zu verleugnen.

Der Traum ist er in ihrem Leben gewesen, die Hoffnung auf ein besseres Leben für sie selbst und die ganze Menschheit, Traum und Märchen, Dichtung und Phantasie. Aber jetzt war er tot, und die Wirklichkeit senkte ihre leuchtenden Schwingen und erschien als kriechender Erdenwurm. Das war wahr, hätte aber nicht wahr sein dürfen. An seinen Tod zu glauben hieß, das Beste im Leben zu verleugnen.

Sie standen in armer Begräbniskleidung an seinem Grab und hörten Bergstedt vom Pflichtgefühl des Volksschullehrers und von hingebungsvoller Arbeit im Weinberg schwadronieren, schöne, verlogene und herablassende Lobesworte, die wie gewöhnlich zu spät kamen.

Cecilia schüttelte Hände, verneigte sich und dankte für die schönen Worte. Die Trauergemeinde verlief sich hastig, hinterher gab es keinen Leichenschmaus, und alle wollten möglichst rasch an die Arbeit, denn es war Erntezeit.

Die Kinder und einige Axeliten blieben noch lange am Grab stehen.

Abel trug den Anzug des Vaters wie einen schwarzen Panzer auf seinem jungen Körper. Cecilia hatte sich Mühe gegeben, ihn umzunähen, und er paßte einigermaßen, außer an den Ärmeln, die schon zu kurz waren.

Rot und knochig hingen seine Hände auf den Schenkeln. Er stand da, den Blick in die Ferne gerichtet, in seine Dichtung versunken. Um Beherrschung und Vernunft zu bewahren, ließ er die Poesie in seinem Kopf erklingen wie ein Requiem in einer Kathedrale. Nur so konnte er das Licht der Vernunft retten, das in der Trauerkrypta dahinsiechte und erbebte. Die Ohren standen wie Flügel von seinem kurzgeschorenen Kopf ab, der Blick war streng und auf einen Punkt in der Ferne geheftet. Sein Gesicht war unbeweglich und starr. Er konnte nicht weinen. Er blickte auf den Sonnenaufgang der Ewigkeit, er hörte Erzengel singen. Und die Dichtung pulsierte und strömte ihm durch den Kopf, die heilige, versöhnende Dichtung. Um der Dichtung Willen mußte er noch eine Zeitlang leben.

Nur Elin weinte, leise wie eine Juninacht. Die anderen standen still und gelähmt. Papa war tot und mit ihm alles Leben, alle Hoffnung. Es durfte nicht wahr sein.

Doch, es ist wahr, riefen die Dohlen im Wind. Es ist wahr, er ist tot. Und mit ihm ist der Traum tot und alle Hoffnung zu Ende. Er ist tot, es ist wahr.

Die letzten Axeliten, ein paar kraftlose alte Männer und Frauen aus dem Armenhaus, blieben noch lange am Grab stehen und warteten auf ein Wunder, standen da in ihren Lumpen und erwarteten, ein Engel würde vom Himmel herabsteigen, die Erde aufreißen und den letzten Propheten von den Toten auferstehen lassen. Sie standen dort und warteten lange.

Und die Dohlen klagten und schrien um den Kirchturm herum.

Die Kinder des verrückten Sam

1

Unergründlich ist der allmächtige Gott in seiner großen Neugier auf Geduld und Kraft der Menschen. Es kommt vor, daß ein Mensch viel aushält, ja, Cecilia Eriksson hält ungeheuer viel aus, aber auch in ihrer starken Burg aus Lebenswillen und Gottesglauben beginnt es zu knakken und zu splittern. Noch eine Zeitlang hat sie Kraft, aber es ist ungewiß, wie lange.

Ein Volksschullehrer, der tot ist, hat kein Recht auf eine Dienstwohnung: Das ist gute Logik. Folglich ist die Gemeinde nicht mehr verpflichtet, die Miete für Cecilias Häuschen zu bezahlen, das ist unbestreitbar und klar. Aus all dem folgt also, daß Cecilia die Miete für das Häuschen selbst bezahlen muß. Bezahlen oder baldmöglichst umziehen, das ist die Wahl. Ist das nicht klar wie die Sonne und so deutlich, daß ein Blinder es sehen kann?

Doch, es ist deutlich und klar, aber wo es kein Geld gibt, stehen Logik und gesunder Menschenverstand mit leeren Händen da. Es gibt kein Geld im Haus, und Cecilia weiß sich keinen Rat.

Zu diesem Zeitpunkt greift Bergstedt ein, das soll zu seiner Ehre gesagt werden. Er schreibt dem König wegen einer kleinen Pension für Cecilia, er spricht mit Olsson und erreicht eine Stundung der Miete, er kümmert sich um Maria und besorgt ein gutes Pflegeheim für Benjamin. Das ist männliche Tatkraft, an die sich die dankbare Familie lange erinnern wird. Der Pastor ist nobel und gut, wenn es ihm paßt, und jetzt, wo Samuel tot ist, hat ihn eine plötzliche Lust gepackt, sich großherzig zu zeigen.

Maria darf in den Pfarrhof umziehen und dort als Magd dienen, so daß sie dabei auch gute Manieren und die feinere Küche lernen kann. Ein kleines Entgelt kann sich möglicherweise in näherer Zukunft ergeben, aber es wird in dem Fall direkt an Cecilia ausgezahlt werden. Elin trägt schon ihren Teil zum Unterhalt der Familie bei und soll auch eine willige Dienstmagd sein, von ihrem Hausherrn als unentbehrlich angesehen. Abel sorgt für sich selbst, und Rebecka ist zu klein, um von zu Hause weggeholt zu werden, außerdem ein so kränkliches Kind. Aber Benjamin muß Pflegekind auf Berga werden.

»Auf Berga? Bei Emmaus Elofsson?«

Cecilia traute ihren Ohren nicht, aber Bergstedt blieb fest.

»Bei Emmanuel Elofsson, genau das, ja. Ein sehr achtenswerter Mann.«

Bergstedt war zufrieden mit seinem Einfall, obwohl Cecilia ihren

Abscheu nicht verbergen konnte: Benjamin als Knecht verdingt bei Emmaus Elofsson und seinen scheußlichen Geschwistern! Hat unser Elend denn überhaupt kein Ende!

Bergstedts Gesicht verdunkelte sich: Nein, nicht verdingen, Gott behüte, der Sohn Meister Samuels kann so übel ja nicht behandelt werden, das fehlte noch, nein, Benjamin soll wie ein Kind im Haus sein, wenn auch dieses Kind im Haus sich mit Logis auf dem Scheunenboden, Wasserbrei und abgelegten Kleidern begnügen muß, und als Entlohnung bekommt er die Hoffnung, eines Tages, irgendwann in einer fernen Zukunft, den Hof zu erben: Darauf bekam der Neunjährige Wort und Handschlag von Emmaus Elofsson; das war ein so großherziges Versprechen, daß dem Bauern die Feuchtigkeit in den Augen stand, und in dieser Stimmung aus Edelmut und Knabentränen der Dankbarkeit kam wohl niemand auf die Idee, die Sache schriftlich festzuhalten.

Emmanuel Elofsson, alltags Emmaus genannt, saß mit seiner großen Geschwisterschar auf zwanzig Hektar Land, mit Emil, Erik, Elsa, Elna und Egon, alle schmächtig, geizig und mit langgezogenen knochigen Gesichtern wie Lasttiere. Aus Geiz oder bitterem Zwang konnten sie das väterliche Erbe nicht teilen, sondern saßen noch wie junge Leute in ungeteilter Erbengemeinschaft: Auf diese Weise ließ man den Geiz die einfache Weisheit des Lebens betrügen, über Berga lag ein bösartiger Geruch von schimmeligem Brot, saurer Wolle, verdorbenen Mägen, verstohlener Blutschande und heimlich abgetriebener Leibesfrüchte auf dem Misthaufen.

In einer versauerten Lebensmitte angelangt, wollten die Geschwister Elofsson den süßen Geschmack der Jugend spüren, so wie Bergtrolle im Märchen den Geschmack christlichen Blutes schmecken wollen, und so nahmen sie Benjamin Eriksson gegen das mündliche Versprechen zu sich, er werde einmal den letzten Bruder oder die letzte Schwester auf Berga beerben, den, der als letzter ins Familiengrab auf dem Kirchhof von Väse stiege. Im Austausch gegen ein so großartiges Versprechen mußte er sich doch mit trockenem Brot und bläulicher Magermilch und Arbeit begnügen, die selbst einen erwachsenen Mann zerbrochen hätte. An eine Entlohnung in Bargeld war ja bei einem Neunjährigen nicht zu denken, der zudem Erbe des Hofs sein sollte. Eines Tages würde er als Bauer auf zwanzig Hektar sitzen, und der Tag sei wahrlich nicht so weit entfernt, beteuerten die Geschwister unter vielen Wehrufen und seufzenden Hinweisen auf saure Mägen, keuchende Herzen, Nieren voller Steine und andere innere Scheußlichkeiten, an denen sie in ihren ausgehungerten Leibern trugen. So mußte Benjamin ein mündliches Versprechen in den Geldbeutel stecken, und wieviel pures Silber die Münze enthielt, das wußte Gott allein.

So überlebten sie dennoch irgendwie in der Familie Meister Samuels, während das Jahr 1910 sich seinem Ende zuneigte und ein neues Jahr anbrach.

Abel war jetzt ein hochgewachsener Fünfzehnjähriger in einer Welt und einer Zeit, in der Kinder baldmöglichst Verantwortung übernehmen mußten, und eigentlich sollte er jetzt das Oberhaupt der Familie sein. Er mußte seine Unfähigkeit, für die Seinen zu sorgen, bitter erfahren. Bergstedt regelte und lenkte alles, was die Hinterbliebenen Samuels betraf, und Abel stand machtlos daneben. Es war eine wilde und gequälte Zeit, er beugte sich wie ein junger Baum unter Gefühlsstürmen. Er betrauerte den Vater und grübelte viel über sein eigenes Ungenügen nach, sah mit tiefster Furcht der Konfirmation im Frühling entgegen: Wäre das nicht ein Verrat an Vaters Ideen? Ein Verrat! Und ich, der ich einmal seine Nachfolge antreten sollte! Ungenügend bin ich, unwürdig und schwach . . .

Die Liebe zu Elisabeth, die hoffnungslos schweigsame, die Liebe und die Dichtung hielten ihn noch am Leben.

2

Abel fand endlich eine Lösung, die es seinem Gewissen ermöglichte, sich der Konfirmation zu unterziehen. Er empfing den Wein und die Oblate vor dem Altar und betete im selben Augenblick zu dem verborgenen Gott, er möge diese Dinge in sein eigen Fleisch und Blut verwandeln lassen. Den giftigen Leib Luzifers wollte er nicht annehmen.

Er spürte hinterher keine Übelkeit, die darauf hätte hindeuten können, daß er Luzifer in seinem Körper empfangen hatte. Die Erleichterung war groß, und er dankte Gott auf Knien.

Die Konfirmation war überstanden, und damit war die Zeit gekommen, in der junge Männer und Frauen ungestraft die Laster des Erwachsenenlebens ausprobieren können. Abel bedachte jetzt, daß es auf die Dauer unannehmbar und vielleicht ein wenig schmachvoll sei, mit Elisa nur im Geiste zu verkehren, in Träumen, Visionen und in diesen brennenden Liebesgedichten, die nur selten auf Papier erschienen und niemals die Angebetete erreichten. Er mußte die Gesellschaft Gleichaltriger suchen und auf den Tanzboden gehen, er mußte sich Elisa nähern und mit ihr sprechen, das war ja nur recht und richtig. Die Liebe zwischen Mann und Frau ist immerhin eine der Erscheinungsformen des verborgenen Gottes, wenn es auch Luzifer oft genug gelingt, die Liebe durch Streit und Zwietracht, Treulosigkeit und liederlichen Lebenswandel zu vergiften. Lebenspendend und rein ist jedoch die Quelle der Liebe, die ewig klare! Und ohne ihren frischen Duft würde der Mensch verschmachten und sterben.

Abel versuchte sich folglich in dem schwarzen Anzug so gut auszustaffieren, wie er vermochte, dem Anzug von Berggren aus Visby, diesem unglückseligen Stück Amtskleidung, das er von seinem Vater geerbt hatte. Er war schon jetzt ein höhergewachsener junger Mann als der zartgliedrige Pastor Eriksson in Fardhem, so daß das Jackett in den Achselhöhlen zu eng war, und die großen roten Hände wuchsen wie fleischige Knospen aus den kurzen Hüllen der Ärmel hervor. Ernst betrachtete er sich im Rasierspiegel: kurzgeschorener Schädel, abstehende Ohren, eine grimmige, abweisende Miene. Jaja. Versuchte ein Lächeln – nein, er sah nur dumm aus.

Luzifer hatte sich an dieser brennenden Seele gerächt, indem er sie in das rohe und reizlose Fleisch der Jugend gehüllt hatte. Das war eine schwere Bürde.

Er näherte sich dem Tanzboden auf absonderlichen Umwegen und mit ängstlichen Ausweichmanövern, und noch mühsamer fand er es, sich Elisabeth zu nähern. Sie warf ihm manchmal einen Blick zu, als sie dort unter Freundinnen stand, neugierig und nicht völlig abweisend: lieber ihn als gar keinen Freier. Abels brennender, intensiver Blick hatte auch eine Kraft, die sein lächerliches Äußeres vergessen machte.

Es gelang ihm, sich dem Mädchen mit äußerster Mühe zu nähern: Es war schwer wie im Traum, die Gliedmaßen zu bewegen. Endlich von Angesicht zu Angesicht – aber worüber sollten sie sprechen? Sie trafen sich manchmal auf dem Bauernhof, wenn sie Tante Mia mit ein paar Handreichungen helfen kam, aber dann stand der Alltag wie eine graue Steinmauer zwischen ihnen. Aber jetzt mußte er also Konversation machen – worüber? Am einfachsten wäre es wohl, eine brennende Liebeserklärung in Versform vorzulesen: Oh, Elisa, du Lilie im Tal, hast du den Mut, den Dichter liebzuhaben . . .

Aber eine dunkle Ahnung sagte ihm, daß man sich einer jungen Frau so nicht nähern sollte. Man sollte Konversation machen – worüber? Der Heimgang des Nationaldichters war für Abel das große Ereignis des Winters gewesen, und er hatte Nächte und Tage Frödings Tod wie eine mythische Katastrophe beweint – der große Pan ist tot! Daß ein so großer Poet in einem materiellen Sinn überhaupt sterblich war, sah er fast als Schändlichkeit der niedrigen irdischen Natur an. Und er weinte endlos an diesen tristen Februartagen, nachdem Zeitungen mit Trauerrändern die Botschaft verkündet hatten, daß Värmlands großer Dichter in die Gedankenwelt heimgegangen war, seine irdische Hülle und viele unsterbliche Gedichte hinterlassend.

»Was hältst du von Fröding, Elisa¿« erkundigte sich Abel mit erstickter Stimme.

O ja, er hat ein paar schneidige Lieder geschrieben, der gute Alte, obwohl es manchmal auch zweideutige Sachen gewesen sind, die er geschrieben hat . . .

Abel erglühte vor Scham und Zorn angesichts dieser Schmähung.

»Fröding war ein großer Dichter«, sagte er streng.

»Nun, dann war er es wohl«, sagte Elisabeth und rückte errötend und verlegen eine Haarnadel zurecht.

Die weiche, weibliche Gebärde preßte Abel Tränen aus den Augen, die Zärtlichkeit wollte ihn ersticken . . .

»Sterne hätten deine Stirn schmücken sollen«, rief er aus und rezitierte dann das ganze Gedicht mit lauter Stimme.

Er stand da mit geballten roten Händen, starrte ernst, die Ohren wie Flügel vom Kopf abstehend, und las aus dem Gedächtnis die heiligen Strophen von Värmlands großem Dichter.

»Ich erinnere mich an dich wie an einen Stern, ein Märchen, einen Gesang«, rief er aus, während ihm die Tränen die Wangen hinabliefen. »Es ist wie für dich geschaffen, Elisa.«

Elisa stand völlig verlegen da und wußte nicht, was sie glauben oder machen sollte. Ist er verrückt oder betrunken¿ Soll ich ihm um den Hals fallen oder weglaufen¿ Muß mir so zumute sein¿ Aber es kann doch nicht Angst sein, die ich vor einem Jungen empfinden muß¿

Das Problem löste sich, als der Landwirtschaftseleve vom Gut Hammar herbeikam und sie zum Tanz aufforderte. Abel meinte einen etwas spöttischen Seitenblick Elisas aufzufangen, sein Herz bebte, und die Ohren glühten wie Herbstlaub. Er flüchtete sofort vom Festplatz, lief nach Hause und versteckte sich in seiner Kammer. Die Mächte der Verzweiflung nahmen von ihm Besitz, er wollte sterben, weg vom Reich Luzifers, sterben und mit dem Vater wiedervereinigt werden. Die Verzweiflung schmerzte und mahlte in seinem Körper.

Er wollte sterben, er wollte sofort seine Hosenträger zu einer Schlinge zusammenbinden und sie an der Decke befestigen, und er empfand bittere Selbstverachtung wegen des beharrlichen Lebenswillens, der noch immer widerstrebte. Leben zu wollen, obwohl der Tod die Erlösung und das Leben ist! Oh, Schande und Widerwillen wegen des eigenen Ichs!

Wie gewöhnlich fand er Trost in der Poesie.

Wohl hebt die Seele oft voll Sehnsucht ihre Schwingen;
Gestärkt vom Äther durch das reine Himmelsbrot.
Ein Traum sind Leben, Seligkeit und Not,
All unser Mühen, unser Forschen muß mißlingen.
Kühn will sie lesen hinter Sternenringen
Das hohe Wort, den Sinn, der Welt Gebot;
Will Himmels Gnade auch, erhöht vom Tod,
Und Isis' Schleier fallen seh'n, gewebt aus Dingen.
Schreckzitternd dennoch, als der Retter ihr erscheint,
Und qualvoll muß den Blick sie brechend wenden
Dem niedren Laster zu, das aus dem Staub gezeugt.
Und so, aus Ennas Tal in Plutos Schoß geführt, beweint
Proserpina mit kindlich ausgestreckten Händen
Die Blumen, die auf Erden man um sie gestreut.

Proserpina! Oh, schon dieser schöne Name war Trost . . . Und das Bild rief ihm ins Gedächtnis zurück, wie Elisa auf dem Weg über den Hof einen Steinkrug mit Sauermilch hatte fallen lassen, so daß es weiß über den Kies spritzte. Ihr bitterer Ausruf über das Mißgeschick, ihre runden Arme, ihre ausgestreckten Hände . . . Da war sie Proserpina gewesen, so berückend schön, daß die traurige Gebärde ihm die Tränen in die Augen trieb.

Die Zärtlichkeit und der Trost der Poesie beruhigten ihn von neuem. Proserpina, du schöner Name! Er wiederholte ihn wie eine Beschwörung.

Elisa, meine Geliebte, Proserpina mit kindlich ausgestreckten Händen.

Die Sprache und die Poesie wiegten sein Herz zur Ruhe.

3

Maria sollte jetzt zu Bergstedts in Pflege, um feinere Küche, einen wohlhabenden Haushalt und gute Manieren kennenzulernen. Das war eine Ehre, die sonst nur reichen Bauerntöchtern erwiesen wurde, die irgendwann großen Haushalten vorstehen sollten, und solche Mädchen brauchten ja keine Entlohnung, o nein, schon der bloße Gedanke war fast eine Beleidigung. Bergstedt wollte auch Maria nicht beleidigen, um so mehr, als sie nach Herzenslust würde lesen und studieren können. Das war eine große Wohltat, und Bergstedt hörte oft, wie man sein gutes Herz pries. Aus dem Lesen wurde nun nicht so viel, wie wünschenswert gewesen wäre. Bergstedt hielt es für richtig, einen Teil seiner Biblitohek einzuschließen, Bücher, die für ein junges Mädchen unpassend waren, und von der Sorte hatte er leider eine ansehnliche Menge. Maria mußte sich mit dem begnügen, was an Postillen, Dogmatik und Hirtenbriefen übrigblieb.

Sie las nachts, da die Tage viele und harte Mühen boten. Die Pfarrhofsköchin ließ ungern Fremde in ihr Revier, und die feinere Küche blieb ein Mysterium: Maria würde nie die edle Kunst lernen, eine Soße zu Schneehuhn und Auerhahn zuzubereiten. Sacht und unmerklich wurde sie zu den groben Beschäftigungen abgeschoben: Fußböden scheuern, abwaschen und waschen, die langen Unterhosen des Pastors bügeln.

Lesen, lernen und studieren, was wurde aus diesen Herrlichkeiten? Kindermädchen auf Bäckäng oder Magd beim Pastor, das schien auf das gleiche hinauszulaufen, obwohl es neuerdings als eine große Ehre galt, ohne Lohn zu arbeiten.

Mit dem Mut der Verzweiflung ging sie zu Bergstedt, als er in seinem Kräutergarten herumspazierte, hochgewachsen und stattlich und tief in traurige Meditationen über Grängesberg und andere wenig rentierliche Bergwerksorte in Mittelschweden versunken.

»Ich muß von Ihnen was lernen können, Herr Pastor!«

»Wie bitte?«

Der Prälat fiel aus allen goldenen Wolken der Finanzwelt und war völlig konfus.

»Sie haben mal gesagt, Herr Pastor, ich sollte hierherkommen, um zu lesen und um etwas zu lernen, aber statt dessen muß ich den lieben langen Tag nur rackern und scheuern . . . Ich muß etwas lernen!«

Er sah vor sich ein junges, eckiges Ding, mit einer großen, fleckigen Schürze über dem blauen, karierten Kleid, knallrot durch den Mut der

Verzweiflung, wütend genug, den geheiligten Spaziergang und die sakrosankten Meditationen des Pastors zu stören. Das war etwas so Unerhörtes, daß es nur von der humoristischen Seite genommen werden konnte.

»Aha, das kleine Fräulein will also etwas lernen?«

»Ja, das will ich!«

»Soso. Nun, dann werden wir mal mit der Botanik anfangen. Weißt du, was das da ist?«

»Tränendes Herz, natürlich.«

»Ja, aber das heißt richtig Dicentra spectabilis.«

»Richtig?«

»Auf Latein.«

»Wirklich ... Dicentra ...«

Sie faltete die Hände, wiederholte den schwierigen Namen und versuchte ihn zu behalten, eine Zauberformel, die in das Paradies der Bildung führen sollte.

»Und das da ist die Pfingstrose, Paeonia officinalis ...«

»Paeonia ... richtig ...«

Sie strengte sich intensiv an, brannte vor heiligem Ehrgeiz, diese wichtigen und schweren Dinge zu lernen. Bergstedt war freundlich und leutselig, mit sich selbst und mit der Gelehrigkeit des Mädchens zufrieden.

»Und dies ist hier also Rittersporn, Delphinium ... ja ...«

Er verstummte abrupt und sah auf seine dicke goldene Uhr. Ein dunkler Schatten war über die Gartenveranda gefallen. Es war Frau Bergstedt, das Gespenst des Alltags und des schlechten Gewissens in Marias Leben.

»Das muß erst mal genügen. Wir können ein andermal weitermachen. Es scheint, als wollte Mutter mit mir reden.«

Und Maria verließ den Kräutergarten der Bildung und trottete zu ihren tristen Pflichten ins Haus. Sie sollte zwei Kochhühner mit der Holzaxt köpfen, sie ausnehmen und dann diese lausigen Federviecher rupfen und sengen.

Paeonia officinalis, sagte sie sich, während Federn und Daunen ihr aus den blutigen Händen wirbelten. Paeonia officinalis.

Es war eine magische Formel.

4

Auf ihrem ererbten Hof saß jetzt Tante Mia auf dem Altenteil und hatte Hilfe von Agda, der Magd Olssons, die auch die Kühe molk, jetzt Olssons Kühe. Abel war der Stallknecht, mußte ab und zu aber auch draußen mithelfen, wenn es gefordert wurde. Pferde wurden auf dem Hof nicht mehr gehalten. Morgens kam der Knecht Emil vom Haupthof mit Olssons Zweiergespann und besorgte, was nötig war, allein oder zusammen mit Abel; wenn Not am Mann war, kamen der erste Knecht und Olsson selbst.

In solchen arbeitsreichen Zeiten, beim Pflügen, der Heumahd oder der Ernte, stellte Emil die Pferde im Stall unter, um ihnen die Heimfahrt zu ersparen, aß mit Abel in der Küche und schlief bei seinem Schulkameraden in der Kammer auf dem Scheunenboden. Er versuchte, mit Abel eine Unterhaltung über gewöhnliche Gesprächsthemen zu beginnen, alte Erinnerungen zu beleben, über Mädchen zu sprechen, die man selten ins Bett bekam, Hausherrn, denen man niemals eins in die Schnauze schlagen durfte, aber Abel antwortete einsilbig oder überhaupt nicht. Emil war jedoch geduldig und glaubte bald zu merken, daß der Junge des verrückten Sam auf mancherlei Weise ein aufgeweckter Bursche war. Hier konnte man vielleicht einen Jünger für den Sozialismus gewinnen?

Abel lauschte der Verkündigung und fand sie in vielen Stücken vernünftig. Sich gegen die Herrschaft des Weltenfürsten zu empören, das konnte er verstehen, das machte guten Sinn. Aber gleichzeitig fühlte er sich von manchem in den Lehren Emils abgestoßen. Es war zu rauh und hart, es war zuviel Kampf und Streit, es waren so viele Opfer, die bevorstanden, so viel Blut, das den Lustgarten der Zukunft wässern sollte. Abel war dünnhäutig und empfindlich über alle Maßen, und vor der Gewalt scheute er erschreckt zurück. Ihm schwebte in poetischen Träumen vor, daß ein großer Dichter mit seinen Worten in der Lage sein sollte, Menschen zu bekehren und in ein tausendjähriges Reich der Liebe unter dem Zepter des wahren Gottes einzuweihen. Durch Liebe und Dichtung sollte die Welt verwandelt werden, nicht durch Feuer und Blut.

Emil fand ihn lustig und naiv, konnte dem lyrischen Träumer nicht richtig böse sein. Aufklärung könnte ihm vielleicht den richtigen Weg weisen? Er lieh Abel Geld und half ihm, sich ein paar Lehrbriefe von einem Fernlehrinstitut zu besorgen, das war ein Studienweg, von dem der junge Dichter keine Ahnung gehabt hatte. Er verschlang die Lehrbücher in Buchhaltung und Schwedisch, schrieb und schickte seine Arbeitsproben ein, erhielt bald wütende rote Kommentare am Rand – »Bitte halten Sie sich ans Thema!« –, bald reichliche Lobesworte. Die Schlußzeugnisse wurden dann so glänzend, daß Rektor Hermod einen herzlichen und kalligraphisch gestalteten Glückwunsch beifügte. Ja. Das war ja nett.

Aber was sollte er nun machen? Emil war nach Karlstad gezogen und war ihm keine Hilfe mehr, die Poesie nahm ihre Herrschaft wieder auf. Er begann ein langes Lehrgedicht über die sieben Kardinalsünden des Demiurgen, abgefaßt in elegischen Distichen. Die Erinnerung an Elisa wurde er jedoch nicht los, und die liebevollen Anrufe an die Geliebte tauchten ständig aus dem Vers auf wie Delphine aus einem majestätisch wogenden Meer.

Elin und Maria sahen seine Zeugnisse, lasen die Schönschrift Hermods, waren verblüfft und sahen ein, daß etwas getan werden mußte, um dem unpraktischen Träumer zu helfen. Sie suchten Bergstedt auf, knicksten, zeigten dem Prälaten die Papiere und baten herzerweichend um Rat und Hilfe. Bergstedt erinnerte sich mit gewisser Mühe an den unbeholfenen, wortkargen Knecht, den er bis zum Heiligen Abendmahl gebracht hatte, und empfand einige Unlust bei diesem beharrlichen Unwillen, sich geduldig mit dem angewiesenen Platz im Leben zufriedenzugeben.

Aber die Zeugnisse sprachen ja ihre deutliche Sprache, und anstandshalber mußte irgend etwas unternommen werden. Er blätterte ein paar Nummern der Värmland-Zeitung durch und suchte unter den Stellenangeboten ein paar Adressen heraus, Buchhalter gesucht, schwedische Korrespondenz, vorzugsweise einige Kenntnisse in doppelter italienischer Buchführung. Gab dann den Mädchen die Adressen und ein bißchen Briefpapier, bat sie, Abel schön zu grüßen, nickte und vergaß die Angelegenheit.

Abel geriet seiner Gewohnheit getreu in Ekstase: Jetzt sah er die Tore seines Gefängnisses aufgehen. Jetzt würde er in die weite Welt hinauskommen, nach Herzenslust lesen und schreiben können, und er würde eine Möglichkeit erhalten, in Sprache und Gedicht die Lehre seines Vaters von der bösen Beschaffenheit der Welt und der Unterdrückung des verborgenen Gottes zu verkündigen.

Und dann setzte er sich hin, um Bewerbungen an Lundstedt & Söhne und Rosenberg Nachf. zu schreiben, gütige und warmherzige Herren, wie er sich vorstellte, sicher Männer mit literarischen Interessen und schönen Töchtern, Angelika und Amanda hießen sie vermutlich, die sich besser auf die Dichtkunst verstanden als die treulose Elisa. Er vergaß in der Eile alles, was er über das korrekte Schwedisch in Bewerbungsschreiben gelernt hatte, und erzählte naiv von seiner Einsamkeit und seinen Träumen, erzählte in der schönsten Prosa, die in Värmland seit den Tagen Geijers geschrieben worden war. Abel konnte keine Alltagsprosa schreiben oder nur mit äußerster Mühe, denn seine Gedanken bewegten sich immer durch blühende Felder aus Bildern und Metaphern. Er war schließlich recht zufrieden mit seinen Episteln, die er mit entsprechenden Zeugnisabschriften an die beiden Handelskontore in Kristinehamn und Karlstad abschickte. Jetzt würde sich doch endlich die Zukunft für ihn öffnen?

Bei Lundstedt & Söhne schrie man vor Lachen über seine Briefe, und bei Rosenberg Nachf. hatte man den Verdacht, es handle sich um einen schlechten Scherz. Seine Bewerbungen landeten im Papierkorb, er erhielt nie eine Antwort. Die Wochen vergingen, und er wartete unter immer tieferer Bedrückung. Wie immer leicht zu Mißmut und Selbstverachtung neigend, hatte er bald den Verdacht, er habe durch Hochmut und Vermessenheit gesündigt.

Vielleicht war es die Absicht Gottes, daß er in Väse bleiben sollte.

5

Petterssons Frau starb zum ersten Advent, und Elin konnte über Weihnachten nicht nach Hause kommen. Es waren nur wenige Kinder, die sich bei Cecilia um den Weihnachtsbaum versammelten. Die Troll-Geschwister in Berga wollten Benjamin nicht gehen lassen, und Abel mußte wie gewöhnlich für die Kühe sorgen: Festtage oder nicht, um das Vieh mußte sich jemand kümmern. Cecilia saß an diesem Weihnachtsfest 1912 nur mit Maria und Rebecka beisammen, leicht für die Haushaltskasse, schwer für das Herz. Samuel tot und fort, und die Kinder können sich mit jedem neuen Tag nur noch seltener blicken lassen. Mutter und zwei Kinder aßen ihren Weihnachtsbrei unter Schweigen und Bedrückung.

Maria brach an jenem Abend früh auf: Sie mußte den langen Weg zum Pfarrhof gehen, um das Frühstück für die Weihnachtsgäste am kommenden Tag vorzubereiten. Jemand mußte ja zu Hause bleiben, um für das leibliche Wohl zu sorgen, und Maria war dazu ausersehen, die Heilige Nacht mit häuslichen Pflichten zu verbringen. Und sie zog sich an, was sie an Wollsachen besaß, umarmte dann die Mutter und Rebecka und stapfte in die Winternacht hinaus.

Rebecka fiel vor Sehnsucht in einen Weinkrampf, und Cecilia mußte lange sitzen und sie zur Ruhe wiegen. Friede auf Erden und den Menschen ein Wohlgefallen! Schön und gut, wenn dem so wäre, gut, wenn Rebecka sich ein bißchen beruhigen könnte.

Nachdem die Tochter endlich eingeschlafen war, fand Cecilia Zeit, sich ein wenig um sich selbst zu kümmern. Sie holte den Weihnachtsbrief von Onkel Benjamin hervor und las ihn noch einmal. Er hatte zu Weihnachten einen ganzen Fünfdollarschein geschickt, und der war verzweifelt willkommen, auch wenn er nicht für Geschenke für die Kinder verwendet werden konnte, wie er sollte. Auf seine Weise ist der Brief ebenso kostbar: Onkel Ben ist bald die einzige Verbindung, die sie mit der Verwandtschaft hat. Onkel Olaf starb vor zwei Jahren im papistischen Glauben, und Kathleen ist nicht die Frau, die von sich hören läßt. Vater und Mutter sind seit langem tot, und die Geschwister schreiben jetzt so selten. Es ist mit ihnen wie mit mir: Die Kinder beanspruchen all ihre Kraft, sie schrumpfen zusammen wie Baumstümpfe, aus denen die neuen Triebe ihre Nahrung saugen. Ich habe kein eigenes Leben und habe es nie gehabt: Ich war Samuels Frau, bin die Mutter der Kinder, aber wer ich selbst sein sollte, ahne ich nicht einmal.

Wenn ich nur eine Stütze hätte, wenn ich nur Hilfe hätte. Tante Mia jagt mir Abscheu und Schrecken ein, wenn ich ihre eiskalte Hand drücke, und Großvater Filip in Brattfors ist jetzt alt und muß sich um eine so große Verwandtschaft kümmern. Abel wird nie mehr als ein hilfloser Träumer werden, Elin und Maria sind dabei, mir zu entwachsen, Benjamin ist weit weg. Wenn ich nur Hilfe hätte, wenn ich nur eine Stütze hätte.

Und Samuel vermisse ich nachts so bitter.

Sie erinnert sich auf einmal, daß es Heiligabend ist, daß es sechs Jahre her ist, seitdem sie Weihnachten mit Samuel an ihrer Seite und der Familie um sich gefeiert hat.

Sechs Jahre her! Und da hatte ich nicht einmal Verstand genug, mein Glück zu schätzen . . .

6

Am Neujahrstag kam Elin den tiefverschneiten Weg hochgestapft, für Cecilia ein ebenso unerwarteter wie lieber Besuch.

Wie bitte? Besuch? Nein, zum Kuckuck, sie kam endgültig nach Hause, sie hatte ihr Bündel bei sich, und jetzt mußt du mir ein Bett zurechtmachen, Mama.

Sie kam endgültig nach Hause? Das war recht beängstigend, aber Cecilia fiel es anfangs etwas schwer, mit den scharfen Fragen herauszurücken. Elin wehrte nur ab und lachte und redete auf ihre gewohnte, gutgelaunte Weise, aber die Mutter konnte sie natürlich nicht hinters Licht führen. Allmählich kroch die Wahrheit hervor.

Ja, ich habe bei Pettersson aufgehört, es ging nicht mehr, jetzt, wo seine Frau tot und nicht mehr da ist. Elin konnte nicht mit Pettersson unter einem Dach schlafen, das ging nicht. Da sei ihr nur noch die Wahl geblieben, ihr Päckchen zu schnüren und zu gehen, wenn sie ihre Ehre habe behalten wollen. Urteile selbst, Mama, und sag, ich habe nicht richtig gehandelt!

»Natürlich hast du richtig gehandelt, das fehlte noch.«

Elin hatte richtig gehandelt, aber richtig und falsch sind ja Begriffe, mit denen arme Leute nicht so geschwind hantieren dürfen. Recht zu haben bedeutet, mit Mama und Rebecka dazusitzen, mit Papas kleiner Pension, und zu hungern. Ehre und Recht kosten Geld.

Cecilia ließ harte Worte über den lüsternen Bauern hören, aber Elin hielt sich mit Kritik zurück, hatte keine Zeit zu streiten, nicht die Zeit, dazusitzen und zu betrauern, was gewesen war. Sie lachte und schlug sich auf die Schenkel und machte sich dann zu Hause an die Arbeit, beruhigte Becka und brachte sie in gute Laune, machte dann sauber, daß der Staub aufwirbelte, stöberte in allen Ecken, brach angesichts von Papas Reliquien ein Weilchen in Tränen aus, schneuzte sich aber entschlossen und machte sich mit Scheuerlappen und Bürste wieder an die Arbeit. Am dritten Tag war das Häuschen wie verwandelt. Cecilia freute sich über ihr blitzsauberes Heim und schämte sich sogleich wegen aller Versäumnisse, die Elin mit Staubflocken und Rattendreck aus den Ecken hervorgekratzt hatte.

»Das kommt, weil ich so schlecht sehe, daß ich eine Brille kriege, daraus wird ja nie was. Und dann habe ich soviel mit Rebecka zu tun gehabt. Sie wird von ihren Klassenkameraden so geärgert und nimmt es sich so zu Herzen. Ich muß so tun, als wäre sie krank, und versuchen, hier mit ihr zu Hause zu lesen, und das kostet mich soviel Zeit . . .«

Elin lachte und wehrte ab, aber die Sache war klar: Cecilia war in ihrer mütterlichen Autorität ein bißchen geschrumpft, und die Tochter war zu einer Frau herangewachsen, na, wie denn auch, sie war bald zwanzig.

Am dritten Tag war das Haus wie verwandelt, und sie feierten die Auferstehung des Heims mit Pfefferkuchen und einem Täßchen Kaffee. In dem Moment kam Pettersson durch den Schnee auf der Zufahrt herangestapft. Er stellte sich draußen auf den Hof, brachte es aber offensichtlich nicht über sich, anzuklopfen. Er war ein kräftiger, kantiger Mann um die Vierzig mit schwarzen, zusammengewachsenen Augenbrauen. Er trug eine große Weste aus braunem Manchestersamt, eine weiße Schaffellmütze mit einer Lederschleife im Nacken und gewaltige Fäustlinge. Da stand er nun, halb vom Küchenfenster abgewandt.

Cecilia war derart an Elend und Unglücksfälle gewöhnt, daß sie sogleich in Angst geriet: Ein Mann, der auf dem Hof steht und wartet, das verheißt nichts Gutes.

»Liebes Kind, du hast doch nichts Verrücktes gemacht?«

»Hätte ich was Verrücktes gemacht, dann stünde ich wohl nicht hier«, sagte Elin.

Sie stellte sich hinter die Küchengardine und blickte verstohlen hinaus, lächelte in sich hinein, und es schien ihr schwerzufallen, den Blick von dem wartenden Mann da draußen zu wenden.

»Aber soll er denn so einfach da draußen auf dem Hof stehen?«

»Wenn er was von mir will, weiß er, wo ich bin.«

Und Elin spülte die Kaffeetassen ab und sang den *Unterdrücker*-Walzer und benahm sich fast übernatürlich gleichgültig gegenüber so einem Mann, der sich lächerlich machte, daß es keine Art hatte. Dennoch fiel es ihr schwer, sich das Lachen zu verbeißen, das war zu sehen.

Aber Pettersson blieb da im Schneefall stehen, wo er stand, ein halsstarriger Schneemann. Elin machte das aber nichts aus. Sie lärmte in der Küche und alberte ein bißchen mit Becka herum und kicherte und war etwas sonderbar und hatte blutrote Wangen. Aber Pettersson, der stand, wo er stand. Und was soll ein armes Mädchen tun? Was soll man mit einem hartnäckigen Mann anfangen?

Mit einem Mal zwängte sie sich in die Wolljacke und sprang hinaus. Sie blieb eine Weile in leiser Unterhaltung mit dem Bauern stehen und deutete schließlich auf das Häuschen. Pettersson schüttelte die Pelzmütze, daß die Schneeflocken stoben. Gab ihr darauf die Hand, machte gravitätisch kehrt und begann seine lange Wanderung nach Hause. Elin trat wieder ein, schlug den Schnee von der Wolljacke und setzte sich mit einem verlegenen Seitenblick auf Cecilia an den Küchentisch. Summte und sang und klatschte mit der Handfläche den Takt gegen die Schenkel. Ich bin so unberührt, wie man nur sein kann, und hier ist doch überhaupt nichts passiert, strenggenommen.

»Wollte er nicht reinkommen?«

»Nee.«

»Ist es nicht gut genug für ihn?«

»Er war wohl selbst ein bißchen verlegen, glaube ich.«

»So . . . Nun, worüber habt ihr dann gesprochen?«

»Über 'ne Heirat.«

»Heiraten! Pettersson und du?«

»Ja.«

»Aber liebes Kind, seine Frau ist ja kaum unter der Erde . . .«

»Zwei Monate bald.«

»Was sollen die Leute sagen . . .«

»Dann werden wir wohl ein bißchen mit der Hochzeit warten müssen.«

»Aber liebe kleine Elin, hast du ihn wirklich gern?«

Elin sah ihre Mutter mit Erstaunen, vielleicht mit etwas freundlicher Ironie an. Liebe und Gernhaben, herrje, was für Herrschafts-Allüren. Und Cecilia fühlte und begriff, daß sie sich in Gedankengängen bewegte, welche die Familie längst aufgegeben hatte. Dies wäre zu Samuels Zeiten nicht möglich gewesen, aber wir sind seitdem gesunken, wir können so edle Gefühle nicht gebrauchen. Wir leben seit langem in einer Bauernwelt nahe der Erde, in der man sich nach der Decke strecken muß. Prüfe dein Herz, mein Kind, und antworte mir: Hast du ihn wirklich gern? Ja, was soll ein armes Mädchen darauf antworten? Er achtet und ehrt mich, er will mich vor Gott und den Menschen zu seiner Frau machen, er will Vater meiner Kinder werden und sich im Schweiß seines Angesichts abmühen, um für mich und die Meinen Brot herbeizuschaffen – ist das nicht mehr als genug? All dieses Schöne mit Liebe und Gefühlen kann sich dann nach und nach einstellen. Liebe und weltliche Güter auf einmal, das ist wohl ein wenig zuviel verlangt! Man muß dankbar sein für das, was geboten wird, und sich über einen Mann freuen, der zu seinem Versprechen steht.

»Aber kannst du jetzt wieder dort hinziehen, nachdem es zwischen euch abgesprochen ist?«

»Was soll ich sonst tun?«

»Ihr könnt ja noch lange nicht heiraten, das würde zu übel aussehen.«

»Ich will versuchen, ihm das auszureden, aber versprechen kann ich es nicht ... Du solltest vielleicht daran denken, daß ich euch jetzt ein wenig helfen kann!«

»Man soll doch nicht an die weltlichen Dinge denken ...«

»Jetzt redest du wie eine Pastorenfrau, aber sieh dir nur an, wie es dir geht! Ist etwas Böses dabei, daß ich an dich und die Geschwister denke? Vielleicht könnte ich Abel als Knecht im Haus unterbringen, er ist wirklich sehr einsam, und es bekommt ihm dort nicht bei Tante Mia, aber ich könnte ein bißchen nach ihm sehen. Und ich könnte schon für dich und Becka ein bißchen nach Hause bringen, damit ihr wenigstens Aufstrich auf dem Brot habt ...«

Das stimmt ja, aber Cecilia war dennoch unangenehm berührt. Elin hatte schon alle eitle Grübelei über Liebe und edle Gefühle abgeschrieben, sie räsonierte jetzt wie eine Bauersfrau. Hast du ihn gern? Ja, du lieber Himmel, das läßt sich nicht so leicht sagen. Aber er will mich vor Gott und den Menschen zu seiner Frau machen, das ist wirklich genug. Der Hof ist bei Gott kein Landgut, aber ein Stück Speck für Mutter und Rebecka bleibt immer über. Und Abel braucht so dringend ein wenig Aufsicht und Hilfe. Man muß Gott für das danken, was man bekommt, und sich nach der Decke strecken, mußt du wissen. Papa ist tot und weg, und alle hochfliegenden Ideen von einem Pfarrhof sind mit ihm davon.

Wir sind in dieser Welt gesunken. Wir müssen aber trotzdem leben, so gut wir können.

7

Sie heirateten schon zu Pfingsten, und das war ja nicht ganz passend, mußte aber zur Not angehen. Das meiste mußte heutzutage geduldet werden und passend gemacht und angehen; wählerisch zu sein, konnte man sich nicht leisten. Die Frau des Pastors Eriksson war unangenehm berührt, aber das Weib des verrückten Sam ließ fünfe gerade sein. Bauern haben nun mal ihre eigenen Begriffe von Moral, und daß auf Länna eine Frau im Haus gebraucht wurde, konnte jeder vernünftige Mensch begreifen. Alte Weiber flüsterten boshaft in den Ecken, aber das war nun mal ihre Aufgabe im Leben. Bergstedt räusperte sich und brummte ein bißchen, als das Aufgebot bestellt werden sollte, aber auch das mußte man erdulden. Pettersson war kaum mehr als vierzig Jahre alt, und daß ein Bauer im Vollbesitz seiner Kraft eine Frau auf dem Hof braucht, dagegen ist nichts zu sagen.

Elin hatte ihr tägliches Brot, aber viel mehr als das bedeutete die Heirat für die Familie Eriksson nicht. Elin konnte ihrer Mutter einen Laib Brot zustecken und ein Schock Eier, wenn es sich ergab, aber Pettersson besaß nicht mehr als das Allernötigste, das merkte sie jetzt, als sie die Frau im Haus war. Sie erhielt keinen richtigen Einblick in den großen Haushalt, aber daß der Mann Sorgen hatte, dessen wurde sie bald gewahr. An einen neuen Jungknecht im Haus war nicht zu denken, und Abel mußte in seinem Loch bei Tante Mia bleiben.

Elin würde viele Jahre später beklagen, daß sie dennoch keinen Versuch gemacht hatte, den Bruder zu sich zu nehmen. Vielleicht wäre es seine Rettung gewesen.

So wie es jetzt war, mußte er dort in der Gesindekammer bei Tante Mia einsam und hilflos auf sein Schicksal warten.

8

Auf Elins Hochzeit blieb Abel allein mit Bergstedt bei der Anrichte stehen, und da er von einem Spitzglas Madeira befeuert war, riskierte er ein paar vorsichtige Fragen nach dem Weltenfürsten und dem wahren Gott. Der Pfarrer hörte zerstreut zu und wies ihn darauf in strengen Formulierungen zurecht. Er ermahnte den Knecht, in dem Kinderglauben fest zu bleiben, den er neulich am Tisch des Herrn bekräftigt habe, und sich für alle Zukunft solcher Spekulationen zu enthalten, die den Vater einmal in Unglück und geistige Umnachtung gebracht hätten.

Abel verstummte abrupt, nickte und lächelte schief. Jetzt fühlte er sich in seinem Verdacht bestärkt, daß Bergstedt ein Söldner Luzifers war. Auch im Pfarrhof hatte er keine Hilfe zu erwarten.

Der Pastor spürte einen vorübergehenden Unwillen: Das waren der Sauerteig der Axeliten und die Spekulationen Meister Samuels, die bei dem Jungen wiederkehrten, deutlich genug. Er sollte bei Gelegenheit für eine väterliche Ermahnung beiseite genommen werden. Erweckungsbewegungen hatte man im Dorf genug und übergenug gehabt; am besten, das Übel gleich bei der Wurzel zu packen.

Abel wurde nach dem Gespräch mehr als düster und still und stand meist wie eine schwarze Standuhr reglos in einer Ecke. Der große Schlag fiel, als er Elisa wiedersah, die mit anderen jungen Leuten zum Hof gekommen war, um das Brautpaar herauszurufen. Sie war in

Gesellschaft des Landwirtschaftsschülers auf Hammar, und das junge Paar ging untergehakt und schmuste auf eine Weise, die für den, der Augen hatte zu sehen, deutlich genug war. Proserpina im Schoß Plutos! Nun, gegen die Umarmung hatte sie nichts einzuwenden, das war schon zu sehen, sie streckte Abel wahrhaftig keine kindliche Hand entgegen, alles andere als das. Es waren Gerüchte laut geworden, und er hatte wohl etwas in dieser Richtung geahnt, aber es so bestätigt zu bekommen . . .

Er stahl sich von der Hochzeit fort, sobald er konnte, von der Trauer vernichtet.

> Wie Glut sind Schmerzen. Mächtig sie verwandeln
> In Rauch des Herzens heiligste Idole.

Aber das geliebte Idol, das Elisa hieß, lebte in seinem brennenden Herzen sein Salamanderleben weiter, jetzt und bis zum Schluß.

Er ging seiner Arbeit unter den Kühen im Stall nach, murmelte und weinte vor sich hin und sah für sein Elend nur ein mögliches Ende.

> Reisen, Elisa, werd' ich in niemals gesehene Länder,
> Plutos unendliches Reich: Dorthin folgst du mir nicht.
> An seinem kupfernen Tor drückt' nicht ich die Hand dir zum Abschie
> An seinem finsteren Strom leuchtet dein Auge mir nicht:
> Oh, wie sanft stirbt ein Herz, das liebt und das sich geliebt weiß!
> Niemals vor Bahrtuch und Grab scheute die Liebe zurück . . .

Das war ja richtig und wahr, aber die Worte des Dichters empfand er in seiner Not als nicht ausreichend. Er sehnte sich nach einer neuen Sprache. Nicht einmal die Dichtung half ihm jetzt, als das Leben sich der Dunkelheit und dem Herbst zuneigte.

Abel wurde in dieser Zeit immer stiller und verschlossener und verließ selten den Hof. Dem Geschlecht Luzifers seine Trauer anzuvertrauen war undenkbar, tauben Ohren zu singen, wäre kränkend gewesen. Möglich wäre vielleicht, sich den Geschwistern anzuvertrauen, aber die schon Beladenen noch mehr zu beladen, nein, das wollte er nicht. Deine Trauer gehört dir, und du sollst sie tragen! Sei der, der du nicht bist, tu, was du nicht kannst, dann wirst du zum Mann!

Abel sitzt allein in seiner Gesindekammer und tut sein Äußerstes, um der zu sein, der er nicht ist, und damit zum Mann zu werden. Einsam ist er, und über ihm wölbt sich die Nacht Luzifers, pechschwarz, endlos. Einsam ist er wie nie zuvor. Emil ist nach Karlstad gefahren, um von Anfang an in der Arbeiterbewegung dabeizusein, Olle, der an dessen Stelle getreten ist, ist ein Erdensklave ohne andere Interessen als ständig neue Flaschen und Mädchen. Abel wird allmählich in seiner eigenen Welt eingeschlossen. Unerbittlich wachsen die Mauern, die ihn von der Welt trennen.

Er las selten oder nie eine Zeitung, aber trotzdem muß er auf irgendeine Weise Kenntnis von all der Unruhe gehabt haben, die in diesem letzten Friedensjahr 1913 in Schweden und Europa gärte. Er war unruhig und rastlos und unternahm endlose Spaziergänge zur Nachtzeit, wenn er eigentlich hätte ruhen sollen. Mit unruhig flackernder Flamme verbrannte sein schmales Licht.

Er kam eines Nachts während des kühlen Frühsommers zum Pfarrhof, wo die Obstbäume blühend weiß und dämmerungsrosa im Sommernachtsdunkel standen. Die Sonne war noch nicht aufgegangen, aber ihr Licht war anwesend und in einem schwebenden, ahnungsvollen Schimmer über allen Dingen zu ahnen. Die Bäume standen in Gedanken versunken, in einem Leben und einer Gegenwart stärker als Menschenleben, leuchtende Erzengel in blühender Gestalt. Er spürte ihr Leben mit einer Kraft, die ihn sprengen wollte, er erkannte so stark, daß der Mensch die Wirklichkeit nicht aushält, in der der verborgene Gott anwesend ist, nicht einmal der Dichter, der für eine solche Menschwerdung jeden Tag und jede Stunde eine neue Sprache würde erfinden müssen. Wie unendlich gering dieses kurze Aufleuchten von Wirklichkeit, das wir in der Sprache vernehmen und gestalten können! Ach, er konnte nicht länger an die Dichtung glauben, die so lange seine Hilfe und Stütze gewesen war.

Er hatte nichts mehr zu lesen, er mußte seine Dichtung aus seinem eigenen Innern holen, wie die Spinne ihr kunstvolles Gewebe, seine Seele war eine Sonne, die leuchtete und brannte und Nahrung aus sich selbst holte. Aus dem Nichts schuf er seine letzte Dichtung. Nur einige kostbare Fragmente sind aus dieser Zeit geblieben, späte Oden an Diotima, frühe Sonette an Orpheus, ein seltsames Echo von Dichtern, die er weder gelesen hatte noch hätte lesen können, Feuer, das aus einem Stoff genährt wurde, der sich verzehrte, ohne sich zu erneuern.

Er wurde ganz menschenscheu, er versteckte sich in seiner Kammer oder stahl sich des Nachts in den Wald, wo er die glatte, weiße Birke küßte und streichelte, eine Dryade, die in beunruhigendem Maße die

Gestalt Elisas anzunehmen begann. Der verborgene Gott wurde zweigeschlechtlich, zweiköpfig, eine Gestalt mit den Zügen Samuels und Elisas, zugleich ein unsichtbarer Geist, der die Natur beseelte. In der Sonne, im Mond sah er Elisa . . . Am liebsten vielleicht im Mond, der Mond schien wie durch eine staubige Fensterscheibe herein, wenn er nachts ungestört in seiner Kammer träumte, nackt wie Endymion vor den Blicken Dianas.

Er wurde eines Nachts unterbrochen, als er dort in seiner ekstatischen Kommunikation mit dem Göttlichen dalag, zwischen Traum und Wachen schwebend, zwischen Sehnsucht und Lust. Es war Olsson, der ohne anzuklopfen hereinschlurfte. Olsson hob seine Stallaterne und betrachtete die nackten Glieder des ruhenden Jünglings. Spie dann Tabak auf den Fußboden und knarrte aus den Bartstoppeln.

»Ich glaube, du liegst da und träumst, Junge? Hörst du nicht, wie die Jungkuh schreit, die muß die Trommelseuche gekriegt haben, das arme Vieh. Hoch mit dir!«

Er sprang rasch in die Kleider und nahm sich der trommelbäuchigen Jungkuh an, die er mit Hilfe eines in den Schlund gesteckten geteerten Holzspans rasch vom Gas befreien konnte. Der Bauer knarrte und pries seine Geschicklichkeit und hatte nichts zu Abels einsamem Umgang mit der Mondgöttin zu sagen. Abel selbst war von dem Besuch unangenehm berührt und kühlte sich mit einer nächtlichen Wanderung durch den Wald ab. Er suchte seinen heiligen Ort auf, um die Birke zu umarmen, den Baum, der Elisa war, die eine weiße Birke war. Und Elisa rauschte freundlich und schüttelte ihre grünen Locken über seinem Kopf und kühlte seine Wangen mit ihrer weißen Haut.

Er schlief immer weniger. Aus seinem überhitzten Sinn strömte noch immer die Poesie, aber sie wurde im Verlauf des Sommers immer starrer und manierierter, in der perfekten Form mechanisch rasselnd, eine Maschine, der nie Brennstoff zugeführt wurde, und die dabei zu sein schien, sich selbst zu verzehren.

Er magerte mit jedem Tag mehr ab, er schlief immer weniger. Ängstlich und leuchtend wandte sich sein Blick einer Welt zu, die sein stummes Flehen um Hilfe nicht verstand und keine Antwort gab.

9

Elin hatte einen Kloß im Hals, als sie ihn eines Tages draußen auf den Feldern zu sehen bekam. Die letzten Roggenfuhren wurden eingebracht, die Stoppelfelder standen leblos gelb, der Wald war ernst und dunkel. Es war beinahe Herbst, als sie endlich ihren Bruder wiedersah.

Es fiel ihr zunächst schwer, diesen ausgemergelten Jüngling wiederzuerkennen, der nur aus großen roten Ohren und brennenden Augen in einem aus Holz geschnitzten Gesicht bestand. Noch mehr ängstigte sie, daß er so schweigsam war und sich nicht anvertrauen wollte. Vor den Geschwistern hatte er sonst keine Geheimnisse, aber jetzt ging es ja um diese Sache mit Elisa, Cypria, Diana, der großen Göttin, die in der Natur verborgen war. Über seine Liebe zu ihr konnte er nichts berichten, nicht einmal Elin. Das wäre Verrat.

Aber wie er aussah! Elin war den Tränen nahe.

Warum gehst du nie zu Mama nach Hause und warum nie zu mir? Warum kommst du niemals vorbei und sagst Guten Tag? Wir haben ja so lange auf dich gewartet!

Er lächelte traurig und schüttelte den Kopf. Er konnte nichts sagen vor Furcht, sein großes Geheimnis zu verraten, wollte aber dennoch nicht, daß Elin es ihm übelnahm. Und er lächelte und nickte und lächelte von neuem mangels einer besseren Antwort. Was sollte er sagen? Was heißt »hilf mir« in der Sprache der Menschen? Er wußte es nicht mehr.

So geht es nicht weiter, Abel braucht Hilfe. Ich muß etwas tun und das bald, das hier ist völlig verrückt, Abel ist zuviel allein und grübelt, das ist nicht länger gut für ihn, das nimmt ein Ende mit Schrecken . . .

Elin faßte sich ein Herz und suchte den Pastor auf in ihrer neuen, kecken Rolle als respektable Bauersfrau, die man nicht so leicht abweisen konnte wie die Tochter des verrückten Sam. Sie hatte einige Gedichte bei sich, die sie abgeschrieben hatte, Gedichte, die Bergstedt überspannt oder völlig unbegreiflich fand, sowie ein Abschlußzeugnis des Fernlehrinstituts Hermods, dessen imponierende Reihe von Lobenswert, Lobenswert, Lobenswert etwas leichter zu verstehen war.

Und jetzt müssen Sie was für Abel tun, Herr Pastor, so geht es nicht weiter!

Tun und immer tun . . . Wenn ich in meinem ganzen Leben als Oberhirte dieser Gemeinde etwas getan habe, dann wohl das, daß ich mich für die Familie Eriksson ins Zeug gelegt habe! Und jetzt ist es wieder soweit!

»Aber Abel hat einen solchen hellen Kopf, er muß studieren können!«

»Nun, einen Kopf zum Lernen hast du doch auch, Elin, was das anbelangt.«

»Schon, aber ich bin ein Frauenzimmer, das zählt nicht.«

»Nicht alle können sich den Studien widmen, und außerdem braucht es Geld zum Studieren . . .«

»Ja, das wissen wir in der Familie schon! Aber Abel braucht Hilfe, er wird sonst ganz sonderlich, so wie er da auf dem Bauernhof herumläuft und in seiner Einsamkeit spekuliert . . .«

Der Pfarrer unterdrückte seine Irritation nur mit Mühe. Sollte ihn denn diese elende Familie mit ihren ständigen Forderungen und dreisten Betteleien bis ins Grab verfolgen? Hatte er nicht schon genug getan? War er für diese mißglückten Menschen nicht wie ein Vater gewesen?

Selbstgerecht und wütend trabte er in seiner Kammer auf und ab und blieb schließlich vor seiner auseinandergefalteten Zeitung stehen, die in fünf Spalten Breite von Schlachtschiffen und verstärkter Verteidigungsbereitschaft lärmte. Ihm kam eine große Idee, und er war auf einmal sehr zufrieden mit sich und der ganzen Welt.

»Abel könnte ja Freiwilliger werden?«

Freiwilliger? Nach und nach vielleicht Gefreiter und Quartiermacher? In Uniform herumlaufen und Wehrpflichtige anschreien, würde das wirklich zu Abel passen? Abel hatte nur dunkle Vorstellungen vom Militär, aber der Instinkt sagte ihr, daß dies für einen so dünnhäutigen Menschen wie den Dichter in Väse nicht das Richtige sein könnte. Ach was, Gerede! Bergstedt schlug alle Einwände beiseite: Was ist falsch daran, seinem Vaterland zu dienen? Nein, falsch nicht, aber . . . In einem Jahr oder so muß er ja doch zum Militär? Ja, wenn sie ihn nur haben wollen . . . Natürlich wollen sie einen starken und hochgewachsenen Jüngling wie Abel haben, und für ihn selbst ist es ja nur nützlich, von allen Grillen und Grübeleien wegzukommen. Und dann kann er studieren, soviel er will, und im Leben so weit kommen, wie nur möglich . . . Der Junge kann sogar General werden, wenn es sich ergibt!

Elin ließ sich von den Generals-Schulterstücken des Traums nicht blenden, aber was Bergstedt über Studienmöglichkeiten erzählte, brachte sie ins Wanken. Wenn Abel nur studieren dürfte . . . Eine andere Ausbildung, die kein Geld kostet, läßt sich ja nur schwer finden. Wenn es ihm nicht gefällt, kann er ja immer aufhören, und wenn es gut geht, bekommt er ja irgendeine Art Zeugnis in die Hand gedrückt. Einen Versuch wäre es doch wert?

Dennoch zögerte sie, und die Mutter hatte noch mehr Zweifel.

Cecilia war jetzt so weit gekommen, daß sie nur einen Tag nach dem anderen überleben wollte, allem seinen geregelten Gang lassen wollte, Gott dafür danken, daß die Kinder überlebten und bloß in Ruhe gelassen wurden. Großen Plänen und Träumen hatte sie zu mißtrauen gelernt. Alle Neuigkeiten und Veränderungen waren vom Übel, das begriff sie jetzt. Von Abels Leben dort auf dem Bauernhof wußte sie nicht viel, nur daß er sein tägliches Brot hatte, und sie bettelte und bat in Verzweiflung: Halte dich an deine Arbeit und danke Gott, daß du am Leben bist! Erhoffe nichts mehr vom Leben, sieh nur, wie es Papa ergangen ist! Lieber Abel!

Aber Abel verlockte der Gedanke, studieren zu können. Er würde endlich von seinem Rattenloch auf dem Bauernhof wegkommen, und eines Tages würde er nach Hause kommen und Elisa seine blaue Uniformpracht vorzeigen, ihren schwachen Blick blenden und edelmütig verzeihen.

Und er würde endlich Bleistifte und Papier bekommen, soviel er wollte, und nicht zuletzt Bücher, Bücher, Bücher . . . Und in der Freiwilligenschule würde man ihn in die Mysterien der feineren Poesie einweihen, es war hohe Zeit, er fühlte selbst, wie er dabei war, in der Form zu erstarren. Nur rauskommen und sich bewegen, die Flügel zum Flug erheben und Väse wie einen kleinen grünen Landstrich unter sich sehen! In Uniform unter gleichgesinnten Geistern sitzen, vor Sachkundigen seine Gedichte rezitieren und eine vernünftige Kritik bekommen, die Ordnung des Lebens und der Welt diskutieren... O selige neue Welt!

Abel erwachte zu einem neuen Leben, kam öfter nach Hause zu Besuch und erfreute die Geschwister mit seiner beredsamen Munterkeit. Er war wie verwandelt, nein, er war wieder er selbst. In der Überzeugung, es würde ihm jetzt anderes abverlangt werden als Sonette über die Ideenwelt, versuchte er sich an die patriotische Poesie zu erinnern, die er in der Schule gelesen hatte, und das eine oder andere in dem Stil zu schreiben, aber es fiel ihm schwer, Walküren und Wappenlöwen, die auf Trophäen ruhten, zu besingen. Kleinigkeit, dieses Genre würde er beim Militär sicher lernen können.

Mit klopfendem Herzen und großen Erwartungen wurde er in diesem regnerischen Herbst 1913 zum Militärdienst eingezogen.

Am ersten Abend im Logis wurde er von den Kameraden überfallen, die ihn mit Gewalt entkleideten, um sein Geschlecht zu entblößen.

Ein frischgebackener Rekrut muß ein bißchen Schwanzmusterung und Spaß vertragen, aber Abel konnte sich dem nicht unterwerfen und es erdulden, nicht dieses Unreine, nein! Er kämpfte wie rasend, um sich zu wehren, um seine Freiheit zu verteidigen, seine Reinheit. Es war das Geschlecht Luzifers, das ihn zur Sünde und Befleckung verlocken wollte – lieber den Tod als das! Er kämpfte wie ein gefesselter Löwe, aber die Kameraden konnten ihn nicht loslassen. Wenn dieser verfluchte Frischling sich freikämpfen darf, dann wäre auch ihre eigene Erniedrigung vergebens gewesen. Was wir gekostet haben, soll auch dieser Scheißer zu schmecken bekommen!

Es gibt ja immer etwas Durcheinander in der Kaserne, wenn neue Leute einrücken, und ein vernünftiger Wachhabender stellt sich am besten taub und läßt die Jungs toben.

Aber schließlich wurde es etwas zu stürmisch, so daß der Leutnant sich das Wachabzeichen an den Rock heften und eine Inspektion vornehmen mußte. Es war eine Zerstörung Babylons, wie der Teufel sie noch nicht gesehen hatte, und irgend etwas mußte schließlich im Namen der Disziplin gemacht werden. Abel wurde zu sechs Tagen Wacharrest verurteilt. Der folgende Monat läßt sich leicht zusammenfassen: Abel kämpfte ununterbrochen und befreite sich schließlich. Er wurde von Quälgeistern verfolgt und kämpfte nach bestem Vermögen dagegen an, er riß aus, wurde eingefangen und in die Arrestzelle gesteckt. Schon bald hatte er so viele Strafen erhalten, daß man ihn als untauglich für den Dienst bei der Krone befand.

Im November kehrte er ins Elternhaus zurück, noch ein heilloser Mißerfolg in der Familie Eriksson! Cecilia nahm ihn mit offenen Armen auf, die Geschwister waren unerschütterlich loyal, aber sonst begegnete man ihm im Dorf mit Verachtung. Haargenau wie sein Vater! Genauso wie Pastor Eriksson zu seiner Zeit hatte er einen Fluchtversuch unternommen und war abgerissen und mit gestutzten Flügeln zurückgekommen. In dem Jungen steckte kein Mumm. Am besten, wenn er dort bei seiner Tante im Stall bliebe, er gehörte wohl zu den Kühen.

Bergstedt wusch seine Hände in Unschuld. Er erklärte, jetzt habe er alles getan, was man verlangen könne, und sogar noch ein bißchen mehr. Jetzt müsse es wahrhaftig genug sein. Wenn der Junge die Möglichkeiten nicht zu nutzen wisse, die ihm geboten würden, ja, dann sei er selbst schuld.

Aufsässig war er auch noch, dieser Lümmel. Als Olsson eines Abends zum Häuschen Cecilias hinüberschlurfte, um seinen Knecht zurückzufordern, ja, da bekam er nur eine abrupte und unhöfliche Ablehnung zur Antwort. Abel wollte in seinem Leben nicht mehr arbeiten.

»Willst du nicht arbeiten?«
»Nein, ich will lesen.«
Hat man so etwas je gehört!

10

Am schlimmsten war das Gefühl von Unreinheit und Besudelung. Diese starren, grinsenden Gesichter, diese harten Hände, die nach seiner Scham tasteten . . . All die Unsauberkeit, die das Wesen des Weltenfürsten war, war über den jungen Dichter hinweggespült, um zu beflecken und zu besudeln. Er saß von morgens bis abends mit zur Grimasse erstarrtem Gesicht, während die Alptraumbilder der Erinnerungen ihn überrollten, in einer schmutzig-grauen Welle nach der anderen, bis er schließlich vor Abscheu laut schreien wollte, aber er konnte nicht schreien, durfte die Spannung nicht erleichtern, mußte an Mutter und Rebecka denken.

Aber wenn man alle Kräfte anspannt, kann man Mauern aus der Erde emporwachsen lassen, Mauern, die vor der Wirklichkeit abschirmen, Mauern, die den blühenden Garten des beschützten Ichs verbergen.

Und drinnen gesegnete Einsamkeit und Ruhe und Friede über allen Verstand und wundersame BLUME.

Irgendwie mußte man sich die grausamen Erinnerungen vom Leib halten. Man kann sich in seinem Garten verstecken. Man kann den Kopf auch von der Wirklichkeit abwenden und durch das Fenster auf die Wolken sehen, die dort draußen weiterziehen. Die Wolken sind formlos und weich, die Wolken können ihm nicht weh tun. Die Wolken haben keine Augen zum Sehen, keine Hände zum Greifen. Es ist gut, im Reich der Wolken zu leben.

So kann er auf dem Sofa sitzen und die Tage verstreichen lassen. Er kann nicht ins Dorf gehen, dort warten die harten Blicke und die bohrenden Fragen nach seinem Mißerfolg und seiner Niederlage. Dort wartet auch Elisa. Am einfachsten ist es, so hier zu sitzen und die Wolken zu betrachten, während die Tage vergehen.

Rebecka macht jetzt nicht viel Aufhebens von sich, wo der Bruder zu Hause ist, Cecilia geht still ihrer Arbeit nach. Vielleicht sagt sie mitunter etwas, aber sie bekommt keine Antwort. Und wenn schon. Sie verstehen einander auch so gut.

Abel will nicht arbeiten, er will nur lesen. Damit hat er sich außerhalb der Gesellschaft gestellt. Wer nicht arbeitet, soll auch nicht essen. Aber

Abel ißt das knappe Brot seiner Mutter, obwohl er nicht länger arbeiten will. Jetzt trotzt er den Geboten Gottes und der Gesellschaft.

Er sitzt dort in der Kammer auf dem Sofa mit einem der lieben, zerlesenen Bücher in der Hand: Nur das Gefühl in Fingern und Handflächen gibt ein wenig Ruhe und Seelenfrieden. Die Gedichte kann er schon seit langem auswendig. Er blickt aus dem Fenster, sieht den Regen über die Scheibe zittern, sieht vorüberfliegende vergilbte Blätter, sieht die weichen, treibenden Wolken. Und wenn die grausamen Erinnerungen an grausame Hände und schmähliche Nacktheit zurückkehren, sucht er Trost in dem Gedanken, daß der unsichtbare Gott dennoch da draußen lebt, wenn auch verborgen, so wie die Sonne in diesem Jetzt über den Wolken verborgen ist. Und es gelingt ihm noch einmal, wenn auch mit äußerster Mühe, in der heiligen Dichtung Trost zu finden.

Die Wangen der Natur Vergänglichkeit muß malen.
Mit schwarzen Wogen, zwischen neuen Stränden
Muß weinend nun der angeschwollne Fluß sich wenden,
Und Schmetterlinge trinken keine Blütenschalen.
Doch gleich schön kann am Firmament die Sonne prahlen.
Von goldnem Thron herab über zerstörtes Land
Hat herrlich sich und still ihr Götterblick gewandt,
Und auch der Erde Leichnam lächelt ihren Strahlen.
Die Liebe stirbt nicht, die das Leben schenkt,
Das bloß dem Tod die Ernte bringet wieder;
Doch ewig soll ihr Purpurfeuer glühen.
Mystisch es vom Olymp sich senkt
In neuen Frühlings Lilienarme nieder.
Idee ist ewig, Schatten nur entfliehen . . .

Jetzt sitzt er da, wie es Samuel einmal tat. Jetzt sitzt er da in seinen Gedanken, und manchmal fährt er zusammen wie im Krampf, das kommt wohl daher, daß er sich an etwas Böses aus der Zeit erinnert, in der er sich in den Händen der Knechte befand. Ja, die Menschen haben ihm weh getan, so wie sie einmal Samuel weh getan haben. Dagegen kann ich nichts tun, unsere Feinde waren zu zahlreich und stark für meine schwachen Frauenkräfte, getan ist getan, und die Uhr dreht man nicht zurück.

Aber jetzt werden sie mir meinen Sohn nie mehr wegnehmen, so wie sie mir einmal Samuel genommen haben, meinen Lieben. Sie haben mich damals mit schönen Worten betrogen und genarrt und gesagt, es geschehe zu seinem eigenen Besten. Sie sagten, sie würden ihn gesund machen.

Gesund! Meinen Samuel? Für mich war er gesund genug. Er konnte mir zulächeln und mir über die Wange streicheln, heißt das nicht gesund zu sein? Nein, ich war es, die krank und böse war, als ich ihn von mir stieß. Böse und krank war ich in der Nacht, in der ich ihn nicht in die Arme nahm wie eine wahre Ehefrau. Gesund ist der, der die Liebe bejaht, krank der, der sie verleugnet. Und Samuel war von uns beiden der Gesunde.

Es geschehe zu seinem eigenen Besten, um ihn gesund zu machen, so sagten sie in ihrer Hinterhältigkeit und List. Und damit schlossen sie ihn in einem Gefängnis ein, in dem er dahinsiechte und starb. Ich ließ mich hereinlegen, das ist die Wahrheit. Aber ich hätte im Dienst der Liebe listig und klug sein müssen. In dieser Welt muß die Liebe schlau wie eine Schlange sein, um zu überleben.

Samuel haben sie mir genommen, weil ich dumm und schwach war. Aber Abel werden sie niemals aus meinem Gesichtskreis entfernen können. Niemals, solange ich lebe! Und niemand soll mich dazu bringen zu glauben, er sei »krank«. Samuel war gesund, und Abel ist gesünder als sonst jemand in diesem entsetzlichen Land, das uns alle töten will. Niemand, niemand wird mir meinen Sohn nehmen.

Niemals, solange ich lebe.

11

Er sitzt auf dem Sofa auf Samuels Platz, mit kurzgeschnittenem Haar aus der Militärzeit, mit großen, abstehenden Kalbsohren, ernst und streng, mit intensivem Blick. Aber er ist weich und freundlich, wenn Rebecka sich zwischen seine Knie stellt, um sich über die Rätsel des Lebens Auskunft geben zu lassen. Er nickt dann und lächelt und murmelt einige Worte zur Antwort.

Das neunjährige Mädchen hatte nicht viel Schulunterricht bekommen, aber wie alle in der Geschwisterschar war sie frühreif, belesen und voll brennender Neugier aufs Leben. Überempfindlich und ständig den Tränen nahe, wagte sie sich selten vor die Tür des Elternhauses und bekam selten Antwort auf ihre Fragen. Ihre großen Anlagen mußten aus einem noch kargeren Boden wachsen als die der Geschwister, sie schien mancherlei Kenntnisse und Spekulationen aus der Luft zu greifen. Sie blickte zu ihrem Bruder wie zu einem höheren Wesen auf. Abel war freundlich und weich und unendlich geduldig. Rebecka fühlte sich jetzt ruhiger, da der Bruder zu Hause war, schlief ohne Alpträume und näßte das Bett nicht mehr so oft. Es war ein Segen, ihn wieder zu Haus zu haben. Hier zu Hause konnte ihn keine Bosheit treffen, und er verbreitete Wärme und Ruhe, wenn er wie einst Samuel auf dem Sofa saß.

Benjamin, Elin und Maria kamen mitunter zu Besuch. Benjamin schwieg über sein eigenes Elend unter den Trollen auf Berga, das war alles, was er seinem Bruder als Gabe bieten konnte. Die Geschwister hatten schon geahnt, mit den feinen, tastenden Fühlern der Liebe, daß jemand oder etwas Abel sehr weh getan hatte. Darüber konnte man nicht sprechen, aber sie gaben ihm dennoch ihre Wärme. Elin hatte etwas zu essen mitgebracht, Sandtorte und frische Eier, weniger, als sie vielleicht hätte mitbringen wollen, denn Pettersson ging es neuerdings nicht sehr gut, aber davon wollen wir jetzt nicht sprechen. Maria scherzte ein wenig über Bergstedt und gab ihren großen Traum preis, einmal einen freien Platz an der Volkshochschule in Molkom zu bekommen. Die Schwestern zwitscherten und plapperten, frei und planlos, wie es schien, aber in Wahrheit mit List und Berechnung. Sie sahen sofort, was ihn ängstigte, und wechselten dann in aller Hast das Thema, sie sahen, was ihn beruhigte und erfreute, und vertieften sich mit größter Beredsamkeit und mit Entzücken darin.

Manchmal stimmten sie ein Quartett für Alt und Sopran an, und Abel lächelte und klatschte im Takt auf die Knie. Er selbst hatte keine Kraft mehr zum Singen. Die Zeit war vorbei.

Wenn da nicht die Welt draußen vor der Tür gewesen wäre, wenn es nur nicht dieses raubgierige Schweden gegeben hätte, hätte Abel wohl lange unter den Seinen leben können, so glücklich, wie es ein Mensch nur verlangen kann. Aber die Welt ließ ihn nicht in Frieden, und Schweden wollte seinen Sohn nicht schonen, und Luzifer wollte seine Beute nicht einfach fahren lassen.

Es ging natürlich um Geld, um was sonst? Abel zehrte jetzt von der armseligen Pension der Mutter und hatte selbst keinen Verdienst, Elin war in ständiger Geldverlegenheit, Maria ging im Pfarrhof einem so schrecklich feinen Zofendienst nach, daß er nicht einmal bezahlt werden konnte, Becka war nur ein überzartes und bebendes, ständig zu Tränen neigendes Kind. Aber Olsson kam pünktlich mit dem Klumpfuß angeschlurft und verlangte seine Miete für das Häuschen, und Bergstedt hatte keine Hilfe zu geben. Er hatte das Seine getan und noch mehr dazu, und wenn der Junge jetzt die Gelegenheiten nicht nutzen wollte, die geboten wurden, konnte er nur seine Hände in Unschuld waschen. Der Pastor hatte das Seine getan und mehr dazu, niemand würde kommen und etwas anderes behaupten. Auch Olsson war ohne Schuld.

»Ich gebe dir Aufschub mit der Miete, wenn der Junge am Montag wieder mit der Arbeit anfängt! Das ist mein letztes Wort!«

Olsson schlurfte mit dem Klumpfuß und legte sein Gesicht in barsche Falten: Er spielte das behagliche Spiel »streng, aber gerecht«.

»Ich will nicht arbeiten«, sagte Abel ganz still. »Ich will lesen.«

Hat man je so etwas gehört? Der Bauer fluchte und schlurfte hinaus. Verfluchter Bengel, der keine ehrliche Arbeit anfassen will. Der landet bald im Armenhaus, als wären die Steuern nicht ohnehin hoch genug. Er ist wahrscheinlich genauso verrückt wie sein Vater ...

Abel warf seiner Mutter einen erschreckten Blick zu – habe ich richtig gehandelt?

Ja, mein Sohn, du hast recht gehandelt. Trauere jetzt nicht mehr über unser Schicksal. Die Verantwortung liegt bei ihnen, nicht bei dir. Du hast jetzt ein Recht auf Ruhe nach all deinen Bemühungen. Bleib jetzt ruhig auf dem Sofa sitzen und denke nach, Abel, es tut so gut, dich zu sehen. Es ist genau wie in alten Zeiten.

Aber um ihr Herz konnte Cecilia die kalte Hand der Angst spüren. Wird es denn nie ein Ende nehmen? Gibt es überhaupt kein Erbarmen?

Aber Abel blickte durchs Fenster auf die Vögel, die herumflogen, und das letzte Laub, das kupferrot von den Bäumen wirbelte. Seine einstige Ruhe konnte er nicht zurückgewinnen, Olssons Besuch hatte ihn zu sehr aufgewühlt. Vergebens suchte er Hilfe und Trost in seinem seltsamen Gottesglauben. Jenseits der dunklen Herbstwolken lebt der verborgene Gott sein ewiges Leben, ja, es ist vielleicht wahr. Aber was hilft das sterblichen und vergänglichen Individuen, was hilft es Cecilia, Rebecka und Abel?

Was nützt's, daß unser Urbild froh genießt
Ein ewges Leben in des Himmels lichtem Saal,
Da sich dem Bilde selbst, in grabes-dunklem Tal,
Nie mehr der rosenfarbne Strahl ergießt.
Wenn Erde sich um unsre Asche schließt,
Wo ist Genuß, als Trost der Lebensqual?
Wo Geist, der sich dem Ursprung anempfahl?
Und wo die Zeit, die so beharrlich fließt?

Seht, Herbstgewölk tränt auf die Dornen nieder.
Die Purpurrose, die olympisch glühte,
Mit Freudentau auf wollustroten Wangen,
Sie ist dahin. Zwar knospt die Rose wieder,
Doch jene nicht, die jüngst die Blätterblüte
Im Sommerwind verstreute bleich vor Bangen.

12

Nein, Abel durfte nicht in Frieden leben, Schweden ließ seine Beute nicht los, Luzifer wollte das Geschlecht der Propheten bis ins dritte Glied ausrotten. Niemand konnte Abel jetzt schützen und niemand sein Schicksal abwenden. Die Mutter und die Geschwister bildeten eine schwache Schutzmauer, die vom Sturmbock der Gesellschaft bald niedergerissen wurde. Abel mußte ja in den Tod getrieben werden, das war ein so gebieterischer Zwang in den Herzen dieser Machthaber, ihr Wild endlich zur Schlachtbank zu hetzen, endlich die unerträgliche Begierde nach Grausamkeit stillen zu können.

Olsson kam zum zweiten Mal zu Besuch, um seine Forderung zu stellen: Miete, oder der Junge geht zur Arbeit! Aber Cecilia schwieg, und Abel antwortete schließlich, wie er es zuvor getan hatte: Ich will nicht arbeiten, ich will lesen.

Er wollte studieren, er wollte endlich seinen Hunger auf Bücher stillen, aber Olsson und andere Verantwortliche im Dorf deuteten dies als den vermessenen Wunsch, auf der faulen Haut zu liegen und unmoralische Romane zu lesen. Alle entsetzten sich, und Bergstedt wusch seine Hände unverdrossen in Unschuld: Er hatte nun wirklich das Seine getan und noch mehr dazu. Jetzt durfte es kommen, wie es mochte.

Olsson schlurfte nun ein letztes Mal herein und warf seine Trumpfkarte auf den Tisch: Er wollte jetzt seine Miete bezahlt haben oder den Jungen bei der Arbeit sehen – sonst würde er sie auf die Straße setzen!

Auf die Straße setzen! Mama und Rebecka obdachlos und ohne einen Pfennig ... Abel erbleichte, und die Kiefernmuskeln bewegten sich, als er seine Angst herunterschluckte. Dennoch war er jetzt unerschütterlich wie zuvor: Ich will nicht arbeiten, ich will lesen ... Ich will lesen!

»Die Wahl liegt bei euch. Jetzt ist er selber schuld.«

Oh, dieser süße Geschmack in der Seele, eine Tür mit gutem Gewissen hinter sich zuschlagen zu können, von der Bürde der Verantwortung befreit, gebt nur mir nicht die Schuld, er will es selbst so haben, wie man sich bettet, so liegt man, und mich wird weiß Gott niemand anklagen . . .

Eine Tür, die zuschlägt, und danach große Stille in der Küche.

Cecilia wartete atemlos, aber Abel sagte nichts, saß nur still da wie zuvor. Er wollte nicht wählen. Er wollte sich nicht an dem närrischen Spiel um Pflicht und Verantwortung beteiligen.

Cecilia war froh, daß er sich nicht in der einfachen Falle der Gesellschaft hatte fangen lassen, daß er nicht im Fuchseisen »Verantwortung« festsaß. Das war gut, das war klug von ihm, sie empfand große Erleichterung über seinen Entschluß. Verantwortung und Pflicht hatten Samuel getötet. Möglicherweise würde Abel überleben können.

Gleichzeitig gab es viele praktische Probleme, die gelöst werden mußten. Sie mußte sehr schnell nachdenken und sehr ruhig und sehr klar. Sie mußten ja irgendwo bleiben, wenn es zur Zwangsräumung kam. Vielleicht zu Elin, obwohl es bei Pettersson eng war und kaum genug zu essen gab. Oder schlimmstenfalls zu Großvater Filip in Brattfors. Nur nicht die Familie zersplittern. Wir müssen zusammenhalten, und wenn wir in einem Fuchsbau wohnen müssen. Einzeln kann man uns leicht zur Strecke bringen. Wir müssen zusammenhalten, solange es geht.

Abel saß in der Dämmerung der Kammer wie ein Standbild. Er saß reglos da und schaute durchs Fenster, sie sah, wie sich sein Knabenkopf davor abzeichnete. Er schien ruhig zu sein, aber sie spürte seine Unruhe. Er hatte richtig gehandelt, er hatte nicht am Angelhaken der Gesellschaft angebissen, an den man so listig »Verantwortung« als Köder gehängt hatte. Er hatte recht gehandelt, aber dennoch empfand sie Angst wegen der Ihren und ihres Schicksals. Am meisten ängstigte sie sich wegen der nachtschwarzen Bedrohung, die jetzt über dem Haupt des Sohnes schwebte.

Sie versuchte, sich auf dem Küchensofa wachzuhalten, um ihm beizustehen, falls es nötig sein sollte. Aber Cecilia hatte nicht die Kraft, diese Nacht in Abels Gethsemane zu wachen. Schließlich nickte sie ein und schlief über ihrer Stickerei ein, schlief ein und ließ den Sohn allein, ihren eigenen Sohn.

Die Mauern stürzen ein, die Wirklichkeit kehrt zurück, erdgrau, eidechsengleich, grausam. Die Mauern stürzen ein, für Abel gibt es keine geschützte Zuflucht mehr. Er ist jetzt nackt und tötenden Mächten ausgeliefert.

Sie wollen ihn wieder in die Wirklichkeit hinausschicken, in der die

Grausamkeit seine Scham entblößen und seine Träume schänden will, in der er seine Dichtung in einem Dunghaufen begraben soll, in der Mädchen sich zusammenrotten und über den Jungen des verrückten Sam kichern, und am schlimmsten von allen ist Elisa... Oh, diese irdische Grausamkeit, die sich in die weiße Haut der Schönheit kleidet...

Sie wollen ihn in die Wirklichkeit zurücktreiben, sie wollen ihn in den Tod treiben, sie können es einfach nicht ertragen, daß Abel lebt, sie ahnen vielleicht, daß seine Dichtung eine Zauberkraft hat, welche die grausame Welt verwandeln könnte, wenn sie nur zuhören wollten. Aber sie wollen nicht zuhören. Sie haben Angst vor der Botschaft der Dichtung von Schönheit und Güte: Sie fürchten alle, der Weltenfürst werde entlarvt und von seinem Thron gestürzt werden. Darum ertragen sie den Dichter nicht, darum muß er in den Tod getrieben werden.

Rebecka schläft, Mama schläft dort draußen auf der Küchenbank. Ich allein bin wach. Ich kann in diesem Augenblick aufstehen und den langen Weg zu Olssons Hof gehen, den Nacken beugen und sagen: Weltenfürst, ich übergebe mich in deine Hände, ich verrate den verborgenen Gott. Ich gebe meinen Geist in deine Hände, wenn du nur meine Lieben überleben läßt.

Abel atmet schwer und ächzt in seiner tiefen Not.

Gibt es denn keinen Ort, an den man vor der Welt fliehen kann!

Nein, Abel, du mußt dich jetzt unterwerfen, du mußt zum verrückten Abel werden, einem schmutzigen und durchgedrehten Stallknecht, einem Spott für die Gegend.

Der Weltenfürst will deine Erniedrigung, und seine Macht ist ohne Grenzen. Du mußt dich unterwerfen, Abel, du mußt erniedrigt werden, es gibt keine Rettung und keine Flucht . . .

Ich will nicht!

Du mußt. Du mußt dich der Macht unterwerfen. Denk an deine Nächsten und Lieben . . .

Aber trotz seiner großen Not kann Abel sich nicht fügen, und er geht in die Novembernacht hinaus, geht in den Wald wie einst der Vater, geht in Sturm und dichten Regen hinaus, um nach diesem ewig schweigenden, ewig unsichtbaren Gott zu suchen, um ihn nach aller Besudelung um Reinheit zu bitten.

Als er am nächsten Tag zurückkehrte, war er fast nackt. Er hatte seinen Körper entblößt, um sich von dem eiskalten Regen reinspülen zu lassen.

Viele im Dorf hatten ihn gesehen.

13

Das tat gut. Ja, es ist eine ungeheure Erleichterung, daß man endlich Beschlüsse fassen kann. Unerträglich war es für einen Mann der Tat, nichts tun zu können. Aber jetzt ist Schluß mit Ohnmacht und Warten.

Olsson schlurft zu Bergstedt los, ein Bild der Rechtschaffenheit und des staatsbürgerlichen Pflichtbewußtseins. Er ist streng, aber gerecht, und hat zu allem Überfluß seine Strenge mit den schönen Federn »Verantwortung« und »Pflicht« geschmückt. Mächtig und gebieterisch tritt Olsson jetzt auf.

Und er sagte: Es wäre für die Gemeinde in höchstem Maße belastend, den Knecht Abel Eriksson der Armenkasse zur Last fallen zu lassen. Seiner alten Mutter könne er offensichtlich nicht zur Last liegen, das kränkelnde kleine Mädchen sei für Cecilia wohl Verantwortung und Bürde genug. Aber da Abel Eriksson jetzt offensichtlich an Geisteskrankheit leide, wäre es dann nicht am vernünftigsten und besten, ihn ins Hospital einzuliefern, zur großen Erleichterung der steuerzahlenden Bürger in der Gemeinde Väse?

Bergstedt war jetzt zutiefst unschlüssig, als er sich nach dem Waschbecken des Pilatus umsah, aber es war bedauerlicherweise zu spät, einfach nur die Hände zu waschen und allem den Rücken zu kehren, wie verlockend dies auch sein mochte. Er räusperte sich und murmelte und wandte schließlich ein, daß der Junge beim Militär ebenso wie bei anderen Versuchen, etwas aus sich zu machen, schwere Niederlagen erlitten habe. Der Tod des Vaters und die wirtschaftliche Notlage der Mutter hätten ihm wohl auch Sorgen bereitet.

Olsson sagte: Ein tüchtiger und flinker schwedischer Jüngling brauche bei dem gesunden und abhärtenden Waffendienst zur Verteidigung des Reiches keine Schwierigkeiten zu haben. Ein Jüngling von kränklicher Veranlagung und ungesunden Anlagen dagegen dürfte überall auf »Widerstände« stoßen. Gerade der Herr Pfarrer möge auch bedenken, daß Abel Eriksson ein Schwärmer und verwirrter Geist sei. Er gehe mit mancherlei ketzerischen Überlegungen um, die im ungünstigen Fall der geistlichen Ruhe im Dorf schaden könnten. Wenn überhaupt jemand, dann sei der Herr Pastor der richtige Mann, das in Betracht zu ziehen.

Ja, doch ... Bergstedt erinnerte sich an etwas, wovon der Junge gefaselt hatte, aber ob das nun so ernst war ...

Olsson sagte: Vor fünfzig Jahren sei das Dorf von der Erweckungsbewegung der Axeliten schwer heimgesucht worden. Dem Herrn Pastor müsse doch bekannt sein, welche Unruhe und Aufsässigkeit der Kirche gegenüber dies hervorgerufen habe, und welche Belastungen es für die Armenkasse und für den Gemeindehaushalt überhaupt mit sich gebracht habe.

Dieses Argument machte auf Bergstedt sichtlich Eindruck. Er erinnerte sich, daß Abel der Enkel des Anführers der Axeliten war und daß auch sein Vater sich mit absonderlichen und ketzerischen Ideen getragen hatte. Das stimmte.

Olsson sagte: Was seinen eigenen geringen Teil betreffe, halte er die Lehrmeinungen der Kirche für ewig und eine offenkundige Wahrheit. Darin sei der Herr Pastor doch wohl mit ihm einer Auffassung?

Aber mein bester Herr Schöffe Olsson . . .

Olsson fuhr fort: Wenn aber jetzt ein junger Mann von kränklicher Veranlagung sich weigere, die Lehrsätze der Kirche als Wahrheit anzuerkennen, sei er dann nicht geisteskrank und sei dann nicht sein richtiger Platz das Hospital?

Bergstedt ängstigte sich etwas wegen all dieser Logik, konnte ihren Wahrheitsgehalt aber nicht gut leugnen.

Olsson sagte: Ketzerische und aufrührerische Verkündigung für die einfältige Masse, Unruhe im Dorf und hohe Gemeindeausgaben stünden zu erwarten, wenn dieser Abel Eriksson weiter frei herumlaufe. Je eher man ihn einliefere, um so besser für alle Pflichtbewußten im Dorf. Habe er in dieser einfachen Beweisführung nun recht oder nicht?

Doch, natürlich haben Sie recht, Herr Schöffe... Und sie könnten ja immer mit der Mutter sprechen. Vielleicht zeigte sie sich vernünftig und bereitwillig, sicher wäre es am besten so, wenn man nicht die bösen Zungen herausforderte. Vielleicht wäre es am besten, in Güte vorzugehen, meinte Pastor Bergstedt.

Damit begaben sie sich zu Cecilia Eriksson, um mit guten Worten und in Güte vorzugehen.

14

Sie hatte sie auf dem Weg kommen sehen und eilte in den Hausflur, um sie zu begrüßen. Sie wollte den Sohn mit ihrem eigenen Körper schützen, falls es nötig sein sollte.

Sie wußte schon, was sie wollten, und war unerschütterlich in ihrem Vorsatz: Der Junge kommt nicht ins Hospital. Niemals im Leben gebe ich ihn her. Er ist traurig gewesen und hat es eine Zeitlang schwer gehabt, aber mit der Zeit wird es wohl besser. Aber Abel ist nicht krank, und diesmal unterschreibe ich keine Papiere. Noch einmal legt ihr mich nicht herein.

Ja, aber, liebe Frau Eriksson, diese seltsame Waldwanderung . . .

Das hat er nur getan, weil er wegen der Militärzeit so traurig war, und dann wurde er von Olsson ja so gehetzt und gequält, tagaus, tagein, und außerdem geht es ihm jetzt viel besser. Er richtet keinen Schaden an. Er hilft mir beim Holzhacken und beim Wasserholen, er sorgt für sich selbst und tritt niemandem zu nahe. Er spricht vielleicht nicht viel, aber er ist lieb und bescheiden und hat eine gute Hand mit Rebecka. Und jetzt wollen wir nichts weiter als in Ruhe gelassen werden.

Olsson und Bergstedt enblößten ihre Zähne und lächelten: Wir wollen Ihnen doch nur helfen, Frau Eriksson.

Dann helfen Sie mir mit der Miete! Wenn Sie uns schon helfen wollen! Aber lassen Sie uns jetzt in Frieden leben, wir treten auch niemandem zu nahe.

Damit stürzte sie ins Haus und schlug die Tür hinter sich zu, diese hartnäckige, undankbare Frau.

Das war nicht so gut. Bergstedt verlor beinahe die Courage und verfiel in Wankelmut und Zögern. Olsson mußte lange und geduldig reden, um ihn wieder auf den rechten Kurs zu bringen.

Es gab bei Bergstedt einen Zug von Weichherzigkeit, der ihn dazu brachte, gelegentlich die wahren Interessen der Gemeinde und der Volksgemeinschaft zu übersehen. Man mußte ihn mit Geduld und gutem Zureden herumkriegen.

15

Cecilia Eriksson, gesetzliche Vertreterin des geisteskranken Landarbeiters Abel Eriksson, hat sich geweigert, die Krankheit des Sohnes anzuerkennen und schriftlich dessen Verbringung in ein Hospital zu verlangen. Sie hat der Gemeinde dagegen schwere Hindernisse in den Weg gelegt. Es blieben noch andere Auswege, aber die waren zeitraubend und mühsam. Verantwortungsbewußten Gemeinderatsmitgliedern wurde damit eine schwere Arbeitsbürde auferlegt. Der Schöffe Olsson hatte alle Hände voll zu tun, aber am Ende ging es.

Zunächst mußte man Cecilia die elterliche Gewalt über den Sohn nehmen, die sie so schlecht auszuüben wußte. Durch richterlichen Beschluß wurde der Schöffe Olsson zum neuen Vormund des geisteskranken Landarbeiters Abel Eriksson ernannt. Olsson stand jetzt an

Vaters Statt, dem es oblag, mit Fürsorge und Pflichteifer die Rechte des Mündels zu wahren und sein Bestes zu fördern. Das war eine schwere Verantwortung, erleichterte aber auf mancherlei Weise die Maßnahmen, die jetzt zum Segen des Jungen und der Gemeinde ergriffen werden mußten.

In seiner Eigenschaft als Vormund wandte sich Olsson an die Königliche Direktion des Hospitals von Kristinehamn und suchte um einen freien Platz für den geisteskranken Landarbeiter Abel Eriksson aus Väse nach. Er fügte seinem Gesuch ein von Bergstedt ausgefertigtes Pfarrattest bei sowie die Urkunden und Anlagen, die nach dem königlichen Statut für Geisteskranke vom 14. Juni 1901 erforderlich waren.

Die erste Urkunde bot keine Schwierigkeiten. Sie sollte vom Pastor sowie einer bestimmten Anzahl von Vertrauensmännern der Gemeinde unterzeichnet werden. Olsson ging von Haus zu Haus und brachte allmählich die Unterschriften von vier guten Bauern zusammen, von denen einer im Gemeindevorstand saß und einer im Vorstand der Armenverwaltung.

Mit Hilfe von Bergstedt konnte er sich dann an die Abfassung der Anlage B machen, die auf Grund des Statuts für Geisteskranke erforderlich war. Über Abel Axel Eriksson, geboren am 7. Februar 1895, von Stand und Beruf Landarbeiter, hatte man jetzt folgendes zu berichten.

Über Stand, Lebensbedingungen und Lebensgewohnheiten der Eltern wird berichtet, daß der Vater, der Volksschullehrer, im Hospital verstorben sei, daß die Mutter Norwegerin sei und daß keiner von beiden an Trunksucht gelitten habe.

Vom vorhergehenden Leben des Kranken heißt es: »Nach abgeschlossener Volksschule wurde er mit gutem Zeugnis konfirmiert und hat sich seitdem teils als Landarbeiter, teils mit Selbststudien beschäftigt, zu denen er große Lust hat und durchaus nicht ohne Begabung ist, die er aber wegen Armut nicht hat vollenden können.«

Über Gesundheits- und Seelenzustand des Kranken wird angeführt: »Wohl begabt, aber düsteren Sinnes.«

Über mögliche Ursachen der Krankheit: »Vermutlich üble Scherze der Kameraden, als er eine kurze Zeit Freiwilliger war.«

Über den Aufenthaltsort des Kranken während der Krankheit und über Maßnahmen zu seiner Wiederherstellung: »Im Elternhaus. Keine Maßnahmen. Die Mutter leugnet, daß er geisteskrank ist. Sie hat sich auch geweigert, diese Anlage zu unterschreiben.«

Soweit war alles schön und gut. Aber jetzt blieb noch Anlage A, die vom Provinzialarzt ausgestellt werden mußte. Das konnte kniffliger werden, denn Lindberg war ein eigensinniger Herr. Wenn man aber Geduld hat, regelt sich alles.

Und der Schöffe Olsson in Väse ist ein sehr geduldiger Mann.

16

Olsson empfand es wohl als eine Hilfe, daß Bergstedt ihn zum Provinzialarzt begleitete. Nicht etwa, daß die beiden Potentaten gerade dicke Freunde gewesen wären. Der Doktor war ein Heide und alter Freigeist, aber der streitbare, aufrührerische Geist lag, was ihn betraf, weit in der Vergangenheit. Jetzt widmete er sich meist dem Kartenspiel und dem Punsch, schnaufte durch den Schnurrbart über den Wahnsinn der Welt und betrachtete sie durch ein ironisch glitzerndes Pincenez. Zynismus und Verachtung sind auf die Dauer ja gesünder als ständige Verzweiflung. Er ließ der Welt jetzt ihren Lauf, und es geschah fast aus alter Gewohnheit, daß er sich vor dem Pastoren-Aas und dem Bauernlümmel aufplusterte.

Aha, haben wir jetzt schon wieder einen Verrückten? Es ist doch zu verteufelt, nicht wahr? Wenn Sie verzeihen, Herr Pastor. Bald werden wir ganz Värmland ins Hospital einliefern müssen, glaube ich. Und was hat dieser Jüngling eigentlich angestellt?

Olsson erstattete Bericht über Abels Waldwanderung und ließ es an auffälligen Details nicht fehlen. Aber Lindberg blies seinen Schnurrbart auf und zeigte sich streitbarer Laune.

Tja! Wenn ein halbwüchsiger Junge in den Wald läuft, weil man ihn beim Militär mit Übergriffen und Arreststrafen drangsaliert hat, dann ist das doch wohl nicht so verteufelt abnorm? Vermutlich leidet er an unglücklicher Liebe und schreibt sogar Gedichte. Ist das alles, womit die Herren kommen können?

Olsson: Er grübelt über religiöse Fragen nach, sozusagen.

Ja, das tut wohl der ganze Bezirk Väse, wenn die Wahrheit ans Licht soll. Ist das was Besonderes? Hält er sich für Jesus Christus? Will er auf dem Wasser wandeln wie der selige Boltzius?

Bergstedt mißfiel der leichtfertige Ton des Arztes aufs höchste. Er berichtete kühl und knapp von Abels ketzerischen Ideen, die so offenkundig der wahren Lehre der Kirche zuwiderliefen.

Aber Lindberg wollte nicht Räson annehmen. Ja, ach so. Mag sein. Aber solche abweichenden Ansichten haben viele. Und wenn wir alle

Missionsbündler und Methodisten und Anabaptisten im Dorf einsperren wollen, dann reicht der Platz im Hospital nicht lange ...

Mir scheint, Sie sprechen mit unpassendem Leichtsinn von einem unglücklichen Mitmenschen, Herr Doktor. Alle diese manichäischen Ideen von Luzifer und dem verborgenen Gott widersprechen aber nun einmal dem gesunden Menschenverstand, soviel sollte wohl selbst ein Materialist anerkennen können ...

Ha! Teufel auch, die sind doch nicht unvernünftiger als die Glaubensartikel der schwedischen Kirche ...

Sie sind aber wirklich ein merkwürdiger Mensch! Verunglimpfen Sie die heilige Gemeinschaft, deren Stellvertreter ich bin?

Olsson eilte herzu, um Öl auf die Wogen zu gießen. Eine vergessene Erinnerung war in seinem Bewußtsein an die Oberfläche geglitten, und er ahnte dunkel, daß sich daraus etwas machen ließe. Ein mondheller Abend, und der Junge lag nackt dort in der Kammer ... Eine Kleinigkeit in der einfachen, kreatürlichen Welt von Bauern, aber wer weiß, wie Pastoren und Ärzte derlei ansehen ... Er schlurfte mit dem Fuß und räusperte sich ernst.

»Da ist noch etwas«, sagte er.

»Und das wäre?«

»Der Junge wichst.«

»Was?«

»Selbstbefleckung, so nennen sie es.«

Der Doktor glotzte ungläubig durchs Pincenez.

»Aber jetzt sind Sie wohl völlig verrückt geworden. Sollen wir jeden Jüngling in Väse einsperren, der ...«

»Herr Doktor! Selbstbefleckung ist doch eine Sünde wider den Heiligen Geist!«

Ja, herrje, wenn er es an einem öffentlichen Ort macht, auf der Landstraße oder mitten in einem feierlichen Gottesdienst ...

Herr Doktor, jetzt sollten Sie Ihren seltsamen Humor ein bißchen bezähmen!

Jaja. Ich weiß, daß man in meiner Profession noch etwas altmodische Ansichten darüber hat, aber neue Erkenntnisse ...

Wir wissen schon, wie Sie versuchen, alle heiligen Gesetze von Sittlichkeit und Moral aufzulösen!

Was sind das für heilige Gesetze, die einen Jüngling in diesen Sarg in Kristinehamn einsperren wollen? Was zum Teufel ist das für eine Religion?

Es gab natürlich einen donnernden Streit, und Bergstedt stürmte hinaus und schlug die Tür hinter sich ins Schloß.

Olsson dagegen blieb, entblößte die Zähne zu einem Lächeln und tat sein Äußerstes, um Ruhe und Versöhnung zu verbreiten. Er erklärte ausführlich und geduldig, warum man religiöse Erweckungsbewegungen und Unruhen im Dorf fürchtete, mit allen sozialen und ökonomischen Problemen, die derlei mit sich bringen könnte. Und das sollte der Herr Doktor doch wohl begreifen können, auch wenn er nicht in allen Teilen in Fragen des Glaubens und der Moral auf der Linie des Herrn Pastors liege. Aber, sehen Sie, die Staatskirche ist ja immerhin ein fester Damm gegen viel Aberglauben, und was das Ökonomische angeht . . .

Jaja, das kann ich schon auf gewisse Weise verstehen, das soll der Teufel wissen, aber ich finde trotzdem . . .

Und nun ist es ja tatsächlich eine Amtspflicht für Sie, Herr Doktor, mal einen Blick auf den Kranken zu werfen, auch wenn ich ungern dazu dränge.

Jaja, ich werde mir den Lümmel angucken, ich verspreche es.

Das ist alles, was wir verlangen, Herr Doktor. Das ist alles, was wir verlangen.

Er verbeugte sich demütig und schlurfte ganz still hinaus.

17

Sie nahmen zur Sicherheit den Polizeidiener mit, aber es gab ja niemanden, der Streit suchte, es war nur zur Sicherheit.

Der Polizeidiener blieb unten auf der Landstraße stehen, schlug die Arme kräftig zusammen, um sich zu wärmen, und stieß deftige Flüche über diesen grimmigen Winter ohne Schnee aus. Ein unnötiger Einsatz war es außerdem, denn alles ging ruhig vonstatten. Cecilia hatte das Aufgebot schon von weitem gesehen und konnte nur resignieren. Sie sind hinter uns her wie gewöhnlich. Und sie sind stärker als wir – wie gewöhnlich.

Doktor Lindberg hat sicherlich seine menschlichen Schwächen, und wer hat die nicht, Hand aufs Herz? Heute ist er müde und etwas verkatert nach der gestrigen Kartenpartie, verfroren und unausgeschlafen. Sein Zorn und sein Widerspruchsgeist waren erheblich gedämpft. Er empfand Unlust angesichts der ganzen Angelegenheit und wollte dem Ganzen ein schnelles Ende machen. Und der Gedanke, den Jungen einfach für gesund zu erklären, den Pastor und die Gemeindebonzen zu desavouieren, einen höllischen Skandal zu machen, sich Feinde fürs Leben zu schaffen … Pfui Teufel, schon weniger kann einen schaudern lassen.

Ein unfroher Typ ist der Bengel übrigens auch.

Doktor Lindberg wollte gesunde Leute um sich sehen, und welcher Arzt will das nicht? Jünglinge sollten geradeheraus und frisch sein, einen offenen Blick haben und auf gestellte Fragen mit kurzen und bestimmten Antworten zur Stelle sein. Draufgängerische schwedische Jungs, freche Jungs mit Mumm in den Knochen!

Allzu gewitzt sollten sie nicht sein, das erweckte beim Provinzialarzt leicht Verdruß, der sich am liebsten allein in der Rolle des Intellektuellen sah. Zu diesem Rollenfach zählte er natürlich nicht die Pastoren. Aber es mußte doch eine Grenze dafür geben, wie sehr man diese Prälaten reizte …

Angesichts nackter männlicher Jugend trat Lindberg wie ein Gutsherr auf einer Viehauktion auf. Er freute sich am Anblick arbeitstauglicher Glieder, die vor Kraft schwollen, er sah mit Wohlbehagen frische, gesunde Geschlechtsorgane an, die für Schweden ein neues Geschlecht zeugen sollten, er lächelte gnädig über schallende, schnelle Antworten: Jawohl, Herr Doktor! Nein, Herr Doktor!

Aber aus Abel wurde er nicht recht schlau. Körperlich gesund war er schon, aber seine ängstlich hervorgemurmelten Antworten schienen einen verborgenen Sinn zu besitzen, der den Doktor ärgerte und ihm das Gefühl gab, zum Gegenstand von Spott zu werden. Hier bin ich derjenige, der über den Verstand verfügt, und das fehlte noch, daß ich von so einem Knecht für einfältig und geringer gebildet gehalten werde!

Und, allen Widerwillen beiseite – ist er nicht seltsam? Er hat irgendeine hysterische Angst davor, sich vor dem Arzt zu entblößen, und beruhigt sich erst, wenn die Mutter dabei sein darf, wenn er ihr den Arm um den Nacken legen darf und nackt auf ihrem Schoß liegen kann wie irgendein verfluchtes Altarbild. Pfui Spinne! Soll man so was normal nennen? Unnatürlich ist das, der Teufel soll mich holen!

Physisch gibt es im übrigen sonst wohl keine Fehler, obwohl er reichlich mager ist. Form und Größe des Kopfes, nichts Abnormes, Rumpf und Glieder wohl ausgebildet, keine Mißbildung, nein, kein Gebrechen, Blutkreislauf, Atmung, Verdauung, Geschlechtsorgan, keine Beanstandung, normale Sinnesorgane, kein Krampf oder Zittern, normale Reflexe …

Nun, was sollte er denn schreiben? Krankhafte Veränderung, na, da hat man wenigstens etwas, was man anführen könnte: »Keine richtige Arbeitslust; am Lesen interessiert.« Ja, das war sehr gravierend, aber war es strenggenommen ein Symptom? Was zum Teufel soll man schreiben?

Er stand murmelnd auf, öffnete die Außentür und rief Olsson und Bergstedt da draußen ein Stichwort zu.

»Hören Sie mal! Ist er hinter den Weibern hergewesen?«

»Nee, vor denen hatte er die meiste Angst . . .«

»Also!«

Immerhin etwas. Und Lindberg schrieb als Symptom für »fehlgeleiteten Geschlechtstrieb«, daß Abel »keine Neigung für das andere Geschlecht« gezeigt habe. Wenn er wenigstens hinter den Mädchen hergewesen und ein paar Gören im Dorf gehabt hätte, dann hätte man es zu Satyriasis machen können, asozial oder so . . . Teufel auch, daß es so schwer sein muß.

Und was soll man sich jetzt einfallen lassen? Der zehnte Punkt des Formulars ist wichtig, hier heißt es stehen oder fallen.

Die Ursachen und ersten Anzeichen der Krankheit darzulegen . . . Wo man jetzt nur aus zweiter Hand referieren konnte? Aber der Pastor und der Gemeindebonze sollten wohl »Personen sein, deren Glaubwürdigkeit anzuzweifeln Sie keinen Grund sehen«. Und er schrieb, unlustig und schlecht gelaunt, in fliegender Hast.

»Die Masturbation dürfte als Hauptursache angesehen werden. Während der Militärzeit unter dem Einfluß von Scherzen und Hänseleien der Kameraden, denen er aufgrund von Eigenheiten seines Charakters ausgesetzt war. Wurde still und verschlossen; verfiel in religiöse Grübeleien; machte einen unmotivierten Ausflug in die Nachbarschaft, von dem er so gut wie ohne Kleidung heimkehrte.«

Von Lindberg wurde auch eine kurzgefaßte Darstellung des Verlaufs der Krankheit erwartet, unter besonderer Berücksichtigung teils der Sinnes- oder Gedankenverwirrungen – Halluzinationen, Illusionen, falscher Vorstellungen –, teils einer Neigung zu Gewalttätigkeiten, Mord, Selbstmord und Mordbrand. Und hier war das Material verflucht dürftig, wenn man sich einigermaßen an die Wahrheit halten wollte . . .

»Keine Sinnes- oder Gedankenverwirrung, keine Illusionen, soweit sich feststellen läßt. (Die Mutter, die ihn nicht als geisteskrank ansieht, gibt keine Auskünfte.) Keine Neigung zur Gewalttätigkeit; keine Äußerung, die auf Selbstmordneigung hindeuten könnte.«

Lindberg wischte den kalten Schweiß von der Stirn, müde, schlecht gelaunt, verkatert. Teufel auch, das ist nicht viel, was ich zu bieten habe, aber was soll man tun?

Das Elend zu Ende bringen! Und er kritzelte, daß die Tinte spritzte . . .

»Aufgrund der oben gegebenen Erklärungen und aufgrund von Beobachtungen, die ich bei der am 3. Dezember 1913 durchgeführten Untersuchung gemacht habe, halte ich Abel Axel Eriksson von Väse für geisteskrank und einer Pflege im Krankenhaus für bedürftig, was hiermit – *verfluchte Feder!* – auf Ehre und Gewissen bestätigt wird.

Väse, den 3. Dezember 1913
G. Lindberg
Provinzialarzt«

Olsson und Bergstedt stiefelten herein und stellten sich schweigend an den Küchentisch. Cecilia wartete an der Tür zur Kammer, in der Abel sich abgewandt ankleidete.

Der Arzt zögerte eine Sekunde, bevor er unterschrieb, und warf die Dokumente dann mit einer verdrossenen Geste hin, als wollte er sich aller Verantwortung entledigen, das ist nicht meine Schuld hier, hoffentlich sind die Herren jetzt zufrieden . . .

»Hoffentlich reicht das so!«

Olsson sammelte behutsam die kostbaren Papiere zusammen und dankte dem Doktor höflich für dessen große Mühe und offenkundigen Diensteifer.

18

Es ist nicht die Zeit zum Weinen, nicht gerade jetzt. Das Leben ist für Mütter ja so eingerichtet, daß es nicht viel Zeit für Tränen gibt, wenn es am schlimmsten ist. Jemand ist tot und muß gewaschen und in ein Leichentuch gehüllt werden. Jemand zieht in den Krieg und muß Brotbeutel und warme Kleider mitnehmen. Jemand muß ins Krankenhaus, um aus dem Weg zu sein und zu sterben. All das macht viel Arbeit, und weinen kann man hinterher, wenn man erst einmal erledigt hat, was man tun soll. Dann ist immer noch Zeit genug zum Weinen.

Abel ist ja auch ungewöhnlich still und ruhig. Er hat sich mit seinem Schicksal abgefunden. Er sitzt nur da auf dem Sofa und wartet darauf, daß Olssons Pferdewagen kommt und ihn abholt. Er ist so still, er ist so weit davon entfernt, zu fluchen und zu klagen. Er hat sich jetzt unter sein Schicksal gebeugt.

Und das ist wohl auch am besten so, denkt Cecilia, während sie mit seinem Brotbeutel, seiner Unterwäsche und seinen Wollsachen hantiert. Das ist gleichgültig, wenn man sowieso nichts machen kann. Sie sind zu stark für uns, wir werden mit ihnen nicht fertig. Sie sind stärker als wir, wie gewöhnlich.

Wenn ich ihn nur ein wenig hätte mästen können, aber er ist genauso mager und elend wie gewöhnlich. Er mußte dort auf dem Bauernhof hungern, Olsson hat ihm das Essen nicht gegönnt, das ist die Wahrheit.

Er sitzt dort so still und schweigsam. Dichter und auserwählter Prophet ist er gewesen, und wie alle wahren Dichter ist er von Zweifeln an seinem Talent und seiner Berufung gemartert worden. Aber das ist lange vorbei. Wenn ihm jetzt die Gesellschaft ihre schwere Hand auf die Schulter legt, ist er auch von der schweren Verantwortung des Propheten befreit. Niemand kann Abel mehr der Untauglichkeit und des Unvermögens beschuldigen. Niemand kann mehr von ihm verlangen, daß er in die Fußstapfen seiner Väter tritt und allem Volk predigt.

Opfer zu sein heißt, von Verantwortung befreit zu werden. Von einem Opfer erwarten wir nichts anderes als Geduld und erholsames Schweigen. Von Abel Eriksson werden keine großen Krafttaten mehr gefordert. Von ihm werden nur Geduld im Leiden und Geduld angesichts des wartenden Todes gefordert. So ist es leichter, Opfer zu sein denn Henker.

Cecilia spricht von irgendwo weit her mit der Stimme einer Mutter davon, daß er auf dem Weg ins Krankenhaus ordentlich essen und darauf achten soll, daß er die Unterwäsche wechselt, wenn er erst mal dort ist. Es ist so einfach, als sollte er im Winter zum Holzfällen losziehen, mütterliche Ermahnungen sind alles, was sie geben kann. Er sieht durchs Fenster hinaus und nickt manchmal zur Antwort. Er ist merkwürdig kalt und ruhig, und die tröstende Poesie schweigt in ihm. Er ist jetzt ein Opfer, er ist von Verantwortung befreit. Nichts wird mehr von Abel Eriksson erwartet, keine Verkündigung und keine Poesie. Der Prophet ist jetzt besiegt, und der Dichter verstummt. Geduld und Schweigen sind alles, was verlangt wird.

Nur Rebecka ist heute zu Hause, die anderen Geschwister haben nicht kommen können. Rebecka hat nichts davon erfahren, was dieser Ausflug bedeutet, aber sie ahnt in ihrem überempfindlichen Sinn um so mehr. Sie ahnt, daß Abel auf dem Weg zum Kugelhagel an der Front oder zur Axt des Scharfrichters ist. Sie ahnt Katastrophen wie schon so oft zuvor, aber sie kann nichts tun. Still zu sein und nicht zu weinen, das ist die Hilfe, die Rebecka ihrem großen Bruder bieten kann.

Sie sind in ihrer Zärtlichkeit immer unschwedisch gewesen in dieser Familie, gern bereit zum Streicheln und Küssen. Aber heute geht es still zu, als Abel ins Hospital fahren soll, um zu sterben. Sie sehen den Pferdewagen den Weg hinaufkommen, es ist offensichtlich Zeit, Lebwohl zu sagen. Abel nimmt seine Mutter bei der Hand und nickt und lächelt.

»Laß es dir gut gehen«, sagt Cecilia.

Abel nickt und lächelt dazu und streichelt dann seiner Schwester über die Wange. Rebecka lächelt und zwirbelt ihr Schürzenband. Aber sie ist still und weint nicht und macht keine Umstände. Sie gibt das Wenige, das sie hat.

Dann trennt sich Abel von seinem Zuhause, abrupt wie durch einen Axthieb. Er geht mit festen Schritten hinaus, wirft sein Bündel auf die Ladefläche und klettert ohne Zögern auf den Wagen. Olsson hat es selbst auf sich genommen, das Fuhrwerk zu fahren, damit alles mit rechten Dingen zugeht. Fast empfindet er jetzt so etwas wie Reue, so scheußlich ist es: schneefreie Erde, die Bäume wie reifweiße Gespenster, das Eis wie milchweißes Glas in den Wagenspuren. Es ist ein scheußlicher Tag im Februar 1914.

»Hast du alles mit, was du brauchst?« sagt der Polizeidiener.

Abel nickt: Ja, er ist bereit.

»Dann fahren wir«, sagt der Polizeidiener.

Merkwürdiger ist es nicht, wenn ein Mensch ins Krankenhaus fährt, um zu sterben. Früher einmal war es Samuel, und jetzt ist es Abel.

»Er war erst achtzehn Jahre«, sagt Cecilia, die am Fenster steht.

Sie spricht von Abel in der Vergangenheit: Er *war* erst achtzehn Jahre. Rebecka hört und versteht und merkt es sich. Aber sie kann ja wegen der Mutter nicht weinen. Eine brennende, angespannte Selbstbeherrschung ist alles, was sie ihrer Mutter zum Geschenk machen kann. Aber Rebecka gibt das Wenige, das sie hat.

Und Cecilia hat keine Zeit zum Weinen. Sie muß durchsehen, was Abel an Kleidung zurückgelassen hat. Sie muß flicken und ausbessern. Das eine oder andere kann vielleicht Benjamin gebrauchen.

Sie streift sich eine alte Socke über die Hand, wendet und dreht. Sie ist übel mitgenommen und viele Male gestopft worden, aber das Zwischenfußgarn kann man immer aufribbeln. Maria oder vielleicht Rebecka können an den Schaft einen neuen Fuß stricken. Benjamin braucht jetzt zum Winter Wollsachen, und Rebecka braucht was für die Hände, sonst fühlt sie sich verloren und weint dauernd. Aber zum Weinen ist keine Zeit, nicht gerade jetzt. Zeit genug zum Weinen, wenn man erledigt hat, was man tun muß.

Es knistert in den Hausecken, und der Frost steht weißverzweigt auf den Fensterscheiben.

Es ist kalt, es ist Februar 1914.

19

Daß Abel für verrückt erklärt und ins Krankenhaus eingeliefert worden ist, hat auf die Menschen in Väse eine seltsame Wirkung. Manche gehen den Geschwistern Eriksson aus dem Weg, scheuen zurück, wenden den Kopf ab, wollen nicht sehen. Andere packt ein sättigendes und beruhigendes Gefühl der Genugtuung. Was haben wir gesagt? Diese Gören haben sich lange für was Besseres gehalten, und jetzt seht mal, was sie in Wahrheit gewesen sind! Verrückte sind sie in all ihrem Hochmut gewesen, und die haben wir mit weit mehr Güte behandelt, als sie verdienten.

Benjamin lebt jetzt, vom Berggeist entführt, unter den Trollen, ein bleicher und hochaufgeschossener Dreizehnjähriger unter den schauerlichen Geschwistern auf Berga. Sie erheben sich um ihn wie eine himmelhohe Mauer aus rechtschaffenen Knochen und blutlosem Fleisch, und Emmaus blökt ihn von den Wolken her an.

»Sieh, was wir für dich getan haben, kleiner Benjamin! Dein Vater war ein verrückter Taugenichts, und dein Bruder war ein Irrer, und dennoch haben wir dich als Kind im Haus aufgenommen und dir Schutz und Zuneigung gegeben! Du mußt uns dankbar sein, kleiner Benjamin! Demütig und dankbar mußt du sein, wenn du dem Richterspruch Gottes entgehen willst!«

Und Benjamin sagt ja und gewiß und geht hoch aufgeschossen und dreizehnjährig unter diesen rechtschaffenen Menschenmauern umher und ist so demütig und dankbar, wie er nur kann.

Pastor Bergstedt hat ein unbestimmbarer Verdruß ergriffen. Er hat Samuel Eriksson fast als seinesgleichen behandelt, und sieh an, was er davon gehabt hat. Er hat Abel Eriksson geholfen, Arbeit zu suchen und ein ehrliches Auskommen im Dienst der Krone zu finden, und dann hat er sich um einen Verrückten bemüht. Jetzt verschwendet er seine Güte an Maria, und der Dank, den er bekommt, ist ein ewiges Gezeter von einem freien Platz in der Volkshochschule von Molkom. Als gäbe es nicht noch andere begabte junge Leute im Dorf. Als hätte er nicht schon alles getan, was er hatte tun können, und noch einiges dazu! So blitzsaubere Hände wie Pastor Bergstedt hat nicht einmal Pontius Pilatus je gehabt.

Aber wahr ist, Maria jammert neuerdings nicht mehr von der Volkshochschule. Sie geht still ihrer Arbeit nach, backt, wäscht, scheuert Fußböden und bügelt die Unterhosen des Pastors: zum Sabbat wünscht der Pastor saubere Wäsche. Hemd und Beffchen darf sie noch nicht anrühren, das erfordert erfahrene Frauenhände, und Maria ist erst sechzehn und schlägt nach einem kränklichen Vater und ist daher unzuverlässig. Sie darf machen, was sie kann: backen, waschen, Fußböden scheuern und die Unterhosen des Pastors bügeln. Schweigend geht sie ihrer Arbeit nach und verlangt nicht mehr. Sie weiß, daß sie aus einem kranken und schuldbeladenen Geschlecht kommt. Aber den Traum von der Volkshochschule kann sie dennoch nicht vergessen.

Emil heißt ein sozialistischer Arbeiter in Karlstad, der in der Arbeiterbewegung tätig ist, ein Mann der Zukunft. Er hört von Abels Schicksal und widmet ihm ein kurzes Nachdenken. Es gibt viele Opfer, die auf dem Weg zu dem künftigen Ziel fallen, und es sind viele dabei, die bessere Kämpfer und Kameraden gewesen sind als Abel Eriksson in Väse. Dennoch mag er einen Gedanken wert sein. Naiv und kindlich war er, aber eine Schweinerei ist es doch wohl trotzdem? Nun, es gibt nur eins, wieder frisch zupacken, denn das Ziel ist nahe. Und im gelobten Land des Sozialismus wird man wenigstens keine Dichter ins Irrenhaus stecken.

Olsson kann jetzt wieder ruhig schlafen, was die Gemeindekosten für die Armenverwaltung angeht. Abel Eriksson ist jetzt Insasse des Hospitals in Kristinehamn, und die Kosten seiner Pflege werden damit aus staatlichen Mitteln bestritten. Aber man bekommt in dieser Welt nichts umsonst. Einen so guten Stallknecht wie Abel Eriksson schneuzt man sich nicht aus der Nase. Es ist beinahe ärgerlich, daß es so zwingend und notwendig war, ihn einzusperren. Aber notwendig war es. Früher oder später wäre er hinter den Weibern hergelaufen, und das weiß man schließlich, was solche Sänger und Spielleute und Reimschmiede bei

Frauenzimmern anrichten können. Früher oder später hätte er ein junges, unschuldiges Mädchen ins Unglück gebracht.

Elisabeth Olsson ist erschüttert und zu Tode erschrocken, als sie von dem Schicksal des Bewunderers hört. Welcher Gefährlichkeit der Liebe bin ich nahe gewesen, woran hätte ich mir beinahe die Finger verbrannt, ein feines Mädchen wie ich? Man muß sich künftig sehr genau vorsehen ... Der Landwirtschaftseleve aus Hammar war ja auch nichts weiter als ein strammer Kerl ... Nein, man muß mit seiner Liebe geizen und darf sie nur für Sicherheit und Geld verkaufen.

Aber sie bricht manchmal in Tränen aus, wenn sie ihrer Arbeit nachgeht, und die Mutter sagt, sie solle ihren Verstand zusammennehmen, bald neunzehn Jahre und schon längst heiratsfähig. Was hast du für einen Grund zum Jammern, Mädchen?

Und Elisa nimmt Vernunft an und verheiratet sich mit einem dummen und stämmigen Bauern und gebiert ihm dumme und stämmige Kinder und wird am Ende ein dummes und stämmiges Weibsstück. Der Gefährlichkeit der Liebe ist sie nie nahegekommen, und die Finger hat sie sich nie verbrannt, die Elisa. Aber in ihren geheimen Erinnerungen wird Abel in ihrem ruhigen und beständigen Leben immer aufleuchten wie eine einsame Mohnblume im Roggenfeld des Alltags.

Abel hat vor der Welt verborgen gelebt und nicht viel von seinen Träumen preisgegeben, hat selten seinen Glauben verkündet und seine Gedichte den Leuten in Väse selten vorgelesen. Dennoch geht so etwas wie ein Schauer der Unruhe durch das Dorf, jetzt, da er verschwunden ist. Was ist es, was wir vermissen? Wir wissen es selbst nicht, denn wir haben nur dunkel geahnt, daß das, was wir verloren haben, so wertvoll war.

Und Elin ist die unruhigste von allen, Elin, die Warme und Gesunde und Fröhliche. Sie hat es ja endlich so weit gebracht, daß sie mit der ländlichen Angewohnheit aufgehört hat, ihren Mann mit dem Nachnamen anzureden, und Ragnar hieß er, wie sie herausfand, der stabile Landwirt Pettersson in Länna. Aber niemals kann man richtig froh sein, und jetzt ist Abel nicht mehr da, gerade als sie verstand, daß es soweit war, spät, aber nicht zu spät. Und das bringt einen doch zum Nachdenken. Ragnar sagt ja nichts, aber es ist nicht allzu lustig, sich mit einer Familie von Irren verwandt zu sehen. Jetzt gibt es zum Sommer einen Erben, schön und gut, aber es ist ein Bauer, den der Hof braucht, nicht einen Dichter, Träumer und Verrückten.

Auch Elin ist von Unruhe und Angst befallen. Vielleicht wenn er ein bißchen Freude über die Nachricht gezeigt hätte, daß sie endlich ein Kind bekommen würde? Vielleicht wäre es dann für Elin leichter gewesen?

So, wie es jetzt ist, geht sie müde und bedrückt ihrer Arbeit nach und denkt mit Furcht an die Bürde, die sie trägt.

Der Dichter in Väse wird in sein Gefängnis geführt, und es geht so etwas wie ein zitternder Schauer der Unruhe durchs Dorf.

Zwei Bilder: I Er saß oft still und meditierte, und für diese Stille hatte man einen gelehrten Namen, er antwortete selten oder nie, wenn man ihn anredete, und auch für sein Schweigen hatte man einen Namen. Aber er sah und verstand, als er es der Mühe wert fand, sich in seinem Gefängnis umzusehen. Er lebte in einer schützenden Verkleidung, aber seine Augen konnten sich scharf und klar der Umwelt zuwenden.

Ja, er machte manchmal seine Augen auf und sah, sah die Versteinerten, sah die in Schmerzen Verzerrten, sah die Gefangenen und die Opfer des Weltenfürsten. Er empfand Trauer wegen seiner Brüder im Unglück, aber das Elend und der Schmutz machten ihm nicht so viel aus. Trauer und ekstatischen Schmerz hatte er schon dort draußen in der Wirklichkeit erfahren, die man die gesunde nennt. Dies war wohlbekannt, hier war er bei den Seinen zu Hause. Er hatte sein junges Leben im Kot des Stalls und im Schmutz der Knechtekammer zugebracht, er war mit äußerer Schönheit nicht verwöhnt. Was es in der Welt an Schönheit gibt, trägt man jederzeit als Poesie in sich. Solange er diesen großen Vorrat an tröstender Poesie im Gedächtnis halten konnte, diesen Vorrat an eigenen Gedichten und denen anderer, solange war er auch gegen die Eindrücke hier im Gefängnis des Weltenfürsten geschützt.

Über seinen Umgang mit der schützenden Dichtung hatte das Anstalts-Journal folgendes zu vermelden: »Murmelt gelegentlich unbegreifliches Zeug, lächelt oder lacht in sich hinein.«

Am Anfang grübelte er oft über eine mögliche Befreiung nach, wußte aber nicht recht, woher sie kommen sollte. Würden Emil und seine glaubensfesten Kameraden mit roten Fahnen einbrechen, um Abel zu befreien? Das war wohl ziemlich ungewiß. Sie hatten auch so schon genug damit zu tun, ihren Kampf gegen die Herrschaft des Weltenfürsten zu führen.

Oder würde der verborgene Gott die Mauern niederreißen, um eines

Tages in dieses Gefängnis einzutreten und den Zauberbann mit sanften, unerhörten Worten zu brechen? Um die Opfer und die Gefangenen zu befreien und nicht zuletzt die Henker von ihren weißen Schlachterkitteln zu befreien und sie singend und in herrlicher Nacktheit mit Palmenzweigen in den Händen umherziehen zu lassen? Es war ja möglich, aber wohl kaum eine Hoffnung, von der sich leben ließ.

Wenigstens der Tod war sicher und gewiß. Und durch den Tod würde Abel mit seinem Vater wiedervereinigt werden. Er zitterte ein wenig bei dem Gedanken an die Begegnung. Würde man ihm seine Versäumnisse vorwerfen? Würde Samuel seinen Sohn verfluchen? Nein, der Tod war doch Friede und Versöhnung. Der Tod war Gewißheit und Ruhe, und Abel fürchtete den Tod nicht. Mit einiger Anstrengung gelang es ihm, ein tröstendes Gedicht aus dem Vorrat des Gedächtnisses hervorzuheben, und er murmelte »unbegreifliches Zeug« vor sich hin.

So hört doch auf, in eitlem Gram zu klagen,
Daß in der Strafe Seligkeit nicht wohnt,
Daß sich im Todesland des Todes Spuren finden!
Laß diesen Trost dir bis zum Ziele sagen:
Nur mit der Schmerzen Brand die Seele wird belohnt,
Und zu der Freuden Statt sich Wüstenpfade winden.
Nur der ist dort, des Schatten hier entschwunden,
Nur sterbend hat der Mensch das Sterben überwunden.

Ja, noch ging es, ein Gedicht aus der Erinnerung zu holen, obwohl es mit jedem Tag schwerer wurde. Aber solange er noch die Poesie besaß, war es immerhin möglich, in diesem Gefängnis zu überleben.

Jedoch, er hatte nicht vor, mit seinen Feinden zusammenzuarbeiten. Sie konnten mit seinem Körper hantieren, wie sie wollten, an seine innersten Gedanken kamen sie nicht heran. Sie mochten ihre widerlichen, aufdringlichen Fragen stellen, die quälend waren wie tastende, harte Hände, aber Abel brauchte ohne Not nicht zu antworten. Er wollte schweigen und sein Innerstes verteidigen. Er wollte mit den Dienern des Weltenfürsten nicht zusammenarbeiten. Reglos und still würde er seine Strafe absitzen.

Welche Namen sie dann seinem Schweigen gaben, das war ihm gleichgültig.

Zwei Bilder: II »Status praesens den 21. 2. 1914. Länge 178 cm. Gewicht 62,2 kg. Körperbau recht kräftig, Muskulatur und Fleischbildung geringer als normal, möglicherweise Unterernährung, Aussehen nicht krankhaft, Teint bleich, Haare aschfarben, Augen blau, liegen etwas tief. Zähne im hinteren Teil des Kiefers defekt, die Gaumenwölbung etwas erhöht und schmal. Kopfmaße: 20, 14,5 und 57,5 cm. Die physikalische Leibesuntersuchung gibt keinen Aufschluß über eine körperliche Krankheit. Herzdämpfung von normaler Größe, Töne rein, Puls gleichmäßig und regelmäßig, Frequenz etwa 80. Atemgeräusch überall vesikulär. Urin klar, frei von Milcheiweiß und Zucker.

Wenn der Patient zur Untersuchung kommt, setzt er sich bei Aufforderung auf einen Stuhl, auf dem er starr und stuporös dasitzt, reglos, die Hände blau und kalt auf den Knien, den Blick direkt ins Nichts gerichtet. Bei Ansprache läßt er den Blick gelegentlich über den Sprechenden hingleiten, um dann wie zuvor ins Leere zu blicken. Er macht sich offensichtlich nicht das geringste aus dem, was um ihn herum geschieht.

Er kann nicht dazu gebracht werden, irgendwelche Antworten zu geben; mal antwortet er ›ja‹, ein paar Mal schüttelt er verneinend den Kopf, aber im übrigen erhält man gar keine Antwort. – Wie heißen Sie? Kopfschütteln. – Wissen Sie selbst, wie Sie heißen? ›Ja!‹ – Warum können Sie es dann nicht sagen? Keine Antwort. – Wollen Sie mit mir sprechen? Schüttelt verneinend den Kopf. Auf eine Reihe anderer Fragen, ob er Lust habe zu lesen, ob er über religiöse Fragen nachgegrübelt habe etc., gibt er überhaupt keine Antwort und gibt auch keine Zeichen mit dem Kopf. Er errötet bei der Frage, ob er onaniert habe, und sieht dabei den Fragenden an.

Aus der Abteilung wird mitgeteilt, er sei ruhig.«

20

Eine gewalttätige Weltgeschichte donnerte in diesem Sommer wie ein entferntes Gewitter über dem Vänersee; auch in Schweden gab es viel Unruhe. Für Maria stand im Alter nur eine Erinnerung in klarem, hellem Licht vor ihrem inneren Auge: In diesem Sommer wurde beschlossen, daß sie in der Volkshochschule einen freien Platz bekommen sollte.

Wie kam es, daß der Pastor auf einmal so gutmütig wurde? Nun, um die Wahrheit zu sagen, er hatte mit der Sache überhaupt nichts zu tun.

Frau Bergstedt hatte allmählich angefangen zu brummeln, sie wolle das Mädchen aus dem Haus jagen. Eine Ausbildung im Führen eines feineren Haushalts habe ja keinen Sinn, da Maria aus offenkundigen Gründen niemals in die Großbauernklasse hinaufheiraten würde. Das bißchen, das sie als Frau eines Kätners oder Kleinbauern wissen mußte, beherrschte sie schon längst, und auf die Dauer gebe es übler Nachrede Nahrung, sie weiter unentlohnt dienen zu lassen. Die Blicke im Dorf sind sehr scharf, die Zungen ebenso, obwohl man nur das Beste will. Es sei aber verlorene und schlecht gelohnte Wohltätigkeit, sie so herumlaufen zu lassen. Wirf sie aus dem Haus!

Bergstedt gönnte sich den Luxus, ein wenig zu zögern und zu widerstreben: Er hatte ja seinen Ruf als gutherziger Mensch zu verteidigen. Aber es war gerade diese Schwäche, die zu dem Elend Anlaß gab. Wäre das Mädchen nur weg gewesen, als der Propst kam!

Aber Maria stand noch in ihren Diensten, und es war ihr die Ehre vergönnt worden, den beiden Prälaten Mineralwasser zu bringen, die auf der Veranda im Schatten der Stockrosen Kühlung suchten. Sie waren tief in ein Gespräch über die Wahlrechtsreform verwickelt, die das Land vor fünf Jahren getroffen hatte, sie hatten viele harte Worte über den Verräter Lindman zu sagen und entsetzten sich über das, was kommen würde, wenn die Linke ihren Willen durchsetzte. Über die schädlichen Auswirkungen für das Reich und die Staatskirche waren sie einer Meinung, über die sachlichen Details in allen diesen Wahlrechtsvorschlägen, die in der Luft lagen, waren sie bitter uneinig.

»Wenn ich mich nur genau erinnern könnte«, sagte der Propst und schlug mit seiner weißen Hand auf den Tisch.

Jetzt sah Maria ihre große Möglichkeit und packte sie eilig beim Schopf. Sie faltete die Hände, wie sie es von der Schule her gewohnt war, und rasselte alles herunter, woran sie sich erinnerte, über Wehrpflicht, Steuerbemessungsgrenzen und die vierziggradige Skala. Amen!

Machte darauf einen Knicks und blickte wohlerzogen auf den Fußboden, auf dem ein Ohrenkneifer herumkrabbelte.

Die Prälaten rissen die Münder auf. Der Propst war höchst entzückt über den Charme der Sechzehnjährigen und ihre Kenntnisse und stellte scherzend eine Fangfrage zum Römerbrief, um die Katechismus-Kenntnisse zu prüfen. Aber Maria sprang leicht wie eine Elfe durch die Labyrinthe der Paulinischen Lehre von den Heiden, die das Gesetz nicht haben, doch von Natur tun des Gesetzes Werk, und damit, dieweil sie das Gesetz nicht haben, sich selbst ein Gesetz sind, bis in alle Ewigkeit, Amen!

Das war phänomenal! Ein so begabtes Mädchen im Haushalt! Sollte sie nicht studieren dürfen?

Ein armes Mädchen, bester Bruder, bescheidene Umstände, ich werde bei Gelegenheit erzählen ...

Ha! Es muß doch wohl möglich sein, einen freien Platz an der Volkshochschule in Molkom zu besorgen!

Der Propst loderte vor Begeisterung, und Bergstedt lächelte bleich und sprach ein wenig von Meister Samuel und dessen Verdiensten als Lehrer, die so unglücklich ein vorzeitiges Ende genommen hätten. Ach so, das ist ja eine Sache für sich ... Der Propst kühlte erheblich ab, als er sich ins Gedächtnis zurückrufen mußte, nach wem das Mädchen geschlagen war, aber gesagt war gesagt, und die Mannesehre ließ gottseidank keine Rückzüge zu: Das Mädchen sollte auf die Volkshochschule, und dabei blieb es.

Die Tore der Gesellschaft blieben für die Geschwister Eriksson immer verriegelt. Ein seltsamer Zufall hatte an einem brütendheißen Julitag auf der Pfarrhofveranda für Maria einen Seiteneingang einen Spaltbreit geöffnet. Den Tag würde sie nie vergessen.

21

In diesem Sommer gebar Elin ihr erstes Kind, einen fünf Kilo schweren Erben für Petterssons Königreich von zwölf Hektar oder den kleinen Teil des Königreichs, der nicht in den Klauen der Hypothekenbank steckte.

Es wurde eine schwere Entbindung, aber Elin kämpfte sich mit dem Mut der Verzweiflung durch und dachte mitunter zwischen den Wehen an Papa, an Abel ... Hart ist es, aber dies zu durchleiden hat wenigstens einen Sinn! Und um der Meinen willen will ich zeigen, daß zumindest ein Kind des verrückten Sam Gesundheit und Kraft im Leib hat und fähig ist, der Welt neues, lebendiges Leben zu schenken!

Wenn Ragnar nur Verstand gehabt hätte, sich etwas mehr über den Erben zu freuen, einen wohlgestalten und munteren Burschen, der ein Organ hatte wie Bergstedt vor dem Altar. Er hatte schräge Augen wie Großvater Samuel, und das war vielleicht nicht so gut, er wurde auf den Namen Eskil getauft nach dem prächtigen, dahingeschiedenen Großvater, wozu das auch gut sein mochte.

Elin mußte sich bald aus dem Bett bequemen: An eine Hilfe im Haushalt war ja nicht zu denken. Man konnte froh sein, solange man das tägliche Brot hatte.

Cecilia machte gerade eine sehr knappe Zeit durch, bekam aber auf seltsame Weise das tägliche Brot, als Erhörung von einem Gott, zu dem sie beinahe nicht mehr betete – wozu sollte es gut sein? Jetzt mußte sie ihren Kleinmut bereuen, als Onkel Benjamin in Kalifornien im Herbst zur kommenden Konfirmation seines Paten eine Summe Geldes schickte: Ich kann mir vorstellen, daß der Junge jetzt einen neuen outfit braucht, wo er zum Tisch des Herrn soll!

Es war ein großzügig bemessenes Geschenk und wurde zu einer hübschen Summe, als der große grüne Geldschein auf der Post umgewechselt worden war, so daß Cecilia Olsson für lange Zeit mit der Miete zufriedenstellen konnte. Darauf setzte sie sich hin, um den schwarzen Anzug aus Visby umzunähen, das unglückselige Kleidungsstück Samuels, das sie schon einmal für Abel umgenäht hatte. Das Jackett war grün vor Alter, ewig wie das Unglück und die Sünde, aber es half nichts, der Anzug mußte noch einmal herhalten. Daß Onkel Bens schönes amerikanisches Geld für feine Sachen und Tand für Benjamin hinausgeworfen werden sollte, war von Anfang an undenkbar.

Sie hielt mit Samuels Brüdern in Amerika losen Kontakt, besonders mit dem gutmütigen Wilhelm, aber sie scheute vor dem Betteln zurück, so lange es sich machen ließ. Es widerstrebte ihr, von Samuels und Abels schändlichen Krankheiten zu berichten, Lungenschwindsucht, das ging vielleicht noch an, aber ein verdunkelter Verstand, das war Schuld und Schande. Sie wehrt sich bis zuletzt, in den Briefen die Wahrheit zu sagen und der offenen Bettelei anheimzufallen.

Die Arbeit an dem Anzug wurde langwieriger als erwartet. Cecilias Augenlicht spielte nicht mehr mit, und an den Kauf einer Brille war ja nie zu denken gewesen. Es gab soviel, von dem Samuel geträumt hatte, aus dem nie etwas geworden war, glückliche Zukunft und schöner Pfarrhof und goldgeränderte Brille und weiß der Himmel was noch. Das meiste von großen und schönen Dingen konnte man gut entbehren, aber sie sehnte sich nach einer Brille, als sie jetzt mit müden, tränenden Augen dasaß und die Nähte auftrennte.

An Rebecka hatte sie keine Hilfe, sie war zu ängstlich, die Kleine, und zu fummelig mit ihren Händen. Sie konnte zur Not häkeln oder stricken, aber Näharbeit und Stickerei würde sie nie zustande bringen, das war offenkundig. Ungewiß war wohl auch, wozu sie überhaupt taugen würde, nur eines war klar, daß sie ihre große Angst durch das Leben mit sich tragen würde.

Belgien und Frankreich wurden jetzt überfallen, und an den Fronten fiel eine Generation junger Männer. Namen wie Tannenberg, Marne und Lemberg flammten in den Schlagzeilen empor, leuchteten einige Tage lang, wonach ihnen andere folgten. Es war Abels Generation, die auf den Schlachtfeldern Europas hingeschlachtet wurde. Er selbst starb einen langsamen Tod. Die Erinnerung an die Poesie begann zu verlöschen, je mehr die Zeit verging. Er verschloß seine Sinne gegenüber der Umwelt, er saß versteinert da und spähte nach innen, er sah nur auf das Nachtgewölbe der Seele, um dort die leuchtenden Himmelskörper der Dichtkunst wiederzufinden. Es war alles vergebens.

Nach und nach erloschen die Sterne in seiner Nacht.

Körperlich wächst er in diesen Jahren vom Jüngling zum Mann heran, während die Seele verdorrt und schrumpft. Kalt und hoch wölbt sich der Himmel über dem jungen Dichter von Väse, immer dunkler wird er jeden Tag, während die Sterne sacht verlöschen, einer nach dem anderen.

Die Jahre vergehen, und ein Jüngling wächst zum Mann heran, aber seine Seele verdorrt sacht und versinkt in Dunkelheit und Nacht. Langsam und unerbittlich verwandelt sich der junge Dichter in einen Irren.

22

Es war das Jahre 1915, der Krieg drehte sein blutiges Mühlrad. Neue Schlachtfelder flammten in den Schlagzeilen empor, loderten eine Zeitlang und erloschen von neuem. Man sprach von Gallipoli, Loos und Isonzo. Gott segnete siegreiche oder unglücksbeladene Waffen, auf die Dauer kamen alle zu kurz. Der Tod schwang seine Sense auf den Weiden und Feldern der Völker, der Krieg donnerte wie ein ständiges Gewitter. Aber die Leute in Väse wurden bald der Schlagzeilen überdrüssig und freuten sich darüber, endlich anständige Preise für Schlachttiere und Getreide zu bekommen. Mancher, dem es sehr eng geworden war, bekam jetzt Luft und konnte etwas für Zinsen und Amortisierung beiseite legen. Olsson und andere Begüterte segneten den Krieg und hielten im Goldregen, wo andere einen Löffel hinhielten, einen Scheffel hin. Die Trolle auf Berga hörten mit ihrem hungrigen Schreien auf und grunzten vergnügt wie Schweine im Stall. Es waren gute Zeiten in Väse.

Auch Elin sollte wohl das Glück leuchten, wo sie jetzt auf einem eigenen Hof saß mit einem Erben in der Wiege. Ja, behüte, wenn es nur nicht wegen Ragnars Gesundheit gewesen wäre, ausgerechnet als endlich gute Zeiten kamen, mußte der verschuldete Bauer krank werden. Zuckerkrankheit, sagte Doktor Lindberg. Und irgendwas am Herzen, aus dem ich nicht schlau werde. Das heißt Diät halten und sich keiner harten Arbeit aussetzen. Und dann heißt es sich still halten. Kurort oder Brunnenwasser hätte ich wohl verschrieben, wenn er Herrschaft gewesen wäre. Jetzt muß er schön auf der Bärenhaut liegen und es behutsam angehen lassen.

Leicht gesagt für Doktor Lindberg, diesen Grobian. Aber ein Bauer, der stillsitzt, ist kein Bauer mehr. Elin arbeitete für zwei, aber es wollte trotzdem nicht reichen. Eine einsame Frau reicht nicht aus für einen ganzen Hof, nein, das geht nicht. Wie sehr sie sich auch abrackert, es hilft nichts, außer Haus kommt sie allein nicht zurecht, da ihr von unserem Herrn nun mal keine Manneskraft verliehen worden ist.

Ragnar saß still am Küchentisch und schämte sich seiner Schwäche. Ein Unglück hatte ihn getroffen, aber auch eine Schande. Es ist die Ehre eines Mannes, für sich selbst geradezustehen, und ohne Ehre kann kein richtiger Mann leben. Ein Mann ohne Ehre sitzt Tag um Tag am Küchentisch, sieht seine beschäftigungslose Hand und stirbt langsam. Stück um Stück verwittert er, verliert seine Ehre und sein Ich, geht aus Angst vor den Blicken anderer Männer selten außer Haus. Hier sitzt ein Mann ohne Ehre und stirbt langsam, Tag um Tag.

Elin lief wie ein Wiesel ein und aus und versuchte für zwei oder noch mehr zu arbeiten. Als sie eines Morgens durch die Küchentür ins Haus rannte, wurde sie eines seltsamen Anblicks gewahr.

Der Mann ging so tastend unsicher über den Fußboden und stieß gegen Tisch und Stühle, als er den Weg hinaus zum Abtritt suchte. Merkwürdig vagen Blicks auch, als hätte er getrunken, Ragnar, ein Mann von solcher Mäßigung und krank außerdem. Sie erkannte auf einmal, im Schrecken hellsichtig, daß der Mann zu erblinden begann. Darüber hatte er nichts sagen wollen. Er hatte es schon so schwer mit seiner Ehre, er hatte genug an seiner Schande zu kauen. Er war ja ein beschäftigungsloser Bauer, ein Mann ohne Ehre. Er schämte sich seiner Krankheit, es widerstrebte ihm, von seiner Blindheit zu erzählen. Er ist ein Mann und hat nicht das Recht zu klagen.

Elin sah den gebeugten Bauern an den Wänden entlangtasten, still und ohne Klagen. Wie einen Axthieb ins Herz spürte sie die Liebe kommen. Sie hatten den Hausherrn geachtet und geehrt, der ihr Brot gegeben hatte, den Ehemann, der sie vor Gott und den Menschen zur Frau genommen hatte, den Mann, der ihr Kind gezeugt hatte. Jetzt sah sie den Kranken, der geduldig und schweigend seine Bürde trug. Jetzt erst fühlte sie, daß sie diesen Mann liebte.

Cecilia konnte ihr gelegentlich helfen, aber sie war auch durch Rebecka und deren ewige Gebrechen angebunden. Sämtliche Kinderkrankheiten mußte sie durchmachen und lag dann jede zweite Winterwoche mit Schnupfen, Ohrenreißen und Blasenkatarrh im Bett. Die Natur wollte Rebecka nicht behalten, sie aber auch nicht verstoßen. Das lief auf ewige Anfälligkeit hinaus, mal mehr, mal weniger, eine bleiche, großäugige, gepeinigte Schwäche.

Sie betete zu Gott, gesund und stark werden zu dürfen wie Elin, aber Gott hatte seinen eigenen Willen. Sie bat in ihrem Elend, sterben zu dürfen und mit Papa wiedervereinigt zu werden, dieser Sagengestalt der Erinnerung, aber auch das wurde nicht bewilligt. So setzte Rebecka ihr wundersames, schattengleiches Dasein fort, zwischen Leben und Tod taumelnd.

In einem Anflug grausamen Humors hatte es die Natur so eingerichtet, daß mit der Zeit eine schöne Frau aus ihr werden würde, das war schon jetzt zu sehen. Ihre Zerbrechlichkeit war grazil, ihre Blässe leuchtete, ihre ständig fieberheißen Augen waren glanzvoll blau. Cecilia betrachtete sie mit Unruhe: Wird sie hübsch werden, das Mädchen, zu allem anderen Elend noch dazu? Wird sie hübsch werden und ein Opfer der männlichen Treibjagd? Als hätten wir nicht schon genug Elend zu tragen!

Nein, sie hatten noch nicht genug vom Elend bekommen, ach nein, bei weitem nicht. Eine neue Prüfung kam, als Benjamin sich mit seinem Los nicht zufrieden zeigte, obwohl er Kleider auf dem Leib und das tägliche Brot hatte. Das war ein schwerer Schlag für Cecilia.

Sie hatte Rebecka mit Erkältung und Zahnschmerzen ins Bett gebracht, als Benjamin eines Sonntags zu Besuch kam. Nein, er war nicht vor den Bergtrollen ausgerückt, er kam mit gnädiger Erlaubnis von Emmaus Elofsson. Dennoch war da etwas, was ihn bedrückte, das bemerkte sie schon an seinem verlegenen Schweigen.

»Aber was ist mit dir?«

»Nichts Besonderes.«

»Ist dort drüben irgend etwas passiert?«

Nein, überhaupt nichts, das Leben auf Berga geht seinen normalen

Gang mit Plackerei und harter Arbeit und endlosen Predigten über die kostbare Tugend der Dankbarkeit von diesen Bergtrollen, die, verrückt vor Habgier und Bosheit, sich selbst zu Skeletten abhungern und die Matratzen mit Geld vollstopfen. So geht es normalerweise auf Berga zu.

»Bist du nicht mit dem zufrieden, was du hast?«

Benjamin warf der Mutter einen Blick zu, der sie ein wenig beschämte. Zufrieden? Sollte man damit zufrieden sein, daß man sich mit Emmaus Elofsson und seinen schrecklichen Geschwistern auf Berga einlassen mußte?

»Aber was willst du dann?«

»Ich will lesen.«

Sie sollte wohl nicht einfach losheulen, das alte Mensch, aber sie konnte nicht anders. Er will nicht arbeiten, er will lesen! Er auch! Würde Benjamin jetzt den gleichen Weg gehen wie Abel? Soll es denn nie ein Ende nehmen!

Und jetzt platzte Rebecka noch dazu hinein und fing in der Kammer an zu heulen und zu weinen, um die Last noch schwerer zu machen und auf ihre Weise zu sagen: Nein, Cecilia, du beladene Mutter, es ändert sich nichts, es nimmt nie ein Ende . . .

Aber Benjamin konnte Cecilia schon bald mit seiner stillen, ernsten Altmännerstimme beruhigen: Nein, Mama, es ist nicht so schlecht, wie du glaubst. Ich werde bei Emmaus bleiben, ich habe nicht vor, vor den Trollen auf Berga auszureißen. Ich möchte nur in freien Stunden ein bißchen zum Lesen haben. Dagegen haben sie nichts.

Sie ließ ihn in den Truhen herumwühlen, in denen sie Abels und Samuels nachgelassene Bücher und Papiere aufbewahrte, und er bekam die Fernlehrgänge und andere nützliche Dinge mit, aus denen sich etwas machen ließ. Auf Gedichte und Theologie war er zu Cecilias großer Erleichterung nicht so versessen. Vielleicht war es am Ende doch nicht so gefährlich? Vielleicht gab es Hoffnung für Benjamin? Er sprach freundlich und tröstend mit Rebecka, altklug väterlich im Ton, ein kleiner Sonderling der Vernunft in Meister Samuels Familie von Träumern und Irren. Vielleicht gibt es trotzdem Hoffnung, wenn er sich nur nicht allzu sehr auf das Lesen verlegt? Und wenn er sich nur mit seinem Los abfinden möchte, guter Gott!

Und Benjamin trabte mit seinen Büchern unterm Arm los, geduldig, still, zielbewußt, eins der Kinder des verrückten Sam und dennoch so anders. Ja, vielleicht trotzdem, vielleicht gibt es Hoffnung für Benjamin.

Wenn ich jetzt nur Rebecka gesund und munter bekommen könnte.

23

Sie hatten in dieser Zeit alle ihr Kreuz zu tragen, aber Maria lebte dort an der Volkshochschule in Molkom in einem ständigen Freudenrausch. Sie durchwanderte das Land der Bildung in einer Stimmung aus Andacht und Ekstase, die Studien machten ihr keine Mühe, gaben ihr nur eine Seligkeit ohne Grenzen, und das einzige, was sie belastete, war die Notwendigkeit zu schlafen und sich damit selbst kostbarer Arbeitszeit zu berauben. Sie las unersättlich, verschlang Bücher und nahm kritiklos die Verkündigung aus verblichenem Idealismus und Patriotismus mit roten Streifen frischgebackener Volksbewegungshoffnung an, sie entflammte für die Befreiung der Frau und ihr Recht auf Bildung, sie knüpfte schwärmerische Freundschaftsbande und spielte Königin Christina in einem historischen Tableau. Es war eine Zeit hochangespannten Glücks, und ihre einzige Furcht war, daß ihre Zeit bemessen war, daß die Schule eines Tages aufhören würde, daß alles bald so wie früher sein würde mit Großbacktag und Scheuerböden und den Unterhosen des Pastors ... Falls sie überhaupt zum Pfarrhof in Väse zurückkehren dürfte! Aber was sollte sie sonst tun ...

Die Gegenwart strahlte wie eine Sonne, und die Zukunft erschien dunkel wie eine Herbstnacht.

Aber sie unterdrückte die Angst mit Gewalt und lebte weiter in der Gegenwart, im Jetzt der Bildung und glückseligen Lernens, einer üppig blühenden Oase.

Sie schrieb einen Aufsatz über »Den Herbst«, der vor der Klasse verlesen und von dem alten Schwedischlehrer hoch gelobt wurde: Wahrhaftig, Maria hat eine dichterische Ader! Ein literarisches Talent von ungewöhnlichem Ausmaß!

Sie war zunächst völlig verwirrt vor Freude, spürte aber gleichzeitig eine Welle von Wehmut und Sehnsucht, die sie dazu brachte, sich selbst zu vergessen und von dem Verborgenen und Vergessenen zu sprechen.

»Oh, aber das ist doch gar nichts ... Dann sollten Sie erst mal sehen, Herr Doktor, was für Gedichte mein Bruder schreibt, Abel ...«

»Nun, das hört sich interessant an ... Ihn würde ich gern kennenlernen.«

In der Tiefe des Volkes Talente zu entdecken war eine der vornehmsten Aufgaben der Volkshochschule, und Doktor Montan war höchst interessiert. Aber das begabte Mädchen verhielt sich merkwürdig, errötete und murmelte und fertigte das Thema in aller Hast ab: Nein, Abel, das ist nichts, den kann man nicht treffen, er ist krank ...

»Krank? Ist es die Schwindsucht?«

»Nein, das heißt, er ist jetzt weg, er ist tot . . .«

Sie bereute ihren Verrat sofort, aber das Wort war gesagt und konnte nicht zurückgenommen werden. Tot, Abel? Tot! Nein, es war nicht wahr, nicht richtig wahr, noch nicht, aber die Dunkelheit hatte sich schon um seine Seele verdichtet, und die Sterne der Poesie erloschen langsam an seinem Himmelsgewölbe. Maria besuchte ihn, so oft sie eine Fahrgelegenheit nach Kristinehamn erhielt. Im Egoismus ihres Glücks hielt sie es für gegeben, daß der Eingesperrte sich genauso für ihre Studien interessierte wie sie selbst, und er schien auch aufmerksam ihren glühenden Erzählungen vom Paradies der Bildung zu lauschen. Daß er noch schweigsamer war als zuvor und schließlich völlig verstummte, darüber dachte sie nicht so sehr nach. In Blicken und Gesten hatten sie dennoch Kontakt.

Aber dann kam dieser Sonntag im September . . . Sie betrat den Krankensaal wie gewöhnlich und versuchte mit dem Blick all diesen anderen Verdunkelten und Verzerrten zu entgehen, sie grüßte und lächelte und strich dem Bruder über die Wange. Aber Abel war anders als sonst. Er sah sie mit Bitterkeit an, und dann stieß er mit rauher und fremder Stimme hervor:

»Aha. Ich sehe, daß ER auch dich erwischt hat.«

Darauf senkte er den Kopf, schloß die Augen und umarmte seine eigenen Schultern, als wollte er seine Schwester von seinem Körper aussperren, schweigend und in sich selbst versunken. Maria war erschüttert von seiner Feindseligkeit, und dies war das erste Mal, daß sie ihn als wirklich krank erlebte. Abel war nicht krank, als sie ihn einsperrten, dachte sie. Das war ein Übergriff und ein Irrtum, aber eines Tages würde alles zurechtgerückt und gut werden . . . Aber nichts wurde zurechtgerückt, nichts wurde gut. Und jetzt ist er dabei, völlig umnachtet zu werden, man kann nichts mehr tun, hier gibt es keine Rückkehr, keine Hilfe. Er ist einmal gesund gewesen, aber hier im Krankenhaus ist er schließlich krank geworden. Meinen Bruder kann man nicht sehen, er ist krank, er ist tot. Tot für die Welt, tot für die Seinen. Vielleicht ist er auch für seinen Gott tot.

Es war ein quälendes Ereignis, aber sie vergaß es bald im Paradies der Volkshochschule, im blinden Egoismus des Glücks.

Sie bemerkte selbst nicht, daß ihre Besuche beim Bruder immer seltener wurden, daß sie immer eine schlüssige und schwerwiegende Ausrede fand. Die Gegenwart strahlte für Maria wie eine Sonne, sie wollte die Dunkelheit um sich herum nicht sehen. Sie hatte nicht mehr die Kraft, ihren Bruder und sein Elend zu sehen. Sie hielt ihn schon für tot.

Für Abel brach die Dämmerung langsam an. Die heilsamen Quellen, die er einst besessen hatte, begannen jetzt zu versiegen, er vergaß seine Gedichte, eins nach dem anderen, sie blinkten ängstlich in der Nacht und erloschen dann an seinem Himmel. Er wurde eine Zeitlang unruhig und ruhelos, als er spürte, wie die Höllentreppe unter ihm immer steiler hinabführte, er suchte in der äußersten Not nach einem Ausweg. Im Krankenhaus-Journal kann man seiner langsamen Wanderung nach unten folgen, ständig weiter nach unten in die Kellergewölbe der Seele aus Versteinerung und Nacht. Dies war der zweite Herbst des Weltkriegs.

»31. August. Wiederholt unbegreifliches Zeug, sehr unruhig, jammert und ächzt, zeitweise unbeweglich und still.

30. September. War am 28. in und der folgenden Nacht sehr unruhig, ging umher, lärmte, führte Selbstgespräche, sang und lachte; unternahm am Tage einen Fluchtversuch. Erhielt dann 1 mg Trional. Danach still.

31. Oktober. Still, schweigsam.

30. November. Unverändert.

31. Dezember. Unverändert.«

Jetzt erloschen die Sterne an seinem Himmel, unerbittlich. Ein Himmelslicht nach dem anderen verdunkelte sich vor seinem spähenden Blick.

Jetzt wurde die Seele des jungen Dichters starr und düster. Immer steiler führte die Treppe hinunter in die endgültige Nacht.

24

Auch Grausamkeit wird zu Alltag und Gewohnheit für den, der nicht selbst sein Fell hinhalten muß, und in der Erinnerung der Leute von Väse unterschied sich das Jahr 1916 nicht von anderen Jahren, in denen die Weltgeschichte ihre waffenstarrende Wanderung zu Erneuerung oder

Untergang fortsetzte. Und die Kinder des verrückten Sam hatten wie gewöhnlich genug mit ihren eigenen Plagen zu tun.

Ein Schlag, der nicht unerwartet kam: Ragnar Pettersson starb am Neujahrstag und ließ Elin mittellos zurück. In der letzten Zeit der Krankheit, in der der starke Mann machtlos und blind war, hatte sie etwas mehr Einblick in wirtschaftliche Dinge bekommen, und der Schlag war nicht unerwartet, wenn auch hart. Es war nichts zu machen. Sie ließ für Eskil einen Erbschaftsverzicht erklären, fuhr dann mit dem Jungen zu Cecilia nach Hause und überließ es den Gläubigern, sich nach Belieben um die Erbschaft zu prügeln. Mit leeren Händen war sie in die Welt hinausgereist, aber sie kehrte nicht mit leeren Händen zurück. Jetzt hatte sie ein Kind auf dem Arm, und einen schlechteren Gewinn hätte man mitbringen können, das war jedenfalls Elins Meinung.

»Da sind wir, Mama!«

Und Elin lächelte, und willkommen sollte sie sein, auch wenn es mit dem Essen etwas knapp wurde. Aber hier in der Welt des verrückten Sam fand sich immer irgendein Ausweg, und Cecilias Gott konnte ja mitunter auch sanftmütig sein. Und das war auch das Gesegnete an Elin, daß sie sich im Leben nie unterkriegen oder niederschlagen ließ. Es kam vor, daß sie sich zurückzog und den Toten beweinte, einen Mann, den sie nur allzu spät kennen und lieben gelernt hatte. Sie zog sich zurück, die Erde öffnete sich unter ihr, ihr wurde an einem Abgrund schwindelig. Aber so konnte man nicht leben, sich nicht zurückziehen, nein. Und sie schneuzte sich in die Hand und trocknete die Augen an der Schürze, trampelte mit ihrer Holzlast ins Haus und zeigte der Mutter dann ein munteres Gesicht, der Mutter, der Schwester und dem Jungen: Jetzt nicht weinen und jammern! So wie wir in diesem Haus geweint und geheult haben, ist es wohl höchste Zeit, daß wir uns ein bißchen zusammenreißen! Und damit umarmte sie Cecilia, gab Rebecka trotz deren Erkältung einen schmatzenden Kuß und warf den Jungen in die Luft.

Aber dürftig war es und schwierig, von Elins Lebensmut allein zu leben, so daß es eine Erleichterung war, als sie im Frühjahr bei einem Straßenbau oben bei Hagfors Arbeit als Köchin fand. Weiber steckten die Köpfe zusammen, flüsterten und fragten sich: Geht es jetzt total mit ihr bergab, der Bäuerin? Eine so schreckliche Arbeit nimmt man doch nur in der äußersten Not? Ja, herrje, für uns Kinder des verrückten Sam hat das Faß keinen Boden, für uns heißt es nur danken und das nehmen, was wir kriegen. Und Elin schnürte ihr Bündel und trabte los, ruhig in der Zuversicht in Gott und in diese irdischen Mannsleute, denen sie so leicht den Kopf verdrehen konnte. Nach einer Viertelmeile wurde sie von einem Pferdefuhrwerk mitgenommen und zwischen Molkom und Sunnemo mit drei Heiratsanträgen und manch anderem Vorschlag bestürmt, aber das war ja nicht mehr, als sie erwartet hatte. Glücklich schnatternd und lärmend und lachend, so daß es in Berg und Tal widerhallte, zog sie aus dem Gesichtskreis Väses von dannen.

»Rabenmutter«, fauchten böse Weiberzungen im Dorf. »Und die will Witwe sein! Die hat sich nicht gerade die Augen ausgeweint!«

Man zerriß sich auch das Maul darüber, daß sie den Jungen bei Cecilia und der einfältigen Rebecka gelassen hatte, Menschen, die weiß Gott auch so kaum etwas zu beißen hatten.

Das war ein übereifriges und unangebrachtes Mitgefühl, da der Junge von Großmutter und Tante gründlich verwöhnt und mit Rosinen und Mandeln im Brei dick und rund gemästet wurde. Besonders Rebecka lebte davon auf, daß sie jemanden bemuttern konnte, und zwischen den beiden Frauen spielten sich verwickelte und grausame Eifersuchtsdramen ab. Aber dies war nur die Kehrseite des Lebens und der Liebe, und auf mancherlei Weise wurde es leichter, mit diesem kleinen Sultan im Häuschen zu leben, der – mürrisch und mit Zärtlichkeit übermäßig verwöhnt – über sein Serail herrschte.

»Es kommt mir vor, als hätten wir von Elin ein Geschenk bekommen«, sagte Rebecka, als sie lächelnd und vor Glück schielend das kleine Dickerchen auf dem Knie reiten ließ.

»Wenn sie nur nicht mit noch mehr Geschenken aus Hagfors ankommt«, seufzte Cecilia zu sich selbst.

Ja, ja. Um die Wahrheit zu sagen, so gingen im Dorf Gerüchte über Elins Lebenswandel als Köchin, und von dem, was gesagt wurde, war sicher nicht alles schmeichelhaft für ihr Ansehen als ehrbare Witwe.

Aber man weiß schließlich, wie Weiber in Väse daherreden.

Benjamin hatte mit den Trollen auf Berga in dieser Zeit seine Schwierigkeiten: Sie sahen ungern, daß er Karbid und Spiritus für unnützes Lesen verschwendete. Wenn Benjamin so schwach gewesen wäre wie Abel, wäre er einfach in Trauer und Schweigen versunken, aber Benjamin war aus anderem Holz geschnitzt. Er legte die Lehrbücher in den Buchdeckel von Wallins Postille und bekam damit einen guten Schutz mit einem goldenen Kreuz auf dem Umschlag: daß derlei Trolle abschreckt, ist ja bestens erprobt. Als Emmaus jetzt seinen struppigen Kopf zur Tür hereinstreckte, um wegen des Brennspiritus loszubrüllen, da blickte Benjamin mit einer leidenden und seelenvollen Miene auf und seufzte und sagte, daß eine stille Stunde in diesem Jammertal sehr wohltuend sei. Und Emmaus konnte sich dann nur räuspern und schnauben und mit eingezogenem Schwanz wieder verschwinden.

Seht, Gottes Wort hat trotz allem eine verwunderliche Macht, auch wenn es als Vorwand und als weißgekalkte Gruft über den Greueln der Gelehrsamkeit dient.

Jetzt kam Maria von der Volkshochschule nach Hause, ganz aufgeblasen vor Freude über ihre Triumphe und mit einem Beutel voller Buchprämien und Zeugnissen, die ihr eine glänzende Studienbegabung bescheinigten. Bergstedt blätterte ihre Papiere durch, zuckte die Achseln und sagte, er sei machtlos. Jetzt habe er seine Pflicht gegenüber den Kindern Meister Samuels erfüllt, er habe seine Pflicht getan und noch einiges mehr. Jetzt sei es hohe Zeit, daß Maria auf eigene Faust im Leben zurechtkomme.

Sah auf seine goldene Uhr, nickte, lächelte und schickte Maria dann hinaus.

Sie ging zu Cecilia nach Hause und setzte sich in den Holzschuppen, um eine Weile richtig zu heulen. Kein Studium und keine Zukunft, auch für mich nicht! Schweden will uns nicht haben, nicht Papa, nicht Abel oder mich, keinen von uns!

Dann schneuzte sie sich und dachte lange nach, tief verletzt, aber genauso zäh wie der Hauklotz, auf dem sie saß. Der Rotz lief ihr aus der Nase, sie grübelte und überlegte.

Am nächsten Tag war sie spurlos verschwunden. Cecilia ängstigte sich, Becka weinte, und Eskils kostbarer Magen geriet schrecklich durcheinander – das war ein Unglück! Aber was in aller Welt war passiert? Wo war das Mädchen geblieben? Wie der Schatten eines schwarzen Vogels ein grausamer Gedanke in Cecilias Seele – sie war doch wohl nicht in den Wald gelaufen, sie ebenso wie . . .

Aber den Gedanken wagte sie nicht zu Ende zu denken.

So schlimm war es jedoch nicht. Am dritten Tag kam Maria wieder zum Vorschein, wohlbehalten, wenn auch staubig und müde und zornig und mit wunden Füßen. Sie war den langen Weg nach Brattfors und zurück gewandert. Sie hatte Großvater Filip besucht und ihre Notlage erklärt. Der Alte war zunächst verwirrt – aber was in aller Welt willst du denn, Mädchen?

Es war das alte Lied: Ich will nicht arbeiten, ich will lesen! Maria wollte nicht länger als Magd dienen, sie wollte studieren. Einer von uns

Kindern muß es doch wohl probieren dürfen! Ich will auf das Seminar, um Grundschullehrerin zu werden, und du mußt so gut sein, Großvater, und mir Geld leihen!

Der gebrechliche Alte strich sich durch den Bart, dachte an seine geliebte Verblichene, dachte an die zehn Gebote Gottes und an das irdische Gebot, das besagt, daß jeder sich selbst der Nächste sei, dachte daran, daß er seine Sicherheit im Alter und derlei mehr wohl verdient habe. Darauf trennte er sein rotgestreiftes Kopfkissen mit einem Mora-Messer auf und blätterte neunhundert Reichstaler hin.

»Das ist alles, was ich entbehren kann«, sagte er. »Du kannst es mir zurückzahlen, sobald du kannst. Einen Schuldschein brauchen wir nicht auszustellen, das hier ist ja eine weltliche Angelegenheit.«

Maria gab ihm die Hand, bedankte sich und machte einen Knicks und rannte los, als wäre der Leibhaftige hinter ihr her. Sie hatte ein bißchen Angst, der Alte könnte es sich anders überlegen.

Hier stand sie nun und hielt ihr Geldscheinbündel hin, müde und verdreckt und zornig.

»Es sieht nach viel aus«, sagte sie. »Aber es ist verflixt noch mal nicht mehr, als daß es gerade reicht. Wenn ich einmal eine fertige Lehrerin bin, werde ich euch schon helfen können. Aber wenn ihr anfangt, von diesem Geld zu nehmen, gehen wir alle zum Teufel. Gnade Gott dem, der sich an meinem Geld vergreift!«

Fiel ins Bett und schlief zwölf Stunden.

Gesagt war gesagt, und niemand rührte ihr Geld an, obwohl Rebecka liebend gern Kandiszucker für Eskil gekauft hätte. Aber sie hatte gelernt, Marias Zorn zu fürchten.

Am nächsten Tag setzte sie sich mit Rebecka hin, schrieb auf Tütenpapier ein Konzept für ihr Einschreibungsgesuch auf und zählte ihr Geld immer wieder. Sie spürte manchmal einen Stich von Scham und Schuldgefühlen vor Rebecka, die dazu verurteilt war, hier bei Mama zu bleiben, zu kränklich und schwach, um da draußen in der harten, kalten Welt zu leben. Während ich anfange, mich aus dem Elend emporzuziehen . . . Aber ich darf nicht daran denken! Keinem einzigen unglücklichen Menschen ist mit meinen Schuldgefühlen gedient. Liebe brauchen sie und Kleider und Geld und etwas zu essen! Schuldgefühle können sie sich nicht aufs Brot schmieren oder in den Topf stecken. Und wenn ich erst mal Lehrerin mit einem Gehalt bin . . .

»Es ist merkwürdig«, sagte Rebecka, die ihren eigenen Gedanken nachhing. »Es ist schon sehr merkwürdig.«

»Was ist merkwürdig?«

»Wir fahren beinahe nie mehr zu Abel, um ihn zu besuchen. Es ist, als wäre er tot.«

Eskil jaulte in einer Ecke, aber sonst wurde es eisig still im Zimmer. Es stimmte ja, was sie sagte, Rebecka. Neues Leben ist ins Häuschen eingezogen, und jeder hat mit sich zu tun. Es ist entsetzlich lange her, seitdem wir ins Krankenhaus gefahren sind.

Es ist, als wäre Abel tot.

25

Diese entsetzliche Frage, die so selten ausgesprochen wird – warum fahren wir nie mehr zu Abel, um ihn zu besuchen?

Was soll man antworten? Daß man das Gefühl hat, es sei sinnlos, daß es einen außerdem traurig macht ... Ja, mitunter hat man schon das Gefühl, als ob Abel tot wäre.

Er ist so stumm und bleich und in sich selbst verschlossen, er antwortet nie mehr auf unsere Fragen, sitzt stumm und abgekehrt da, sieht nichts, hört nichts, sitzt nur wie versteinert da. Es ist jetzt sinnlos, das tröstende Spiel »Abel wird bald wieder gesund und kommt zu uns nach Hause« zu spielen. Das ist jetzt sinnlos. Wir sprechen darüber zwar nicht mehr miteinander, aber das Denken kann man ja dennoch nicht sein lassen. Und gelegentlich denkt man irgendwo tief innen den kalten Gedanken: Abel wird nie mehr gesund. Abel kommt nie mehr zu den Seinen zurück.

Zwei lange Jahre ist er jetzt schon im Hospital, und dort ist er vom Jüngling zum Mann herangewachsen. Zwei Jahre seines jungen Lebens. Worauf hatte er hoffen können? Daß er vom Geschlecht Luzifers »gesund« oder »an die Gesellschaft wieder angepaßt« genannt werden würde? Sich aber zum Wohlgefallen Luzifers zu verhalten, ließ sein Stolz nicht zu, er wählte Schweigen und Einsamkeit im eigenen Ich, die Einsamkeit mit der Poesie. Aber worauf konnte er in dieser stummen Einsamkeit hoffen? Konnte er glauben, daß der verborgene Gott sich eines Tages offenbaren würde, um ihm Hilfe zu bringen? Es sind aber keine äußeren Mächte durch die Wände des Irrenhauses eingedrungen, und bald beginnt auch die innere Hilfe zu versagen. Ein Gedicht nach dem anderen ist aus dem Gedächtnis getilgt worden, ein Stern nach dem anderen ist am Seelenhimmel erloschen. Jetzt sitzt er krampfhaft gespannt da, lauscht in sich hinein und versucht, die letzten Sterne an seinem Himmelsgewölbe lebendig zu halten. Aber sie keuchen und erlöschen, diese entfernten Lichter der Poesie, sie verlöschen jetzt sacht vor seinem inneren Angesicht. Ein Jüngling wächst zum Mann heran, ein junger Dichter in Värmland verdunkelt sich zu einem seelenlosen Körper, der auf einem Bett liegt, auf einem Stuhl sitzt, auf eine Hilfe wartet, die nicht kommt, vergeblich ein Gedicht zurückruft, das verklingt, der einen Stern nach dem anderen erlöschen sieht, und danach die Nacht der Vernichtung.

Seine letzten bewußten Gedanken flackern wie ein dünnes Talglicht: Ich bin jetzt vergessen. Von der Welt vergessen, von den Meinen vergessen. Von allen vergessen.

Ein letzter Gedanke keucht an der Grenze zur Nacht: Jetzt bin ich auch von meinem verborgenen Gott vergessen.

Dann erlischt das letzte Licht des Bewußtseins, und in diesem seelenlosen Leib ist alles ewige Nacht. Jetzt ist von dem jungen Dichter in Väse nur noch ein Körper übrig.

Er bekommt keine Hilfe, keine Pflege, keine Behandlung. Hier das Krankenhausjournal des Jahres 1916, des Jahres, in dem sein Körper volljährig wurde.

»31. Januar. Keine Veränderung.

29. Februar. Unverändert.

31. März. Keine Veränderung.

30. April. Gleicher Zustand.

31. Mai. Gelegentlich etwas unruhig, geht umher und nörgelt ein wenig. Einmal unsauber.

30. Juni. Gleicher Zustand. Nicht unsauber.

31. Juli. Unverändert.

31. August. Wie zuvor.

30. September. Wie zuvor. Bei zwei Besuchen von Mutter und Schwester war er still und unbeweglich, sprach nicht mit ihnen.

31. Oktober. Psychisch unverändert.

30. November. Psychisch unverändert.

7. Dezember. Unruhig. Unsauberkeit I. und II. Grades. In Abteilung 5 verlegt.«

Ein Jüngling wächst zum Mann heran, ein junger Dichter verwandelt sich in ein unsauberes Tier.

Jetzt erlöschen die letzten Sterne an seinem Himmel.

26

Draußen in der Welt herrschten Krieg und Revolution, aber die Leute in Väse erinnerten sich an das Jahr 1917, weil Pastor Bergstedt pensioniert werden sollte.

»Ich bin der erste, der das Pfarramt lebendig übersteht«, sagte er im Scherz, und die Leute in Väse lachten loyal. Das Pastorat war ja seit alters her fett wie Butter und reich wie eine Bischofspfründe, und vor der geistlichen Krise der sechziger Jahre des neunzehnten Jahrhunderts war es nicht ungewöhnlich, daß die Pastoren vor lauter Wohlleben starben.

Sonst war Bergstedt nicht scherzhafter Laune. Mit den Jahren war er ein wenig empfindlich geworden und lief oft mit Tränenwasser in den Augen umher, besonders wenn die Gemeindekinder ihm die Hand gaben und ihm für das dankten, was gewesen war. Es ist gut, sich dafür belohnt zu fühlen, daß man es weder an Pflichteifer noch an ständigem Einsatz hat fehlen lassen.

In dieser sanften und weichen Geistesverfassung suchte er Cecilia auf, um Lebewohl zu sagen und ein wenig von alten Zeiten zu plaudern. Meister Samuels Witwe war durch den Besuch sehr geehrt, und Rebecka bebte vor Spannung. Zum Glück hielt sie sich einigermaßen ruhig, und Bergstedt sah nicht die Anzeichen bebender Unruhe oder wollte sie nicht sehen, die Abels Schwester an den Tag legte.

Er sprach wehmütig von Samuel, von dessen großen Gaben und unglücklichem Schicksal, und Cecilia war für die Freundlichkeit so dankbar, daß es ihr nicht einfiel, ihrer Bitterkeit Luft zu machen. Sie saß dort mit einem leibhaftigen Pastor am Kaffeetisch und fühlte sich innerlich geehrt und stolz. Es war ein gutes Gefühl, wie in alten Zeiten ein bißchen was Besseres zu sein. Sie spürte in der Tiefe ihres Herzens, daß Bergstedt ein Ehrenmann und ein guter Christ war.

Sie wurde kühn durch alle guten Worte über Samuel und fragte schließlich, ob der Herr Pastor nicht einen Blick auf seine nachgelassenen Papiere werfen wolle, vielleicht auch auf Abels Gedichte. Bergstedt war mäßig amüsiert, konnte aber in dieser warmen Stimmung nicht gut nein sagen. Er wühlte unlustig in der großen Truhe mit Papieren und Büchern und war aus gutem Grund verärgert, als er einige Bände mit seinem eigenen Exlibris wiederfand, darunter die Schriften von Stagnelius in einem elenden Zustand, zerlesen und voller Flecken – einstmals eine Zierde seiner Bibliothek, die nur der Staubwedel berühren durfte. Die gute Stimmung war gestört, und er verabschiedete sich kühl.

Zu Hause angekommen, setzte er sich hin, um in den Manuskripten zu lesen; sie waren in winziger Handschrift verfaßt, kein Wunder bei dem ewigen Papiermangel Samuels. Es waren isagogische und dogmatische Studien, eine reichlich schwerverdauliche Lektüre. Die Studienzeit lag lange zurück, und Bergstedt hatte während seiner Zeit in Väse nie viel in seinen Büchern gelesen, er hatte mit seinem Pfarramt genug, wenn nicht übergenug zu tun gehabt. Abels Gedichte machten auf ihn einen teils unangenehm überspannten, zum Teil auch dunklen und fast unbegreiflichen Eindruck. Wenn man nicht schon vorher gewußt hätte, daß er geisteskrank war . . .

Der Pastor ermüdete bald und legte die Manuskripte für eine geeignetere Gelegenheit beiseite. Er wollte zu den Herrschaften auf Gut Hammar, um sich verabschieden zu lassen, und sah dem Fest mit Wohlbehagen entgegen. Ein emsiger Arbeiter im Weinberg ist er gewesen, und der Arbeiter ist seinen Lohn wert.

Cecilia bereute hinterher, daß sie den Pastor in Samuels Dingen hatte wühlen lassen. Schön dumm bin ich gewesen, daß ich einer Stimmung nachgab. Aufdringlich war es, in den Verstecken des Toten zu wühlen, ja, sie hatte fast das Gefühl, ein Sakrileg begangen zu haben. Und außerdem würde es wohl gelehrtere Leute als Bergstedt brauchen, um Samuels Papiere zu lesen, das hatte er früher selbst gesagt. Und die Bücher konnte Benjamin sicher brauchen.

Aber darin irrte sie sich, denn Benjamin stand der Sinn nicht nach Theologie und Poesie. Er feierte seine ersten gelehrten Triumphe in der Viehwirtschaft.

»Ich will nicht arbeiten, ich will lesen!«

Verhängnisvoller Hochmut, der Abel zu Fall gebracht hatte! Aber

Benjamin war ein listigerer und geduldigerer Studiosus als sein Bruder. Er erkannte sehr bald, daß ihm alles verweigert werden würde, was er auch von den Trollen auf Berga verlangte. Sollte er diese geizigen Ungeheuer um Bücher und Fernlehrgänge bitten? Schon der Gedanke war phantastisch. Dann war es schon besser, die Riesen so hinzubiegen, daß sie selbst von Benjamin Studierfleiß verlangten . . .

Nach und nach begann er, die blühende und rentable Landwirtschaft Olssons in den höchsten Tönen zu loben. Die Geschwister schäumten vor Raserei und Eifersucht, mußten dem Jungen aber widerwillig Recht geben: Olsson war ein Teufel darin, Mist in Gold zu verwandeln, zur Hölle mit dem alten Ziegenbock! Wie macht der Kerl das bloß?

»Sein Inspektor hat die Landwirtschaftsschule in Alnarp besucht«, sagte Benjamin. »Heutzutage braucht man Kenntnisse.«

Nun, wer zum Teufel konnte es sich leisten, Alnarp-Absolventen einzustellen? Wenn man mal fragen dürfe?

»So einen brauchen wir nicht. Das kann doch jeder, sich ein bißchen Landwirtschaftskenntnis aneignen.«

Jeder! Die Trolle auf Berga jedenfalls nicht. Sie waren eingefleischte Analphabeten, mißtrauisch gegenüber überflüssigem Lesen, vor Geiz schwerhörig und halbblind und verkrüppelt und krank und verrückt. Wie sollte es ihnen gelingen, auf ihre alten Tage zu studierten Leuten zu werden?

»Ja, dann weiß ich auch keine Lösung«, seufzte Benjamin und löffelte ergeben seinen Brei in sich hinein. »Dann werden wir wohl wie bisher weitermachen müssen.«

Es endete damit, daß die Bergtrolle bettelten und baten, er möge studieren. Mit dem Stall werden wir selber fertig, wenn du dich nur zum Lesen hinsetzt!

»Ich fühle mich im Stall am wohlsten«, sagte Benjamin. »Ihr müßt wissen, für Studien habe ich noch nie was übrig gehabt. Und Leute, die studieren, brauchen sehr gutes Essen.«

Emmaus drohte ihm Prügel an, wenn er nicht sofort die Mistgabel loslasse und sich sofort an die Bücher setze, und Elna bereitete dem Studenten des Hauses Rührei und Käsekuchen. Die Geschwister wühlten tief in den Matratzen und kauften ihm alle Fernlehrgänge, die für Geld zu kaufen waren.

So widmete sich Benjamin in angenehmem Tempo seinen Selbststudien und wurde von den geldgierigen Trollen wie ein Prinz umsorgt. Mit List und Geduld kommt man in der Welt weit, soviel wußte er jetzt.

Still, ruhig und zielbewußt arbeitete Benjamin sich auf dem langen Weg voran, der zu den Zinnen der Achtung führt.

27

Rund und rotwangig wie ein Apfel platzte Elin in ihren Alltag herein, von ihrem Wanderleben als Köchin unerwartet heimgekehrt. Die Freude war groß bei Eskil, bei Mutter und Schwester etwas bleicher und gezwungener. Cecilia und Rebecka sahen mit steifem Lächeln, wie der Junge seiner Mutter am Hals hing, gegenüber seinen verliebten Stiefmüttern treulos wie alle Männer. Aber Elin lachte nur und lärmte und platzte wie gewöhnlich los: Pfui Spinne, wie es hier aussieht, hier könntet ihr schon einen Mann im Haus gebrauchen . . .

»Benjamin kommt nur so schwer von seinem Hof weg. Und woher sollten wir sonst einen Mann nehmen?«

»Dann werde ich wohl zusehen müssen, daß ich einen herbeischaffe. Einen Schwiegersohn im Haus!«

»Ja, aber, liebe Elin!«

»Wie soll man lieb sein, wenn man hier sitzen und sich nach irgendeinem Hilfspastor sehnen soll! Verflixt, daß es in diesem Land so wenig Arbeit für Frauenzimmer gibt! Hoch mit dir, Kind! Nimm dich zusammen, Becka! Sonst fliegst du mit dem Müll auf den Misthaufen!«

Und so lärmte und tobte sie. Beinahe zuviel Leben in diesem stillen Haus. Aber der Junge strahlte vor Freude und erstickte fast vor Lachen, und auch Becka blühte eigentümlich auf. Ach, natürlich brauchen wir einen Mann im Haus, wenn ›Mann‹ Willenskraft und Leben bedeutet und vielleicht, daß hier und da ein wenig gemalt und getischlert wird. Aber Elin denkt sicher an was anderes, wenn sie so nach einem Mann im Haus schreit . . . Jaja, wir werden sie wohl nehmen müssen, wie sie ist, sie ist Wärme und Leben im Häuschen, auch wenn sie ein wenig leichtlebig ist und schmutzige Reden führt . . . Schmutzige Reden, wie bitte, was verlangt ihr denn? Soll ich vielleicht französisch parlieren? Für Bahnarbeiter Köchin zu sein ist nicht gerade ein Mädchenpensionat!

Man hat kaum Zeit zum Luftholen, dann will sie schon wieder los. Wenn es keinen Mann im Haus gibt, geht sie auf die Jagd, bis sie sich wieder einen neuen beschafft hat. Aber daß sie bei Månsson Haushälterin werden mußte, der in der Kornmühle in Väse arbeitet . . . Ja, an der Arbeit ist sicher nichts unrecht, die Familie Eriksson ist nicht wählerisch und ist es nie gewesen. Aber Månsson ist ein sanftäugiger Geselle, der in dem Ruf steht, ein Don Juan zu sein, und Cecilia denkt voller Angst an die Ehrbarkeit und den guten Namen ihrer übereifrigen und lebenswarmen Tochter.

»Ich werde mir den Kerl schon vom Leib halten! Ich kann euch doch nicht zur Last fallen! Wir werden sehen, ob ich irgendwann den Jungen zu mir nehmen kann, dann braucht ihr ihn nicht mehr zu füttern!«

Dann brauchen wir es nicht mehr! Cecilia und Becka tauschten Blicke. Den kleinen Eskil loszuwerden, den angebeteten Tyrannen, das war nicht gerade das, wonach sie sich sehnten. Die süßsaure und stickige Einsamkeit von zwei alleinstehenden Frauen hatten sie schon längst satt.

Elin ließ nichts von sich hören, aber den Jungen hätten sie trotzdem um ein Haar verloren, auf andere Weise und früher, als sie sich hätten träumen lassen.

Es war der Schöffe Olsson, gebeugt, hinkend und in der Macht ergraut, der eines Tages mit dem blankgezogenen Schwert des Jugendamts auf der Schwelle stand: Hier ist eine Inspektion fällig! Hier muß von Amts wegen gründlich erkundet werden, inwieweit der unmündige Knabe Eskil Pettersson eine annehmbare Pflege genießt oder ob er von den hier lebenden Frauenspersonen getrennt werden muß, um in einem Waisenhaus untergebracht zu werden! Die Mutter führt ein nichtseßhaftes Leben und dürfte nicht den besten Lebenswandel an den Tag legen, und von der Tochter des Hauses heißt es, sie sei kränklich und ziemlich überspannt. O ja, hier muß mal gründlich nach dem Rechten gesehen werden!

Sie baten ihn knicksend ins Haus, und Olsson schlurfte herum und inspizierte, bis er ein langes Gesicht bekam wie ein Ziegenbock. Das Haus war blitzsauber wie eine Puppenstube, der Junge gut gekleidet und rund wie ein Käse, Cecilia und Rebecka benahmen sich still und ruhig und führten eine Menge christlicher Reden auf den Lippen.

Es war wie verhext. Dieses Haus könnte nicht einmal der Teufel selbst als ungeeignet für den Jungen hinstellen! Olsson wurde dunkelrot und ächzte vor Zorn, lehnte sowohl Kaffee wie frischgebackenen Kuchen ab und schlurfte mit leeren Händen nach Hause. Das waren vielleicht listige Weibsbilder!

Elin hatte natürlich durch einen ihrer unzähligen Verehrer von der Inspektion Wind bekommen und rechtzeitig vorgewarnt. Cecilia und Becka waren bestens vorbereitet.

Über diese Inspektion wurde im Dorf gelacht und gezürnt, aber das

Thema mußte einer größeren Neuigkeit weichen, als Bergstedt Knall und Fall an einer Gehirnblutung starb. Auch er durfte sein Pastorenamt nicht lebend verlassen.

Cecilia war durch die Todesnachricht aufrichtig ergriffen. Sie legte an schwarzer Kleidung an, was sie besaß, und machte sich auf den langen Weg zum Pfarrhof, um zu kondolieren.

Ah ja, das sei ja sehr aufmerksam.

Und bei der Gelegenheit wollte ich fragen, ob ich Samuels Papiere zurückbekommen könnte.

Papiere, was denn für Papiere? Dieses Zeug konnten wir doch nicht aufheben. Und soviel Anstand sollten Sie doch wohl haben, Frau Eriksson, unsere Trauer zu respektieren und nicht wegen solcher Kleinigkeiten Radau zu machen.

Weg waren sie für Zeit und Ewigkeit, diese Früchte von Samuels schweren und gelehrten Mühen. Weg waren Abels Gedichte.

28

Fern vom Elternhaus ging Maria stolz den Sternen entgegen. Sie hungerte unter dem kalten Himmel der Krisenzeit, der Notzeit, sie schlief fast gar nicht mehr, aber in ihren Studien im Seminar triumphierte sie. Ganz allmählich begann sie, einen kritischen Verstand zu entwickeln, hielt manchmal im Lehrbuch inne und fragte sich – kann dies wirklich wahr sein? Aber so etwas meinen sie doch nicht im Ernst? Warum wollen sie uns dazu bringen, das zu glauben?

Was war es, was Abel damals gemeint hatte? »Wie ich sehe, hat Er dich jetzt auch erwischt.« Verwirrte Worte, wie ich damals glaubte, aber vielleicht hat er nur gemeint, daß ich damals ein Gefangener dessen war, den er den Weltenfürsten nannte, der Macht, der herrschenden Meinung. Ja, es war an der Volkshochschule, als ich so blind alles glaubte, was man mir sagte. Luzifer und der Weltenfürst, ich erinnere mich nur dunkel an das, wovon Abel in früheren Zeiten gesprochen hat. Aber es lag eine Wahrheit hinter all seinen Mythen und Symbolen. Es gibt eine herrschende Lüge in der Welt.

Maria aber behielt ihre Zweifel für sich. Niemals würde sie diese kostbare Möglichkeit zu studieren aufs Spiel setzen, niemals im Leben. Und sie tröstete sich mit dem schönen, trügerischen Gedanken: Schon bald bekomme ich eine Stellung im Leben, dann kann ich nach Herzenslust kritisieren! Aber nur nicht jetzt, das ist viel zu gefährlich...

Wenn sie gelegentlich nach Hause kam, erlebte sie sehr stark das Stickige und Sterile in der Atmosphäre, die Mama und Becka um sich geschaffen hatten. Sie pflegten noch den Familienjargon aus der Zeit des Vaters, wir sind was Besseres und wir haben bessere Tage gesehen, sie warfen mit Zitaten und Fremdwörtern um sich, die sie nicht immer verstanden. Es war nur eine beklemmende Halbbildung, ein Trost in der Not, ein Schutz gegen die herablassende Verachtung des Dorfes. Aber Maria empfand und begriff erst jetzt, wie zerbrechlich dieser Schutz war. Sie empfand Beklemmung vor der Familie und ein kleines bißchen Verachtung. Wahrlich, sie hatte sich eine Dosis Wissenshochmut auf dem Seminar angeeignet, und es fiel ihr schwer, wie zuvor mit den Ihren umzugehen und zu sprechen, schwer, den rechten Ton zu finden.

Ihre Lieben zu verachten, die eigene Mutter und die kleine Schwester zu verleugnen, Rebecka, die zu krank und zu arm war, um zu studieren... Das war unschön, das war Schuld und Schande jenseits aller Beschreibung. Sie tröstete sich mit einem heiligen Versprechen, ihnen zu helfen, sobald sie das Examen bestanden und Arbeit und Einkünfte hatte, ja, alles wird einmal gutgemacht werden, alles wird einmal gut werden... Wenn ich nur mein Examen habe, wenn sie nur ein wenig warten können, nur nicht gerade jetzt!

»Wie geht es Abel?« wollte Cecilia wissen.

»Wem?« sagte sie idiotisch, vor Schuldgefühlen und Scham rot werdend.

»Abel! Du gehst doch manchmal hin und besuchst ihn?«

Ein entsetzlicher Verdacht ergriff sie, als sie ihre Tochter ansah.

»Aber Herrgott, Mädchen, du besuchst doch wohl deinen eigenen Bruder!«

Eine natürliche Frage, könnte man meinen! Maria besucht das Seminar in Kristineham, und ihr Bruder liegt in derselben Stadt im Hospital. Daß sie es Lehrern und Kameraden nicht so gern erzählt, das kann man schon verstehen, aber sie könnte doch nach ihrem Bruder sehen, worum wir sie so sehr gebeten haben...

»Abel geht es gut«, sagte sie hastig. »Es geht ihm jetzt viel besser.«

»Inwiefern besser?«

»Auf jede erdenkliche Weise! Der Doktor glaubt, er kommt bestimmt wieder nach Hause... Nach einiger Zeit.«

Es wurde still im Zimmer, sie wagten einander nicht anzusehen. Marias Lüge war zu offenkundig. Abel in jeder erdenklichen Hinsicht besser . . . Ach, sie wußten es besser, sowohl Cecilia wie Rebecka. Sie wußten, daß Abel nie mehr nach Hause kommen würde.

Dagegen sahen sie nicht ein oder wollten nicht einsehen, daß Maria ihren Bruder während des ganzen Semesters nicht besucht hatte. Sie hatte ihren Fuß nicht ins Hospital gesetzt, sie hatte ihn überhaupt nicht gesehen.

Das war ein großer Verrat, aber es half nichts, sie hatte nicht mehr die Kraft, sie konnte diesen Körper nicht ansehen, der ihr Bruder gewesen war.

Abel hatte sich so schauerlich verändert.

29

Das Jahr 1918 brach an, mit Unruhe und Notzeit und Nahrungsmangel, am schlimmsten für diejenigen, die am meisten brauchten. Elin stand auf Beinen, die fast den Dienst versagten, nach Kartoffeln an, Cecilia und Rebecka hungerten sich zu Schatten, um Eskil dick und rund zu halten. Dem Jungen ging es gut, er tanzte nach Herzenslust seinen Stiefmüttern auf der Nase herum, aber er sah seine Mutter wohl nicht so oft, wie wünschenswert gewesen wäre. Ob zuviel Lebenslust oder zuwenig, die Kinder des verrückten Sam konnten wohl nie maßhalten. Elin hatte Månsson zwar den Kopf verdreht, diesem Weiberhelden, aber es hatte sie auch selbst schwer erwischt. Diesmal fiel es ihr jedenfalls schwer, bei einem Mann ihren Willen durchzusetzen. Er zögerte angesichts der goldenen Fessel, Månsson, und einen so scheuen Vogel wie diesen Charmeur jagte sie mit brüsken Forderungen nach Heirat und einem ehrbaren Ehenamen ungern in die Flucht. Noch einmal brennt sie in einer großen Verliebtheit, unsere warme, lächelnde Schwester, und dagegen läßt sich überhaupt nichts machen. Sie ist, wie sie ist! Aber auf einen besseren Kavalier als diesen Månsson hätte man vielleicht hoffen können? Und so wie die Klatschbasen des Dorfes sich das Maul zerreißen . . . Ach ja!

Sie ist, wie sie ist, meine Tochter, und das Leben wird, wie es wird, oder so, wie Gott es in seinem unergründlichen Ratschluß bestimmt. Am besten, sich allem zu unterwerfen und nicht zur Unzeit zu klagen. Am besten, sich zu fügen und sein gegebenes Los zu akzeptieren.

Cecilia sinnt über ihre teuer erkaufte Resignation nach, als sie eine Runde um das Haus dreht und sieht, wie sehr es zerfallen ist: Ja, Elin hat schon recht, hier wäre ein Mann im Haus nötig. Zehn Jahre, seitdem

Samuel dahingegangen ist, und vier Jahre, seitdem Abel ... Und Benjamin fällt es ja so schrecklich schwer, von den Trollen auf Berga loszukommen ... Ach ja. Ein neuer roter Anstrich wäre nötig und hier und da neue Fensterscheiben, das Dach könnte ein paar neue Schindeln vertragen, und der Schornstein ist undicht, und der Fußboden in der Küche fault. Ja, ja. Einen neuen Frauenkörper würde ich wohl auch gebrauchen, jetzt, wo ich schon fünfzig Jahre alt bin. Einen neuen Körper zum Arbeiten zumindest, eine andere Verwendung habe ich wohl nicht für das Fleisch, seitdem mir Samuel genommen worden ist. Trotzdem ist es schwer, allein zu sein, sehr oft. Und das letzte Mal, als er meine Umarmung suchte, in jener Nacht, und ich habe ihn einfach weggestoßen. Das vergesse ich nie. Gott verzeiht mir vielleicht diese Sünde. Mir selbst verzeihe ich nie.

Aber Gott verzeiht! Das ist vielleicht schon genug. Ein vergebender Gott, wie hätte ich ohne ihn leben sollen, ohne Hoffnung auf Erhörung und Hilfe? Mit Samuels dunklem Gottesglauben hätte ich nicht lange leben können.

Wenn ich jetzt nur Rebecka bis zur Konfirmation bringen könnte, sie ein wenig munter und froh bekomme und stark genug, ihren Lebensunterhalt zu verdienen ... Dann würde ich Gott um ein großes und warmes Bett bitten, in dem ich bis zum jüngsten Tag schlafen könnte. Darum würde ich so innig bitten, du lieber, guter Gott.

Hörst du mich, Samuel, hörst du meine Gedanken? Wenn du mich siehst und hörst, du Lieber, dann versuch zu verstehen und zu verzeihen, daß ich deinen Glauben nicht teilen konnte. Ich habe dein grausames und Angst einjagendes Bild von Gott gesehen und bin erschreckt zurückgezuckt. Auf deinem Weg konnte ich dir nie folgen, Samuel, auf deinem Weg in Zweifel und Spekulationen. Niemals hätte ich ohne meinen Glauben an einen guten und verzeihenden Gott überlebt. Ich verstehe seine Wege mit meinem Leben nicht, aber ich frage nicht und klage nicht an. Ich beuge mich und durchleide seine Züchtigung, so gut es geht. Und solange ein Mensch mich braucht, will ich mich allem unterwerfen und alles durchleiden und überleben.

Solange Benjamin, solange Rebecka mich brauchen ... Aber sie, mein armes Kind, sie wird wohl nie auf eigenen Beinen stehen, sie braucht mich für alle Zukunft, wie es scheint. Und wie soll sie es schaffen, alle Ekstasen der Konfirmation bei vollem Verstand zu überleben? Wenn sie sich nur nicht alles so zu Herzen nähme, wenn sie nur selbst zurechtkäme und ein eigenes Leben lebte, wenn ich wegen Rebecka nur sicher und vertrauensvoll sein könnte. Dann würde ich mich zur Ruhe begeben und tausend Jahre schlafen.

Aber das geht ja nicht. Ich werde noch lange nicht schlafen dürfen.

Und Cecilia geht hinein, um ihre Tochter zu trösten, die über Christi Leidensgeschichte hilflos weint, weint, wie eine junge Frau über den Tod ihres Geliebten weinen kann.

Da sitzt sie nun auf dem Sofa, traurig und abgekehrt wie einst Samuel und Abel. Ich werde noch lange überleben müssen, noch ist da jemand, der mich braucht. Ich kann mich noch lange nicht zur Ruhe begeben und tausend Jahre lang schlafen.

30

Maria kam zu den Sommerferien nach Hause, blaß und erschöpft vom Lesen und voller Unlust bei der Aussicht auf das Elternhaus und Väse. Sie regte sich über den Gesprächston zwischen Mutter und Rebecka auf, über die überspannte Frömmelei und den leeren Bildungshochmut. Sie ärgerte sich über Elins dicken und verwöhnten Bengel. Sie regte sich über Elin auf, die die Familie durch das Zusammenleben mit einem notorischen Weiberhelden wie Månsson in Verruf gebracht hatte. Daß sie sich nie zusammenreißen kann!

Die beiden Schwestern sind sich äußerlich wohl ziemlich ähnlich, obwohl Elin blond ist und Maria dunkel. Sie haben beide freigebig runde Formen, besitzen den glatten Teint des Vaters und seinen weichen, leicht schrägen Blick. Maria hat eine Art, die Unterlippe vorzuschieben und zu schmollen, was die jungen Männer verwirrt und begehrlich macht, aber sie verbirgt meist ihre weiblichen Reize. Verbissen keusch, um ihre kostbare Studienlaufbahn nicht zu riskieren, geht sie oft leicht gebeugt und krumm, als wollte sie die Früchte ihrer Weiblichkeit verbergen, und wenn sie sehr müde ist, bemerkt man das leichte Hinken und die Verkrümmung in der Hüfte, die sie sich als Kindermädchen auf Bäckäng zugezogen hat. Aber hübsch anzusehen und angenehm ist sie schon, Maria, in ihren besten Stunden, sie ist durchaus nicht unempfänglich für die Blicke der Männer und manchmal auch ein wenig eifersüchtig auf ihre ungezwungene Schwester.

Maria hätte sich vielleicht während der Sommerferien als Magd verdingen sollen, um ein wenig zum Lebensunterhalt beizutragen, aber sie war all der Demütigungen so herzlich überdrüssig, die sie in der Hinsicht schon erlebt hatte. Mit verbissenem Zorn machte sie sich daran, hier zu Hause zu waschen und aufzuräumen, alles, um die fragenden Blicke der Mutter abzuwehren. Nötig ist es weiß Gott! Mama sieht den Dreck nicht mehr, und Rebecka redet nur dummes Zeug und seufzt über das teure Blut Jesu. Dreck und Verfall!

Sie blieb sitzen und wühlte in der Truhe mit den nachgelassenen Büchern und Papieren Papas. Sie war ja beinahe leer?

»Wo sind Papas Abhandlungen geblieben? Und Abels Gedichte?«

Cecilia versuchte zu erklären, aber Maria explodierte sogleich vor Zorn. Sie nahm Papas Tagebuch mit und stapfte in den Wald hinaus, um mit ihrem Zorn und ihrer Trauer allein zu sein. Die gelehrten Schriften Papas und Abels Gedichte! Keine Pietät, nicht für einen Pfifferling! Das sieht ihr ähnlich, so kostbare Erinnerungen einfach wegzugeben!

Sie stopfte eine Waldhimbeere in den Mund, lutschte daran und schob die Unterlippe vor. Wenn ich in meiner Einsamkeit jetzt mal ganz ehrlich bin – war es nicht am besten so, wie es geschah? Der kluge und gelehrte und gebildete Papa, das ist vielleicht nur eine Erfindung wie alles andere, Lebenslügen und Illusionen, von denen man sich mangels besserer Dinge ernähren kann. Papa und Abel, vielleicht nichts weiter als ein paar unglückliche Dorfgenies, die wir in unkritischer Bewunderung in den Himmel gehoben haben. Auch gut, daß ich das Zeug nicht zu lesen brauche und mich meiner Familie nicht schämen muß.

Das Tagebuch war noch da, Papas Tagebuch aus Fardhem, das auch anderen Zwecken gedient hatte. Da waren Liedtexte zu Gassenhauern, die Elin aus dem Gedächtnis hingekritzelt hatte, aber auch ernstere Dinge, Kirchenlieder und Gedichte.

»Näher, mein Gott, zu Dir«, das mußte von 1912 sein, als die Titanic unterging. Und sie erkannte ihre eigene Handschrift in einigen kurzen, nur halb begreiflichen Notizen wieder. Wie in dieser: »Heute ist mein großer Bruder Abel nach Hause gekommen. Wir möchten keinen von ihnen, unseren lieben Geschwistern, missen . . .«

Das war alles, abgebrochen und rätselhaft.

Vielleicht lag die Erklärung in diesen Zeilen von der Hand Elins: »Unser kleiner Bruder Abel ist jetzt bei Onkel Gustaf dort im Osten. Ich glaube nicht, daß es ihm gut geht, aber darüber schweigt er sicher, das sieht ihm ähnlich. Schwester Elin.«

Nur ein paar Zeilen, dennoch eine Zauberformel, die einen Abgrund öffnete.

Und hier ist auch der Text zur »Brautfahrt nach Hardanger« von

Mama auf norwegisch aufgezeichnet. Das hat sie wohl irgendwann gemacht, als sie Schweden satt hatte und sich nach Hause sehnte.

Und überall Gedichte von Abel, kurze lyrische Ausbrüche, Skizzen und Fragmente. Sie las und las mit zunehmender Verwunderung. Das war wohl nicht gerade das, was man auf der Volkshochschule und im Seminar Poesie nannte, es war bald altertümlich und feierlich goldglänzend wie ein Altarbild, bald unklar und zerrissen, aber dennoch eigentümlich erschütternd.

Vielleicht war Abel trotzdem ein richtiger Dichter . . .

Und hier Papas Tagebuch von Gotland.

»Eine sehr starke Sehnsucht nach meiner Frau und nach meinen kleinen Kindern gefühlt. Fühle mich sehr arm im Geiste. Der Herr helfe mir.«

Ihre Augen flogen über die Seiten dahin. Sie las von seiner Liebe zu den Seinen, von seinen Mühen in seinem Beruf, von Predigten und Kindstaufen, von Studien und Meditationen. Vor ihren Augen wuchs ein Bild des Vaters empor, ein Bild eines zartfühlenden, empfindsamen und denkenden Menschen, der etwas aus seinem Pastorenberuf und seiner versteinerten Kirche machen wollte, der seine Familie liebte und ihr wohl wollte.

Und sie verglich dieses Bild mit der Erinnerung an den verrückten Sam, den Mann, den man wie ein gefesseltes Stück Vieh auf einem Heuwagen nach Hause gekarrt hatte.

Was haben sie eigentlich mit meinem Vater gemacht? Und was haben sie mit Abel gemacht, meinem Bruder?

Und ich bin hochmütig gewesen und ungeduldig mit Mama und Becka wegen ihrer romantischen Träume und Erinnerungen an den feinen und gebildeten Papa. Aber in der Wirklichkeit ist er ja all das gewesen, woran sie im Traum denken, all das ist er gewesen und mehr dazu.

Und all dieses Leid . . . Wir suchen eine Ursache und einen Zweck für alles große Leiden, ein *Weil* und ein *Um zu,* aber wie soll man das erklären, und wozu dienten ihr Elend und ihr Tod? Schweden will uns nicht, die Menschen wollen das Geschlecht der Propheten bis ins siebte Glied ausrotten . . . Nein, das ist ein unangemessener und vermessener Gedanke. Und zu welchem Zweck? Es gibt keine Erklärung, alles ist nur sinnlos und grausam.

Wahrlich, Papas und Abels Spekulationen über Luzifer und den verborgenen Gott waren eine ebenso gute Erklärung wie viele andere. Ich werde sie mit mir tragen, das Leben hat noch so viel zu bieten, und man soll seinen irdischen Tag erst dann loben, wenn die Sonne untergegangen ist.

Waren sie krank, Papa und Abel? Soll ich mir selbst eingestehen, daß eine Krankheit in der Verwandtschaft liegt, soll ich auf die Ehe verzichten und nie einen Sohn zur Welt bringen, aus Furcht, dieses Elend als Erbe weiterzugeben? Oder soll ich das Leben im Glauben bejahen, daß diese beiden gesünder waren als viele andere, Träger einer Kraft und Gesundheit, welche die Menschen nicht aushalten konnten?

Papa, Abel, meine Toten und Lieben, nie vergessen, nie verleugnen.

Aber leben will ich, leben und ihr Andenken ehren.

31

So vergingen die Tage des Sommers, und schließlich geschah das, worauf sie mit zunehmender Unruhe gewartet hatten – Elin kam nach Hause.

Kam mit ihrem Bündel in der Hand, ein wenig blaß um die Nase und mit schwerem Gang, kam und setzte sich ohne Umschweife auf das Küchensofa.

»Verflixter Kerl, hat sich einfach aus dem Staub gemacht«, sagte sie. »Was soll man dazu sagen? Wenn man einen Kerl nicht länger am Kragen packen kann, dann kann man genauso gut wieder Jungfrau werden . . .«

»Es ist wohl soweit«, fuhr Maria die Krallen aus.

»Ja, es ist soweit . . .«

Elin nickte, lächelte und schlug sich auf den Schenkel. »Dabei habe ich nichts anderes getan als das, wozu Gott mich geschaffen hat . . . Aber es ist schon merkwürdig, wie nachtragend unser Herr gegenüber dieser Familie ist . . .«

Schlug sich auf den Schenkel und brach in Tränen aus.

Cecilia brachte den Jungen in aller Hast hinaus, und Maria und Becka fielen der großen Schwester um den Hals: Elin, du Lebendige und Warme, du sollst doch nicht traurig sein, du am wenigsten von allen! Es gab Tränen und Versöhnung, aber Elin nahm sich schon bald wieder zusammen, schneuzte sich und legte mit gewohnter Energie los: Wo habt ihr denn den Kleinen? Und was habt ihr mit dem Burschen gemacht? Wollt ihr ihn schlachtreif mästen? Ihr lebt hier in der Einsamkeit so eurer Sehnsucht, daß ihr völlig verrückt werdet!

Es war wie ein Segen, von Elin ausgeschimpft zu werden, jetzt war sie wieder ganz die alte.

Aber später, nach dem gewöhnlichen Großreinemachen und Hantieren, als sie sich hinsetzten, um sich ein wenig mit Kaffeeklatsch zu trösten, kam Becka mit der unvermeidlichen Frage.

»Warum fahren wir nie Abel besuchen?«

Was soll man antworten? Vielleicht, wie Maria ihrem Lehrer sagte: Mein Bruder ist tot, es gibt ihn nicht mehr, unseren Abel. Der, den wir im Krankenhaus sehen, ist ein anderer als Abel, so schrecklich verändert, nur ein seelenloser Körper.

Aber darin irrte sich Maria. Der Dichter, der Abel, an den sie sich von früher erinnerten, war schließlich zurückgekehrt. Eine unbekannte göttliche Macht entzündete von neuem sein erloschenes Gehirn und gab ihm einen letzten Widerschein vom Licht der Poesie.

Aber da war es schon zu spät.

»30. September 1918. Patient unruhig und redselig, rezitiert laut unbegreifliches Zeug. Am 22. in Abteilung 11 verlegt. Bekam hier am 24. hohes Fieber. Am 27. wurde auf der rechten Seite Rippenfellentzündung festgestellt. Punktion ergab hämorrhagisches Exsudat mit zahlreichen Lymphozyten. Sehr unruhig.«

Ich singe für euch aus dem Feuer, also lauscht, bevor ich verzehrt werde!

»31. Oktober. Den ganzen Monat Temperatur. Der Patient wurde am 5. in den Männerpavillon verlegt. Schlechter Allgemeinzustand, worauf er Anregungsmittel erhielt. Sprach viel, aber unzusammenhängend. Erhielt zwei Kampferspritzen. Darauf 5 Tage lang täglich dreimal eine Digitalistablette, darauf zweimal Koffeinpulver à 0,25, gleichzeitig die ganze Zeit Grippepulver mit dreimal täglich 0,20 Kampfer. Nach Besserung des Pulses und des Allgemeinzustands geringere Dosierung der Anregungsmittel und schließlich Absetzung. Als es dem Patienten am schlechtesten ging, waren über der linken Lungenspitze Geräusche zu hören sowie über der Herzspitze am Brustbein. Diese Phänomene hielten sich einige Tage, verschwanden aber darauf. Erneute Punktion, Exsudat wie oben. Allmählich verbesserte sich der Allgemeinzustand immer mehr, und gegen Monatsende fühlte sich der Patient ziemlich munter. Mit einem Mal sehr gesprächswillig. Spricht lange, schwer begreifliche Tiraden zu jedem, der zuhören will.«

Oh, gib mir körperliche Gesundheit, jetzt wo ich das Licht der Sterne zurückgewonnen habe und von neuem dichten kann, hört mir zu und versucht zu verstehen . . .

»11. November. Patient zu Anfang des Monats sehr unruhig und redselig. Am 7. wieder Verschlechterung. Puls sehr schwach. Punktion und Exsudat wie oben. Patient erhält wie zuvor Anregungsmittel, es scheint ihm an einem Tag besser zu gehen, dann wieder schlechter. Stirbt am 11. November um 11 Uhr vormittags ruhig und still, ohne eigentliche Vorboten des Todes.«

Luzifer war seines Opfers endlich überdrüssig geworden. Abel Eriksson, der unbekannte Dichter aus Väse, starb mit 23 Jahren. Seine Gedichte waren schon seit langem verbrannt oder mit seinem verlorenen Gedächtnis ausgelöscht.

Ungesehen lebte und starb ein junger Dichter in Väse.

Aber der Weltenfürst war nicht satt und zufrieden, und die Menschen auch nicht. Mit blanken, hungrigen Augen sahen sie sich nach neuer Beute um.

32

Nach dem einfachen Begräbnis versammelten sie sich zu Hause und zählten die Häupter ihrer klein gewordenen Schar. Zuerst Papa, dann Abel . . . Und dann? Wen werden sie als nächsten umbringen? Becka, in Tränen aufgelöst, Mama, schwarz gekleidet und versteinert, Benjamin in dem längst zu kleinen schwarzen Anzug . . . Wer wird es sein?

Sie haben sich versammelt wie gejagte Tiere in einem Bau, und da draußen wartet der Jäger Schweden auf die nächste Beute. Schweden, die Gesellschaft, Luzifer, sie wissen nicht, wer, aber jemand oder etwas ist es, der ihnen mit so gierigem Appetit nach dem Leben trachtet.

Und in Väse warten die Leute allmählich auf das nächste Opfer – wer wird es sein? Wer wird jetzt ins Irrenhaus oder ins Armenhaus verfrachtet? Wird es Rebecka sein? Oder möglicherweise Elin, dieses leichtfertige Mensch?

»Wir schaffen es nie«, sagt Maria. »Sie geben nicht auf, bevor sie uns allen das Leben aus dem Leib gequält haben. Sie geben nie auf, es hört nie auf. Niemals im Leben.«

»Und wir müssen es trotzdem versuchen«, sagt Elin. »Solange wir leben und Geist und Körper haben, müssen wir es trotzdem versuchen.«

»Einen Irren zum Vater und einen Irren zum Bruder . . .«

»Die waren bestimmt klüger als die meisten. Du sollst nicht so sprechen. Wir müssen ihr Andenken in Ehren halten.«

»Wie soll man je leben und Leben schenken können . . .«

»Laß dem Leben seinen Lauf. Wir müssen es trotzdem versuchen.«

Wir müssen es trotzdem versuchen . . .

Sie schöpfen eine Weile Luft in diesem Bau, der sie vor dem unbekannten Jäger dort draußen schützt. Bald müssen sie wieder hinaus in die Wildnis, um zu Tode gehetzt zu werden oder um möglicherweise zu überleben.

Um Papas willen, um Abels willen, um ihr Andenken in Ehren zu halten, müssen wir es dennoch versuchen, trotz allem.

»Laßt dem Leben seinen Lauf«, sagt Elin. »Wir müssen es trotzdem versuchen.«

Sven Delblanc

KLETT-COTTA

KLETT-COTTA

Sven Delblanc

»Delblanc gelingt etwas Außerordentliches. Er verschafft ästhetischen Genuß, Kichern, Lachen, pralle Freude beim Lesen. Und doch verkauft er einem im Lachen intrikateste Gedanken… Ein solches Schreiben glitzert zwischen der herausfordernden Schärfe luzider Gedanken und der trunkenen Üppigkeit ästhetischer Lust. Es macht vor keinem Dogma halt. Im Gegenteil, es gewinnt seine Kraft aus reinem Anarchismus, der nicht so dumm ist, sich selbst mit Worten so zu nennen. Hinter der Sinnespracht der Texte regiert er mit klugen Argumenten… Und doch wäre eine Festlegung Delblancs auf einen bloßen Nihilismus verfehlt. Denn Anarchisten sind eine wundersame Spezies. Sie sind lebendig, langlebig, flexibel, oft von einer empörend tiefsitzenden Moralität, in den besten Fällen resistent gegen die Verfestigung ihrer Ansichten in beschlossenen Programmen. Delblanc besitzt diese Klugheit. Sein Anarchismus speist sich aus Kenntnis und beharrlicher Nachdenklichkeit, aus einem ungewöhnlich fruchtbaren Skeptizismus.«

Gerwin Zohlen, Süddeutsche Zeitung

Der schwedische Autor mit dem französisch klingenden Familiennamen wurde 1931 in Kanada, in Swan River/Manitoba, geboren. Seine Eltern waren 1926 aus Schweden ausgewandert, aber die Neue Welt bringt ihnen nicht das erhoffte Glück. Als die Mutter eine kleine Erbschaft macht, kehrt die Familie schon 1935 wieder nach Schweden zurück, wo sie in Sörmland, im Süden von Stockholm, einen Hof erwirbt. Hier wächst Sven Delblanc auf, er besucht die Grundschule in Trosa und danach das humanistische Gymnasium in Södertälje.
Im Jahr 1952 nimmt er in Uppsala das Studium der Literaturwissenschaft auf, das er nach Magister- und Lizentiatenprüfung mit einer Habilitation und der Erteilung der Lehrbefugnis für Literaturgeschichte abschließt. Seine Habilitationsschrift setzt sich kritisch mit den kulturellen Aktivitäten des schwedischen Königs Gustav III. (1746–1792), des »nordischen Augustus«, auseinander, dem Verdi in seiner Oper »Ein Maskenball« ein musikalisches Denkmal gesetzt hat und

den Delblanc selbst in seinem Roman »Kastraten« mit dem Sänger Farinelli über das Verhältnis von Kunst und weltlicher Macht diskutieren läßt.
Noch während er an dieser Arbeit schreibt, verfaßt Delblanc 1962, zumeist in nächtlicher Arbeit, seinen ersten Roman »Eremitkräftan« (»Der Einsiedlerkrebs«), ein Jahr später bereits erscheint »Waldstein«, mit dem der junge Autor bei Publikum und Kritik nachhaltigen Eindruck macht. Seither gilt er als einer der profiliertesten Vertreter der schwedischen Gegenwartsliteratur, nicht zuletzt, weil er, unbeirrt von Zeitströmungen und konsequent an seinen oft nicht leichten Stoffen festhaltend, ein scharfblickender und kritischer Begleiter der gesellschaftlichen Entwicklung im heutigen Schweden geblieben ist. Über zwanzig Romane hat er veröffentlicht, drei Theaterstücke verfaßt und eine Reihe literatur- und kulturgeschichtlicher Studien publiziert.
In Würdigung seiner Verdienste um die schwedische Literatur erhielt er nach verschiedenen anderen Preisen 1982 für seinen Roman »Samuels Buch« den »Literaturpreis des Nordischen Rates«, die wichtigste literarische Auszeichnung in Skandinavien.
Mit »Samuels Buch« erscheint bei Klett-Cotta nunmehr schon der vierte Titel von Sven Delblanc. Weitere werden folgen.

Roman/Klett-Cotta

Sven Delblanc

Samuels Buch

»Ja, so ist es – Gott hat sich nun einmal vorgenommen herauszufinden, wieviel Demütigung ein Mensch erdulden kann. Gott ist eine große Katze. Der Ewige spielt und spielt mit dem leidenden Menschen, wie eine große Katze mit einer Ratte spielt. Gott spielt jetzt mit Samuel Eriksson, und Er findet heraus, daß der Unglückliche nicht besonders viel verträgt. Er bricht recht bald zusammen, er wird krank, vergiftet, verwirrt. Er hält Gottes harte Spiele nicht aus, er bricht recht bald zusammen und wandert in das Reich der Nacht hinein.«

Samuels Buch
Roman
Aus dem Schwedischen übersetzt
von Hans-Joachim Maass
296 Seiten, Leinen mit Schutzumschlag, 32,– DM / öS 249,–
ISBN 3-608-95176-8

Ende des vorigen Jahrhunderts entschließt sich Samuel Eriksson, ein junger, in den USA lebender Schwede mit amerikanischem Pastorenexamen, nach Schweden zurückzukehren und dort sein Glück zu machen. Auf der Überfahrt lernt er seine künftige Frau Cecilia kennen, eine junge Norwegerin. Bei den bäuerlichen Verwandten Samuels wird pompös Hochzeit gefeiert: einer der Ihren hat es zu etwas gebracht, ist Pastor, hat Aussicht auf fette Pfründe.
Doch das junge Paar kann sich nicht lange von seinen Illusionen ernähren: Samuels amerikanisches Pastorenexamen wird in Schweden nicht anerkannt, er müßte in Uppsala weiterstudieren, und Studieren kostet Geld. So wird die rasch anwachsende Familie getrennt: Samuel schlägt sich, für befristete Zeit, als Hilfspastor auf Gotland durch, Cecilia lebt bei ihren Verwandten in Nordschweden. Schließlich kann Samuel gerade noch Dorfschullehrer werden. Den Zerfall all seiner Hoffnungen und die grimmige Not kann er nur ertragen, indem er sich nach innen zurückzieht; für das Dorf wird er zum Trottel, zum »verrückten Sam«.
Die Zeit, die Delblanc schildert, scheint weit zurückzuliegen. Im Lesen aber entdeckt man, daß sie in vielem sehr nah ist. Delblanc versteht es, in der Lebensgeschichte Samuels und

seiner Familie vom Menschen zu erzählen, von seinen Leidenschaften, seinen Erniedrigungen und Niedrigkeiten, und seinen Hoffnungen. Die Kraft des Buches liegt in seiner Genauigkeit. Gestalten und Ereignisse ätzen sich mit überwältigender Schärfe dem Gedächtnis ein. Seine atmosphärische Dichte, die zärtliche Behutsamkeit seiner Menschenschilderungen und die zugleich unversöhnliche Empörung machen »Samuels Buch« zu einem großen Roman.

»Sven Delblanc hat einen wunderbaren Roman geschrieben – ›Samuels Buch‹. In diesem Buch sind so viel Liebe, Bitterkeit und Haß enthalten, daß man es schließlich mit dem Gefühl aus der Hand legt, während des Lesens annähernd ein Jahr älter geworden zu sein.«

Lars Gustafsson in Svenska Dagbladet

»… Hier ist Delblanc seinen Personen nahe, voller Intensität, Zärtlichkeit und Empörung. Mit seiner ausdrucksvollen Prosa, von farbig gemalten Bildern durchleuchtet, packt er den Leser mit hartem Griff und läßt ihn nicht mehr frei. ›Samuels Buch‹ gehört zu Delblancs allerbesten Werken… Stärker als je zuvor hat Delblanc hier den Gegensatz zwischen den Werkzeugen der Macht und der Qual der Getretenen gestaltet, zwischen den Fürsprechern des Materialismus und den Märtyrern des Traumes, zwischen der Weltordnung des Bösen und der milden Gottheit, die in der Liebe der Menschen lebt.«

Ostgöta-Korrespondenten

Anläßlich der Literaturpreis-Verleihung, Begründung des Nordischen Rates:

»Sven Delblanc erhält den Preis für seinen Roman ›Samuels Buch‹, ›in dem er einen unglückseligen Menschen und seine Familie der Vergessenheit entreißt und mit Liebe und Zorn Menschen seine Stimme leiht, die um ihre Würde kämpfen‹.«

Sven Delblanc

Kastraten

Ein romantischer Roman / Klett-Cotta

»Du Verrückter, bist du auch einer dieser Phantasten, die um jeden Preis glauben wollen, der Regenbogen sei eine Waffe, mit der man Tyrannen erschlagen und Ungeheuer besiegen kann… die Wahrheit ist, daß unsere Kunst niemals, niemals eine Träne trocknen, einen Hungernden satt machen oder einen Frierenden wärmen wird, nein, ein Lecken in den Ohren der Mächtigen, das ist unsere Kunst, das ist sie gewesen und wird sie immer bleiben, und dies ist das einzige, was du verlangen kannst: Werde Nachtigall, werde Affe, und du wirst die einzige Tugend üben, auf die wir hoffen können – Opfer zu sein statt Henker, im Zustand der Unschuld zu leben wie willenlose Tiere…«

Kastraten

Ein romantischer Roman

Aus dem Schwedischen übersetzt
von Hans-Joachim Maass

137 Seiten, engl. brosch., 26,– DM / öS 202,–
ISBN 3-608-95181-4

Ist es Komödie oder Tragödie, die hier gegeben wird, verkleidet in das Kostüm eines »romantischen Romans«? Sven Delblanc bietet uns beides: Die Tragödie des Künstlers, die eigentlich die Tragödie des Menschen ist, und die Komödie, die der Mensch aufführt, um sich sein Wissen um sich selbst und seine Situation erträglicher zu gestalten.
Das Schöne und das Schreckliche – kaum eindrucksvoller könnte man es in einem Bild zusammenfügen als durch den Begriff des »Kastraten«: eines Menschen, den man seiner biologischen Produktivität beraubt hat, um ihn einer kulturellen fähig zu machen. Die Natur muß vergewaltigt werden, damit ein Kunstwerk verwirklicht werden kann. Ein sehr komplexes Thema also, das der schwedische Autor hier aufgreift, die Frage nach der Sinngebung des menschlichen Lebens durch die Kunst, zugleich die Frage nach dem Sinn einer Kunst, die nur durch Verstümmelung des Menschen möglich wird.
Sven Delblanc wäre jedoch nicht der Schriftsteller, der er ist, würde er nicht dieses zunächst abstrakt anmutende Thema in einer üppigen, sinnenfrohen Geschichte darbie-

ten: In einem Palazzo in Florenz treffen sich der schwedische König Gustaf III. und der englische Thronprätendent Charles Edward Stuart, wobei des letzteren eindeutige Absicht ist, seinen schon gekrönten Standesgenossen kräftig anzupumpen. Als Gegenleistung bietet er seine okkulten Fähigkeiten an, er will den Schweden einen Blick in die Zukunft werfen lassen. Für die Beteiligten geht die Séance unbefriedigend aus: anstelle des erhofften künftigen Kriegsruhms erscheint dem gesalbten und dem nicht gesalbten Haupt ein drittes – das ihres »Königlichen Bruders von Frankreich« –, ein für das Jahr 1783 noch als Teufelsspuk abzutuendes Prodigium. Aber auch ein zweiter unheimlicher Gast findet sich ein: ein gewisser Commendatóre Broschi, der sich schließlich als der berühmteste Kastrat seiner Zeit, Farinelli, entpuppt – mit dem kleinen Haken, daß dieser schon im Jahr zuvor verstorben ist.
Der Geist eines Kastraten – was könnte der Wirklichkeit entfremdeter sein? Aber die Wirklichkeit, sie sitzt mit am Tisch: die Macht, die Habgier, die Lust, die Gewalt, der Schrecken. In der Komposition dieser nächtlichen Runde ist Delblanc eine Zusammenschau gelungen, die schärfer als so mancher kulturkritische Essay deutlich macht, daß das Schöne selten das Wahre, noch viel seltener das Gute ist.

»Delblancs Roman spiegelt exemplarisch die Tragik des Künstlers, wie sie sich in seinem Verhältnis zu den Mächtigen und zur Macht zeigt: Unsere Kunst war machtlos, so wie Kunst zu allen Zeiten machtlos sein wird…«

Heinz Albers, Hamburger Abendblatt

»So unbequeme Wahrheiten sind lange nicht in so schöner Verpackung ausgesprochen worden. Bis zu Nietzsche, auf jeden Fall bis zu Baudelaire muß man zurückgehen, um in der Radikalität der Kunstkritik Vergleichbares zu treffen.«

Gerwin Zohlen, Süddeutsche Zeitung

»Es ist ein hübsches Panoptikum, was der Schwede Sven Delblanc in seinem ›romantischen Roman‹ versammelt hat, ständig auf der Kippe zwischen Kulturhistorie und Schauerballade, zwischen Amüsement und bitterem Ernst.«

Die Welt

Sven Delblanc

EIN ZEITGENÖSSISCHER ROMAN / KLETT-COTTA

SPERANZA

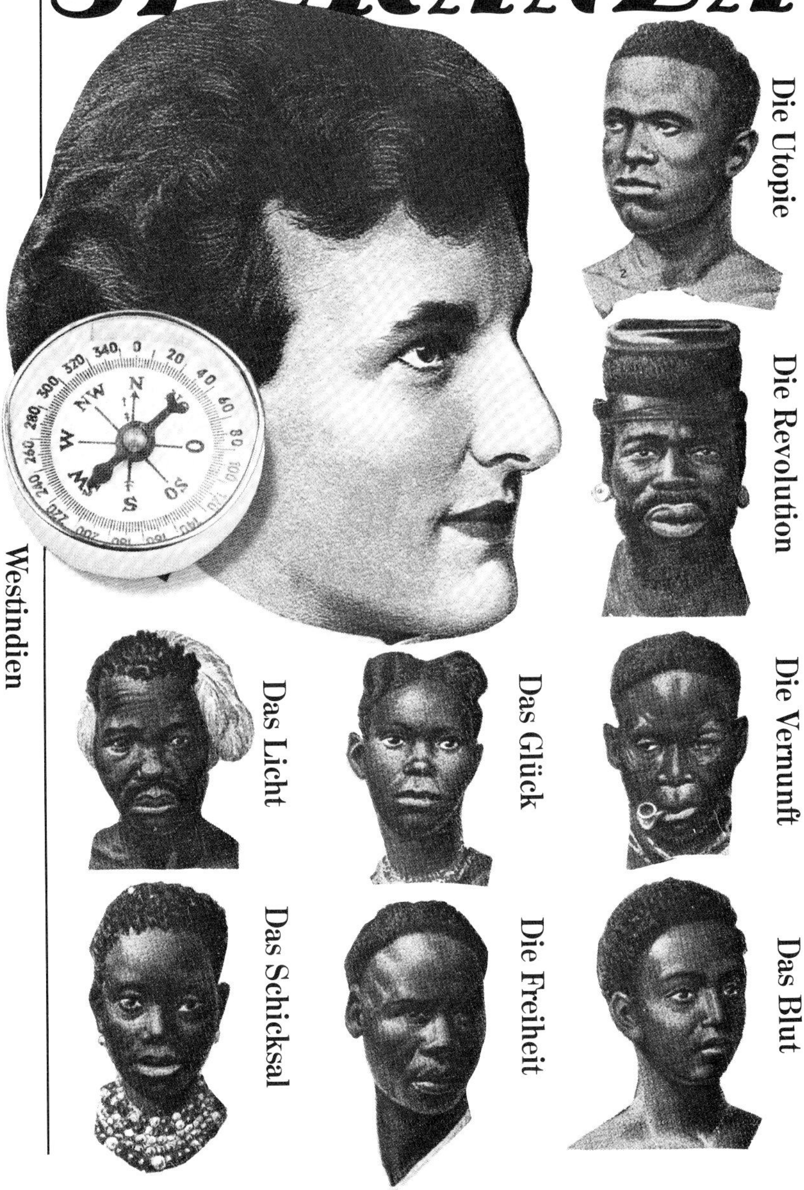

»Es gibt eine Nachwelt, es gibt eine Menschlichkeit jenseits der Speranza, und zu der spreche ich! Ja, der Gedanke tröstet mich, daß ich nicht der Einzige auf der Welt sein kann, der verurteilt, was hier an Bord geschieht. Einsam in Nacht und Schweigen halte ich die Fahne der Menschlichkeit hoch, aber irgendwo hören mir Schwestern und Brüder zu, irgendwo pocht noch das Herz des Mitgefühls in der großen Brust der Menschheit!«

Speranza
Ein zeitgenössischer Roman
Aus dem Schwedischen übersetzt
von Hans-Joachim Maass
190 Seiten, engl. brosch., 28,– DM / öS 218,–
ISBN 3-12-901991-X

Man schreibt einen Sommer in den neunziger Jahren des 18. Jahrhunderts, als der junge Graf Malte Moritz von Putbus sich anschickt, in Begleitung zweier Bedienter den Atlantik zu überqueren. Bestimmungshafen: Die Insel Saint Thomas in Dänisch-Westindien. Es ist keine Vergnügungsreise, viel eher eine Fahrt in die Verbannung: Sein Vater hat ihm ein Jahr Exil verordnet, um ihn von seinen aufklärerischen Ideen, von seiner Begeisterung für das Gedankengut der Französischen Revolution zu kurieren, die er in dem geheimen »Orden der Freiheitsbrüder« – den er übrigens selbst gegründet hat – mit so viel Emphase vorzutragen wußte. Die Kur beginnt früher, als es der Vater sich erhoffen konnte: Während eines Sturms ist Putbus gezwungen, mit seinen beiden »Domestiken«, einem Hauslehrer und einem farbigen Diener, auf ein anderes Schiff überzuwechseln. Und bald muß er feststellen, daß er auf ein Sklavenschiff gekommen ist: Der Dreimaster »Speranza« ist eine jener »stinkenden Galeeren der Unterdrückung«, die Putbus zu Haus mit glühenden Worten zu verdammen wußte. Die Werke Plutarchs und Voltaires, die das intellektuelle Reisegepäck des rebellischen Grafen bilden, verweigern die Auskunft darüber, wie man sich als aufgeklärter Geist in solchen Situationen zu verhalten habe.
Aber ein anderer Erzieher stellt sich ein: die Realität des Schreckens, die Wirklichkeit des Schiffes »Speranza«, deren geistiger Repräsentant der Schiffspriester, der Jesuit Abbé

Marcello ist. Denn »Speranza« segelt im Dienste Gottes – die 600 Sklaven an Bord sind für die von den Jesuiten geführte Rumdestillerie Saint Xavier bestimmt. Alles im Namen des Fortschritts, der Wahrheit, der Ausbreitung der christlichen Zivilisation.
In langen Disputen versucht Putbus, seine Ideen durchzusetzen, allein die Ereignisse an Bord verhindern bald eine Fortführung des gelehrten Gedankenstreites. Unter den Sklaven bricht die Ruhr aus, schließlich versuchen sie unter Anführung von Putbus' Diener einen Aufstand. Gezwungen, ums nackte Überleben zu kämpfen, lernt der junge Graf erstaunlich schnell seine Lektion: Seinen Diener enthauptet er eigenhändig, seine Begierde nach einer schwarzen Sklavin stillt er mit Gewalt.
Es ist eine bitterböse Satire, die Sven Delblanc da auf dem Schiff mit dem schönen Namen »Hoffnung« inszeniert – eine Satire nicht nur auf die aufklärerische Fortschrittsgläubigkeit, eine Satire auch auf die Welt, die solche Hoffnung unabdingbar und zugleich unmöglich macht. Dieses spannend-schaurige literarische Äquivalent zur »Dialektik der Aufklärung« komprimiert den Begriff des Bildungsromans zur Geschichte einer gründlichen Desillusionierung, zu einem Panoptikum der Verblendung und des Verbrechens.

»In der artifiziellen Dichte seines Erzählens, in der spürbaren Sympathie, die er kaum einer seiner Figuren entzieht, läßt er jedoch keinen Zweifel daran, daß er sich nicht als Agitator wider ein Prinzip Hoffnung versteht, sondern allenfalls als nachdenklicher Hüter der paradoxen Anstrengung einer Suche nach dem Sinn: ›Man muß so wirken, als ob es sinnvoll sei.‹«

Gerald Sammet, Der Spiegel

»›Speranza‹ ist ein Roman von einem Intellektuellen und für Intellektuelle. Von A bis Z Prosa, Konstruktion, Allegorie für Kenner ihrer Baustoffe, ihrer Name-droppings und ihrer wahrhaft drastischen Anspielungen.«

Florian Fälbel, Frankfurter Rundschau

»Delblanc hat sein Buch, ein erzählerisches Dokument der Verblendung und des Verbrechens, nicht ohne Grund einen ›zeitgenössischen‹ Roman genannt. Der differenziert beschriebene Verwandlungsprozeß eines überzeugten Idealisten, der an der Realität scheitert, ist von einer zeitlosen Aktualität.«

Heinz Albers, Hamburger Abendblatt

Sven Delblanc
Waldstein
EIN ROMAN AUS BAROCKER ZEIT
KLETT-COTTA
DIE ADELIGE GELIEBTE
GOTT
DER STARKE DIENER
DER KRIEG
JOH. WOLFGG. v. GOETHE

»Es sind nur einige wenige, die hiervon betroffen werden, einige Begnadete oder Geschlagene, je nachdem, wie man es ansehen will. Ich nenne sie Helden und finde ein wenig Trost darin. Landesflüchtige Fürsten, die das Leben als Schweinehirten verdingt. Königinnen, im Hurenhaus des Lebens gefangen. Heilige Kranke mit gefährlichen Träumen. Träumen von einer Möglichkeit, einer Auserwähltheit, einer Bestimmung. Wahnsinnige Ritter auf der Jagd nach dem Goldenen Vlies, entlaufene Ehefrauen auf der Suche nach dem Phantom der möglichen Liebe, Aufrührer, die sich gegen den Tyrannen erheben, um das Glücksreich der möglichen Freiheit zu erschaffen…«

Waldstein
Ein Roman aus barocker Zeit
Aus dem Schwedischen übersetzt
von Hans-Joachim Maass
352 Seiten, engl. brosch., 32,– DM / öS 249,–
ISBN 3-12-901921-3

Es sind zwei seltsame Gestalten, die da im Jahr 1784 durch die deutschen Lande ziehen: Ein heruntergekommener Ex-Pastor im schmuddligen Talar und mit müden Augen – sein Kumpan, ein Riese von Kerl, über sieben Fuß groß, mit unerschöpflichen Körper- und Lendenkräften. Sie sind dem launenhaften Regiment eines Duodez-Potentaten entflohen, um in der weiten Welt das zu suchen, was sie noch recht unpräzise ihr »Glück« nennen. Die weite Welt – das ist das Deutschland östlich der Elbe in dieser Zeit, einundzwanzig Jahre nach dem Hubertusburger Frieden, zwei Jahre vor des Großen Friedrichs Tod. Eine Audienz bei Ihm ist eine der letzten Stationen der an Überraschungen reichen Irrfahrt: Zuvor hatte der Weg des ungleichen Paares über Schlachtfelder und durch Bordelle geführt; sie waren zu Gast gewesen in einem Adelssitz, wo leichtgeschürzte Rokokonymphen ihnen jeden Wunsch nicht nur von den Lippen abgelesen hatten; sie waren einem Herren begegnet, der sich selbst als »dilettierenden Dichter und Naturforscher« bezeichnet hatte, sich seiner Entdeckung des Zwischenkieferknochens beim Menschen rühmte und sich – bekleidet natürlich mit blauem Frack und gelber Hose – nicht ohne feine Ironie als »Herr von Stein« vorstellte.

Die von Delblanc mit üppiger Phantasie und unbändiger Sprachkraft geschilderte Welt der Glücksritter, Huren, Dichter und Fürsten, eine Welt zwischen Ekel und Exzeß, zwischen Ausschweifung und Weltflucht, zwischen Torheit und Tollheit, diese Welt ist die Bühne für die Odyssee der beiden kuriosen Helden, über die sie mehr torkeln denn zielbewußt schreiten.
Sie gehen einen Weg, an dessen Ende sie sich von Friedrich dem Großen das Fazit seines Lebens zurufen lassen müssen: »Antworte mir, du Verfluchter, und verschließ deine Ohren nicht der Wahrheit! Siehst du jetzt ein, daß es nur eine Art zu leben gibt, ohne anderen Schaden zuzufügen, nämlich in einer Hoffnungslosigkeit zu leben, die so total ist wie die arktische Nacht...«
Und doch: »Diese Erzählungen sind uns geschenkt worden, damit sie uns eine Hilfe sind. Sie helfen uns, einen Sinn in unser Chaos hineinzudichten. Sie sind der Kettfaden, auf den wir unsere wirren Fäden aus Nichtigkeit und Chaos flechten können, damit endlich ein Muster entsteht. Ja, für einige sind sie mehr als Märchen, weit mehr. Sie vermitteln ein Wissen, eine Einsicht, vielleicht einen Trost... Ein Wiedererkennen, wenn man so will.«
Besser, als es der unverbesserlich idealistische und ebenso verkommene Ex-Pastor Hermann Anderz hier formuliert – in schwer angetrunkenem Zustand, mit Verlaub gesagt –, besser kann man das literarische Programm des Sven Delblanc kaum zum Ausdruck bringen: Das Bewußtsein des steten Nebeneinander der beiden Wahrheiten, daß das menschliche Leben zwar ein einziges Chaos, gerade dieses Chaos aber das einzige Leben des Menschen ist.

»Ein wunderbar farbiger, witziger und tiefgründiger Bilderbogen von Geschichten, Eindrücken, von hitzigen und philosophischen Gedanken eröffnet sich einem in diesem ersten ins Deutsche übersetzten Roman des Schweden Sven Delblanc. »Waldstein« heißt diese Mischung aus Geschichte und Geschichtsphantasterei, aus Märchen, Liebeshymne und abgründiger Menschendarstellung... Fast unbeschränkten Spaß wird man in jedem Fall haben. Die so seltene Mixtur, dieses große Stück Fiktion macht den Reiz des (übrigens schön hergestellten) Werks aus; ein sinnlicher Reiz, ein absoluter Lesegenuß.«

Alain Claude Sulzer, Luzerner Neueste Nachrichten

Preise freibleibend. Stand 14. 9. 1984.

Vertretung Schweiz:
Bücher Balmer, Neugasse 12, 6301 Zug
Vertretung Österreich:
ÖBV-Klett-Cotta, Hegelgasse 21/II, 1010 Wien 1

In Ihrer Buchhandlung:

P901167

Nachwort

Es gibt in unserer Zeit eine Verachtung der Phantasie und eine Neigung zum Dokumentarischen, die mir beide im Grunde fremd sind. »Samuels Buch« ist ein Roman und sollte als solcher beurteilt werden. Ich gebrauche fiktive Namen und habe mir bei Chronologie, Psychologie und beim Ausfüllen der weißen Flecke der Tradition die Freiheiten genommen, die ich für ästhetisch notwendig halte. Dennoch sind manche dieser Ereignisse so erschütternd und unwahrscheinlich, daß dem Leser klar gemacht werden muß, daß ich hier ziemlich eng der Wahrheit folge. Ich kann diese Wirklichkeit nicht verschönern, nur um eine Wahrscheinlichkeit zu gewinnen, welche die Ästhetik erfordert. Und in Wirklichkeit wurden »Samuel« und »Abel« Opfer der Gesellschaft ihrer Zeit, anders kann ich es nicht sehen.

Meiner Erzählung liegt die Familiengeschichte meines Großvaters mütterlicherseits, seiner Familie sowie ihres wechselvollen Schicksals zugrunde. Ich habe die Erzählung mit Briefen der Zeit, Tagebüchern, Krankenhausjournalen und anderen Dokumenten erhärten können, die ich teilweise zitiere. So liegt dem ersten Abschnitt des Buches das Tagebuch meines Großvaters zugrunde, das ich mit bestimmten Kürzungen im Wortlaut wiedergebe. Die zitierten Dokumente sind authentisch, mit einer Ausnahme, die festgehalten werden sollte: Das Krankenhausjournal meines Großvaters ist nicht wieder aufgefunden worden. Um die Gestalt »Abels« gibt es reichhaltigeres Material. Nachgelassene Gedichte und andere Texte von seiner Hand ergeben jedoch einen mageren Stoff, und es ist möglich, daß ich mit dem Recht des Schriftstellers seine literarische Begabung übertrieben habe. Sollte dies der Fall sein, ist es aus unvermeidbarem Mitgefühl mit dem erschütternden, unglücklichen Schicksal eines empfindsamen und begabten Menschen geschehen.

Den Angehörigen der Familie »Eriksson«, die wie durch ein Wunder lange Zeit überlebten und die mir die Vorratskammer ihrer Erinnerung öffneten, an Geschwister und Cousinen meinen Dank für großzügige und vertrauensvolle Hilfe. Ich bitte zu verstehen, daß ich dieses Buch mit all der Liebe und Pietät geschrieben habe, die ich habe aufbieten können, und mit einem natürlichen Mitgefühl angesichts des Leidens, das ich aus vergilbten Dokumenten herausgelesen habe. Das Erschreckende an dieser Erzählung baut auf der Wirklichkeit auf und nicht auf meinem Wunsch, Effekte zu erzielen. Ich bitte zu verstehen und zu verzeihen, was als brutale Offenherzigkeit gedeutet werden könnte, bitte meine fest begründete Überzeugung zu verstehen – daß unsere Lieben Opfer gewesen sind, aber niemals Verbrecher oder Henker, und daß sie einen besseren Nachruf verdient haben als verschämtes Schweigen. Das Leiden ist so oft vergessen und verstummt. Zumindest in diesem Fall ist es möglich, die Toten auferstehen und sprechen zu lassen.

Falls dieses Buch auf Interesse stößt und es meine eigenen Kräfte zulassen, will ich die Erzählung von Maria und ihren Geschwistern gern fortsetzen.

Sven Delblanc

Verlagsgemeinschaft Ernst Klett Verlag –
J. G. Cotta'sche Buchhandlung
Die schwedische Originalausgabe erschien 1981 unter dem Titel
»Samuels bok« im Verlag Bonniers, Stockholm

Printed in Germany 1984
Umschlag: Heinz Edelmann
Gesetzt aus der »Stempel Schneidler« von Wilhelm Röck, Weinsberg
In Offset gedruckt auf »Volumina« 90 g/qm holzfrei
der Cartiere del Garda von Wilhelm Röck, Weinsberg
Einband von Wilhelm Röck, Weinsberg

CIP-Kurztitelaufnahme der Deutschen Bibliothek

Delblanc, Sven:
Samuels Buch: Roman / Sven Delblanc.
Aus d. Schwed. von Hans-Joachim Maass. –
Stuttgart: Klett-Cotta, 1984.
Einheitssacht.: Samuels bok <dt.>
ISBN 3-608-95176-8

Sven Delblanc

Kastraten
Ein romantischer Roman
Aus dem Schwedischen übersetzt von Hans-Joachim Maass
137 Seiten, engl. brosch., ISBN 3-608-95181-4

»So unbequeme Wahrheiten sind lange nicht in so schöner Verpackung ausgesprochen worden. Bis zu Nietzsche, auf jeden Fall bis zu Baudelaire muß man zurückgehen, um in der Radikalität der Kunstkritik Vergleichbares zu treffen.«

Süddeutsche Zeitung

Speranza
Ein zeitgenössischer Roman
Aus dem Schwedischen übersetzt von Hans-Joachim Maass
190 Seiten, engl. brosch., ISBN 3-12-901991-X

»Sven Delblanc ist ein sprachmächtiger, ungewöhnlich phantasievoller Erzähler; seine Romane lassen sich als ›Lehrstücke‹ in Sachen Lebens- und Weltbewältigung charakterisieren ... Delblanc hat sein Buch, ein erzählerisches Dokument der Verblendung und des Verbrechens, nicht ohne Grund einen ›zeitgenössischen‹ Roman genannt. Der differenziert beschriebene Verwandlungsprozeß eines überzeugten Idealisten, der an der Realität scheitert, ist von einer zeitlosen Aktualität.«

Hamburger Abendblatt

Waldstein
Ein Roman aus barocker Zeit
Aus dem Schwedischen von Hans-Joachim Maass
352 Seiten, engl. brosch., ISBN 3-12-901921-3

»Barock mutet Delblancs Erzählweise an, die sich mit größter Eloquenz irgendwo festbeißt, um im nächsten Augenblick schon wieder ganz wo anders zu sein. Ein ›Butt‹ aus Schweden also? Nein, aber ein sarkastischer Schwertfisch, der der schwedischen Literatur wieder zu Ehren verhilft.«

Esslinger Zeitung

Klett-Cotta